GILLES LEGARDINIER

Écrivain, scénariste, producteur et réalisateur, Gilles Legardinier s'est toujours attaché à faire naître des émotions qui se partagent. Après avoir travaillé sur les plateaux de cinéma américains et anglais, notamment comme pyrotechnicien, il a réalisé des films publicitaires, des bandes-annonces et des documentaires sur plusieurs blockbusters. Il se consacre aujourd'hui à la communication cinéma pour de grands studios internationaux et aux scénarios, ainsi qu'à l'écriture de ses romans. Alternant des genres très variés avec un même talent, il s'est entre autres illustré dans le thriller avec *L'Exil des Anges* (prix SNCF du polar 2010) et *Nous étions les hommes* (2011), mais aussi plus récemment dans la comédie, qui lui a valu un succès international avec *Demain j'arrête !* (2011), *Complètement cramé !* (2012), *Et soudain tout change* (2013), *Ça peut pas rater !* (2014) et *Quelqu'un pour qui trembler* (2015) – tous parus chez Fleuve Éditions.

Retrouvez toute l'actualité de l'auteur sur :
www.gilles-legardinier.com

ÇA PEUT PAS RATER !

GILLES LEGARDINIER

ÇA PEUT PAS RATER !

© 2014, Fleuve Éditions, département d'Univers Poche.

ISBN 978-2-266-26596-6

1

Il fait nuit, un peu froid. Je frissonne dans l'air humide. C'est sans doute la proximité du canal le long duquel je marche sans savoir où je vais. Pourtant, la météo hivernale n'est pas la seule à m'inciter à rentrer la tête dans les épaules et les mains dans les poches. En réalité, c'est surtout en moi que j'ai froid. J'ai beau fouiller au plus profond de mon être, je n'y détecte plus la moindre étincelle de chaleur. Je suis un surgelé errant. C'est le début d'une ère glaciaire et je connais au moins une espèce qui risque d'en faire les frais.

Qu'est-ce que je fais là ? À cette heure-ci, je ne suis jamais dehors. Voilà des années que je ne suis pas sortie le soir, surtout sur un coup de tête. D'habitude, je suis chez moi, comme tous ces gens que j'aperçois furtivement par les fenêtres éclairées dans les immeubles. D'habitude, je n'ai pas la tête en vrac à ce point. D'habitude, je ne suis pas seule.

Je fréquente ce quartier depuis longtemps, et pourtant ce soir, je n'en reconnais rien. Ce n'est pas le lieu qui a changé, c'est moi. Il n'aura fallu qu'une heure, une seule discussion, quelques phrases qui transpercent comme autant de flèches, pour que ma vie bascule et que mon cœur se disloque. Tout n'était pas rose avec Hugues, mais de là à imaginer que ça pouvait déraper si vite pour finir dans le ravin…

Le quai est désert, hormis un couple de jeunes amoureux et un clochard assis sur des cartons. Ils sont sans doute un message que la vie m'envoie, un condensé de mon parcours. Ils incarnent le début et la fin. J'ai été comme cette jeune fille éperdue qui se blottit contre l'homme qu'elle aime, et je vais terminer comme ce pauvre SDF. Ma vie est un gouffre sans fond dans lequel je n'en finis pas de tomber. Sur quelques mètres, j'en aperçois le résumé, de l'amour à l'extrême solitude, au bord d'un monde indifférent qui suit son cours comme le flot du canal.

Je passe près du petit couple. Il resserre ses bras autour d'elle en lui murmurant quelques mots à l'oreille. De la vapeur sort de sa bouche. De la chaleur. Cela existe donc encore ailleurs que dans mes souvenirs… Elle se réfugie au creux de son épaule en étouffant un rire. Peut-être se moquent-ils de moi. Ils doivent se demander pourquoi je traîne ainsi, seule, sans même un chien à promener. Si j'étais un homme, ils me prendraient pour un pervers, mais puisque je suis une femme, ils doivent me cataloguer comme une vieille folle en perdition. Ils sont deux et se tiennent l'un à l'autre. Cela leur donne la force de juger l'univers tout entier avec condescendance. Ils sont invincibles puisqu'ils s'aiment. À mon sens, il serait plus juste de dire qu'ils croient *encore* qu'ils s'aiment. L'amour ne se mesure qu'à la fin. J'ai payé pour l'apprendre. Pour le moment, leur bonheur fleurit sur le mince terreau de l'innocence, mais quand ses petites racines voudront puiser plus profondément, il ne trouvera rien pour se nourrir et crèvera. C'est ce qui vient de m'arriver. Je sais exactement ce qui se passe dans leur tête : ils ont l'arrogance des débutants, la confiance aveugle de ceux qui ne savent pas. Elle est pleine d'espoir, lui plein de désir. Ils l'ignorent encore, mais un monde les sépare déjà. Si seulement j'avais su quand j'avais son âge…

Dois-je la prévenir ? Faut-il l'alerter du grand danger qu'elle court ? Non, ce serait stupide. Qui suis-je pour gâcher le bonheur, même illusoire, qu'elle éprouve ce soir ? Et qui sait, peut-être s'en sortira-t-elle mieux que moi ? Je suis bien une folle en perdition.

Je ne sais pas pourquoi mais tout à coup, l'envie me prend de marcher à la limite du quai, sur les longues pierres taillées qui bordent le canal. D'habitude, ce sont les enfants qui se comportent ainsi, la poitrine offerte au vent et les bras tendus comme des funambules sur un fil imaginaire. Convaincus de vivre une grande aventure, ils se persuadent qu'ils risquent leur vie au-dessus du plus profond précipice du monde. Mes neveux faisaient cela. Je n'ai plus l'âge. Peu importe. Je suis d'ailleurs moi aussi au bord du plus vertigineux des précipices au fond duquel ma vie va s'écraser.

Avec le recul, je dois admettre que, dès le départ, mon histoire avec Hugues a été compliquée. Pourtant, au début, la promesse était belle. Nous avons vécu les premières pages d'un conte de fées : la rencontre, l'étincelle, les deux êtres qui sautillent au milieu des fleurs et chantent en se tenant par la main comme des niais devant des lapins qui reprennent le refrain en chœur. C'était avant que l'on s'aventure dans la sombre forêt…

Au début, il était gentil, on riait. Il y avait de la passion, beaucoup d'envies, une complicité aussi. J'avais droit aux fleurs, aux regards de braise, à son impatience de me retrouver... Quand il m'embrassait, il ne pensait qu'à moi. Dieu que j'aimais ça.

On s'organisait plein de petits week-ends, au ski, à la mer, à l'étranger, parfois avec des copains – toujours les siens. Peu m'importait le décor, j'avais juste envie de passer du temps avec lui. Que ce soit à demi nus autour d'un feu sur la plage ou déguisés en pingouins lors d'un concert de musique contemporaine, je me sentais à ma place tant qu'il était là, près de moi. J'aimais l'attendre lorsqu'il rentrait tard, j'aimais aussi ranger ses vêtements et lui cuisiner ses plats préférés. Je n'étais pas soumise pour autant. J'aimais simplement accomplir pour lui. À coups de jours, de semaines, de mois, le temps est passé. On a vu tous nos amis se marier. On a dansé, on a ri, on a applaudi, mais nous n'avons pas fait pareil. On a fini par oublier qu'il y avait des heures dans les jours et des mois dans les années. Nous fonctionnions comme un diesel, sans beaucoup d'accélérations ni de coups de frein. Seul le kilométrage augmentait. Le temps filait et rien ne semblait changer. On nous surnommait les éternels fiancés. Tu parles ! Je crevais d'envie d'être officiellement unie à lui, mais Hugues trouvait toujours un bon motif pour différer, pour attendre, pour ne pas avancer. Une nouvelle situation professionnelle à laquelle il fallait « se donner corps et âme », l'argent qu'allait coûter la cérémonie, le côté inutile de ce genre de formalité « pour des gens qui s'aiment autant que nous ». Ben voyons. On tournait en rond. Mon ventre restait désespérément plat, pas le sien. Les autres ont eu des bébés, et nous on vivait encore comme des étudiants. Rien n'évoluait et, au fond, je crois que c'était ça le pire. Aucun projet, une vision de la vie limitée au week-end d'après. Chaque fois que je parlais d'avenir – un vague concept – ou d'engagement – un gros mot –, il trouvait une excellente raison pour écourter la discussion. Au final, on ne se parlait plus que du quotidien : les courses, les clefs, les yaourts aux fruits, les films, ce qui reste dans le congélateur, la voiture à réparer. Tout sauf l'essentiel de ce qui fait une vie.

Et puis Tanya est apparue comme un succube échappé d'une dimension parallèle. Je n'ai rien vu venir. C'est Émilie qui m'a mis la puce à l'oreille. Un soir, après un dîner entre potes, elle m'a glissé : « Moi, si mon mec éclatait de rire comme ça avec une autre, je me méfierais. » C'est ce que j'ai fait, mais trop tard. Le crime était déjà perpétré, et avec de nombreuses récidives, souvent le mardi soir. Quelle gourde j'ai été… Une bonne poire roulée dans la farine. C'est une nouvelle recette, mais elle est un peu lourde à digérer.

Quand j'en ai parlé à Hugues, il m'a assuré que je me faisais des idées. Il m'a prise dans ses bras, il m'a parlé de nous. Il a osé me regarder dans les yeux pour me mentir. Quand j'y pense… Et là, devinez quoi ? La crétine que je suis a tout gobé ! Je crois plutôt que j'ai désespérément voulu le croire. Nous les femmes, on a toujours tendance à faire passer les sentiments avant les faits. Les hommes le savent parfaitement et en jouent. Ils disent que cela fait notre force ; en l'occurrence, ce fut ma faiblesse. On a encore tenu quelques mois ainsi, l'un à côté de l'autre mais déjà plus ensemble.

Tous les soirs, en revenant du travail, j'avais la boule au ventre et les larmes aux yeux. Quand je suis tombée par hasard sur un texto de Tanya que je n'aurais jamais dû voir, j'ai instantanément été malade. Écœurée, trahie et meurtrie. Le tout en moins de cent dix caractères. Trois secondes pour le lire, une vie pour s'en remettre. Plus qu'une preuve, c'était un affront. Je n'ai même pas osé en parler à Émilie, encore moins à ma mère ou à ma sœur. Ces quelques mots indécents m'ont fait l'effet d'un coup de revolver en pleine poitrine. La balle est entrée mais n'est pas ressortie. Et à chaque mouvement que je faisais, elle progressait entre mes organes pour s'approcher du cœur. Elle a fini par le toucher lundi dernier.

En rentrant à l'appart après ma journée, j'ai tout de suite voulu crever l'abcès et régler le problème avec Hugues. Je n'avais plus la force de faire semblant. Je lui ai avoué que je savais, je lui ai expliqué que je souffrais, que j'étais prête à pardonner mais que je souhaitais qu'il clarifie la situation pour que nous puissions prendre un nouveau départ. Je lui ai sorti un truc définitif du genre : « L'amour n'est possible qu'au prix de la vérité. » Bonjour les dialogues ! Une vraie tragédie shakespearienne, mais dans un F3 sans balcon. Le fait d'être pris en flagrant délit n'a même pas eu l'air de le déstabiliser. Il s'est tranquillement laissé tomber dans le canapé. Il a renversé la tête en arrière en soupirant. J'étais debout dans le coin cuisine, tremblante de la tête aux pieds, suspendue à ses lèvres. Il a pris son temps pour me répondre.

— Écoute, Marie, c'est une bonne chose que tu soulèves le problème. Je crois qu'on est arrivés au bout de notre chemin. Je ne veux plus continuer comme ça. Je n'aime pas l'existence que je mène. Toi et moi, ça ne colle plus. Il vaut mieux nous arrêter là. Mais soyons positifs, ce n'est pas si grave. C'est la vie ! Essayons de réagir comme des adultes.

Pire qu'un coup de poing en pleine figure. Et avant que j'aie eu le temps de reprendre mon souffle, il a ajouté :

— Je ne te mets pas le couteau sous la gorge, mais j'aimerais bien que tu sois partie d'ici une petite semaine. Puisque tu parles de Tanya, j'ai des projets avec elle. C'est mon appartement, après tout…

« Il n'aime pas l'existence qu'il mène. » C'est pourtant lui qui décide de tout, sans jamais me demander mon avis et en me coupant de mes proches depuis des années. Pour le nouveau départ, je suis servie, il est immédiat mais sans moi. « Les personnes accompagnant des voyageurs sont priées de descendre du train. Départ imminent, attention à la fermeture des portes. » Je n'ai plus de ticket.

Vous savez ce que j'ai ressenti ? Pour vous, j'espère sincèrement que non. Je ne souhaite à personne d'éprouver cette fracture du cœur. On parle souvent de séisme ou de cataclysme, mais là, c'était carrément le Big Bang. Chaque molécule de mon être s'est retrouvée pulvérisée aux quatre coins de l'univers. Mon cœur est un trou noir et d'autres parties de mon corps peuvent faire de belles planètes.

À partir de là, Hugues ne s'est plus adressé à moi que comme à une réfugiée qui ne connaîtrait pas la langue du pays d'accueil, le tout agrémenté de sourires aussi creux qu'hypocrites et de phrases pleines de grands principes pour se donner bonne conscience. « C'est la faute à pas de chance », « On a eu de beaux moments, essayons de tourner la page sans l'arracher », « Dans quelques années, nous en rigolerons ensemble »… Non mais il se fout de qui ? Il m'a aussi sorti : « Faisons preuve de maturité. » Comment peut-il se permettre, lui qui n'a d'adulte que l'apparence ! Quel salaud… Toutes ces années à promettre, à me demander d'attendre, à me faire croire que le minimum dont bénéficiaient toutes les autres était pour moi un luxe inaccessible. Il a eu de la chance, j'étais trop abattue pour avoir envie de le tuer. Mais ça va mieux : je commence à y songer…

Chaque fois qu'il me parlait, chaque fois que je le voyais, je subissais une attaque de plus contre mon camp déjà vaincu et piétiné. Ses mots comme des obus, ses regards comme des lance-flammes cachés dans des fleurs, et ses gestes comme des mines sournoises pouvant me faucher n'importe où… Je suis détruite. Un champ de ruines trop bombardé. Plus une seule pierre debout, plus un trou de souris où les lambeaux de mon âme pourraient trouver refuge. Peu à peu, je suis devenue la proie de deux sentiments qui, comme des vautours, se disputent mon cadavre : la douleur et la colère.

Notre « explication » a eu lieu voilà trois jours. Depuis, je suis comme une centrale nucléaire qui échappe à tout contrôle. Les voyants du tableau de sécurité clignotent rouge vif, la pression monte, les aiguilles s'affolent dans les zones hachurées des cadrans, les ingénieurs courent dans tous les sens, mais impossible de faire redescendre la température du réacteur. Il faut évacuer la région, ça va péter grave.

Il me reste quatre jours pour faire mes cartons et quitter ce qui fut notre domicile. En faisant le compte, je n'ai pas grand-chose. Si ! Il y a le canapé. Quand j'y pense, ce fumier était confortablement assis sur MON canapé pour m'annoncer qu'il tirait un trait sur notre histoire et me virait ! Une véritable métaphore de notre relation : j'ai payé ce meuble avec mon premier salaire, et c'est quand même lui qui l'a choisi ! Synthèse parfaite : je lui ai offert toutes mes premières fois et il s'est assis dessus.

En attendant, je ne sais pas où aller. Je n'ai pas le courage de retourner chez maman. Elle va me répéter toutes les deux minutes qu'elle m'avait prévenue et qu'elle lui trouvait un air louche. Je n'ai pas besoin de ça. Quand je pense à sa propre histoire avec mon géniteur, je ne vois pas quelle leçon elle pourrait me donner. Quant à ma sœur, elle a déjà assez à faire avec sa petite famille, et je ne m'imagine pas débarquer dans ses jambes avec mes cinquante boîtes de mouchoirs pour pleurer. Plus que quatre jours pour éviter l'hôtel et le garde-meuble. Quel monstre ! Émilie m'a déjà proposé de camper chez elle, mais ça ne pourra pas durer longtemps. Je refuse d'errer d'adresse en adresse, comme une naufragée, seule, témoin des bonheurs et des espoirs de chacun alors que je n'ai plus ni l'un ni l'autre.

Les réverbères de la berge opposée se reflètent sur les flots réguliers du canal. Il fut un temps où je trouvais ce genre d'image jolie. Ce soir, je n'en ai plus rien à faire. Je suis anéantie. J'ai toujours été gentille, j'ai toujours attendu mon tour, on m'a élevée avec l'idée de ne jamais faire de vagues. Il fallait penser aux autres plus qu'à soi. Pour quel résultat ? Je me suis souvent fait avoir. Hugues s'est bien payé ma tête. J'ai gâché des années qui ne reviendront pas. Et je me retrouve là, ce soir, envahie par un sentiment de solitude que je ne croyais possible que dans des films d'auteur suédois.

Je lève la tête pour apercevoir les étoiles. Présenté ainsi, le mouvement pourrait paraître poétique mais en fait, je pense que si j'incline mon visage en arrière, c'est surtout pour ne pas que les larmes coulent trop vite. J'en suis remplie et si je me penche en avant, même un peu, elles vont se déverser comme une cascade et faire déborder le canal. Alors je regarde les astres, dont je me fiche éperdument.

Et c'est alors que je reçois un second message que la vie m'envoie : il n'est jamais bon de mépriser les astres. Tandis que j'ai les yeux levés vers le ciel nocturne, je ne sais pas comment je m'y prends mais je m'emmêle les pinceaux. Je perds l'équilibre ! Je vous avais bien dit que j'étais au bord du gouffre : eh bien ça y est, c'est le grand saut, l'ultime déripette. Et mon vol plané s'achève dans un gros plouf pendant que je pousse un cri ridicule ! Toute ma chienne de vie résumée en deux bruits. Comme une quiche, je viens de tomber dans le canal. Je dédie ce pathétique gadin à toutes celles qui ont été larguées, bafouées, trahies, et qui comme moi n'y croient plus.

Fin janvier, je ne pouvais pas m'attendre à trouver l'eau tiède, et cela se confirme vite : elle est glacée. Deux degrés de moins et il y aurait eu en plus de la glace à la surface. Je me serais pété les dents en prime ! Je hoquette. Je bois la tasse. On dirait un peu le potage de mémé Valentine. D'habitude, je nage plutôt bien mais là, avec le manteau qui m'entrave et l'effet de surprise, je me débrouille comme un lévrier afghan dans les grandes marées. Dans la panique, j'ai lâché mon sac. Quelle abrutie ! Soudain, j'entends un deuxième plouf. Quelle horreur ! Malgré moi, j'ai déclenché une vague de suicides collectifs sans précédent. Une autre femme trahie ? Mais dans quel monde vivons-nous ? À ce rythme, le canal va vite être rempli de malheureuses à qui la vie a joué de sales tours. Mais non, suis-je bête ! C'est certainement le jeune homme qui, pour impressionner sa petite amie, a sauté pour me porter secours. Génial ! On est quand même une chouette espèce ! Ce genre d'élan me bouleverse, c'est trop beau. En attendant, mon manteau gorgé d'eau pèse deux tonnes et j'ai du mal à bouger les bras. Je me tourne pour accueillir mon sauveur… Mais quoi ? Je ne comprends pas : je le vois sur la berge, avec sa copine. Je crois qu'ils rigolent. Espèce pourrie ! Alors, c'était quoi ce bruit d'éclaboussures ? Un mec qui profite de la nuit pour se débarrasser de sa vieille machine à laver ? Des mafieux qui balancent un cadavre ? Une météorite ? Je cherche à voir, mais je ne distingue rien. Ça y est, je sais : c'est mon ami imaginaire qui a sauté avec moi dans un touchant témoignage de solidarité ! Mais étant imaginaire, il ne devrait pas faire plouf… Je débloque vraiment.

Tout à coup, entre deux brasses désordonnées, j'aperçois un autre nageur dans l'eau. Mais pourquoi regagne-t-il déjà la berge alors qu'il ne m'a pas sauvée ? Et qu'est-ce qu'il tient dans ses mains ? Bon sang, c'est le clodo qui se tire avec mon sac ! Une puissance inconnue surgit des tréfonds de mon âme damnée. Je deviens instantanément folle de rage. Je suffoque, je crache, mais je me mets à nager comme une championne olympique. Ma fureur me propulse. Un vrai hors-bord. J'en ai plus qu'assez des mecs ! Quel que soit votre état, ils s'arrangent toujours pour en tirer profit sans aucun scrupule. Vous êtes mignonne : ils vous draguent. Vous êtes à demi noyée : ils vous pillent ! Comme dans le cochon, tout est bon !

Le SDF est remonté sur le quai. Je ne suis pas loin derrière. Je m'accroche aux pierres et me hisse sur le ventre comme un phoque. J'ai perdu une chaussure. Il est en train de fuir, mais je ne lui laisse pas le temps de me distancer. Même en claudiquant, je le rattrape. Je l'empoigne par son blouson et, en poussant un cri de bête, je le projette au sol avec une violence dont je ne me serais jamais crue capable.

— Rendez-moi mon sac tout de suite ! Vous n'avez pas honte ?

— Mais vous vouliez mourir ! Qu'est-ce que vous en avez encore à foutre de votre sac ?

Je suis sciée.

— Qu'est-ce qui vous fait croire que je voulais mourir ?

— Quand on tire une tête comme la vôtre et qu'on se balance dans le canal, c'est pas pour aller acheter des fraises !

— J'étais déprimée et j'ai glissé.

— Parle à mon cul, ma tête a des verrues !

Je crois qu'il vient de voir l'éclair meurtrier passer dans mon regard, parce qu'il se protège le visage avec ses mains. Mais ça n'est pas suffisant. On dit qu'il ne faut pas frapper un homme à terre mais ce soir, je n'ai plus rien à faire de ce qu'on dit. Je me penche sur lui et je lui colle une grande baffe, puis une autre, et encore une autre. C'est mal, mais ça fait du bien.

Il a depuis longtemps lâché mon sac. Mais s'il croit qu'il va s'en sortir aussi facilement… Je me mets à hurler de toutes mes forces :

— J'en ai ras le bol des mecs. Vous me gonflez ! J'en ai plus qu'assez de vos coups foireux ! C'est votre tour de souffrir !

Les petits jeunes s'enfuient en courant. La folle en perdition se bat avec un clodo. Sûrement une bagarre de pochtrons… C'est pas juste, j'ai rien bu. Ma voix résonne dans tout le quartier. Et là, trempée, titubante, épuisée, je prends une décision sur laquelle je jure de ne jamais revenir : je ne vais plus rien leur passer. On remet les compteurs à zéro. On renverse la vapeur. Je vais faire payer ce fumier de Hugues. Chaque joueur doit vous donner mille baffes. Je vais me venger de tout. Puisque aucun bonheur ne descendra d'un ciel illusoire, je suis prête à aller chercher le peu qui me revient jusqu'au fond des enfers. La gentille Marie est morte, noyée dans ce canal. C'est la méchante Marie qui en est ressortie. Elle est mal coiffée et en plus, elle n'a qu'une chaussure. À partir de maintenant, je renvoie les ascenseurs et je rends la monnaie de toutes les pièces. Les chiens de ma chienne sont nés et il y en aura pour tout le monde. La vengeance est un plat qui se mange froid et je suis surgelée. La rage m'étouffe, la haine me consume.

2

— Ben Marie, qu'est-ce que t'as ? T'en fais une tête…

Ce serait plutôt « bain-Marie » étant donné ma mésaventure d'hier soir. Pétula est le premier humain qui m'adresse la parole depuis mon plongeon dans le canal. Je ne suis pas convaincue que ce soit une chance. Pétula est la standardiste de l'entreprise où je travaille. Avec une grâce infinie, elle se lève de sa chaise qui couine pour voir par-dessus le comptoir d'accueil si j'ai l'air aussi lamentable en bas qu'en haut. J'ai pourtant fait tout ce que j'ai pu pour m'arranger, je le jure. Sans aucune gêne, avec la candeur de ceux qui vivent dans leur monde, elle me détaille de la tête aux pieds et se rassoit sans un mot, mais avec une moue qui en dit long sur mon apparence. Après quoi, elle pivote et se replonge dans la contemplation de son écran d'ordinateur comme si je n'existais plus. Elle est là, tranquille, à consulter ses messages. Elle m'a oubliée. Elle est passée à autre chose. Un vrai poisson rouge.

Je m'approche du comptoir en espérant qu'elle va remarquer que je suis toujours là et se dire qu'il doit y avoir une raison, mais non. Elle pianote pour répondre à ses mails. Je sais bien qu'elle fait ce job en attendant mieux mais quand même… La vraie vie de Pétula, c'est la danse. Elle en fait le jour, la nuit, et rêve de devenir une étoile. D'ailleurs, il y a deux mois, elle répétait la chorégraphie du *Lac des cygnes* dans le hall, et alors qu'elle s'entraînait à faire la toupie pendant que le téléphone sonnait dans le vide, elle s'est fracassé le poignet contre le portemanteau. À tous les coups, elle va demander à ce que l'on agrandisse le hall, qu'on lui installe un parquet, des grands miroirs et une barre de danse. Comme ça, dans un an, pour entrer dans la société, il faudra traverser la scène de l'opéra. Tant que l'on ne nous oblige pas à mettre un tutu… Pourquoi je pense à ça alors que j'ai le moral à zéro ?

— Pétula, excuse-moi…

Elle sursaute. Sa queue-de-cheval semble montée sur ressort.

— Bonjour Marie !

Elle lève les yeux vers moi et se fige soudain.

— Alors ça, c'est trop bizarre ! T'es habillée exactement comme hier. C'est dingue, on dirait que t'as pas bougé d'ici depuis vingt-quatre heures !

Je suis sciée. Ça fait deux fois que je suis sciée en moins de douze heures. Je vais finir en bûchettes. Une belle flambée avec la Marie sciée. Ce n'est pas grave, de toute façon je souhaite être incinérée. En attendant, elle me fait un peu peur, Pétula. Ça doit être toutes ces pirouettes sur elle-même. La force centrifuge a dû lui plaquer tous les neurones contre les os du crâne, juste sous les cheveux. Je décide de faire comme si de rien n'était et j'en viens au fait :

— Bonjour Pétula. J'ai perdu mon badge, est-ce que tu pourrais m'en donner un de la réserve ?

— Il va falloir que je remplisse la fiche justificative. Est-ce que tu sais où tu l'as égaré ?

— T'as qu'à mettre qu'il est au fond du canal, ou que le clodo l'a gardé, ou que le chien qui m'a coursée après l'a bouffé.

Elle rigole. Elle croit que je blague. Si seulement ça pouvait être vrai… Elle me fait un clin d'œil :

— T'inquiète pas, je vais écrire qu'il est tombé dans la rue. Pas de problème. C'est ce que je mets à chaque fois, sauf pour Pierre quand sa maison a brûlé… J'ai mis qu'il avait fondu.

Elle ouvre un tiroir et en sort un badge neuf.

— Il faudra mettre ta photo.

— Avec la tête que j'ai en ce moment, je crois que je vais plutôt faire un dessin.

Je m'apprête à quitter le hall. Si j'étais en forme, j'aurais bien tenté de le faire sur les pointes, avec les bras arrondis au-dessus de la tête. Pétula rebondit à nouveau :

— Ah, Marie, j'allais oublier ! Super méga important : M. Deblais t'attend dans son bureau !

Je ne suis plus à une catastrophe près. Le chef m'attend la seule fois où j'arrive une demi-heure en retard… Toute l'histoire de ma vie : c'est ainsi depuis l'école : sage comme une image pendant des semaines et personne ne le remarque, mais le jour où je fais la grimace du siècle ou que je sors la vanne qui doit rester confidentielle, comme par miracle, les rideaux s'écartent, les projecteurs s'allument, les micros sont ouverts et je suis en direct devant dix millions de spectateurs ! Le bonheur m'a peut-être quittée, mais Dieu merci, la poisse, elle, ne m'a jamais lâchée. La preuve ce matin. Il ne me manquait plus que ce fourbe de Deblais pour mal commencer la journée.

Un livreur débarque dans le hall. Après un bonjour machinal, il empile directement ses caisses dans l'entrée. Pétula s'énerve :

— Enfin, ne les mettez pas là ! Si quelqu'un veut faire des étirements, il risque de se blesser !

3

J'espère que Deblais ne va pas me chercher des poux dans la tête parce que étant donné l'état dans lequel je suis, je risque de mal supporter ses petites manœuvres.

J'ai peine à croire que ça fait déjà dix ans que je travaille ici. Le décor a bien changé. Je remonte le couloir entre les bureaux. Les portes sont fermées mais, à travers les cloisons vitrées, on voit tout ce qui s'y passe. Je salue les collègues, au moins ceux qui me remarquent. Je m'arrête devant l'antre d'Émilie. Elle est au téléphone, mais j'ouvre et je passe la tête. Elle me sourit franchement tout en poursuivant en anglais avec son interlocuteur. Sans que son ton affable ne la trahisse, elle désigne le combiné en levant les yeux au ciel. Je lui montre le fond du couloir en articulant sans faire de bruit :

— Deblais veut me voir.

Puis je place mes mains autour de mon cou pour faire semblant de m'étrangler. Elle rigole à moitié et me fait signe que l'on se verra ensuite.

Émilie est comme une sœur pour moi. Elle est une chance dans ma vie. Je n'ai jamais connu une telle complicité, avec aucune copine. On a l'impression de se connaître depuis la maternelle. Je crois que si elle démissionnait, je n'aurais plus le cœur à venir travailler ici, surtout en ce moment. On a intégré Dormex à quelques mois d'écart. À l'époque, l'entreprise comptait plus de trois cents employés. En ce temps-là, les matelas de luxe que nous vendions étaient fabriqués dans l'usine juste derrière. Il y avait du monde, les bureaux étaient peut-être vieillots mais aucune porte n'était jamais fermée. Une vraie ruche, un esprit de famille, le ballet des camions dehors, le roulement des machines dans l'usine et, ici, les téléphones qui sonnaient et les voix qui se répondaient. Les ouvriers mettaient l'ambiance et on était fiers de notre travail. Les meilleurs hôtels du monde et les particuliers exigeants nous commandaient nos petits nids douillets garnis, cousus et préparés à la main. La reine d'Angleterre elle-même dormait sur un de nos matelas ! Ils étaient réputés dans le monde entier. On était la référence, un des fleurons du savoir-faire français dont certaines techniques remontaient à la Renaissance. On proposait des modèles à ressorts, en mousse, en latex alvéolé, et pour les plus luxueux, doublés de laine mohair ou d'alpaga. Tout était conçu, développé, fabriqué et expédié d'ici, partout dans le monde. À l'époque, la devise de la maison était : « Confiez-nous vos nuits pour mieux savourer votre vie. »

À mes débuts, avec Émilie, on allait voir les adresses sur les caisses d'export, et la lecture des étiquettes nous faisait voyager. New York, les Émirats, Hong Kong, l'Afrique du Sud, les palais d'Orient, et même des îles privées perdues dans le Pacifique… Quelques années plus tard, les patrons devenus trop vieux ont vendu à des actionnaires qui ont décidé de privilégier la rentabilité, et donc de délocaliser. Les couturières d'Asie sont moins chères, les matières premières que l'on trouve là-bas aussi. Aujourd'hui, la gamme est réduite de moitié, la concurrence s'est engouffrée sur un créneau que les nouveaux gestionnaires n'ont pas su protéger en privilégiant la qualité, et nous ne sommes plus que vingt-six salariés. Les bureaux ont été refaits, tout est plus lumineux, plus clinquant, il y a des vitres partout, plus aucune intimité – sans doute parce qu'il n'y a plus de confiance. Malgré les beaux discours, nous ne sommes plus une équipe, mais des employés. Pour les « anciens », ceux qui ont connu l'autre façon de travailler, c'est dur. On se sent comme une tribu d'ours polaires à la dérive sur un bout de banquise qui fond un peu plus tous les jours. Et certains allument des feux pour accélérer la fonte… On en a oublié pourquoi on travaillait. Fini la fierté. On nous a retiré notre but, notre plaisir d'accomplir. Aujourd'hui, pour nous, la devise serait plutôt : « Confiez-nous votre vie et nous en ferons des préavis… »

À mon entrée dans la société, j'ai été embauchée au service social. En ce temps qui paraît si lointain même s'il ne remonte pas à deux siècles, cela voulait dire gérer les gens, les aider à mieux faire leur travail tout en les accompagnant quand un événement les touchait dans leur vie. Une naissance, un départ à la retraite, un divorce, une maladie, une formation… On était là. Pas d'absentéisme abusif de leur part et une authentique bienveillance de celle des patrons. Une équipe, je vous dis. Je savais tout de l'existence des employés, de leurs petits soucis ou de leurs joies. On se parlait franchement. Je faisais de la gestion des ressources humaines, j'étais le lien entre la direction et l'opérationnel, dans les deux sens. M. Memnec, l'ancien patron, disait que j'étais une infirmière sans pansements, une trousse des premiers secours de l'âme. J'adorais ça. Aujourd'hui, de dérives en réductions de budgets et d'effectifs, je suis devenue le bras télécommandé de la direction. On me charge d'annoncer les plans sociaux, de gérer les départs rarement volontaires. C'est épouvantable. La partie usine a été réaménagée en centre d'affaires que l'on loue à d'autres petites sociétés dont on ne comprend même pas la fonction : un loueur d'espace virtuel, une agence de relooking, un négociant en biens d'occasion – chez qui des gens ruinés viennent vendre le peu qu'il leur reste contre des miettes de cash – et je ne sais plus quoi d'autre. Pourquoi ce n'est pas eux que l'on délocalise, et tant qu'à faire sur Pluton ?

Je passe rapidement dans mon bureau pour y déposer mes affaires. C'est le dernier avant l'open space. Je ne sais pas combien de temps je vais le garder face à cet aménagement qui grignote les espaces privés comme le désert gagne sur la prairie. Nous ne sommes plus que huit à avoir droit à notre propre pièce, les autres sont réunis sur « le plateau ». Au début, on trouvait ça bien parce que ça faisait convivial, ça évoquait les films américains, vous savez, ces salles de rédaction d'où jaillit toujours la vérité face aux scandales. Au bout de deux semaines, tout le monde a bien compris le fossé qui sépare le cinéma de la réalité. On est les uns sur les autres, plus possible d'être au calme. Ceux qui y travaillent ont même interdiction de se parler d'un bureau à l'autre. Ils doivent s'envoyer des mails pour communiquer. Un miracle de technologie et d'intelligence au service de la productivité. Deux mille ans d'Histoire pour apprendre à ne plus se parler en face, ce qui permet en outre à la direction d'avoir un regard sur chaque échange… Encore une idée de Deblais et de son infâme sbire, Notelho. Et c'est à moi que l'on a demandé d'annoncer ça, au nom du progrès social. Situé tout au bout du bureau paysager, dans son aquarium, Deblais domine et surveille avec, dans le mirador voisin, son fidèle adjoint. Deblais et Notelho forment le tandem infernal. Au début, sans doute à cause d'un léger accent brésilien, on trouvait le sous-chef sympathique. Nous nous sommes vite rendu compte que, malgré l'image glamour dont bénéficient les Brésiliens chez nous, ils ne sont pas tous charmants. Ou alors on a hérité du seul pourri de ce beau pays. Lui et Deblais sont exactement sur la même longueur d'onde. On dirait qu'ils adorent se surprendre l'un l'autre en trouvant l'idée la plus inhumaine en premier. C'est Notelho qui a eu celle de supprimer la cloison qui isolait la machine à café, comme ça, même pendant les pauses, on voit qui parle avec qui ou qui a encore assez d'énergie pour rire…

Je traverse la zone en faisant discrètement signe à ceux dont je suis proche : Valérie, Florence, Malika et quelques autres. Elles osent à peine me répondre. Étant donné l'ambiance, on ne doit pas être loin de l'atelier de travail des condamnés d'Alcatraz. Le seul qui brise la règle et me dit franchement bonjour, c'est Florent, le stagiaire marketing. C'est moi qui l'ai recruté. Toutes les filles ont craqué sur son sourire et ses vingt ans. La découverte des abdos qu'il exhibe chaque fois que c'est possible n'a calmé personne, surtout pas l'adjoint du service design, Lionel… Et voilà mon stagiaire qui me sourit de toutes ses dents, avec la reconnaissance du nouveau à qui l'on a donné sa chance. Il apporte une vraie fraîcheur. Comme un jeune chien, il court sur toutes les balles. Il n'est là que depuis une semaine. Il n'a pas encore pris le pli, il est toujours vivant.

J'arrive devant le bureau de Deblais mais il ne m'a pas encore repérée. Par contre, je sais déjà que son vil comparse m'a détectée. Il m'a jeté un de ses sales petits regards en coin. Il aurait sans doute pu être ami avec ce faux-jeton de Hugues. Je les imagine très bien boire un verre ensemble, en dénigrant tout et tout le monde, installés dans mon canapé.

Au moment où je frappe à la porte de Deblais, je le vois qui, visiblement surpris, range précipitamment un dossier bleu. Pas de bol, mon grand, les vitres sont transparentes dans les deux sens ! Nous aussi on peut voir ce que tu fabriques ! Je le déteste. Il est cachottier, hautain, capable d'affirmer tout et son contraire suivant son intérêt de l'instant. Son plus grand talent professionnel consiste à faire faire son boulot par les autres, en s'en attribuant les mérites si ça marche. Et pour compléter le tableau, il faut savoir que sa femme et ses deux enfants ne l'empêchent pas de tourner autour des filles du service. Ce type, on dirait vraiment qu'il a fait une analyse exhaustive de tout ce qui fait un mauvais patron et qu'il s'emploie à en devenir la caricature. Il me dégoûte. C'était le cas même avant que je sois en rogne contre les hommes.

— Entrez !

À peine suis-je dans son bocal que, sans même me regarder, il me tend un dossier – pas le bleu – et marmonne :

— Vous êtes gentille, vous me faites une copie de ça.

Pour bien me faire comprendre qu'il a remarqué que j'étais en retard, il consulte ostensiblement sa montre.

— Et puis vous serez mignonne, ajoute-t-il, vous irez ensuite voir les gars du service qualité pour leur rappeler notre réunion prévue demain matin. Ils ne décrochent même pas leur téléphone. Je ne les supporte plus. Mais cette fois, je veux qu'ils viennent. J'ai des informations importantes à communiquer et tout le monde doit être là, sans exception.

Il me tend une copie de la feuille de convocation affichée dans l'entrée de la société.

— Donnez-leur ça, ils n'auront plus d'excuse pour ne pas venir. Soyez claire et ferme. De toute façon, il est entendu que s'ils sont encore absents, je vous en tiendrai pour personnellement responsable.

Je me mords les lèvres pour ne pas lui dire d'aller porter le message lui-même. J'essaye d'apercevoir le dossier bleu. Quelques feuilles dépassent, mais pas assez pour identifier ce qu'il contient. Deblais croise mon regard et pose son coude sur le mystérieux document.

— Allez, Marie, faites mes photocopies et dépêchez-vous d'aller voir les énergumènes. Vous avez assez perdu de temps comme ça.

Un jour, celui-là, je vais me l'encadrer façon toile de maître, avec les dorures et tout le musée autour.

4

Aller au service qualité, c'est faire un voyage dans le temps. J'aime bien leur rendre visite, même si cela réveille toujours une vraie nostalgie parce qu'ils sont le seul secteur de l'entreprise à n'avoir ni déménagé, ni changé. Depuis la création de l'usine, ils sont installés dans une aile séparée qui a échappé aux travaux de modernisation et à la mise en location. Une entrée à part, à l'écart. Une sorte de faille spatiotemporelle. À l'arrière, sur la rue, ils ont bien sûr une grande baie de déchargement pour les livraisons, mais quand on vient des bureaux, l'accès est une simple entrée de service au fond de la cour, dans un mur de brique rouge. Le battant métallique aux rivets rouillés grince. Une fois à l'intérieur, on marche sur un sol de béton brut usé par la trajectoire répétée des roues des chariots qui autrefois allaient et venaient sans discontinuer. La petite planche qui permettait de passer le pas de porte en roulant est toujours posée dans le coin, sans doute depuis des décennies. Les murs crépis sont d'un jaune comme on en voyait avant dans les gymnases et les halls des vieux immeubles. Un autre monde, à la fois rassurant parce que inchangé mais aussi douloureux parce qu'il révèle à lui seul tout ce qui n'est plus.

J'avance. Il fait sombre, la faible lueur des ampoules ne parvient pas à chasser complètement l'espèce de pénombre qui fait elle aussi partie des lieux depuis toujours. À mesure que mes yeux s'habituent, j'ai la sensation chaque fois renouvelée de découvrir une étrange caverne d'Ali Baba : des rayonnages qui montent jusqu'au sommet du hangar, remplis de caisses, de matelas – le peu de stock encore maintenu sur place –, les allées parallèles numérotées en enfilade, des panneaux portant des signes et des codes. Je ne croise ni n'entends personne. Il faut dire qu'ils ne sont plus que trois à faire fonctionner l'endroit. Ils gèrent les rares expéditions, mais surtout réceptionnent les mousses et les ressorts fabriqués dans les pays de l'Est pour vérifier leur conformité à notre cahier des charges. Un peu plus loin, dans un espace aménagé entre les rayonnages, trois matelas sont posés sur de grands chevalets sous de puissants projecteurs, comme des œuvres d'art pour une expertise. Le parfum du métal et du carton flotte dans l'air, avec au second plan une fragrance plus légère, peut-être la laine, sans doute la mousse de latex. Le mélange sent presque aussi bon qu'un gâteau.

— Il y a quelqu'un ? je lance. C'est Marie, du service du personnel !

Aucune réponse. Soudain, quelque part dans les allées, un bruit de chaîne résonne et une voix déclare :

— Vous avez été mes meilleurs amis. Je ne vous oublierai jamais. Adieu, monde cruel !

Je me précipite au hasard des allées. Ça devait finir par arriver : avec leurs plans sociaux à répétition, il était logique que, tôt ou tard, un collègue fasse une tentative de suicide. Je hurle :

— Ne sautez pas ! Vous n'allez pas perdre votre emploi !

Je cours comme une dératée dans les travées, je cherche d'où le malheureux va sauter. Je regarde en l'air et soudain, à un croisement, je l'aperçois. Il est assez loin, surtout assez haut, au sommet d'un rayonnage, les bras ouverts face au vide. Il s'appelle Kévin. Je crois qu'il a deux enfants. Un drame inacceptable. Je ne peux même pas foncer pour tenter de le rattraper parce qu'une montagne de cartons me barre la route. Et avant que j'aie pu lui crier le moindre mot, il se jette dans le vide !

Quelle horreur : il fait un magnifique vol plané. Il n'a pas encore disparu derrière la pile de caisses que j'imagine déjà l'épouvantable spectacle sur le sol. Je ferme les yeux. Pourtant, au lieu de l'insoutenable bruit d'écrasement que je m'attends à entendre, c'est un drôle de son étouffé qui s'élève, et je vois le bonhomme qui rebondit dans les airs en riant comme un gamin.

Je n'ai pas d'enfants, mais j'ai souvent entendu dire que les parents, juste après avoir eu très peur pour un de leurs petits, ne trouvent rien d'autre à faire pour évacuer leur stress que de lui coller une grande baffe. J'ai très envie de faire la même chose. Je cavale dans le dédale des allées pour contourner le rempart de cartons et je découvre que Kévin a sauté sur un amoncellement de matelas à ressorts.

Au pied de l'empilement qui forme un tapis de réception pure laine, Sandro applaudit. À ses côtés, Alexandre, le nouveau directeur du service arrivé voilà seulement quelques mois, a un hochement de tête approbateur.

— Superbe vol ! 18 sur 20 ! clame Sandro.

Kévin salue son public et réagit :

— 18 seulement ? C'est une note bien sévère. Pourquoi pas 20 ?

— Tu t'es recroquevillé trop tôt. Et puis soigne ta position en vol.

Je n'en crois pas mes oreilles. J'explose :

— Mais qu'est-ce que vous faites ? J'ai cru qu'il se suicidait !

Alexandre se retourne.

— Marie, quelle surprise ! Vous vous êtes perdue, ou vous venez nous annoncer qu'on est remplacés par des robots ?

— Pas du tout. Je viens seulement vous rappeler que vous devez impérativement être présents demain matin à la réunion du personnel.

Je lui tends la feuille en évitant de croiser son regard parce que je ne suis pas à l'aise. Il la lit et l'exhibe à ses deux acolytes en ironisant :

— Nos chers patrons vont certainement nous annoncer une augmentation de salaire et un management de l'entreprise enfin indépendant des intérêts des fonds spéculatifs !

J'essaie de détourner la conversation :

— Vous êtes complètement fous de sauter comme ça. Même avec autant de matelas, c'est risqué.

Kévin hausse un sourcil.

— On nous demande de tester la qualité avec la plus grande exigence, alors on paye de notre personne.

Alexandre me fixe. Son regard m'impressionne. Je ne réussis jamais à le soutenir. Dès qu'il est arrivé dans l'entreprise, je l'ai remarqué. J'ai parfois l'impression d'avoir déjà rencontré cet homme, mais je ne sais pas où et je n'y réfléchis d'ailleurs pas spécialement parce que ces impressions de déjà-vu m'arrivent tout le temps. Pour

Sandro par exemple, il ressemble à s'y méprendre à un comédien qui jouait dans une série télévisée que je regardais quand j'étais petite – j'ai mis du temps à faire le rapprochement. Mais ce n'est pas possible, ce serait aujourd'hui un vieillard alors que nous avons exactement le même âge.

— Messieurs, je dois y retourner, je vous laisse à vos expériences. Ne vous blessez pas.

— Même si on se tuait, réplique Alexandre, personne ne s'en rendrait compte avant d'avoir à déménager le stock…

— Essayez quand même de venir demain, sinon Deblais va me tomber dessus.

Kévin rigole :

— On peut vous couvrir de matelas et il rebondira !

Je me force à sourire et je quitte le bâtiment, presque à regret. Eux forment une vraie équipe, au moins.

Je suis à peine revenue dans les bureaux, que Deblais m'attrape, très agressif.

— Et mon dossier à photocopier, vous l'avez oublié ?

Il a l'air d'un roquet. Je n'entends même pas ce qu'il me dit. Sûrement un mélange de leçon de morale et de rappel à l'ordre, avec un soupçon de menace de sanction hiérarchique. Encore une recette difficile à digérer. Encore un qui va me dire que je ne fais pas l'affaire, que notre chemin va s'arrêter là et qui va me virer. Je n'en peux plus. Je voudrais tellement savoir lui répondre, mais je n'ai la force de rien. Piétinée une fois de plus, je me précipite vers la salle de la photocopieuse en priant le ciel de ne pas éclater en sanglots avant d'être à l'abri des regards. Lorsque votre dignité dépend d'une porte ouverte ou fermée, c'est que vous êtes vraiment en très mauvais état.

5

J'ignore depuis combien de temps je suis dans le local de reprographie. Et je ne sais plus à quel moment je me suis assise par terre, dos contre la photocopieuse. L'expression « tomber bien bas » a été inventée exprès pour moi, aujourd'hui. Je sens la chaleur de la machine, c'est toujours ça de pris. Si seulement elle pouvait me prendre dans ses bras…

J'ai du mal à aligner deux pensées cohérentes. Dans la forêt de neurones censée remplir mon cerveau, je dois être au milieu d'une clairière. Je suis même incapable de me lever. La porte s'ouvre. Émilie apparaît. En me découvrant ainsi prostrée, elle referme précipitamment derrière elle.

— Qu'est-ce que tu fais là comme une bestiole à moitié crevée ? Tu devais passer me voir…

— Deblais m'a envoyée au service qualité. Quand je suis arrivée, Kévin a sauté du haut des rayonnages pour tester les ressorts, et moi j'ai cru qu'il voulait se tuer. Et en revenant, Deblais m'a encore aboyé dessus pour son dossier, que je n'ai pas pu photocopier parce qu'il n'y a plus de papier dans la bécane…

Mes yeux s'embuent à nouveau. Émilie s'agenouille et m'enlace.

— Ma pauvre, tu es dans un état lamentable. Essaie de te faire arrêter quelques jours pour te poser.

Je m'abandonne dans ses bras. Ma peine n'attendait que cette perche pour se répandre.

— Pour me poser où ? je renifle. Chez l'autre fumier qui me vire ? Et qu'est-ce que je dis au docteur pour me faire arrêter ? Que je me suis battue avec un clodo dans le canal, ou que je vois des collègues qui se suicident partout ? Il va me faire interner. Ça me fera au moins un chez-moi…

— Marie, c'est logique que tu sois dans cet état avec ce que tu traverses. C'est violent. Il faut tenir le choc, prendre soin de toi. Et puis, je suis là.

Elle relève mon menton et me regarde dans les yeux. D'un revers de pouce, elle efface une larme de ma joue, mais d'autres arrivent déjà.

— La vache, qu'est-ce que tu pleures ! Allez ma grande, évacue ta peine, vas-y, lâche-toi un bon coup.

— Je pleure tellement que je fais même plus pipi.

Et c'est reparti pour une nouvelle lame de fond de chagrin. Même moi ça m'énerve, mais je ne contrôle rien. Émilie commence à ramasser le dossier éparpillé sur le sol.

— Chiale tout ce que tu peux, pendant ce temps-là, je vais te faire tes photocopies.

— Il n'y a plus de papier, Émilie. Plus de papier. Tu veux que je te dise ? Je crois que l'humanité se divise en deux camps : ceux qui remettent du papier et ceux qui n'en remettent pas. C'est affreux, je viens de comprendre l'architecture du monde : d'un côté ceux qui se contentent de profiter de tout et, de l'autre, ceux qui pensent un peu à leur prochain.

— Faut vraiment que tu sois mal pour philosopher sur des ramettes A4.

— Tout est un témoin, Émilie, tout raconte notre société.

— Dans ton intérêt, je préfère que personne ne te voie comme ça. Et garde tes théories dépressives pour les soirs de beuverie. Même sans boire, tu auras l'air d'être aussi bourrée que les autres.

La porte du local s'ouvre. C'est Patrice, l'adjoint de la comptabilité. Il fait une drôle de tête en nous découvrant, moi assise, en larmes et groggy comme après un accident, et Émilie à quatre pattes par-dessus mes jambes, en train de rassembler le dossier. Elle se lève d'un bond pour s'interposer.

— C'est pas le moment, Patrice. Reviens plus tard.

Il insiste, mais elle l'oblige à reculer. Il rouspète :

— J'ai les bilans à dupliquer, moi ! Pour vos séances de psychodrame, vous avez les toilettes !

— Figure-toi qu'on a du mal à faire la différence parce que ici non plus, il n'y a plus de papier. Alors barre-toi.

Elle lui claque la porte au nez. Je reprends mes esprits.

— Tu sais, Émilie, je crois que cette fois pleurer ne me suffira pas pour tout évacuer. Je touche le fond, je ne vais pas m'en sortir.

— Je déteste t'entendre parler comme ça. Ne va pas faire une bêtise. Ce serait lui faire trop d'honneur, il n'en vaut pas la peine. Ce soir, je t'interdis de rentrer chez lui. Tu ne vas pas t'infliger une soirée de plus avec ce butor. Viens chez moi.

— T'inquiète, je ne vais pas me pendre. Mais je vais me venger. Ce sera ça, ma thérapie. Je vais me le farcir. Je ne sais pas encore comment, mais je te jure qu'il va déguster.

6

Je sais que c'est ridicule, mais j'ai quand même espéré que Hugues s'inquiète du fait que je ne rentre pas. J'ai surveillé mon téléphone toute la soirée. Je le sortais de ma poche en me disant que, peut-être, je ne l'avais pas senti vibrer. Et là, j'aurais voulu trouver un SMS de lui, genre : « T'es où ? J'espère que tu vas bien. » Même en sachant que ce type de message serait le pur produit d'une quête de bonne conscience hypocrite puisqu'il est entièrement responsable du fait que je sois dévastée, j'aurais quand même été contente. Après, j'aurais eu la satisfaction – que dis-je, le grand bonheur ! – de ne pas lui répondre, de le snober cruellement, en espérant qu'il panique à mort parce qu'il aurait réalisé qu'il est le dernier des salauds. Il se serait fait un sang d'encre, il m'aurait cherchée dans tous les hôpitaux, les morgues, les refuges pour animaux et les zoos d'espèces exotiques. À l'aube, convaincu que par sa faute, la fille géniale que je suis n'était plus de ce monde, il se serait jeté sous un train dont il serait sorti en rondelles, ses restes dessinant mes initiales au centre du « O » du mot « forever ». Quel sublime signe du destin !

Mais non. Rien. Que dalle. Au rayon des tortures psychologiques, j'ai même eu le droit à un faux espoir grâce à un message de ma sœur qui veut me parler vite « pour m'annoncer une bonne nouvelle ». Même elle, je n'ai pas la force de la rappeler ce soir. Je le ferai demain matin. Je me demande bien ce que ça peut être, une « bonne nouvelle », en ce moment. Peut-être une maladie infectieuse foudroyante qui décime les mecs sur l'ensemble de la planète ? Oui, ça c'est bien. Demain, ma grande sœur va m'annoncer que les mâles sont en voie de disparition, sauf le stagiaire, parce qu'il a un sourire craquant, et sauf le directeur commercial, parce qu'il a vraiment de l'allure et qu'il en jette dans ses costumes sur mesure et ses petites chemises ajustées.

J'ai passé une nuit épouvantable. Je ne sais pas si c'est à cause de mon chagrin ou du « bon » repas qu'Émilie s'est crue obligée de me préparer pour me remonter le moral. On a bien rigolé. On va sûrement avoir les mêmes boutons sur la figure aujourd'hui et la même haleine de guépard malgré plusieurs brossages de dents. Mais c'était super quand même. De toute façon, quand les gens font quelque chose pour vous, c'est toujours bien. Les spaghettis aux champignons d'Émilie ont été la corde qu'elle m'a jetée pour me sortir du fond de mon puits. La corde était pleine de champignons et de sauce, et je l'ai mangée. C'est grave, quand même. Si j'avais été sur le *Titanic*, j'aurais bouffé le canot de sauvetage. Pas facile à sauver, la fille.

Avec Émilie, on a beaucoup parlé. Elle a même réussi à me faire rire aux éclats. Il n'y a qu'elle pour y parvenir lorsque je vais mal. Je pense qu'elle a d'ailleurs battu son propre record, parce que je n'avais jamais été aussi mal et qu'on a énormément ri. Elle aussi en bave avec les mecs.

Entre ceux qui l'ont traitée comme une moins que rien et ceux qui ont l'air bien mais qui vont voir ailleurs, c'est un véritable parcours du combattant qu'elle affronte. Je me demande si une fille sur Terre parvient à échapper à cette malédiction. Existe-t-il une seule femme qui n'ait pas galéré avec les mecs ? Des déesses de l'Antiquité aux stars glamour en passant par les femmes très riches ou très puissantes, dans la vie ou dans les romans, les films et les chansons, partout sur la planète, dans toutes les langues, sous tous les cieux, c'est toujours la même histoire. Ma propre mère s'est fait abandonner quand j'étais toute jeune. Toutes les femmes ont des problèmes, mais aucune n'a les solutions. J'ai beau passer en revue toutes celles que je connais, je n'en vois pas une pour qui la relation aux hommes soit simple. Je crois que nous nous débattons toutes avec ces trois questions fondamentales : Où se cachent les hommes bien ? Pourquoi ne sont-ils pas en couple avec nous, surtout le week-end ? Et quand, par miracle, ils nous sont livrés – parfois abîmés dans le transport –, pourquoi ne le sont-ils pas avec le mode d'emploi ?

Il doit certainement exister quelque part une caverne secrète ou un entrepôt mieux gardé que la réserve fédérale, où tous les types cool sont stockés en secret. De temps en temps, l'un d'eux parvient à s'échapper, mais il n'est pas facile de le repérer au milieu de tous les autres. De toute façon, dès qu'il apparaît en public ou passe dans un champ à découvert, il y a toujours une autre fille pour le récupérer avant vous, et le voilà casé.

Émilie et moi, on n'a même pas eu besoin de boire pour rire bêtement de tout et n'importe quoi. Et s'agissant du bilan de nos histoires sentimentales, on peut vraiment parler de n'importe quoi. Il y a un mois, c'était elle la paumée et moi la fille amoureuse à qui la vie souriait. Une bonne grosse catastrophe plus tard, je décroche la médaille d'or des larguées, et elle est l'outsider qui revient dans la course avec ses rencontres sans lendemain. Elle peut même marquer le point décisif avec ce type qu'elle a récemment remarqué dans l'immeuble d'en face, à qui elle n'a pourtant jamais adressé la parole. Elle ne l'a même pas croisé de près mais elle le trouve « gentil » vu de sa cuisine ! Elle n'arrête pas de se faire des films sur lui. Avec la chance qu'on a en ce moment, elle est capable d'avoir jeté son dévolu sur un assassin d'un nouveau genre, dont les multiples crimes horribles n'ont pas été découverts à ce jour. Il attire ses proies en étant « gentil » vu des fenêtres d'en face. C'est imparable. Ses victimes tombent comme des mouches. Encore une grande histoire d'amour en perspective. Un coup à finir découpée en cubes dans le congélateur. La presse va adorer : « Il l'aime, il la découpe. Toutes les photos avec en cadeau les lunettes en relief. »

En attendant, après notre soirée, lorsque je me suis retrouvée seule sur son canapé devant sa télé éteinte qui reflétait les lueurs de la rue, la tueuse psychopathe, c'était moi. J'imaginais tout ce que je pouvais faire subir à Hugues. Avec tous les romans policiers que j'ai lus et les séries débiles à la télé, les idées ne manquaient pas. J'ai même imaginé que je jouais à la poupée avec lui et que je lui enfilais des petits costumes folkloriques en lui tordant les bras dans le mauvais sens. Vous auriez vu la touche qu'il avait en petit ramoneur et en Alsacienne… Mais mon rêve préféré, c'est de le miniaturiser, de lui arracher les bras, de lui tailler la tête en pointe et de le mettre en suppositoire à un ours juste avant l'hibernation. Quand je vous dis que je ne vais pas bien… J'avais assez de scénarios pour le massacrer dix fois. Pourtant, au final, dans l'appartement silencieux, roulée dans ma couverture à laquelle je me cramponnais comme une enfant perdue lors de sa première nuit loin de chez elle, c'était toujours la tristesse qui gagnait et me condamnait à une éternité de souffrance pour un double crime qui consiste à vouloir aimer et à faire confiance.

Quand j'étais ado, j'aimais bien aller camper chez mes copines. On faisait exactement comme ce soir : on parlait de la vie, des mecs, on riait, on mangeait n'importe quoi, et après on s'endormait épuisées. Ce soir, c'est différent. Bien qu'exténuée, je ne m'endors pas. J'ai mal. J'ai peur aussi. Mon existence est réduite à néant. J'espère vraiment que la réincarnation existe, parce que cette vie-là est fichue pour moi et que j'ai l'impression qu'il y avait quand même de jolies choses à éprouver. Tant pis pour moi, je n'ai pas eu cette chance. Il est trop tard. Je sais désormais trop de choses pour y croire encore. Plus aucune illusion. Je vais continuer ma vie, privée du seul trésor qui semblait valoir la peine : l'amour. Une belle arnaque. Un piège à illusions. Je suis la luciole qui a volé trop près de la lampe. Je sens le brûlé. Me voilà soudain très proche de toutes ces femmes et de leurs souffrances. Aujourd'hui, je suis l'une d'elles. Je suis avec elles. Pourtant, ce n'était pas avec elles que je voulais passer le reste de ma vie, mais avec un homme. Je pense que si j'étais tombée sur un bon garçon, j'aurais pu croire à l'amour jusqu'à la fin de mes jours, mais là où j'en suis, c'est devenu impossible. J'ai découvert l'envers du décor. Je connais ce qu'il y a derrière les mots que les hommes nous offrent pour nous séduire. Ce ne sont que des appâts. Je sais que nous vivons dans deux mondes qui se côtoient mais qui n'ont rien à voir l'un avec l'autre. Ils imposent leurs règles et nous font cavaler à coup de promesses, avec pour meilleurs alliés nos propres espoirs. Ils se servent de nos rêves. C'est scandaleux. Tout ça pour que l'espèce continue de se reproduire. Mais dans quel but ? Maintenant, je sais. Le Père Noël, la petite souris, le grand amour et les farfadets avec des chaudrons remplis d'or n'existent pas. Les garagistes qui n'essaient pas d'entuber les femmes célibataires en leur faisant croire que leur voiture va exploser si elles ne changent pas tout, non plus. Comment vivre léger en sachant cela ? On ne vit pas, on ne dort plus. On cherche le coupable et moi, dans ma triste petite histoire personnelle, je sais où il habite.

7

— Excuse-moi Caroline, je n'ai pas pu te rappeler avant. Je suis entre deux urgences et dans dix minutes, j'ai une réunion qui ne s'annonce pas comme une partie de plaisir. Comment vas-tu ? Et les enfants, et Olivier ?

— Tout le monde va bien, merci. Tu viens toujours dans quinze jours ?

— Bien sûr, ça me fera du bien de vous voir.

— On aura quelque chose à fêter parce que, tiens-toi bien, j'ai une grande nouvelle pour toi ! Tu te souviens de Véronique, ma copine de fac, celle qui est devenue directrice dans les cosmétiques ?

— Elle était à ta fête pour tes quarante ans ? Des jambes interminables et des yeux bleus comme l'eau de la cuvette quand on vient de changer le bloc ?

— Si un jour tu lui parles de ses yeux, sois gentille de le faire autrement parce que tu peux lui être reconnaissante. Elle part pour un an aux États-Unis et elle te laisse son appartement, rue Victor-Hugo en plus.

— Mais c'est dans les beaux quartiers. Je ne vais jamais avoir les moyens de lui louer ça !

— C'est là qu'arrive la bonne nouvelle. Véronique ne veut pas le sous-louer, tu lui gardes son appart,

47

tu arroses les plantes et basta. De toute façon, elle compte le réaménager en rentrant.

— Elle est riche ou elle est généreuse ?

— Un peu les deux, je crois. Et puis on s'aime bien et je lui ai dit ce que Hugues t'avait fait…

Je reste sans voix. Caroline ajoute :

— Elle part tranquille, sa boîte lui paye tout, et ça te laisse un an pour te retourner. Ça arrange tout le monde. Qu'est-ce que tu en dis ?

J'ai du mal à y croire. Je bafouille :

— Si c'est vrai, c'est effectivement une super nouvelle.

— Mais c'est vrai ! Arrête de tout voir en noir ! Il n'y a pas que des mauvaises nouvelles dans la vie. Tu l'appelleras pour la remercier.

— Compte sur moi. Merci Caro, tu es vraiment mon ange gardien.

— Je n'y suis pour rien ! Et bon courage pour ta réunion.

Elle raccroche. Je reste comme une gourde assise à mon bureau, avec le téléphone collé à l'oreille. Émilie passe la tête.

— Dépêche-toi, tout le monde est déjà installé dans la grande salle et Deblais veut te voir avant…

Je lève les yeux vers elle.

— J'ai un appart. Tu peux le croire ?

— Génial ! Et maintenant active, tu me raconteras après.

8

Le personnel au grand complet est rassemblé. Même Pétula a été autorisée à quitter l'accueil. Le téléphone va encore sonner dans le vide mais, cette fois, on saura pourquoi. Florence, la responsable de la facturation, ne semble pas inquiète, c'est bon signe. Elle est en première ligne pour évaluer la santé financière de l'entreprise. Clara, la dernière embauchée en CDI, pianote sur son téléphone. Elle est sans doute en train d'essayer de savoir si son petit ami la trompe ou à quel âge elle aura son premier bébé avec ces sites malhonnêtes qui coûtent une fortune. Une part significative de son maigre salaire doit y passer. Encore une belle invention des garçons pour exploiter les peurs et les espoirs des filles naïves ! Bonne nouvelle, les trois affreux du service qualité sont là. Sur le côté, à l'écart, Deblais et Notelho se parlent à voix basse avec des airs de conspirateurs. Le chef me fait signe d'approcher. Il tient un épais dossier à la main, mais ce n'est pas le bleu.

— Vous êtes gentille, Marie, vous allez distribuer ça à tout le monde, avec de quoi écrire.

Il me tend une liasse de feuilles et son comparse un petit sac de stylos. Il ajoute :

— Pendant qu'ils prendront connaissance des documents, vous leur lirez cette note qui explique tout. Appliquez-vous à bien articuler, chaque point doit être parfaitement énoncé et compris. À l'issue de la réunion, je leur dirai un petit mot et on récupérera les documents signés.

Notelho secoue la tête pour approuver les propos de son supérieur. Sa façon de bouger me fait penser au petit chien que ma mère avait sur la plage arrière de sa voiture et qui agitait sa caboche exactement de la même façon. Pas facile de le prendre au sérieux après avoir pensé à cela. Est-ce que ses yeux vont s'allumer si on freine ? Deblais me pousse face à mes collègues et me glisse :

— À vous de jouer. Vous êtes mignonne, je suis certain que vous allez nous faire ça très bien.

S'il me dit encore une fois que je suis mignonne ou gentille, je lui jette son paquet de feuilles à la tête.

Les documents circulent de main en main, chacun en prend un exemplaire et passe le paquet à son voisin. J'ai remarqué que Patrice avait piqué deux stylos dans le sac. Lionel, l'adjoint du service design, s'est assis à côté du stagiaire. Pétula fait tourner ses poignets pour les assouplir. Valérie fixe quelque chose au plafond. À part elle, tout le monde découvre les pages et se demande pourquoi on se prend aujourd'hui un avenant à nos contrats. Il flotte dans l'assistance un mélange de désarroi et d'incrédulité.

Alors que la distribution s'achève et que des murmures interrogatifs se multiplient, je finis pour moi-même la lecture de ce texte contractuel. Si j'ai bien compris, nous sommes désormais censés nous conformer sans réserve aux instructions de la direction

sous peine d'être reconnus coupables de faute professionnelle grave ; nous nous engageons à ne divulguer
aucun élément ou information de quelque nature que ce
soit – par écrit ou oral – dont nous pourrions avoir
connaissance dans notre travail. Nous acceptons la
possibilité de changer de poste dans l'entreprise ou
même d'être détachés dans d'autres sociétés si les
nécessités de service l'imposent. Nous acceptons aussi
de geler les salaires dans l'intérêt de la poursuite de
l'activité… Deux pages pleines de ce genre de choses.
Ça sent le traquenard à plein nez. Je me demande même
si c'est légal. Deblais et Notelho observent la salle et
passent les réactions au crible. Sans doute sont-ils déjà
en train d'analyser les moindres signes de défiance et de
relever l'identité de leurs auteurs. Alexandre, du service
qualité, a un sourire en coin. Il murmure quelques mots
à ses deux collègues qui, du coup, replient les pages et
les posent sur leurs genoux. Le directeur commercial,
chemise sombre et cravate ton sur ton très classe,
demande à voix haute si le gel des salaires implique
aussi celui des primes. Face à la pression qui monte,
Deblais prend la parole :

— Mes amis, ne vous inquiétez pas. Mlle Lavigne
va tout vous expliquer.

Il me fait signe :

— C'est à vous, Marie…

Je me plonge dans la feuille de notes qu'il m'a
demandé de lire. J'ai vraiment l'impression de me faire
piéger, d'être la complice involontaire d'une machina-
tion dont je pourrais bien devenir l'une des nombreuses
victimes. Dans ce document que l'on nous demande de
signer immédiatement et que je n'ai eu le temps de lire
qu'en diagonale, tout est fait pour protéger la direction,

quitte à nous trahir. M. Memnec se retournerait dans sa tombe s'il était mort, mais comme il est en retraite dans le Sud, il doit juste se retourner dans son transat. Je me lance à contrecœur :

— « Nous sommes aujourd'hui réunis pour signer ce document important. Élaboré dans l'intérêt de tous, il va permettre la bonne continuation de l'entreprise et le maintien des acquis dans la mesure du possible... »

Je marque une pause. Je ne vais pas arriver à lire ça, je ne peux pas. Je lève les yeux vers mes collègues. Tout le monde me regarde et m'écoute. Leur débiter cette honte est au-dessus de mes forces. J'ai envie de leur hurler de ne pas signer.

— Poursuivez, Marie, me presse Deblais, chacun doit ensuite reprendre le travail...

Notelho secoue la tête comme le petit chien en plastique qui ne va pas survivre à l'accident qui se profile. Je réagis :

— Pourquoi ne lisez-vous pas votre prose vous-même ?

Deblais s'offusque :

— Mais parce que votre travail consiste à vous occuper du personnel et que c'est présentement ce que nous faisons. Alors soyez gentille...

— Je ne suis pas gentille, je ne suis pas mignonne non plus, et je n'aime pas être placée au pied du mur. Pourquoi ne nous avez-vous pas remis ces avenants avant la réunion ? On aurait pu les lire, y réfléchir et poser des questions. Pourquoi se retrouve-t-on ici, obligés de signer sans aucun recul ? Puisque vous me rappelez que je travaille au service du personnel, permettez-moi de vous dire que ces méthodes sont douteuses.

Les murmures dans la salle prouvent que ma remarque trouve un écho. Notelho panique, il sent que la situation est en train d'échapper à tout contrôle. Dans un film de science-fiction, lui et l'infâme Seigneur Deblais qui rêvait de réduire le peuple de la planète Dormex au silence sauteraient dans la capsule de secours pour s'enfuir dans l'espace, mais là, à part la fenêtre des toilettes…

Deblais tente une contre-offensive et hausse le ton :

— Vous n'êtes pas au courant de tout, mademoiselle Lavigne ! Les lois changent et les marchés aussi. Si nous faisons aussi vite, c'est pour préserver les intérêts de notre équipe.

— Et c'est sans doute pour préserver nos intérêts que – page 2, je cite – vous nous demandez de renoncer à toute action groupée au social comme au pénal contre les actionnaires de la SARL Dormex ?

Florence acquiesce. Elle est la première à dire tout fort :

— Moi, je ne signe pas ça !

Clara s'écrie :

— *¡Viva la Revolución!*

Les films peuvent vraiment faire du mal aux jeunes. Clara a sûrement vu un western de Sergio Leone hier. J'ose à peine imaginer ce qu'elle aurait crié si elle avait vu *Le Magicien d'Oz*. Et moi, je serais sans doute le lion peureux qui prouve enfin son courage.

Les gens se lèvent, abandonnant le plus souvent le document sur leur chaise. Deblais fulmine, Notelho aussi, en secouant la tête cette fois de gauche à droite. On doit être sur une route de montagne… Je ne pensais pas déclencher une telle réaction. Deblais s'approche et, l'air pincé, me déclare :

— Vous avez commis une belle erreur, ma cocotte. Comptez sur moi pour vérifier si votre outrage ne constitue pas une faute au regard du code du travail. Vous avez raison, vous n'êtes pas gentille, et vous allez me le payer cher.

Notelho est repassé en mode petit chien qui secoue la tête dans le bon sens. Je les trouve pathétiques tous les deux. Ils sont furieux. Leur coup tordu a échoué. Je n'ai jamais aimé Deblais. Depuis le premier jour. Il suinte la fourberie. Je ne mesure pas bien ce que je risque, mais je ne regrette pas ce que j'ai fait. Pas du tout. Même si j'avais été folle de bonheur dans ma vie, m'opposer à lui ne m'aurait pas gênée, alors vu l'état dans lequel je suis, une guerre des tranchées me tente presque. J'ose avancer d'un pas vers lui. Surpris, il recule légèrement. C'est dans ce petit mouvement, dans son amplitude, que l'on mesure l'écart qui existe entre l'orgueil d'un homme et son véritable courage. Les yeux dans les yeux, je lui souffle :

— Je ne suis pas ta cocotte.

9

Pendant le déjeuner, j'ai raconté à Émilie pour l'appartement que je vais récupérer, mais j'ai eu du mal à le faire en une seule fois parce que, dans le petit resto d'à côté où beaucoup de gens de chez nous ont l'habitude d'aller le midi, les collègues – surtout des femmes – n'arrêtaient pas de venir me féliciter pour mon coup d'éclat. Certaines me demandaient également si on devait signer ou non et ce qui risquait de nous arriver. Je suis devenue un vrai gourou. Et j'ai eu le temps de roder une réponse parfaitement calibrée : « On va étudier le texte en détail et voir ce qui est légal et utile, ensuite on avisera. »

Émilie ironise :

— Te voilà passée directement du poste de chargée du personnel à celui de représentante du personnel. Félicitations ! Mais garde bien les yeux ouverts, petite sœur, et ne dors que d'un œil, car Deblais et son âme damnée vont te le faire payer à la première occasion. En attendant, célébrons dignement ton nouvel appart.

Elle lève son verre à ma santé. On trinque, mais à l'eau. Et dans les assiettes, c'est poisson vapeur. Nous savons toutes les deux que nous expions notre dîner de la veille… Mais forte de la sagesse des anciens et sachant que, comme le dit l'adage, les grandes douleurs sont muettes, Émilie – qui, pour la postérité, sera surnommée dans les manuels d'histoire « l'empoisonneuse aux spaghettis » – parle d'autre chose :

— Dans ton malheur, tu as quand même une sacrée veine, tu vas habiter dans un coin ultra chic.

— Je suis même prête à parier que c'est moi la moins payée des personnes qui vivent dans le quartier ! Il ne me reste plus qu'à me débrouiller pour le déménagement. Enfin ce ne sera pas le plus compliqué, je n'ai pas grand-chose. Je pars un peu à poil, une main devant, une main derrière !

— Du coup, tout le monde va voir tes seins.

— Ça dépend où je mets les mains, pauvre folle. N'empêche, je dois une fière chandelle à l'amie de ma sœur. J'essaie de la joindre depuis hier pour la remercier mais je n'y arrive pas. Je me demande si mon téléphone n'est pas en panne…

— Tu as reçu mon SMS de ce matin ?

— Non. C'est bizarre… Tu disais quoi ?

— Rien d'important, je vannais sur les champignons d'hier soir, laisse tomber.

J'observe mon téléphone d'un œil circonspect. Aucun message, aucun réseau.

Émilie prend le sien et me dit :

— Attends, on va vérifier tout de suite…

Elle compose mon numéro et écoute. Je la vois blêmir.

— C'est énorme !

— Quoi ?

— Il faut que tu me jures de rester calme.

— Ne joue pas à ça, Émilie, tu sais que je suis à fleur de peau…

— Il n'y a plus d'abonné à ton numéro. Ta ligne a été coupée.

Je réfléchis deux secondes et je m'exclame :

— Quel chien galeux !

Pile à ce moment-là, une fille de la compta me pose la main sur le bras.

— Vous avez bien raison. Merci Marie, heureusement que vous étiez là ce matin, sinon Deblais nous arnaquait tous !

— C'est gentil. On va étudier le texte en détail et voir ce qui est légal et utile, ensuite on…

Incapable de finir ma phrase, je m'interromps, sous le choc. Puis soudain, je lâche :

— Nom d'un pneu qui éclate !

Émilie s'étouffe de rire. Cette tradition de ma famille l'a toujours rendue hilare. Chaque fois que l'on est surpris, on fait référence à un incident de notre propre vie. C'est une façon de ne pas jurer et d'exorciser nos pires souvenirs. C'est un truc qui me vient de mon grand-père. J'avais sept ans quand je l'ai entendu s'exclamer : « Nom d'une bagarre au mariage d'Augustin ! » Ma mère fait aussi cela et la pauvre a de quoi exorciser : « Nom d'un mari qui me quitte ! », « Nom d'une expulsion à l'aube ! »… D'habitude, les gens ne relèvent pas, mais Émilie ne s'est jamais gênée. C'est même parce qu'elle s'est moquée de moi lors d'une de nos premières rencontres que je l'ai remarquée. Je m'étais écriée : « Nom d'un talon cassé dans la grille ! » Émilie s'était payé ma tête, comme ce midi :

— Avec tes expressions saugrenues, dans quelques années, tu auras gagné le droit de dire : « Nom d'un salopard qui me vire de mon canapé ! » Mais pour le moment, si j'ai bien compris, Hugues payait vos abonnements téléphoniques et il a résilié le tien…

— Quel immonde crevard ! Il ne m'a même pas prévenue. Me voilà sans téléphone… S'il arrive quelque chose à ma mère, à ma sœur, à mes neveux ou à toi et que vous ne pouvez pas me prévenir, je te jure, je le tue.

— En ce qui me concerne, étant assise juste devant toi, s'il m'arrive un truc, je ne suis pas certaine d'utiliser le téléphone…

Elle explose encore de rire et se met à hurler en agitant les bras comme si elle me faisait signe de la montagne d'en face :

— Houhou, Marie ! Il m'arrive un truc ! Je vais te téléphoner.

Autour de nous, les gens se posent des questions.

— Émilie, arrête ça, tu fais peur à tout le monde et à moi aussi.

Sur le ton de la confidence, elle me glisse :

— Loin de moi l'idée de vouloir te dissuader de tuer ton ex ! Le tout, c'est de ne pas te faire prendre. Je suis même prête à te servir d'alibi.

— Quel incroyable pignouf ! S'il veut la guerre, il va l'avoir. Au grand jeu du « plante-moi les prélèvements », j'ai quelques belles cartes à abattre…

La rage m'étouffe, la haine me consume. S'il était devant moi, je pourrais le briser à mains nues, l'étouffer lentement, en écoutant ses os craquer les uns après les autres, comme les boas constrictors qui attrapent une biche. Sauf qu'après, je ne le mangerais pas, il me répugne trop.

Une fois rentrée au bureau, j'ai aussitôt téléphoné à mes proches pour les prévenir que je n'avais plus de portable. C'est alors que Vincent, le directeur commercial toujours tiré à quatre épingles, a débarqué. Il toque à la porte et entre. Il vient certainement de se recoiffer parce que ses beaux cheveux sombres sont impeccablement peignés.

— Salut Marie.

— Salut Vincent.

— Je tenais vraiment à te remercier pour ce que tu as eu le courage de faire ce matin.

— Merci. C'est gentil. On va étudier le texte en détail et voir ce qui…

— Si Deblais ou son gnome tentent de te créer des ennuis, tu m'en parles. Je suis avec toi.

Il me fait un clin d'œil.

Je n'arrive pas à y croire. C'est quand même gonflé… Quel rustre ! Il m'a coupé la parole et il se permet en prime de me faire un clin d'œil. Il n'écoute même pas ma réponse. Il n'en a rien à faire ! À son corps défendant, c'était pour me dire qu'il volerait à mon secours en cas de problème. Au final, je ne sais pas si ça me fait plaisir ou si ça m'énerve. Qu'est-ce que je retiens, son côté sûr de lui, un peu macho, ou alors sa volonté de me protéger si ça tourne mal ? Le temps de trouver la réponse, il est déjà reparti. En attendant, j'ai bien fait de lui sauver la vie face à la maladie foudroyante qui décimerait les mâles.

Dans les vingt minutes qui ont suivi, ce sont plusieurs autres collègues qui sont passés me remercier, me féliciter, louer mon sens de la repartie, mon audace et je ne sais plus quoi encore. À croire qu'ils font la queue à l'angle du couloir et que, dès que l'un d'eux sort, un autre arrive.

J'ai vu défiler Franck, le coordinateur de fabrication – lui, je l'aime bien –, puis le designer des modèles hôtellerie, ensuite un ex d'Émilie et enfin un grand costaud du service logistique à qui je n'avais jamais eu l'occasion de parler.

À peine le temps de me remettre de cette série que c'est Alexandre, le chef du service qualité, qui frappe à ma porte. Il attend poliment que je lui dise d'entrer, ce que je fais. Encore un qui va me dire que j'ai été une véritable héroïne ce matin, et que si ça tourne au vinaigre, je peux compter sur lui. J'adore être une star adulée qui reçoit dans sa loge, mais je vais devoir instaurer des heures d'audience pour recevoir mes fans parce que sinon ça va perturber mes énergies vitales. Déjà que je n'en ai plus beaucoup…

C'est marrant : ce midi, ce sont uniquement des femmes qui sont venues me voir pendant le déjeuner et, cet après-midi, seulement des hommes. Il y a certainement là un point à étudier qui pourrait sans doute révéler bien des choses sur la nature de chacun. Les femmes réagissent plus vite ? Les hommes y mettent plus les formes ? Les femmes sont plus spontanées ? Les mecs sont trop occupés par leur repas pour songer à autre chose qu'à leur assiette ? Les filles affichent leur soutien en public alors que les mecs veulent nous parler à l'abri des regards ? En attendant, pour les hommes, vu la carrure de ceux qui sont venus, je dois au moins pouvoir monter une petite équipe de rugby. S'il y a un match contre Deblais et son complice, on pourra les écrabouiller ! Perdue dans cette belle vision, j'en ai presque oublié qu'Alexandre se tient toujours devant moi. Nom d'une porte vitrée invisible, je suis en train de devenir comme Pétula !

— Alexandre, vous venez pour savoir si on aura une augmentation de salaire et un management enfin indépendant des fonds spéculatifs ?

— Bien envoyé. Mais je ne passe pas pour parler de ce matin…

Je suis surprise. De quoi peut-on donc discuter ? Il n'est pas d'accord avec ce que j'ai fait ? Comment est-ce possible ? Et d'ailleurs qu'a-t-il dit à ses deux acolytes pour qu'ils reposent sereinement leurs avenants sur leurs genoux avant même que j'intervienne ?

— Alors que puis-je pour vous ?

— En fait, c'est plutôt moi – enfin je veux dire nous – qui pouvons peut-être quelque chose pour vous. Ce midi, je n'ai pas pu m'empêcher d'entendre ce que vous disiez à propos de votre déménagement…

Devant ma mine interloquée, il s'empresse de préciser :

— Je n'écoutais pas, promis, mais c'est un peu mon domaine. J'ai simplement réagi en entendant le mot.

— Votre domaine ?

— Oui, j'ai travaillé dans ce secteur et nous avons un projet avec Kévin et Sandro. Mais là n'est pas la question. Ce que je suis venu vous dire, c'est que si vous avez besoin, à nous trois, on peut s'occuper de votre déménagement.

— C'est vraiment chou mais…

— Je m'en doutais, vous et votre mari avez certainement beaucoup de monde pour vous aider. Tant pis. Mais je tenais à vous le proposer.

— C'est super gentil. Je ne suis pas mariée. Si vous m'aviez laissée finir, j'allais simplement dire que je n'ai pas beaucoup d'affaires à emporter. Il faudrait sans doute que je fasse une évaluation du volume pour que vous puissiez me préparer un devis.

— J'avais pensé au forfait à trois bières.

— C'est-à-dire ?

— On fait le boulot et vous nous offrez une bière à chacun.

C'est quoi ce plan ? Pourquoi ce type que je connais à peine m'aiderait-il ? Mon expérience personnelle m'a appris que les hommes font rarement les choses pour rien. Il veut quoi ? Me draguer ? Sûrement pas, il n'aurait jamais attendu des mois s'il en avait eu envie. Aider Sandro à me draguer ? Déjà plus probable, vu l'œil de velours qu'il me fait. Non, je sais ! Il veut me capturer et me vendre en pièces détachées à des trafiquants d'organes parce que, comme le break de ma mère, je vaux plus cher en morceaux qu'en une seule pièce. Ou c'est peut-être Dieu qui me l'envoie. Ma vie est un tel champ de dévastation que le Tout-Puissant, pris de remords dans sa grande robe blanche, place des bonnes âmes sur mon chemin de croix pour s'épargner d'avoir à gérer un suicide ou des meurtres en série…

— C'est vraiment sympa, Alexandre. Pour être franche, je me demande pourquoi vous et vos collègues me faites une offre aussi adorable. Bien que gênée, je crois que je ne vais pas avoir les moyens de refuser votre aide. Samedi, vous êtes libre ?

10

Les jours suivants, j'ai tout fait pour éviter Hugues. La simple idée d'entendre sa voix ou d'entrevoir son visage me donnait la nausée. J'ai carrément posé des jours de vacances pour aller faire mes cartons dans ce qui avait été notre appartement pendant qu'il était parti au travail. Deblais a dû se dire que je fuyais devant sa promesse de rétorsion, mais ça m'est bien égal. Un problème à la fois.

Jeudi matin, j'ai attendu au coin de la rue que Hugues parte à son agence immobilière. Pour le surveiller, comme une véritable espionne, j'étais postée derrière une vitrine qui fait l'angle. Il pleuvait. J'avais un chapeau à larges bords et le col remonté. Un vrai polar. Chaque fois que la porte de l'immeuble s'ouvrait, mon cœur accélérait. Comme d'habitude, il a été en retard. Quand, de ma planque, je l'ai aperçu, un frisson m'a parcouru la colonne vertébrale. J'ai eu du mal à savoir si c'était d'appréhension ou de répulsion, mais je suis certaine que ce n'était pas de plaisir. Je l'ai observé comme s'il était un parfait inconnu. Il m'est apparu empâté, sans classe. Il n'était plus juché sur le piédestal de mon affection. C'était la première fois que cela m'arrivait. C'est fou comme le filtre des sentiments ajoute ou retire beaucoup de choses aux gens. Une fois encore, chez nous les filles, la passion passe avant les faits. Une observation clinique de l'animal m'aurait permis de gagner des années. Mais il suffit d'un soir, d'un regard, et on reste accrochée à cette première impression flatteuse bien que sans fondement réel. Au milieu des passants qui pressaient le pas pour échapper aux intempéries, il n'était qu'un individu lambda, une cible. Étrange sensation. Si j'avais dû rédiger une fiche anthropométrique sur lui, j'aurais mis : « Sexe : mâle (mais pas impressionnant) ; taille : 1,85 m dans sa tête, 1,75 m en vrai ; couleur des cheveux : bruns pour ceux qui sont encore là ; couleur des yeux : verts (assez jolis mais impossible à voir en face pour cause de fourberie) ; signe particulier : se comporte souvent comme un chimpanzé qui cherche à chiper tout ce qui passe à sa portée. À surveiller. »

J'ai patienté encore dix minutes après son départ pour être certaine qu'il ne revenait pas parce qu'il lui arrive souvent d'oublier des papiers et de s'en rendre compte en chemin. Quand le délai de sécurité a expiré, j'ai foncé.

Avec mes cartons, mon scotch et ma peur au ventre, j'ai monté les cinq étages, tourné la clef et poussé la porte. Je me faisais l'impression d'être une voleuse. Une sensation horrible et déstabilisante. Voilà encore quelques jours, j'étais ici chez moi. C'était peut-être même l'endroit où je me sentais le mieux au monde et, tout à coup, chaque objet me rejette. Le sol me brûle les pieds. Je suis même incapable d'aller aux toilettes. Ce F3, j'y suis comme une intruse, mal à l'aise. Je suis en territoire hostile, chez un étranger, un adversaire qui

m'a fait du mal et chez qui je viens récupérer mes biens
derrière les lignes ennemies. Il faut sauver le soldat
Culotte.

Je redoute tellement son retour à l'improviste que je
n'ai pas le temps d'être triste. Je n'ai aucune envie
d'embarquer les photos de nous ou les cadeaux qu'il
m'a faits. Ce sont de mauvais souvenirs. J'ai l'impression que chaque preuve de notre vie commune serait
comme de l'acide sur une plaie béante. Alors je vide
mon armoire, mes tiroirs, et j'emballe aussi vite que je
peux. Même en m'activant, j'ai un peu froid. Il faut dire
que j'ai fait couper le gaz et que, du coup, il n'y a plus
de chauffage. Début février, c'est dommage, mais c'est
moi qui payais !

J'ai empilé les cartons dans l'entrée. Dessus, j'ai
laissé un mot en évidence pour lui demander de ne rien
toucher et le prévenir que tout disparaîtrait samedi
matin à 9 heures. Au moment de sortir, j'ai contemplé
la malheureuse pile de caisses. Une décennie réduite à
huit boîtes… Je me suis dépêchée de partir. Je ne
voulais surtout pas laisser l'émotion m'envahir. Pas ici.
Pas maintenant.

J'y suis retournée ce matin. Pour me donner du
courage, je me suis répété que c'était la dernière fois.
J'ai repris mon poste derrière la vitrine en angle. J'y ai
d'ailleurs remarqué une assez jolie paire d'escarpins.
Ben quoi ? Les espions aussi ont le droit d'avoir de
jolies chaussures. Cette fois, il ne pleut pas. Du coup, on
me remarque d'autant plus avec mon grand chapeau qui
ne sert plus à rien sauf à dissimuler mon visage. Lorsque
Hugues est sorti, il s'est arrêté au pied de la porte de
l'immeuble pour observer soigneusement les alentours.
Il a pris son temps. Il a sa dégaine de chasseur qui se la

raconte, l'air du vigile de parking aux aguets. Il se doute probablement que je suis déjà là. Il me connaît. Tu peux toujours te gratter pour me trouver, mon petit gars. Déjà que t'arrivais pas à repérer le caneton dans le dessin de la cour de ferme, alors pour ton ex dans la rue bondée… Mais quelque chose m'inquiète dans son comportement. Je n'aime pas son attitude. J'ai peur qu'il fasse semblant de partir et ne revienne pour me surprendre. Je ne suis plus dans un polar, mais dans un film d'horreur. Je n'ai pas envie qu'il me tombe dessus dans son appartement même si je ne fais rien de mal. J'ai un don pour me sentir coupable – un don qu'il a d'ailleurs toujours parfaitement su exploiter.

J'ai attendu vingt minutes au lieu de dix. Je suis montée encore plus vite. En passant devant les portes des voisins, j'avais l'impression que tous m'observaient à travers leur œilleton. En pénétrant dans l'appartement, j'ai refermé derrière moi et je me suis adossée à la porte, pour souffler. Mes caisses sont toujours là. Mais, en vérifiant les adhésifs, je m'aperçois qu'il en a quand même ouvert certaines. Je trouve cela révoltant. Sur le mot annonçant que je passerai tout prendre le samedi matin, il a rayé 9 heures et marqué 10 heures. Un vrai mufle, jusque dans les plus infimes détails. Je donnerais cher pour voir sa tête lorsqu'il découvrira lundi prochain qu'il n'aura plus non plus ni électricité, ni eau… Ça aussi, je le payais. Lui qui rêvait de vivre dans une grotte va être servi. En plus, une grotte au cinquième étage avec un diplodocus qui s'appelle Tanya, ce n'est pas courant.

Ce matin, je dois récupérer mes derniers papiers, mes livres et quelques DVD. Pour les bouquins et les films, il ne risque pas de me faire des histoires. Côté lecture, s'il n'y a pas d'images, ce n'est pas pour lui. C'est encore mieux si ce sont des photos de motos, de montres ou de filles qui s'habillent quatre tailles au-dessous de ce qu'il leur faudrait pour mener une vie normale. Et pour les films, la seule fois où je l'ai vu pleurer devant un écran, c'est quand son club préféré a été éliminé de la coupe du championnat de la ligue de je-sais-pas-trop-quoi…

J'ai rempli huit cartons supplémentaires qui sont allés rejoindre les autres. En venant en déposer un dans le couloir, j'ai entendu du bruit sur le palier. Je me suis figée comme une épileptique qui tente de se contrôler dans un Photomaton – plus un mouvement mais secouée de spasmes. Je ne vais pas être nette sur la photo. J'entends des pas, un trousseau de clefs que l'on agite. Hugues en avait un énorme. Je n'ai jamais su à quoi toutes ces clefs pouvaient lui servir et j'ai toujours trouvé ça stupide, mais ça devait lui donner de l'importance et servir l'image qu'il se faisait de lui-même. En entendant leur tintement, je me suis mise à trembler. J'ai tout envisagé : me cacher dans un placard, révéler un superpouvoir qui me rendrait invisible sous le coup du stress, arracher un des rideaux et me cacher dessous pour faire semblant d'être le fantôme des Noëls passés ou encore sauter par la fenêtre. Tout l'éventail de l'imaginable a défilé dans ma pauvre tête en deux milli-secondes. Et puis sur le palier, c'est une autre porte qui a été ouverte. Sans doute un voisin. Mon cœur battait si fort que j'ai été obligée de m'asseoir. Il m'a fallu quelques minutes pour reprendre mon calme, si on peut parler de calme. Ensuite, puisque j'avais perdu du temps, je m'y suis remise comme une enragée.

J'ai terminé pile à l'heure programmée. Ça y est. Trop heureuse d'en avoir fini avec cette épreuve-là.

J'ose à peine imaginer ce que j'aurais enduré s'il avait été présent. Il m'aurait suivie partout, pas pour me surveiller mais pour me parler, de lui évidemment. Je préfère avoir peur et être seule plutôt que d'être sans arrêt décontenancée par les propos nombrilistes d'un enfant qui n'assume rien.

Au moment de partir, j'ai fait un dernier tour dans l'appart, sauf dans la chambre. Même avec ce que j'ai retiré, le décor n'a pas vraiment changé. Finalement, il n'y avait pas beaucoup de moi ici. J'habitais chez lui. Quand je regarde froidement l'agencement et le contenu des pièces, je me dis que c'est un appartement banal, comme notre histoire. En partant, je me sauve, dans tous les sens du terme.

11

Ce quartier, je n'y viens jamais, il m'arrive seulement de le traverser en voiture. Mais comme tout le monde en ville, je connais sa réputation et le prix du mètre carré. C'est le cœur historique de la ville, un peu en hauteur, dominant le canal, entre l'ancien monastère et le palais de justice. On y trouve des immeubles en pierre de taille aux façades classées, de larges trottoirs protégés par de beaux arbres centenaires plantés régulièrement. Les réverbères ont un air Belle Époque. Même les voitures stationnées en disent long sur le niveau de vie de ceux qui résident ici. Je n'ai pas l'habitude d'évoluer dans ce genre d'endroit, mais j'y vois au moins un avantage : je suis plus près de mon travail. Sur la place au bout de ma rue, je peux prendre un bus qui me fait gagner quinze minutes par trajet.

Il est un peu plus de 16 h 30 lorsque je remonte la rue. De nombreuses femmes raccompagnent des enfants tout juste sortis de l'école voisine. J'aurais l'âge d'être l'une d'elles, mais aucun petit ne me tient la main et, au train où vont les choses, cela n'arrivera certainement pas. Je ne suis d'ailleurs pas certaine que toutes les femmes que je croise soient les mères des enfants. Sans doute des assistantes maternelles, peut-être des employées de maison.

Je passe devant un fleuriste, un pressing, une boulangerie-pâtisserie et un opticien. Dans mon précédent quartier, il y avait un café Internet, une supérette 24/7 et un magasin de fringues d'occasion. Un autre monde. J'arrive devant le numéro 22, une haute porte cochère. C'est étrange. Je ne viens rencontrer personne. J'ai simplement rendez-vous avec mon futur. Je découvre cet endroit pour la première fois alors que je vais y vivre. Je ne l'ai pourtant pas choisi. Même si c'est une aubaine, je suis curieuse de voir où je vais passer les prochains mois.

J'ai noté le code sur un papier soigneusement glissé dans mon porte-monnaie. Je le compose sur le clavier rutilant. Un déclic. Je pousse le grand battant de bois et là, je débouche dans une vaste cour intérieure, une sorte de place privée au centre de laquelle trône un massif d'arbres et de plantes. Impossible de soupçonner l'ampleur de l'endroit depuis l'extérieur. Une allée pavée circulaire entoure le bosquet, assez large pour contenir trois ou quatre véhicules. Sur la gauche, une entrée de garage souterrain et, au fond, un perron de belle taille. L'espace est cerné par les façades des immeubles de l'adresse, sans doute d'anciens hôtels particuliers réunis. Lorsque la porte se referme derrière moi, la rumeur de la rue et les rires des enfants qui chahutent s'estompent d'un coup. Toutes les fenêtres qui donnent sur la cour me font l'effet de dizaines d'yeux qui me scrutent. Mais cette fois, je ne suis pas une intruse, juste une petite nouvelle.

Je monte les marches en observant autour de moi. C'est certain, Émilie va être impressionnée quand elle viendra dîner. J'entre dans le hall et me dirige directement vers la loge de la gardienne. Je frappe. Un petit monsieur plus très jeune ne tarde pas à venir ouvrir. Il porte une blouse bleue comme les quincailliers d'autrefois.

— Bonjour ! Je cherche la gardienne de l'immeuble, vous êtes peut-être son mari ?

— Non, je suis la belle-sœur du pape. Et vous, qui êtes-vous ?

Déstabilisée par sa réponse, je bafouille :

— Je vais emménager dans l'appartement de Mme Orléana, c'est pourquoi je souhaitais voir la gardienne. C'est elle qui doit avoir les clefs.

— Il n'y a pas de gardienne ici. Je suis le concierge. Vous êtes sur mes terres. C'est moi qui m'occupe de tout. Ne bougez pas, Véronique a laissé une enveloppe et je dois vous expliquer comment ça fonctionne ici.

Il disparaît dans sa loge. Pas l'air commode, le bonhomme. Par sa porte entrouverte, j'aperçois un drapeau portugais croisé avec un drapeau français. Cela explique sans doute l'accent. Il revient avec une grande enveloppe.

— L'appartement est au troisième, bien exposé, vous serez remarquablement installée. C'est un immeuble calme. À votre étage, vous avez Mme Brémont, une femme très bien, très élégante, qui n'est pratiquement jamais là. Et de l'autre côté, M. Dussart, directeur d'un gros service informatique. J'essaie de les marier depuis trois ans !

Pourquoi me raconte-t-il ça ?

Deux enfants déboulent en courant dans le hall. Leurs chaussures boueuses souillent le sol. Le concierge les interpelle :

— Antoine, Hugo, où comptez-vous aller comme ça, sans vous essuyer les pieds ? Votre mère ne vous a rien appris ? C'est vrai qu'elle passe plus de temps chez le coiffeur ou à la salle de sport qu'avec vous… Alors puisqu'on est entre hommes, faites-moi le plaisir de nettoyer vos chaussures avant que je me rende compte de ce que vous ramenez comme saleté parce que sinon, je vous fais lécher le dallage centimètre par centimètre.

Je suis estomaquée. Personne ne dit jamais ce genre de choses. En même temps, il n'a pas tort. Les deux jeunes répondent en chœur « Oui monsieur Alfredo ! » et obéissent sans broncher. J'ai noté que quand il s'énerve, l'accent du concierge ressort davantage.

Il se tourne vers moi.

— Ici, tout le monde m'appelle monsieur Alfredo.

Il m'entraîne dans l'escalier.

— Vous avez l'ascenseur sur le côté, mais à votre âge, pour entretenir votre joli physique, sauf si vous avez des choses lourdes à porter, je vous conseille l'escalier.

J'attends le moment où il va me dire qu'il n'aime pas ma coiffure. Je suis bluffée par ses propos. Pas choquée pour autant. Quel âge peut-il avoir ? Les cheveux plus sel que poivre, et ses mains laisseraient penser une petite soixantaine, mais son énergie lui en retirerait vingt.

L'escalier est impeccable. Hugo et Antoine nous rattrapent et nous doublent en pouffant. Le concierge s'efface pour les laisser passer.

— Foncez, les jeunes ! N'oubliez pas de faire vos devoirs avant de jouer aux jeux vidéo !

On arrive au troisième. De l'enveloppe, il sort un trousseau de clefs et me le présente avec un geste d'une grâce surprenante en me désignant la porte au milieu du palier.

— Vous voilà arrivée chez vous. La grande clef. L'autre c'est pour la cave, et la ronde pour le garage. Quand emménagez-vous ?

— Demain matin, mais je n'ai pas grand-chose.

Je m'escrime sur la serrure.

— Elle est un peu dure, me précise-t-il. Je vais vous arranger ça la semaine prochaine. Pour le courrier, vous souhaitez que je le monte ou vous passez le prendre à la loge ?

— Le plus simple pour vous.

— Passez donc à la loge, plutôt en fin d'après-midi ou en soirée.

J'entre dans ce qui va être mon appartement et c'est un choc. C'est immense. D'habitude, il n'y a que dans les films que l'on voit des lieux pareils. De l'entrée, je vois le salon qui semble aussi vaste que le bureau paysager de la boîte. Sur la droite, un couloir s'étire avec au moins trois grandes portes ; un autre corridor part sur la gauche, encore des portes. Le fait que les meubles soient en place produit un effet surprenant. J'ai l'impression d'entrer chez quelqu'un.

Le concierge sort une feuille de l'enveloppe.

— Véronique dit que vous pouvez tout arranger ou déplacer à votre façon parce qu'elle pense tout rafraî-chir en rentrant. Elle a écrit : « Sentez-vous libre. » L'armoire électrique est ici, la cuisine par-là, avec le robinet d'arrêt d'eau sous l'évier. De toute façon, si vous avez le moindre problème, vous m'en parlez. Ne faites jamais venir d'entreprise ou de réparateur sans m'en avertir avant. Ce sont souvent des escrocs qui font n'importe quoi, surtout avec les femmes seules. Véro-nique m'a dit que vous étiez célibataire…

— Tout juste séparée.

Même si je le trouve sympathique sur le fond, il se montre indiscret sur la forme. Je retire mes chaussures et pénètre dans le salon. Il me suit. Je me retourne vers lui :

— Mme Orléana donne-t-elle d'autres instructions ?

Il comprend que je le trouve intrusif. Il consulte sa feuille.

— Rien d'essentiel. Vous lirez vous-même. Je vous laisse. Soyez aimable de descendre vos ordures le lundi et le jeudi. Si vous avez des questions, vous savez où me trouver. Bienvenue dans l'immeuble.

— Merci beaucoup.

Il sort en refermant derrière lui. Le claquement de la porte me fait l'effet d'un bouchon qui saute. C'est le coup d'envoi d'une discrète célébration, d'une fête intime, intérieure. Ce claquement de porte sonne comme un point au bas d'une page qui s'achève, ou mieux, comme la majuscule qui marque le début d'une nouvelle. Le silence, l'espace, la lumière. Je suis seule et, à cet instant, j'en suis heureuse. J'inspire lentement, puis je souffle bien à fond. À plusieurs reprises.

Pour la première fois depuis des semaines, je me tiens dans un endroit où personne ne peut contester ma légitimité et où je suis à l'abri de ce que l'on pourrait m'infliger. Sans doute une bonne définition d'un havre de paix.

J'observe tout autour de moi en tournant lentement sur moi-même. Je ne crois pas avoir fait cela depuis mon enfance. Les meubles sont de bon goût mais sans charme, un peu démodés. Je déambule, à la fois impressionnée par ce lieu qui ne m'appartient pas et tout excitée par l'espace qu'il m'offre. La cuisine à elle seule est plus grande que le plus vaste des salons que j'ai connus. Deux chambres, un dressing, un bureau, une salle de bains avec une très belle douche à l'italienne. Un grand miroir dans lequel je n'occupe qu'une petite place, mais dont la lumière me donne bonne mine. De la fenêtre du salon, je domine la cour et ses arbres. En me collant aux carreaux, j'aperçois aussi les fenêtres des autres immeubles. D'ici, je pourrais voir arriver les assaillants et les ennuis. L'espace d'une seconde, je souris parce que je me sens en sécurité. Au-dessus de mon nouveau décor, l'horizon est bleu. J'ai toujours préféré les endroits d'où je pouvais voir le ciel.

Avec précaution, je m'assois dans le canapé de cuir beige qui doit valoir dix fois le prix du mien et qui fait trois fois sa taille. J'ai du mal à me dire que je suis chez moi. Par contre, je commence à me dire qu'ici, je vais pouvoir reprendre des forces. C'est déjà beaucoup. Si ma vie était un vaisseau spatial, je dirais qu'il vient de s'écraser sur une planète inconnue. Tout est à réparer dans mon fuselage, mais je suis enfin arrivée au garage. Je me connais, certaines avaries seront vite oubliées mais mon cœur est en panne et je ne suis pas certaine de pouvoir le faire redémarrer un jour. C'est terrible mais, à ce moment précis, je m'en fiche. Pour le moment, mon plus grand problème est d'étirer mes pieds assez loin pour les poser sur la table basse.

12

Je vérifie l'heure. 10 heures pile. Je suis bien contente que Kévin, Sandro et Alexandre soient avec moi. Avec eux, j'ai moins peur. Dire que je les connais à peine. À cet instant, ils sont mes meilleurs alliés. Faut-il que je sois fragile pour m'appuyer à ce point sur des inconnus. Celui qui va ouvrir la porte était l'homme de ma vie voilà encore quelques semaines. Quelle étrange notion. À partir de quoi décrète-t-on cela ? C'était un sentiment. Maintenant, il est l'incarnation de mon pire cauchemar. C'est un fait. En sonnant chez Hugues, j'ai l'impression de monter sur un ring de boxe pour un combat. Je secoue les bras pour me détendre. J'ai envie de le mettre KO mais je suis un poids plume… Kévin, à qui j'ai expliqué la situation, me glisse :

— Ne vous en faites pas, ça va aller. Avec nous, il ne vous arrivera rien.

Hugues ouvre. À l'évidence, il tombe du lit.

— Ah, c'est toi ? marmonne-t-il.

— Comme convenu.

— Tu veux un café ?

— Non merci.

— Tu veux bien m'en faire un ?

Ne pas réagir. Ne pas penser. Émilie m'a dit de rester uniquement concentrée sur mon objectif : j'embarque mes affaires et je décampe. Hugues porte un de ses t-shirts informes et son jogging qui tient du sac. Puisque je ne suis pas en train de lui faire son café, il raille :

— Je vois, madame est encore énervée…

Je le reprends :

— Mademoiselle.

Pas très sympa, la fille, quand même. Elle est encore remontée deux semaines après s'être fait trahir, tromper, larguer et éjecter. Y a pas à dire, les femmes sont vraiment rancunières ! Alors que lui a déjà visiblement oublié ce qu'il m'a fait subir. Je serre les dents. Je ne dois surtout pas laisser les sentiments prendre le dessus. Je viens ramasser ce qui m'appartient. S'en tenir aux faits et à mon but. Point barre. Si le mince barrage qui retient mes émotions venait à céder, je me jetterais sur lui, je lui crèverais les yeux, je lui graverais mon nom et ce que je pense de lui sur sa sale tête de lâche avec les couteaux à poisson qu'il m'a forcée à acheter parce que ça fait chic et dont on ne s'est jamais servi. Vilain blaireau. Respire lentement, Marie.

Je me tourne vers mes déménageurs :

— Messieurs, il faut emporter toutes les caisses qui sont ici, et ce canapé là-bas.

Alexandre passe près de moi et, en prenant un accent de titi parisien, me répond :

— Bien m'dame !

Les trois prennent chacun un carton et descendent. Je me retrouve seule dans l'appart avec Hugues. Je ne sais même pas où il est. Je suis sur mes gardes. Pour me donner une contenance, je commence à dégager les affaires qui encombrent mon canapé. Un son me parvient du couloir.

Je crois qu'il sort de la chambre en refermant la porte derrière lui. Il ne fait jamais cela d'habitude. J'ai l'impression d'avoir entendu une voix. Et s'il n'était pas seul ? Et si cette pouffiasse de Mme Texto était là ? J'ai bien envie d'aller défoncer la porte pour vérifier. Vous imaginez ? Je vois d'ici les gros titres : « Folle de rage, elle massacre son ex et sa maîtresse à coup de cure-dents et tente de faire disparaître leurs corps en les donnant à manger à des chinchillas. » Ou bien : « Alors qu'elle prie pour soulager sa douleur, un rayon divin miniaturise soudain celui qui l'a larguée et sa cochonne. Par inadvertance, elle marche vingt-huit fois sur les deux petites créatures et décide de les jeter dans les toilettes pour abréger leurs souffrances. »

Hugues s'appuie sur le montant de la porte, en refermant son peignoir avec un air dégagé. Je vous parie qu'il est convaincu d'avoir du charme.

— Tu ne trouves pas qu'il fait froid ici ?

Pauvre bouffon, il fait moins froid que dans mon cœur, et t'as qu'à payer tes factures. Je n'ai jamais aimé quand il prenait cette pose de playboy faussement cool, genre aventurier à l'aise en toutes circonstances. Il ne l'avait plus fait depuis qu'une fois, en vacances dans les îles, il s'était appuyé contre un poteau en bambou qui avait cédé. Il s'était étalé de tout son long au beau milieu du hall de l'hôtel. Une honte absolue. Il m'avait fait la tête toute la soirée parce que j'avais osé éclater de rire. En y repensant et en le voyant là, j'ai la force de lui sourire. Il doit croire que je suis gentille alors que je me fous de lui intérieurement. Du coup, il s'autorise à me parler :

— Tu ne m'as pas donné ta nouvelle adresse ?

— Qu'est-ce que tu vas en faire ? Avant, on avait la même. Ce n'est pas moi qui ai voulu que ça change…

— Pour le courrier…

— Ne t'inquiète pas pour moi. J'ai fait le changement à la poste. De toute façon, tu pourras toujours me téléphoner…

— Au fait, j'ai oublié de te dire que tu vas peut-être avoir une coupure sur ton portable… C'est normal parce que j'ai fait modifier le contrat pour que les choses soient nettes. Je n'allais pas continuer à payer alors qu'on n'est plus ensemble. Logique…

— Tu as bien fait. Je suis d'accord avec toi. Il faut que les choses soient claires.

— Tu me donneras ton nouveau numéro dès que tu l'auras ?

Les trois garçons remontent enfin et m'évitent d'avoir à répondre. Je profite de leur présence qui me rassure pour oser dégager le reste des vêtements qui traînent sur mon unique bien mobilier. D'un geste, j'envoie tout balader sur le sol. Hugues ne le remarque même pas. Je me précipite dans l'entrée et je murmure à Alexandre :

— S'il vous plaît, ne me laissez pas seule avec lui. Descendez à tour de rôle, je vous en prie…

Il hoche la tête et lance :

— Sandro, tu restes avec moi, on s'occupe du canapé. Kévin, tu continues avec les caisses ?

Je souffle. Je reprends pied. Alexandre soulève le canapé, pourtant lourd, avec une facilité qui me surprend. À côté de lui, Hugues semble chétif. Alexandre, lui, ne doit pas faire du sport que dans sa tête ou dans ma chambre… J'ai encore entendu du bruit. Je suis presque certaine qu'elle est là.

Mes deux déménageurs déplacent le canapé. Hugues déclare :

— Vous pouvez l'emporter, ce n'est pas grave. De toute façon je vais aller en racheter un cet après-midi avec

Tanya. Je ne crois pas qu'elle choisira le même genre de couleur. Ça date un peu, elle va sûrement prendre quelque chose de son âge, de plus jeune quoi. De toute façon, il était usé…

Au tribunal, après une attaque d'une telle bassesse, n'importe quel juge me pardonnerait de lui avoir fait manger dix kilos de poudre à canon, de lui avoir enfoncé la mèche là où vous savez et d'avoir allumé. Mais je me contiens. J'ai une botte secrète pour y parvenir. Dans ce genre de cas, j'utilise un truc infaillible pour ne pas céder à mes pulsions de colère : je pense au jour où maman est revenue en larmes parce que papa l'avait quittée, l'abandonnant avec ma sœur et moi. Elle s'est assise dans l'entrée, son sac sur les genoux. Elle a pleuré pendant des heures et ne s'arrêtait que pour nous serrer contre elle ou nous regarder. Je n'ai jamais vu quelqu'un d'aussi malheureux. C'est ma référence absolue, le pire du pire. Impossible d'oublier son regard. Malgré les années, la tristesse qui a explosé dans son cœur ce jour-là n'a jamais totalement disparu de ses yeux. Je n'avais que cinq ans mais je m'en souviens comme si c'était arrivé tout à l'heure. En grandissant, on m'a souvent dit que j'avais les mêmes yeux gris-vert que ma mère mais l'autre soir, au bord du canal, je pense que pour la première fois de ma vie, j'ai eu le même regard. Quand je repense à son désespoir, à sa douleur, je relativise toujours ce qui peut m'atteindre. Pourtant, aujourd'hui, j'ai du mal. La rage m'étouffe et la haine me consume. Cet abruti de Hugues ne se rend même pas compte qu'il est en danger. Voyant que je ne réagis pas, tel que je le connais, il va sans doute tenter de pousser la provocation encore plus loin. Par contre, je crois qu'Alexandre et Sandro ont tous les deux été choqués par ses propos. J'ai du mal à croire que c'est par pur hasard que les deux garçons ont mis des coups dans tous les murs en sortant mon meuble. Encore une fois, Hugues n'a rien vu.

Mes trois anges gardiens ont bouclé le chargement en moins d'une heure. Sans eux, je n'aurais pas réussi à affronter ces moments épouvantables. Je serais partie en abandonnant tout. Parfois, le seul moyen d'arrêter de souffrir, c'est de fuir. Kévin, Sandro et Alexandre ont eu l'élégance de remonter en courant pour ne pas me laisser seule au moment du départ. Ils se tiennent sur le palier, à m'attendre, ce qui d'ailleurs énerve Hugues. Il retente sa chance.

— Dis-moi au moins où tu vas vivre… Chez ta mère ? Chez ta copine la rigolote, je sais plus comment elle s'appelle…

— Non, je vais avoir mon appart, beaucoup plus grand.

Tais-toi Marie, l'orgueil ne conduit qu'aux problèmes.

— Et l'adresse de ce palais ?

J'aperçois une de ses revues automobiles avec en couverture une voiture de rallye portant le numéro 13. Mon œil paniqué balaye ce que je peux et j'aperçois la marque du thermostat au-dessus de l'interrupteur, Meyer.

— 13, rue Meyer.

Quand je suis en situation de grand stress, je fais ce genre de chose. Je trouve mes réponses dans ce que je vois. Ça ne donne jamais rien de formidable, mais là c'est particulièrement nul. Il hausse les épaules.

— Ça ne me dit rien.

— Peu importe.

De toute façon, il aura oublié dans cinq minutes. Il s'approche de moi. Je recule.

— Alors voilà, me dit-il de sa voix suave de « héros qui a su rester simple ». C'est ici que nos routes se séparent.

Quel crétin. C'est plutôt ici que notre chemin escarpé à flanc de montagne s'effondre. Comment peut-il me servir ce genre de phrase ? Voilà encore un ancien enfant que sa mère a laissé trop longtemps devant des séries télévisées stupides au lieu de s'en occuper. Du coup, il a retenu tous les dialogues…

— Je te remercie pour ces années de bonheur.

Et ça continue, épisode six, saison deux.

— J'espère que nous nous reverrons vite. Je veux rester ton ami. Même si notre histoire ne finit pas comme nous l'avions rêvé, ne détruisons pas tout ce qu'elle a eu de beau.

Par pitié, que quelqu'un coupe le son ! L'image n'est déjà pas géniale… Il aurait mieux fait de m'offrir le coffret avec les DVD, comme ça j'aurais pu en regarder un peu tous les jours plutôt que de tout me farcir d'un coup en direct.

— Au fait, ajoute-t-il, n'oublie pas de me rendre ma clef. J'en ai besoin, tu comprends…

Et comment que je comprends, mon pote ! On passe de la rupture façon série sentimentale brésilienne au feuilleton policier américain. C'est l'épisode où Joe menace Bill de lui casser un bras s'il ne lui rend pas la clef du coffre… Je sors sa clef de mon sac.

— Tiens Joe, la voilà.

Il me regarde étrangement.

— Je voulais dire « Hugues ». L'émotion, sans doute.

Il se penche pour m'embrasser, mais là c'est trop. S'il me touche ou s'il rajoute une seule phrase, je pense que même le bouleversant regard de ma mère ne parviendra pas à me calmer. Je tourne les talons et je pars.

En descendant les marches, les larmes me viennent. Si on les analysait, on découvrirait 30 % de peine, 35 % de colère, 10 % de stress et, le reste, c'est des sels minéraux et la sueur des yeux. Je sais, c'est répugnant mais je suis une fille qui sue des yeux, surtout aujourd'hui. Je titube en sanglotant. Si Alexandre ne m'avait pas rattrapée, là, je serais en train de rouler dans l'escalier comme une pochtronne que je connais bien et qui traîne la nuit sur les quais. Je suis bien contente qu'il me tienne le bras.

Dans la camionnette qui nous emmène à ma nouvelle adresse, les trois garçons ont la gentillesse de faire comme si mon comportement était normal alors que je suis encore secouée de sanglots.

— Je vous remercie beaucoup, tous les trois, fais-je en m'essuyant les yeux. Vous n'imaginez pas à quel point votre présence m'a aidée. Sans vous, je n'aurais pas tenu. Je l'aurais tué ou je serais morte. Ou les deux. Mais je l'aurais tué d'abord.

— Ça ne nous regarde pas, plaisante Sandro, mais je crois qu'on vous aurait aidée à faire disparaître le corps…

Je souris.

— Les garçons, trois bières, ce n'est vraiment pas assez pour ce que vous m'avez donné. Vous vous faites avoir. Laissez-moi quelques jours pour me remettre et je vous invite à dîner.

Alexandre lâche avec un petit sourire :

— Vu le poids que pesait votre canapé, il va aussi falloir que vous dansiez sur la table…

13

Les premières nuits dans un endroit inconnu sont toujours étranges, mais de toutes celles que j'ai vécues, celle dans mon nouvel appartement est de loin la plus spéciale. Une sorte de voyage dans le temps… Je me suis réveillée à plusieurs reprises en me croyant à chaque fois dans un endroit différent. Dans l'obscurité, les sons et les odeurs prennent l'avantage et nous entraînent ailleurs, parfois très loin dans notre mémoire. L'appartement sent surtout le parfum, un jus délicat, fleuri et certainement très cher que devait porter la précédente occupante, mais mes cartons et mon canapé ont aussi amené une autre note, créant un mélange qui échappe à tous mes repères.

Le plus déroutant, ce sont les bruits. Les portes qui s'ouvrent et se ferment sans que l'on sache si c'est à l'étage du dessus ou du dessous ; les voix qui parviennent étouffées à travers les murs, celles des enfants plus aiguës ; les rires qui montent de la cour ; chaque craquement et chaque grincement dessinent une géographie sensitive du lieu. Il faut apprendre à connaître cette musique pour ne plus la percevoir comme l'annonce d'une menace, pour ne plus la redouter. Notre mémoire est décidément bizarre. À mon premier réveil, il devait être à peine une heure du matin. Je me suis crue dans ma chambre, chez ma mère. J'avais quinze ans et ma sœur parlait en dormant de l'autre côté de la cloison. J'ai presque été déçue lorsque je me suis rendu compte que ce n'était pas le cas. J'aurais aimé me retrouver dans ce cocon familial, bancal mais rempli d'amour. Au second réveil, j'étais en colonie de vacances, dans le dortoir d'un centre de montagne où nous étions à seize filles dans des lits alignés. La sensation d'espace dans ma nouvelle chambre pouvait correspondre. Au troisième, je me suis revue à l'internat, pendant mes études, avec ma colocataire que je ne connaissais que du matin même. Je ne soupçonnais pas que ces sensations, toutes ces perceptions étaient encore si présentes en moi, puissantes, réelles. Mémé Valentine disait souvent que l'on n'oublie rien. « Tout est dedans », répétait-elle en pointant son cœur de l'index. Et c'est en pensant à elle que j'ai eu un vrai choc.

Je me suis brutalement aperçue que j'avais oublié quelque chose dans l'appartement de Hugues. Quelque chose de très précieux. Un de ces objets dont on se dit que si la maison brûle, on n'emportera que lui parce qu'on doit le sauver coûte que coûte. Mémé Valentine m'avait écrit une lettre pour mes dix-huit ans, elle en avait alors soixante de plus. De sa petite écriture ronde et précise, elle m'avait confié tout ce qu'elle me souhaitait pour mon avenir mais aussi tout ce que la vie lui avait enseigné. Ce précieux héritage tenait sur trois pages bien pleines. Une vie pour quelques lignes de vérités, souvent découvertes au prix d'épreuves dont on réchappe à peine. Sa lettre parlait d'amour, de conscience, de courage et de volonté. Un magnifique message qui m'avait émue, mais qui a pris encore plus d'importance avec les années. Mémé Valentine est décédée deux ans plus tard et sa lettre est restée pour moi comme un trésor. À chacun de mes anniversaires, et quand je ne sais plus où j'en suis, je relis ses mots et j'y trouve souvent des réponses. De plus en plus. À chaque nouvelle lecture, j'ai l'impression d'y découvrir d'autres secrets, d'autres clefs, comme si les années m'ouvraient d'autres horizons et des outils pour mieux comprendre le splendide cadeau qu'elle m'a fait. Trois pages magiques. Même si, à l'époque, j'avais été heureuse du chèque qu'elle avait aussi glissé dans l'enveloppe, je sais aujourd'hui lequel des deux documents avait le plus de valeur. Je ne me souviens même plus comment j'ai dépensé l'argent, mais chacun de ses mots me porte chaque fois que je les relis. C'est l'un des plus beaux présents que j'aie jamais reçu. Depuis quelque temps, avec ma relation avec Hugues qui battait de l'aile, je la relisais de plus en plus souvent. Mais malgré tous les bienfaits de cette lettre, Mémé Valentine n'y donne pas la recette miracle avec les hommes.

Un soir, alors que j'étais assise à la relire, Hugues est rentré plus tôt que prévu. J'ai eu peur qu'il se moque de moi en me surprenant alors je l'ai cachée précipitamment entre deux livres dans le haut de la bibliothèque. Elle s'y trouve toujours. Je donnerais beaucoup pour que cette lettre soit là maintenant, entre mes mains. Je voudrais pouvoir ouvrir l'enveloppe, en respirer le parfum, caresser les pages légèrement jaunies, suivre le délié aérien de la jolie signature qui ressemble au sourire de celle qui me manque tant.

Je n'ai plus envie de dormir. Je me demande comment je vais faire pour la récupérer. Je me méfie de ce que Hugues pourrait faire si je la lui demandais, et de toute façon je ne veux pas qu'il pose ses sales pattes dessus. Le pire ne doit pas toucher le meilleur. La seule idée que lui et sa nouvelle copine fassent le ménage et la jettent aux ordures me rend malade. Comment faire ? Je dois en parler à Émilie. Elle saura me conseiller. Mais sans téléphone, je ne peux pas la joindre aujourd'hui et je crois en plus qu'elle passe son dimanche avec un petit ami potentiel, un type qu'elle a rencontré à son club de théâtre. Demain, à la première heure, je vois avec elle.

Bien avant le jour, j'ai décidé de me lever. Tout était bon pour essayer de me distraire de mon angoisse au sujet de la lettre. J'ai tourné dans l'appartement, passant de pièce en pièce, y revenant, m'asseyant à même le sol et étudiant chaque angle pour imaginer le moyen de me sentir le plus possible chez moi. L'amie de ma sœur a beau avoir permis que je déplace les choses à ma guise, il n'est quand même pas facile d'oser. Je crois que je vais utiliser une des chambres comme garde-meuble. J'y entreposerai tous les siens, dont son grand canapé. Le mien aura l'air minuscule perdu dans le salon, mais j'y serai plus à l'aise.

J'ai l'impression de débuter une nouvelle vie. C'est la première fois que j'emménage seule et que je dois tout choisir. J'ai quitté la maison de maman pour aller à l'internat, et j'ai rencontré Hugues juste après mon diplôme. J'éprouve à la fois un délicieux frisson de liberté et la crainte d'être seule. Qu'est-ce que je vais faire de toute cette place et de toute cette liberté ? Choisir pour moi-même ne m'intéresse pas. Je ne suis jamais plus efficace que lorsque j'accomplis pour quelqu'un. C'est vrai de beaucoup de femmes, il me semble.

Je crois que je vais d'abord me laisser vivre dans les cartons, le temps d'apprivoiser le lieu.

Forte de cette bonne résolution et ne pouvant pas solutionner le problème de la lettre dans l'immédiat, la journée du dimanche est passée pour rien et ce fut malgré tout un bonheur. J'ai traîné, sans sortir. J'ai pris trois douches dans cette fabuleuse installation à l'italienne. J'avais envie d'être dans mon trou, seule, laissant à mon pauvre cerveau l'occasion de faire tranquillement le ménage dans tout ce qu'il avait eu à gérer ces derniers jours. J'ai eu le temps de voir défiler les minutes, le temps de déprimer, le temps de penser à ceux avec qui j'ai envie de continuer ma vie. J'ai pris le temps de me souvenir de ceux dont Hugues m'avait éloigné, mes amis d'avant, mes cousins. J'ai pris le temps de lui en vouloir et d'échafauder quelques plans diaboliques pour me venger. Même au calme, même en sécurité, même avec l'épuisement qui vous accable et vous pousse à baisser la garde, je trouve que ce qu'il a fait est proprement scandaleux. J'ai beau me dire que j'ai peut-être ma part de responsabilité, il est inexcusable. Il suffit que je l'entende encore me sortir ses phrases toutes faites pour avoir envie de hurler et de le frapper. J'ai pris le temps de ça. J'ai eu tout le loisir de laisser monter la colère, violente, et de la laisser refluer, comme une vague qui retourne à l'océan après s'être fracassée sur les rochers. Le rocher serait ce nouveau lieu, ce refuge en pleine tempête où je peux me sentir moi-même, et l'océan serait de larmes, celles de mes peines, de mes douleurs et de mes espoirs qui ont fondu comme neige au soleil. On a beau connaître du monde, on a beau avoir de la famille, des amis, face à certaines blessures, on est désespérément seul. Je suis décidée à vivre sans homme désormais, sans plus aucun sentiment illusoire. Je vais habiter ce monde en évitant d'être le jouet des rêves qu'il nous offre avant de les détruire. Je veux être autonome, libre, ne plus dépendre de personne.

J'ai beaucoup regardé par la fenêtre. Je crois que la pièce où j'ai passé le plus de temps, c'est le salon. Je ne vais pas y installer de télévision. Je ne vais plus me laisser manger par des choses sans intérêt.

Le soir, lorsque je me suis couchée, je savais où j'étais, mais malgré mes résolutions, je ne savais rien de ce qu'allait être ma vie.

14

Je dois avouer que j'ai été contente de voir poindre l'aube – même blafarde. J'ai pourtant été très heureuse de ce dimanche passé à mon seul rythme, sans pression d'aucune sorte, non pas à m'écouter, mais à m'entendre. On devrait en organiser régulièrement, comme un rituel, un rendez-vous avec soi-même. Mais après cette journée de solitude, de retraite, j'ai envie de voir les gens vivre et de sentir le monde tourner. Je suis aussi très pressée de parler de la lettre à Émilie.

En sortant de l'appartement, je tombe nez à nez avec le voisin.

— Bonjour ! me lance-t-il avec un sourire franc. Romain Dussart, dit-il en me tendant la main.

— Enchantée, Marie Lavigne.

Sur sa fiche à lui, il y aurait marqué : « 1,80 m, cheveux bruns, yeux marron, mince, mains soignées, vêtements élégants, pas d'alliance. »

— C'est donc vous qui avez repris l'appartement de Véronique ?

— Pour un an, oui.

Nous descendons l'escalier ensemble. On perçoit déjà le courant d'air froid qui monte du hall. Il remonte le col de velours de son manteau parfaitement coupé au moment même où j'enroule mon écharpe bon marché autour de mon cou.

— Vous verrez, c'est un immeuble agréable. Le seul problème se situe au niveau de l'approvisionnement. Les magasins sont assez loin. Mais il y a possibilité de se faire livrer et si vous le lui demandez gentiment, M. Alfredo peut s'en occuper pour vous.

On passe devant la loge, aucun signe du concierge. J'ose une remarque :

— Vous partez au travail de bonne heure…

— J'aime bien arriver tôt. Après, il y a tout le monde, le téléphone, les réunions… Au moins à cette heure-là, je sais que je suis tranquille pour avancer efficacement. Mais vous êtes matinale, vous aussi…

— Pour les mêmes raisons que vous. Je m'organise avant de rencontrer les gens.

Nous traversons la cour. Il m'interroge :

— Et vous êtes dans quelle branche ?

— Au service du personnel, dans une entreprise de fabrication de matelas haut de gamme. Et vous ?

— La gestion de serveurs informatiques.

Je tente une exclamation admirative, mais ça ressemble plus au râle d'une poule qui agonise après s'être fait rouler dessus par un tracteur. Il s'arrête devant la porte du garage.

— Je suis sincèrement heureux que nous soyons voisins. J'espère que nous nous reverrons vite.

C'est sa façon à lui de me dire au revoir. Son sourire est parfait, un équilibre idéal entre le mouvement des lèvres, les fossettes et les dents impeccables qui lui donnent un côté fauve. Absorbée dans sa contemplation, je mets quelques instants avant de lui répondre :

— Oui, bien sûr, excellente journée.

Il tourne les talons et je sors de la cour.

La rue me fait l'effet d'un bain vivifiant. Je plonge dedans avec délice. Enfin la vie – même s'il est encore trop tôt pour que les enfants arrivent à l'école. En marchant jusqu'à l'arrêt de bus, je repense à mon voisin. Pourquoi ne suis-je pas tombée sur un homme comme lui ? Qu'est-ce qui fait que l'on se retrouve avec certaines personnes plutôt qu'avec d'autres ? Quels sont les critères, les facteurs qui nous rapprochent ou nous éloignent ? Les femmes peuvent-elles bâtir leur existence en échappant à la quête de l'homme de leur vie ? Il y a quelque chose d'essentiel à découvrir à travers ces questions. Quelle aurait été ma vie avec Romain ? Je serais devenue Marie Dussart, puisqu'il est aussi d'usage que nous perdions notre nom au profit de celui à qui l'on se donne. Nous habiterions peut-être ici, avec deux enfants qui se feraient gronder par M. Alfredo s'ils tentaient de grimper aux arbres de la cour. Mais qui sait ? Derrière la façade avenante et élégante de ce monsieur se cache peut-être un monstre, qui m'aurait fait autant de peine que Hugues, plus étant impossible. Il m'aurait trompée, lui aussi. Il m'aurait menti, et peut-être même m'aurait-il abandonnée dans ma vie mais en m'obligeant à rester sa femme pour préserver les apparences auxquelles il attache visiblement beaucoup d'importance. Existe-t-il sur Terre un homme dont on n'ait pas à se méfier ? Je suis prête à donner dix ans de ma vie pour obtenir un « oui » ou un « non » fiable et garanti, si possible par Dieu en personne. Et je veux bien redonner cinq autres années de ma misérable existence si on m'indique en plus l'adresse du bonhomme. Au moins le code postal.

15

En arrivant au travail, dans le hall d'accueil, j'ai entendu « Chaud devant ! » et j'ai eu juste le temps de reculer pour laisser passer Pétula qui faisait la roue. Je les imagine bien à l'opéra, beugler « Chaud devant ! » chaque fois qu'ils font une figure…

Même pas essoufflée, Pétula retombe impeccablement sur ses jolis petits pieds fins et me demande :

— Bonjour Marie, tu vas mieux ?

— Je n'étais pas malade, j'ai déménagé. Il faut d'ailleurs que je te donne ma nouvelle adresse et mon nouveau portable.

— Ben dis donc, c'est le grand ménage ! On n'est pourtant pas encore au printemps !

En prévenant Pétula, je sais que toute la société sera au courant dans la matinée. J'enchaîne :

— Et ton audition ?

Comme chaque fois qu'on lui parle de danse, Pétula s'anime comme une adolescente survoltée.

— Ils veulent me revoir samedi prochain ! On n'est plus que quatre filles en lice. On était plus de soixante au départ !

— Excellent ! Croisons les doigts. Ne va pas te blesser cette semaine.

À cette heure-là, la plupart des bureaux sont déserts, mais les quelques collègues déjà présents me saluent tous. Le contraste est saisissant. Fini l'indifférence, j'ai désormais droit aux grands signes, aux sourires, et tout le monde connaît mon prénom. Je vais pouvoir sortir un album de chansons et une ligne de vêtements. Mon rêve serait d'avoir une sonnerie de téléphone : « Vas-y Marie, fous-y son avenant dans le… Dring ! Dring ! » Ça fait peur.

Mon bureau me semble plus petit. Peut-être parce que j'ai emménagé dans un appart très grand. Comme les poissons rouges, je m'adapte à mon environnement et je me sens à l'étroit dans ce bocal-là. À moins que ce ne soient ce fourbe de Deblais et son sbire qui aient rapproché les cloisons de quelques centimètres pendant mon absence. Ils vont réduire mon espace peu à peu, en douce, jusqu'à ce que je sois prise entre les deux parois de verre, façon œuvre d'art ou vieil herbier. Il faudra que je soigne ma tenue et ma pose le dernier jour.

Dans ma boîte mail, je découvre justement un message de Deblais qui me demande de préparer un tableau récapitulatif avec toutes les caractéristiques des contrats des employés et une liste de critères à isoler. Le message suivant est de Notelho, qui me prévient qu'il passera me voir ce matin pour vérifier l'avancement du tableau. Je les adore ces deux-là dans leur petit numéro pour nous mettre la pression. Que comptent-ils faire de ce tableau ? Ils voudraient traquer les points faibles des contrats de chacun d'entre nous qu'ils ne s'y prendraient pas autrement. Et c'est à moi que ces grands stratèges demandent de l'aide. L'ironie de la situation a quelque chose de savoureux. J'aime bien voir des abrutis au travail. Ils peuvent compter sur moi !

Au milieu des autres messages pros, j'en repère huit qui sont personnels. Tous proviennent de copains que je fréquentais avec Hugues. On dirait que c'est ce week-end qu'ils ont découvert que je m'étais fait éjecter. J'ouvre le premier : « Ma chère Marie… » Venant d'un type qui sait à peine aligner trois mots, je m'attends au pire et, en lisant, je ne suis pas déçue. « Je suis bien peiné de cette rupture, bla-bla, vous faisiez un beau couple, bla-bla, mais parfois la vie, bla-bla… » Je ne vais même pas lire jusqu'au bout. Le suivant est presque un copier-coller. Ils ont dû organiser un atelier d'écriture sur le thème : « Présentez vos condoléances à l'ex de votre pote dont vous n'aviez pas grand-chose à faire. » Je les imagine tous, assis autour d'une table, se mordillant le bout de la langue pour ne pas dépasser en faisant leurs coloriages au milieu des bières. Heureusement que les collages ne passent pas par mail, sinon j'étais bonne pour les mots en nouilles et les phrases en laine de récupération. Je leur mets une note de 4 sur 20. Je salue l'effort, mais je sanctionne l'absence d'argumentation sur le fond, et l'orthographe doit absolument être travaillée. Le passage en sixième est soumis à l'amélioration des résultats. Non mais franchement…

Deux grandes tendances se dégagent : sur les huit messages, il y en a cinq de mecs, tous des potes de Hugues, pour qui ce mail est clairement une lettre d'adieu polie mais qui n'appelle aucune réponse et plus aucun contact ultérieur. Cela me convient parfaitement. Les trois autres viennent de leurs épouses. C'est plus chaleureux, plus long, moins formel, et on sent qu'elles compatissent réellement. Et vous avez bien raison les filles, car vous serez peut-être les prochaines à vivre mon enfer ! Surveillez bien vos mâles !

Seul le petit mot de Floriane me touche vraiment et me donne envie de lui parler. « Marie, qu'est-ce qui s'est passé ? J'espère que tu tiens le choc. Ton portable ne répond même plus. S'il te plaît, appelle-moi. Je pense à toi, je t'embrasse. Flo »

Je décroche mon téléphone illico.

— Floriane ? C'est Marie, je ne te dérange pas ?

— Non, je viens de déposer les enfants, je suis contente de t'entendre… Qu'est-ce qui se passe ?

— Hugues m'a larguée. J'ai découvert qu'il me trompait. Je lui ai demandé d'arrêter, et il en a profité pour me virer et s'installer avec sa grognasse.

Un blanc, un soupir, et elle répond :

— Je comprends mieux. Ta version me paraît bien plus crédible que la sienne…

— Pourquoi ? Qu'est-ce qu'il a raconté ?

— Il n'avait jamais parlé de rien. Officiellement, tout allait bien entre vous. Et puis samedi dernier, à une soirée, on a eu la surprise de le voir arriver avec une fille sortie de nulle part – assez vulgaire, soit dit en passant. Très cool, il nous a annoncé que c'était fini entre vous puis nous a expliqué que tu devenais maladivement jalouse mais qu'il avait découvert que tu ne te gênais pas pour aller voir ailleurs. On te connaît, les filles ont tiqué, mais devant l'aplomb de Hugues, ses potes ont accepté l'histoire et sont passés à autre chose.

Je monte instantanément en pression :

— C'est ce qu'il raconte autour de lui ?

— Il prétend aussi qu'il t'a demandé à bénéficier lui aussi de la même liberté que celle que tu t'accordes. Il t'aurait proposé d'être un couple très libre… Il était prêt

96

à faire cette concession parce qu'il t'aimait. Selon lui, tu as refusé. Il t'a donc laissée partir…

L'accident nucléaire va avoir lieu dans les secondes qui viennent.

— Marie, ça va ?

— Quelle ordure ! Il m'a jetée comme une malpropre et, en plus, il m'a coupé le téléphone parce qu'il payait mon abonnement.

— Quel nul… Je vais en parler à Paul, mais tu les connais, ils ne vont pas se brouiller pour autant. Nous ne sommes que leurs femmes… Qu'est-ce que je peux faire pour t'aider ? Tu loges où, du coup ? J'ai un ami prof de maths qui a une chambre de libre, si tu veux.

— Non, ça va, c'est gentil, je m'en sors. Écoute, Floriane, je te remercie de ta franchise et de ton message. On s'est toujours bien entendues toutes les deux mais…

— Marie, on est amies ! Je ne veux pas te perdre parce que Hugues est une enclume. Compte sur moi pour lui envoyer ça dans les dents à la première occasion, et je vais rétablir la vérité auprès des autres.

— Ne va pas au-devant de problèmes pour moi. Je sais ce dont il est capable quand quelqu'un le place face à ses responsabilités. J'ai payé pour l'apprendre et, crois-moi, ce n'est pas joli. Je ne veux pas semer la pagaille dans votre groupe. J'ai été heureuse d'en faire partie même si certains ne vont pas me manquer. On se verra, si tu as le temps, mais seulement toutes les deux.

— Tu me fais de la peine, Marie, tu as toujours été là pour tout le monde…

— Quand je pense que ce foireux se permet de venir avec sa pétasse le soir même de mon départ… C'est dégueulasse. Bon, il faut que je te laisse, Floriane, on se rappelle, promis.

Je déteste ça, mais je viens de faire une promesse que je suis presque certaine de ne pas tenir. Je vais regretter certaines personnes, dont Flo, mais je préfère couper les ponts avec tout ce qui me rappelle Hugues.

Je dois avoir l'air défaite. Je suis à la fois folle de rage et anéantie. Je vous promets que ce n'est pas évident à gérer. Comment une même personne peut-elle avoir des gestes d'affection envers vous en décembre et vous faire des coups aussi bas et aussi indignes en février ? On dirait un proverbe : « Petit cadeau en décembre, coup de couteau en février » ! Ou une fable de La Fontaine dont la morale serait : « La belette s'inquiéta du sapin en ne le voyant plus, cours vite petit lapin, tu vas l'avoir dans le… » Il n'y a que les mecs pour arriver à retourner leur veste à cette vitesse, sans aucun scrupule. Pourquoi font-ils cela ? Soudain, la réponse m'apparaît clairement. Elle est écrite en lettres lumineuses dans la nuit de notre crédulité féminine. Ils font ça par intérêt ! Si on sert leurs intérêts, ils nous offrent des fleurs comme des bons points, et si on les contrarie, on a le droit aux coups de pied aux fesses. C'est aussi simple que cela ! Voilà leur philosophie de la vie de couple enfin décryptée ! Plus j'y réfléchis, plus je me dis que je viens de mettre au jour un des secrets de l'univers. Et cette règle classée hautement confidentielle ne s'applique d'ailleurs pas qu'au couple, mais à toutes les relations entre hommes et femmes. Regardez Deblais, quand je peux lui être utile, je suis mignonne et gentille, mais au premier signe de rébellion ou de prise de conscience, il me menace ! Il n'est pas près de l'avoir son tableau, le petit chef.

Émilie passe en courant devant mon bureau sans s'arrêter. Je bondis de mon siège et me précipite à sa poursuite.

— Émilie, qu'est-ce que tu fais ? Il faut absolument que je te parle !

— Deblais m'a convoquée ! Je viens après ! Bisous !

Elle n'a même pas ralenti. Je reste un peu perdue au milieu du couloir. Jordana, l'assistante logistique, s'approche de moi.

— J'ai appris ce qui t'est arrivé. Je suis désolée pour toi.

De quoi parle-t-elle ? En plus, je déteste sa voix chaude et sifflante, on dirait un serpent. Elle vient plus près encore et me murmure à l'oreille :

— Tu te souviens de notre discussion l'année dernière, au sujet de l'amour ?

— Pas vraiment, fais-je en m'écartant.

— Tu clamais que ce sentiment existe et qu'il est sublime. J'affirmais qu'il n'est qu'une illusion, un leurre qu'ils utilisent pour nous asservir. Je t'avais expliqué qu'il faut se servir des hommes comme ils se servent de nous. C'est un combat dans lequel le premier qui prend le dessus sur l'autre a gagné.

— Je ne vois pas bien où tu veux en venir.

— Avec ce qui t'arrive, tu as peut-être enfin compris… Tu peux toujours te réjouir et te dire que n'étant pas mariés, vous avez au moins économisé les frais d'avocat pour le divorce…

— Qui t'a parlé de ma vie privée ?

— Tout finit par se savoir, Marie. Entre ta copine qui cherche le grand amour sans le trouver et toi qui viens de te le prendre en pleine figure, tu devrais réfléchir.

Quelle langue de vipère, celle-là. Toujours à donner des leçons. Il est vrai que, pour se servir des mecs, elle en connaît un rayon. Elle s'est tapé la moitié de ceux de la boîte. Elle a même fait du charme à Deblais au moment de la négociation des mutations. Beurk ! Avec Émilie, on a une théorie sur elle. Jordana n'est pas faite comme nous. Elle a les fesses en plomb et les pieds gonflés à l'hélium. C'est donc uniquement à cause de la gravité terrestre qu'elle se retrouve toujours sur le dos avec les pattes en l'air.

Jordana me regarde avec un petit sourire en coin qui ne me plaît pas. Il va vraiment falloir que j'apprenne à réagir face à ce genre de personnes, sans me démonter, sans me laisser impressionner. Je ne suis pas encore prête, Jordana, mais repasse dans quelque temps, je vais travailler ton dossier…

16

— Est-ce que Floriane se rend parfois chez Hugues ?

— Elle n'y allait déjà pas beaucoup avant, mais si elle lui sort ses quatre vérités, elle ne risque plus d'y mettre les pieds.

— Dommage, elle aurait certainement accepté de récupérer ta lettre.

Émilie consulte la carte du resto. On ne déjeune pas au même endroit que d'habitude parce que l'on a pas mal de choses à se dire et qu'après le petit numéro de Jordana, je me méfie des oreilles qui traînent.

— Et ton rendez-vous avec le gars du club de théâtre, qu'est-ce que ça a donné ?

— Il est gentil, mais je ne me vois pas passer ma vie avec lui. Il ne parle que de pièces, de rôles qui lui iraient bien et de grands sentiments dignes d'une tragédie grecque, mais il a l'air plus doué pour les jouer sur scène que pour les vivre dans la vraie vie. Ce qui reste très relatif, parce que tu le verrais jouer…

Je sens arriver le moment où elle aura épuisé le potentiel du club de théâtre. Elle se retrouvera à nouveau sans terrain de prospection. Il va lui falloir creuser dans d'autres mines à la recherche du bon filon. Il sera temps pour elle de repartir en safari à la recherche du grand fauve. Après avoir écumé l'Ouest sauvage, elle n'aura plus de rivière où plonger son tamis en espérant voir surgir du flot boueux la pépite qui changerait sa vie. Combien de tonnes de vase devons-nous fouiller pour avoir une chance de trouver notre fortune ?

Le serveur arrive. Émilie choisit la première.

— Pour moi, ce sera une salade au saumon, s'il vous plaît.

— Même chose, et une carafe d'eau. Merci.

Il repart. Je demande à Émilie :

— Pourquoi tu ne vas pas voir ton voisin d'en face, celui que tu as en ligne de mire depuis des mois ?

— Je n'ose pas. Tu imagines ? « Salut, j'habite en face ; puisque j'ai une vie misérable, je passe mon temps à mater par la fenêtre et, tiens-toi bien, tu es le grand vainqueur de ce casting de gueux… » Pourtant, il a l'air gentil. Hier, je l'ai vu passer du temps avec un gamin qui jouait devant son bâtiment.

— C'est peut-être un pédophile.

— Marie, sérieusement, il va falloir que tu arrêtes de tout voir avec cynisme. Je sais que tu souffres, mais ce n'est pas une raison pour démolir le monde entier.

— Excuse-moi.

Je vois bien qu'elle ne veut pas que l'on touche à son voisin d'en face. Je change de sujet :

— Qu'est-ce qu'il voulait, Deblais ?

— Son rendez-vous n'était qu'un prétexte bidon pour me mettre en garde à ton sujet.

— Pardon ?

— Il sait que l'on est amies et je pense qu'il va chercher à t'isoler.

— Que t'a-t-il dit ?

— Qu'il faut se méfier des frondeuses… Que celles ou ceux qui sont trop proches des semeurs de révolte finissent sur le bûcher avec eux. Pas de doute, il t'en veut et il va essayer de te coincer.

— Je fais mon travail, il n'a rien à me reprocher, et puis en ce moment, il n'a qu'à venir, je suis prête à en découdre.

— Quand je suis arrivée à son bureau, un détail a attiré mon attention. Ce n'est sans doute rien, mais il avait le nez plongé dans des papiers et, dès que j'ai frappé, il a refermé le dossier tellement vite que ça m'a paru louche.

— Un dossier bleu ?

— Exact. Tu sais ce que c'est ?

— Non, mais je l'ai vu faire la même chose. On aurait dit un conspirateur pris en faute. Je suis certaine que ça cache quelque chose. Quand tu ajoutes à cela sa tentative de nous faire signer à la va-vite des avenants honteux et le tableau récapitulatif des contrats qu'il m'a demandé d'établir, je parie qu'il y a anguille sous roche.

— On peut aller y jeter un œil le midi ou le matin ?

— J'y ai déjà pensé, mais il ferme son bureau à clef.

Émilie crispe ses lèvres. Ce n'est jamais bon quand elle fait ça. Elle lâche :

— Il faut trouver ce qu'il trame, on doit pouvoir monter un plan avec les filles en qui on a confiance.

Les salades arrivent. On ne va pas s'étouffer. Je tourne la tête vers la table voisine. Deux hommes rigolent comme des malades en se partageant un énorme plat de bœuf bourguignon. Pourquoi eux et pas nous ?

17

Je n'arrête pas de penser à la lettre de Mémé Valentine. Ce soir, en rentrant, j'ai croisé M. Alfredo dans le hall. J'ai bien essuyé mes pieds. Pas de courrier. Je suis montée vite, bien contente à l'idée de me réfugier chez moi. J'ai envie d'une soirée tranquille. J'en ai besoin.

Je commence par une longue douche. Pendant que l'eau bien chaude coule sur mon visage et dans mes cheveux, je repense bien malgré moi aux horreurs que Hugues répand sur mon compte. S'il y a une justice en ce bas monde, il devra aussi payer pour cela. Je ne prétends pas être le bras qui accomplira la sentence, mais je suis impatiente qu'elle s'abatte sur lui, si possible en pleine tronche et avec de l'élan.

J'ai eu maman au téléphone. Elle s'inquiète pour moi. Je ne lui ai pourtant pas tout raconté. J'ai peur que mon histoire ne lui rappelle de douloureux souvenirs. J'ai aussi eu Caroline, ma sœur. Mes neveux lui en font voir de toutes les couleurs. Pourtant, avec moi, ils sont toujours gentils. Il est vrai qu'il est sûrement plus facile d'être leur tante que leur mère, surtout à quatorze et dix-sept ans.

Ce soir, j'ai décidé de commencer à déballer mes cartons. D'ici quelques semaines, il fera moins froid et je préfère savoir où se trouvent mes affaires de mi-saison avant de me retrouver un matin à moitié à poil devant mes caisses pour chercher dans l'urgence de quoi m'habiller.

Je sors les vêtements en pensant à autre chose. J'en étale partout avant de ranger ceux que je préfère dans le dressing. Je n'en avais jamais eu, de dressing. C'est super pratique. On a tout sous les yeux, on peut choisir sans défaire les piles ou ouvrir des tiroirs. Parfois, à l'appart, localiser les fringues s'apparentait à un jeu de memory pour les enfants. Dans quel tiroir pouvait se trouver le chemisier qui allait avec ce pantalon ? Essaie encore.

Au hasard d'un carton, je tombe sur un jean gris clair que je n'ai pas mis depuis des lustres. Hugues n'aimait pas la teinte, mais moi si. Comme d'habitude, je lui avais obéi. Je ne suis pas mécontente d'en avoir fini avec cette tutelle machiste. Je suis libre de le remettre. Libre ! Je m'apprête à l'essayer pour vérifier qu'il est encore à ma taille lorsque, en le dépliant, quelque chose tombe de la poche et rebondit sur le parquet. Je cherche, mais ne trouve rien. Intriguée, je me mets à quatre pattes et inspecte jusque sous les meubles. Entre les pieds du fauteuil, quelque chose brille. Je pense d'abord à une pièce de monnaie, mais en décalant le siège, je découvre une clef. Nom d'une grande roue qui tombe en panne avec moi qui ai envie de faire pipi au sommet ! C'est une clef de l'appartement de Hugues. Celle que j'étais convaincue d'avoir perdue ! Il avait été obligé d'en faire refaire une et me l'avait reproché pendant des semaines. Il m'avait maintes fois répété que si on se faisait cambrioler, ce serait de ma faute. Qu'est-ce que je n'avais pas entendu ! Il avait encore réussi à me faire culpabiliser.

Un sourire béat me barre le visage. Je dois avoir l'air d'une parfaite abrutie. Je m'en fous. Je ramasse la clef et la fais miroiter dans la lumière des spots comme un trésor. Je n'ai plus besoin de Floriane pour aller récupérer la lettre de Mémé Valentine, je ne suis plus obligée de m'abaisser à demander à l'autre détritus. Je vais aller la chercher moi-même.

18

Cette fois, je ne me sens pas comme une voleuse, j'en suis une. Même si je viens reprendre un bien qui m'appartient, je m'apprête à pénétrer illégalement dans l'appartement d'une personne avec qui je n'ai plus aucun lien. Pour évaluer le risque que je prends pénalement, j'ai vérifié sur Internet les peines encourues. Mais comme on trouve tout et n'importe quoi, je n'ai pas de réponse précise. Suivant les sites, je risque soit une amende de première catégorie, soit de la prison avec sursis, et même dans certains pays, une peine de huit cents ans de prison ou une lapidation en place publique… Y a pas à tortiller, l'accès libre au savoir, ça a du bon. À défaut d'apprendre quoi que ce soit ou d'apporter de vraies réponses, ça fait réfléchir.

Aujourd'hui, je n'ai pas peur. Je suis décidée à retrouver ce précieux courrier. J'ai tellement envie de le serrer contre mon cœur que je suis même impatiente de passer à l'action. J'angoisse à l'idée que la lettre de Mémé Valentine ne soit plus là où je l'ai glissée, mais il n'y a qu'un seul moyen de le vérifier.

J'ai tout prévu, ça peut pas rater. Pour être certaine que Hugues était parti au travail, je suis même passée devant son agence immobilière vérifier qu'il s'y trouvait bien. Lorsque j'ai traversé la place de la gare, je l'ai aperçu à travers sa vitrine, entre les photos des logements à vendre. Cet immonde crapaud était assis à son bureau, pendu au téléphone, sûrement en train de baratiner n'importe quoi à un pauvre client pour toucher sa commission au plus vite. Il doit avoir des rendez-vous importants de prévus parce qu'il a mis son petit costume de frimeur. Point positif : je suis au moins certaine de ne pas l'avoir dans les jambes. Reste le problème de sa pouffiasse. C'est simple : avant d'entrer, je vais frapper à la porte. Si ça bouge, je repasse plus tard.

J'ai choisi des vêtements que je ne mets jamais, histoire de ne pas être identifiable, même sur les vidéos de surveillance de la rue. Mes cheveux sont relevés sous une casquette. J'ai mis des habits confortables au cas où il faudrait courir, ramper, escalader ou creuser. Je ne vous ai pas menti, j'ai tout envisagé.

Arrivée devant sa porte, je toque. Aucune réponse. Je frappe plus fort, prête à déguerpir. Toujours rien. J'enfile mes gants. J'ai pensé à tout. Une vraie pro. Pas d'empreintes. Le problème, c'est que je n'ai trouvé que des gants de ski. J'extirpe la clef de ma poche avec difficulté parce que mes gros gants limitent beaucoup mon sens tactile. J'ai d'abord attrapé deux fois mon stick à lèvres… Après avoir manqué de faire tomber la clef, je la glisse dans la serrure avec le doigté d'un cambrioleur de haut vol. Je frémis en imaginant ce que ça aurait donné si je n'avais trouvé que des gants de boxe. Mais tout va bien se passer. J'ai confiance. Je n'en ai que pour quelques instants. J'entre, je récupère la lettre et je disparais sans laisser de trace.

Je pénètre dans son logement. Dans des instants comme celui-là, vous avez beau vous être préparée à l'action, vous avez beau avoir répété la scène dix fois chez vous pour être au taquet, il y a quand même des choses qui surprennent.

L'appartement est dans un désordre indescriptible. C'est à se demander si je suis la première à le cambrioler. C'est un foutoir sans nom. Des boîtes de pizzas partout, l'évier rempli de vaisselle sale, des vêtements qui jonchent le sol du couloir. Il n'a même pas viré les deux cartons en trop que j'avais apportés pour le déménagement. Je risque un pas en tendant l'oreille et appelle :

— Il y a quelqu'un ?

Pas de réponse. Je referme la porte d'entrée en l'empêchant de claquer. Il fait froid dans l'appart. Bien fait. J'espère que lui et sa cochonne vont attraper la grippe en se poursuivant tout nus. Je traverse le salon droit vers la bibliothèque. Je suis obligée de lever les pieds pour éviter tout ce qui encombre le passage. Un vrai terrain miné. De la pointe de ma chaussure, j'envoie la télécommande glisser sous le vaisselier. Ça leur fera du bien de la chercher. Je sais, c'est mesquin, mais j'en suis là. Sur les meubles, il y a des bougies. Vu le nombre, je suis prête à parier que c'est plus un effet de la coupure d'électricité que d'un romantisme exacerbé. Encore bien fait. Comme ça, en courant à poil avec la grippe, ils vont en plus se fracasser leur tête de rats dans le noir sur les angles des murs.

Tout est répugnant et, si j'en crois les chaises disposées au milieu du salon, le nouveau canapé « de la belle couleur qui fait jeune » supposé être déjà acheté n'est pas encore là. Tiens, elle met des strings. Et puis elle les enlève aussi, visiblement, puisqu'il y en a un peu partout. Quel joli petit couple ! Je suis pressée qu'ils fassent des bébés. Ils les élèveront dans les bois, avec les sangliers et les orangs-outangs, dans un nid en gadoue, avec des guirlandes de strings au-dessus du berceau. Toi Jane, moi gros connard. Ce lieu n'a plus rien à voir avec celui que j'ai connu.

Au terme d'un vrai parcours du combattant, j'atteins enfin la bibliothèque. Je me hisse sur la pointe des pieds pour glisser mes doigts entre un livre sur les motos et une anthologie sur les pin-up. Mais je ne sens rien avec mes gants. Je retire le droit. Je m'étire autant que je peux. Soudain, derrière moi, j'entends un petit bruit sec. Ça ne vient pas du palier, ni de l'extérieur, ça vient de juste derrière. Merde. J'en étais sûre. Je savais que l'autre ratapouffe avait le profil à se prélasser au lit, à ne pas répondre et à ne bouger ses fesses de femme illégitime que lorsque ça peut lui rapporter quelque chose ou quand quelqu'un rôde au milieu de ses strings. Je suis tétanisée. Je n'ose pas me retourner. Je ferme les yeux en espérant faire disparaître la réalité, mais quand je les rouvre, rien n'a changé.

— Je peux tout expliquer, fais-je, même les gros gants. Si vous êtes armée, s'il vous plaît, ne tirez pas.

Un autre craquement. Je sens qu'elle s'approche. Elle ne dit rien. Pourquoi ? Elle ne parle peut-être pas français. Tanya, ça vient d'où ? Je tente :

— *No habla espagnol. No pan pan pistolero, please.*

Je ne dois pas craquer. Même si elle ne comprend rien, elle saisira l'intonation, comme les chiens.

— Je vous en prie. Je suis vraiment désolée et je vous présente mes excuses. Tout ceci n'est qu'un regrettable malentendu. Quand je vous aurai expliqué

– avec un bon dictionnaire franco-espagnol –, vous allez rire.

Elle ne lâche toujours pas un mot. Elle ne bouge plus. Je suis certaine qu'elle me tient en joue. Je suis dans son viseur. Avec ma chance, c'est une tueuse professionnelle sous couverture. Nom d'une échelle qui se replie quand je peins le plafond ! Je vais crever au milieu des strings et des cartons à pizzas sans même avoir mangé de bœuf bourguignon. C'est épouvantable. Je vais me faire dessus et tomber dans les pommes. Je n'ai pas encore décidé dans quel ordre. Je dois me ressaisir, je dois affronter ma faute et faire face dignement à la situation. J'essaie de reprendre mon souffle.

— Je vais me retourner. Regardez, je lève les mains en l'air. S'il vous plaît.

Je sens sa présence derrière moi, je la devine qui me fixe. C'est un cauchemar. Soudain, je fais volte-face en fermant les yeux et je me prosterne à genoux.

— Par pitié, ne me mangez pas !

J'ouvre un œil, puis l'autre. Personne. J'ai posé le genou gauche dans une part de pizza froide. Comment ça, personne ? Pourtant, le bruit, la présence… Je me relève, la part de pizza reste accrochée à mon pantalon. Et là, je sursaute. Il y avait bien quelqu'un derrière moi, qui me regardait. Il est d'ailleurs toujours tranquillement assis sur le sol. Il est blanc, avec des yeux verts. C'est un jeune chat, sa queue parfaitement enroulée autour de ses pattes. Je lui hurle dessus :

— Espèce de saloperie ! Tu as failli me faire crever !

Il s'en fout complètement. Il se lèche je vous dis même pas quoi. Je crois en plus qu'il ronronne. Qui ronronne en se lavant les fesses ? Je suis folle de rage. Mon cœur bat à trois cents à l'heure. J'ai les carotides qui vont éclater. Je suis prise de tremblements. Pourtant, je n'oublie pas la raison de mon raid en terre hostile. Je me précipite vers la bibliothèque et je fouille frénétiquement entre les livres. Je me hisse aussi haut que possible pour aller bien au fond. Mes doigts détectent quelque chose. Je l'attire vers moi. Je tiens enfin la lettre de Mémé Valentine ! Je crois que je vais pleurer de joie. J'ai réussi !

Et maintenant, la fuite. Je retraverse le salon puis j'enjambe le chat qui s'en fiche toujours. Qu'est-ce qui m'a pris de dire : « Par pitié, ne me mangez pas » ? C'est complètement idiot. Il n'existe pas une seule situation dont on puisse se sortir avec une phrase aussi stupide. À la rigueur devant un cannibale… et encore, puisque de toute façon il ne parle certainement pas notre langue.

Je pense en avoir fini avec les émotions fortes. J'ai tort. Au moment de quitter l'appartement, une affichette scotchée sur la porte à côté d'une liste de commissions attire mon attention.

« Le 25 février, venez fêter la liberté retrouvée de Hugues et découvrir la belle Tanya, l'élue de son cœur. Soirée costumée, boissons à gogo, no limit, ne manquez pas la fête de l'année chez Hugues et Tanya ! »

Je suis sciée. Je sais, ça m'arrive souvent mais là, avouez quand même qu'il y a de quoi. Il me vire, il raconte n'importe quoi sur moi, il m'insulte, me coupe le téléphone, et après il fait la fête ? Émilie ne voudra jamais me croire. Je sors mon portable et je fais une photo pour garder une preuve. Une fois encore, la rage m'étouffe et la haine me consume. Je me retourne vers l'appartement. S'il n'était pas déjà en vrac, je le mettrais à sac, mais ils s'en sont chargés eux-mêmes. Il faut quand même que je casse quelque chose pour évacuer la pression. Ou mieux encore, que je lui pique quelque chose. Je vais lui carotter un truc qui lui manquera, dont il ne se rendra pas forcément compte tout de suite. Je regarde partout et soudain j'ai l'idée du siècle, celle qui va me valoir d'entrer au panthéon des grands criminels.

Je sais que je n'aurais pas dû. Je sais que c'est crétin. Je suis consciente que ça va m'attirer de gros ennuis, mais si vous vous êtes déjà trouvé dans mon état, alors vous savez que, dans ces moments-là, les raisonnements et les leçons de la vie n'ont plus aucune prise sur votre comportement.

Je suis partie de l'appartement en volant deux choses : la part de pizza qui était toujours collée à mon genou, et le début de mes ennuis.

19

— Où étais-tu ce matin ? J'étais morte d'inquiétude…

— Ferme la porte, Émilie, personne ne doit entendre. Je suis désolée de t'avoir angoissée, mais j'avais quelque chose à faire, et seule. Il le fallait. Je me sens beaucoup plus légère à présent. Ça m'a fait du bien au-delà de tous mes espoirs.

— Tu as couché avec le stagiaire ?

— Non, espèce d'obsédée !

Je sors le courrier de Mémé Valentine du tiroir de mon bureau.

— Regarde, j'ai récupéré ma lettre !

Elle s'approche, incrédule.

— Comment as-tu fait ? Tu as proposé de l'argent à Hugues ? Tu l'as menacé avec un fusil ? Tu ne l'as pas tué, au moins ?

— Figure-toi qu'en rangeant des vêtements, j'ai retrouvé une clef de son appart que je croyais avoir perdue. Je suis allée là-bas. Une vraie porcherie.

Elle s'empare de ma main droite, couverte de griffures et de lacérations.

— Qui t'a blessée comme ça ? s'inquiète-t-elle. Dans quel plan foireux as-tu encore été te fourrer ?

— Alors voilà, c'est un peu compliqué, mais pour faire court, dans l'appart de Hugues, j'ai volé un chat.

— Quoi ? Mais…

Je ne la laisse même pas démarrer.

— Je sais ce que tu vas me sortir, je me suis dit exactement la même chose, mais nous n'en sommes plus là. Il est trop tard pour la morale. Je l'ai fait, c'est tout. Je ne sais pas ce qui m'est passé par la tête. J'ai voulu lui piquer quelque chose qui lui manquerait affectivement, à lui et à l'autre pétasse, alors j'ai embarqué le chat.

— Tu es folle.

— Merci. Venant d'une experte de ton niveau, c'est un vrai compliment.

— Il faut que tu le rendes.

— Ben voyons. Je vais me pointer comme une fleur : « Tiens salut, je t'ai racketté ton chat, mais prise de remords suite à une apparition de Bouddha et des sept nains, je te le ramène. Tant qu'on y est, est-ce que tu pourrais me rendre mon gant de ski droit que j'ai perdu dans l'étable frigorifique qui te sert d'appart ? » Non, Émilie, je ne peux pas faire ça.

— C'est quoi cette histoire de gant ? Tu avais des gants ?

— Rapport aux empreintes, mais j'en ai retiré un que j'ai perdu. C'est pour ça que le félin ne m'a déchiqueté que la main droite.

Émilie inspecte mon bureau avec un air soupçonneux.

— Il est où ?

— Je l'ai embarqué dans un de mes cartons de déménagement que j'avais laissés sur place.

— Je veux dire là, maintenant, il est où ce chat ?

— À mon nouvel appart. Je l'ai bouclé dans une des chambres que je n'utilise pas. Comme ça, même s'il pisse partout, d'ici un an, j'ai le temps d'aérer et de désinfecter. Enfin j'espère, parce qu'on dit que ça pue vraiment…

— Marie, ça a fini par arriver.

— Quoi donc, ma rencontre avec Bouddha et les sept nains ?

— Tu as pété les plombs. Ton processeur a fondu. Je suis vraiment contente pour ta lettre mais le chat, franchement… Tu aurais dû m'en parler.

— C'est ça, comme si je n'avais pas assez de ma propre conscience. Tu aurais tenté de me dissuader d'y aller. Tu m'en aurais peut-être même empêchée physiquement.

— Pas du tout. Tu serais surprise de ce que je suis capable de faire d'insensé. Si ça se trouve, j'y serais peut-être même allée avec toi pour faire le guet.

Deblais passe dans le couloir. J'alerte Émilie d'un signe et nous interrompons notre discussion. Pour détourner les soupçons, je déclare d'une voix forte et sur un ton très professionnel :

— Eh bien merci, chère Émilie, de ces renseignements. Nous poursuivrons cette passionnante discussion lorsque j'aurai avancé sur le dossier.

Sur ses lèvres, je lis qu'elle me répond « Espèce de malade » et elle sort.

À peine le temps de me plonger dans ce satané projet de tableau qu'un autre collègue se présente à ma porte. C'est Benjamin, le jeune homme qui coordonne les expéditions internationales.

— Mademoiselle Lavigne, je peux vous dire un mot ?

Sur sa fiche anthropométrique à lui, il y aurait écrit : « Mâle sans aucun doute. Yeux bleus, cheveux bruns. Des épaules, des bras, et je suis prête à parier des pectoraux aussi… »

— Bien sûr, Benjamin, mais faites vite, j'ai du travail.

— Oh, mais vous vous êtes blessée à la main, vous saignez !

— Ce n'est rien, on vient de m'offrir un rosier carnivore pour ma fête et j'ai du mal à le nourrir…

— Mais votre fête ne tombe pas en février…

C'est étrange, moi j'aurais tiqué sur le rosier carnivore avant l'histoire de la date de la fête, mais bon. Chacun ses références. Je panse mes blessures avec un mouchoir en papier.

— Dites-moi plutôt ce qui vous amène, Benjamin.

— Je voudrais savoir si c'est le bon moment pour négocier la petite augmentation que j'espère obtenir depuis plus d'un an.

En me disant cela, il se métamorphose physiquement. C'est impressionnant. Œil de velours, sourire enjôleur. Il parle avec ses mains mais je le soupçonne d'agir ainsi pour faire rouler ses biceps. Il continue :

— J'ai vu que vous saviez vous y prendre face à M. Deblais et j'ai pensé que vous pourriez peut-être lui en toucher deux mots. En plus, je me sens beaucoup plus proche de vous que de lui. J'aime bien votre façon de faire. Vous êtes cool…

Le beau gosse des expéditions est en train de me faire un numéro de charme. C'est clair, je vais installer une caméra dans mon bureau parce qu'il est hors de question que je ne garde pas une trace des grands moments dont celui-là fait partie. Si un jour j'ai des enfants, je pourrai leur prouver que leur maman était une véritable icône sexuelle et, en attendant d'avoir des bébés, je pourrai au moins partager ces instants d'anthologie avec les copines.

Non mais, regardez-le. Si c'était un pigeon, il aurait ses plumes toutes gonflées et il me tournerait autour en faisant « rou-rou ». Il me sort le grand jeu. C'est la démonstration éclatante de la loi secrète mise au jour l'autre soir. Les hommes tentent de nous séduire quand cela sert leurs intérêts. Ils ne le font pas par amour, ils ne le font pas pour nous, ils le font parce qu'ils veulent quelque chose de nous. Et regardez-le qui me sourit. S'il y avait un détecteur de phéromones au plafond, ça sonnerait dans tout le quartier. Mais qu'est-ce qu'il croit ? J'ai presque quinze ans de plus que lui. J'avais déjà été larguée dix fois qu'il n'était encore qu'un spermatozoïde perdu au milieu de ses frères potentiels. Franchement, j'admire sa candeur. Comment peut-il ne pas se douter qu'avec quinze ans d'avance, la vie m'a enseigné deux ou trois bricoles de plus qu'à lui ? Il doit me prendre pour la Belle au bois dormant. Je me suis piqué le doigt en filant la laine dans mon village et boum !, gros dodo pendant qu'il me doublait par la droite. Non mais franchement…

Si j'étais Jordana, je négocierais quelque chose en échange. Je prendrais le dessus. Je mettrais à profit mon avantage pour abuser de la situation. Mais les compromis et les petits arrangements n'ont jamais été mon genre. Je vais être gentille et essayer de la jouer fine. Commençons par rire bêtement, histoire de lui faire croire qu'il a gagné.

— Benjamin, moi aussi je vous aime bien.

Je joue avec mes cheveux. Le pauvre croit que je suis sous le charme. Je ne dis pas qu'il n'en a pas, bien au contraire, mais s'il croit que ses jolies petites fossettes vont lui valoir une augmentation, c'est qu'il n'a pas conscience de la valeur des choses…

— Comptez sur moi pour en parler au meilleur moment. Cela prendra peut-être quelques jours. Je viendrai vous voir dès que j'en saurai plus.

— Merci beaucoup, mademoiselle Lavigne.

Et le voilà qui m'appelle « mademoiselle » alors que je sais pertinemment que, comparée à la petite bombe qu'il fréquente, il me prend pour une momie… Vil flatteur. Enfumeur ! La momie va s'approprier ton augmentation pour se payer des bandelettes neuves !

Je dois vous confier quelque chose : je crois que je vais mieux. Je le sens parce que je n'ai plus envie de pleurer du tout. J'ai envie de me venger. Il me faut de la nourriture pour chat et un plan de destruction massive.

20

Tel Napoléon contemplant son empire, M. Alfredo se tient debout au sommet du perron. Dans le crépuscule, un vent froid malmène sa blouse bleue, mais il semble insensible à la température. Il fixe la grosse berline noire garée dans la cour. Un homme en descend, que le concierge apostrophe directement :

— Bonsoir monsieur Berteuil. Je vous demande de bien vouloir faire réparer la fuite d'huile qui tache les pavés. Tant que ce n'est pas fait, merci de ne pas stationner dans la cour.

— Désolé, monsieur Alfredo, je n'ai pas eu le temps cette semaine, mais promis, je m'en occupe dès demain.

— Je compte sur vous, c'est déjà la seconde fois que je vous en fais la remarque.

L'homme ne bronche pas et s'empresse de sortir un morceau de carton de son coffre pour le glisser sous son moteur. Avec son beau costume qui brille légèrement dans la lueur de l'éclairage extérieur, il n'est pourtant pas du genre à se traîner sous les voitures, même de ce prix.

En passant près de lui, je le salue :

— Bonsoir monsieur.

Il me répond, affable. Dans le vent frais, je perçois son eau de toilette extrêmement raffinée. Je monte les marches.

— Bonsoir monsieur Alfredo.

— Bonsoir mademoiselle Lavigne. Rentrez vite vous abriter au chaud. Votre journée a-t-elle été bonne ?

— Bien meilleure que depuis longtemps. Et vous ?

— Tout va bien. À part ces taches d'huile !

Décidément, ce concierge m'étonne. Il m'impressionne aussi. J'aime sa franchise de ton. La plupart des gens qui vivent ici ne doivent pas avoir l'habitude que l'on s'adresse à eux ainsi. Tous ont d'importantes fonctions ou un statut social élevé. Je serais curieuse de savoir si, au moment des étrennes, ils sont généreux avec leur concierge, ou s'ils se vengent de ses remarques en ne lui donnant rien.

En arrivant à mon appartement, je prie le ciel pour que le chat ait fait ses besoins sur l'épais journal que j'avais pris soin d'installer dans l'angle de la chambre. J'ai un peu honte de l'avoir laissé enfermé tout l'après-midi, mais je lui ai rapporté du lait frais et de la pâtée de luxe. Des petites bouchées au lapin et d'autres au saumon. Je suis certaine que les trois quarts de la population de la Terre n'ont même pas droit à des plats si soignés.

J'allume la lumière du couloir. Nom d'une gastro le jour de mon entretien d'embauche ! La porte de la chambre est ouverte. Où est ce satané chat ?

— Minou, minou… T'es où ?

Qu'est-ce que je fais s'il me répond ? Pourquoi se croit-on obligé de leur parler ? Vous imaginez s'il lâche : « Je suis là et je vais te griffer ta tête de kidnappeuse… » C'est un coup à crever d'une crise cardiaque.

Je pose mon sac de commissions à terre et je retire mes chaussures. J'avance à pas feutrés, tel le chasseur aux abois. Chaque fois que je passe près d'un interrupteur, j'allume pour éclairer au maximum. J'ai l'impression d'être un explorateur dans la jungle. De chaque recoin peut surgir le fauve, sans doute avide de vengeance pour avoir été retenu prisonnier. Le combat s'annonce violent. Il va me sauter dessus et nous allons rouler sur le sol en nous battant chacun avec nos armes : lui avec toutes ses griffes et moi mon spray nasal à l'eucalyptus. Si je triomphe, il fera une superbe peau de bête au pied de mon lit, mais vu la taille de la bestiole, je ne vais pouvoir poser dessus qu'un seul pied à la fois.

J'approche de la porte de la chambre. Je jette un œil derrière pour éviter de me faire surprendre à revers. Je n'ai pas envie que ce félin m'inflige à la figure les mêmes blessures qu'à la main.

Avec précaution, je pénètre dans la pièce. J'allume.

— Petit, petit… Viens, je n'ai rien contre toi. Je suis l'amie des chats !

Si un jour on m'avait dit que je prononcerais cette phrase à voix haute, en la disant sérieusement, et sans être ivre morte ou sous l'emprise d'une drogue que seuls les services secrets utilisent, je ne l'aurais pas cru. Et soudain, je constate que dans le match qui m'oppose à mon redoutable adversaire, il vient de marquer un point décisif contre le moral de mes troupes. Le journal est là et la flaque juste à côté. Misérable bestiole. Infâme pollueur. Et quelle est cette odeur ? Mon Dieu, comment un animal aussi petit peut-il produire une arme chimique qui vous prend à la fois au nez et à la gorge ?

Par bonheur, il n'a rien fait sur le matelas. Je me penche pour vérifier sous le lit.

Je quitte la pièce, entamant alors une inspection systématique, minutieuse et à haut risque de tous les recoins et placards, y compris ceux qui sont fermés. Si ce diable blanc a réussi à actionner la poignée de la porte de la chambre, pourquoi n'aurait-il pas réussi à en ouvrir d'autres et à les refermer ensuite pour brouiller les pistes ?

Soyons pragmatique : toutes les fenêtres sont bloquées et la porte d'entrée aussi, ce chat n'a donc pas pu quitter l'appartement. Ce qui implique qu'il est encore là, tapi quelque part. C'est flippant. Je visite chaque pièce l'une après l'autre, comme les forces spéciales dans les films d'action. Lorsque je suis certaine qu'il ne s'y trouve pas – *clear !* –, je referme la porte, si possible à clef. Je sais que c'est irrationnel, mais je commence vraiment à avoir peur. Peur du chat. Si ça se trouve, il est le fruit d'une expérience scientifique secrète qui l'a doté de facultés supérieures. Il va m'attaquer, me crever les yeux et me dévorer le cœur. Il a peut-être fouillé dans mes papiers et il sait tout de moi. Mais non, c'est stupide, s'il était aussi doué que ça, il aurait appelé la police pour signaler son kidnapping. Par contre, en une journée, il a eu largement le temps de se fabriquer une arme avec ses petites papattes. S'il a trouvé une rallonge, il peut même me poursuivre avec mon mixeur électrique.

Rien dans la cuisine non plus. Au passage, je prends une grande cuillère en bois, histoire de ne pas être complètement désarmée face à lui. Je suis tentée de mettre l'écumoire sur la tête, mais je renonce de peur que la NSA ne me repère et publie les photos sur

Internet avec une légende du genre : « Certains humains sont moins intelligents qu'une gerbille, regardez cette femme. »

En fait, je viens de comprendre ce qui rend ce félin si particulier : la nouvelle copine de Hugues est une sorcière qui a transformé ce gros balourd en chat. Mon ex est désormais un miron qui rôde dans mon nouvel appart et qui a entendu la totalité des abominations que j'ai proférées sur lui ce midi. Il va se venger.

— Je t'en supplie, je ne le pensais pas vraiment, montre-toi…

Il ne me reste plus que la buanderie et le salon à passer au peigne fin. Je regarde même dans le tambour de la machine à laver. Rien non plus. C'est bien ma veine, j'ai piqué le seul chat capable de devenir invisible.

Soudain, un grand bruit dans l'entrée me fait sursauter en hurlant : on frappe à ma porte. Je suis fichue : la BDPDCBD – la Brigade de Protection Des Chats Blancs Diaboliques – vient m'arrêter. Je vais plaider le coup de folie. Je regarde par l'œilleton. C'est M. Alfredo.

J'entrouvre la porte en redoutant deux choses : que le concierge sente l'épouvantable odeur qui se répand, et que le chat en profite pour s'enfuir en nous égorgeant tous les deux.

— Oui, monsieur Alfredo ?

— C'est vous qui avez crié comme ça ? Vous êtes drôlement émotive !

Pour donner le change, je rigole comme une abrutie, en rejetant bien la tête en arrière.

— Non, pas du tout, euh… Ce sont mes vieilles douleurs qui ressurgissent dans les périodes de grand froid. J'ai pivoté trop vite sur ma cheville fragile.

— Des vieilles douleurs, à votre âge ? Qu'est-ce que ce sera quand vous aurez le mien… Et pourquoi tenez-vous votre cuillère à salade comme un poignard ? Vous tuez les laitues ?

Que voulez-vous que je réponde d'intelligent ? Je fais comme si je n'avais pas entendu.

— Vous souhaitiez me voir ?

— Tout à l'heure, j'ai oublié de vous prévenir que vous aviez du courrier. Alors je vous l'ai monté.

Il me tend trois lettres.

— Merci bien, c'est gentil de vous être donné la peine. Excellente soirée.

— À vous aussi.

Je referme en prenant garde que mon geste n'ait pas l'air trop précipité. Je m'en sors pas mal. Cette saleté de chat ne s'est pas pointée. Ça veut dire qu'il est très doué et que j'ai intérêt à me méfier. Je m'aventure dans le salon en jetant un rapide coup d'œil à mon courrier. Facture, relevé de banque, et un pli beaucoup plus surprenant. Une enveloppe sans adresse, ni timbre, simplement adressée à « Marie Lavigne ». Écriture majuscule au stylo noir. Cela m'intrigue tellement que j'en oublie presque le félin.

Je me tiens au milieu du salon. Ayant sans doute senti ma vigilance se relâcher, la bête sournoise en profite pour passer à l'attaque. L'horrible créature se laisse tomber de je ne sais où, juste à côté de mes jambes, sur le canapé. Je pousse un nouveau hurlement mais, cette fois, beaucoup plus puissant. Tout l'immeuble a dû entendre. Le chat s'en fiche, il est assis, peinard, et se lèche le bout de sa patte avant. Je lui grogne dessus :

— Tu vas arrêter de me faire peur à mourir.

Puis, au cas où les voisins ou M. Alfredo auraient entendu, j'ajoute très fort :

— Aïe, mes vieilles douleurs !

Je suppose que le chat était en train de dormir sur le haut de la bibliothèque. Les coups du concierge l'auront sans doute réveillé. Je le caresse. Il est tout doux. Il fait le dos rond et se frotte contre moi.

— Tu dois avoir faim, c'est pour ça que tu te montres aimable. Ce matin je te kidnappe et tu me détruis la main. Et ce soir tu me fais des mamours pour avoir à manger. Tu es bien un garçon.

Mais avant de le nourrir, je dois en avoir le cœur net. J'ouvre la lettre suspecte avec précaution. Elle ne contient qu'une simple feuille tapée à l'ordinateur.

« Bonjour Marie,

« Puisque tu es enfin célibataire, nous allons pouvoir vraiment faire connaissance. S'il te plaît, ne cherche pas à découvrir qui je suis. Je viendrai à toi. Si tu veux que je t'écrive encore et que notre histoire commence, demain tu feras un nœud à l'extrémité de ton écharpe. Si tu n'en fais pas, alors je comprendrai et je disparaîtrai pour toujours. Si tu décides d'en faire un, alors tu recevras très vite de mes nouvelles. Tu es entièrement libre de ton choix. J'espère sincèrement que tu nous laisseras une chance.

« Bien à toi,

« Signé : Un homme qui tient énormément à toi. »

126

J'avais bien besoin de ça. Après le blaireau qui me fait cocue, voici le malade qui m'écrit des lettres anonymes. Je suis trop contente. J'espère rebondir de bonheur en bonheur, comme ça, jusqu'à ma mort. D'ailleurs, puisqu'on en parle, au train où vont les choses, j'espère crever vite parce que je ne vais pas pouvoir tenir longtemps ainsi.

Je contemple la lettre, incrédule et inquiète. À mon âge, avec ce que je sais de la vie, il n'est pas évident d'être encore étonnée par quelque chose. Eh bien là, si. Comme dirait Pétula, je suis même « trouée ». Ma vie était trop simple, trop limpide. Je nageais dans un bonheur absolu et j'étais maîtresse de mon destin. Tout était sous contrôle. Je n'ai jamais trouvé l'homme de ma vie mais lui m'a visiblement bien repérée. J'ai un détraqué à mes basques et il sait où j'habite. C'est l'horreur.

J'ai envie de crier. Je vais devenir folle. Je tremble de la tête aux pieds et le chat n'en a rien à battre. Je me jette sur mon téléphone pour appeler Émilie au secours.

21

— Waouh ! L'appart de malade !

Émilie ne m'embrasse même pas et commence directement sa visite.

— Merci d'être venue si vite…

— Normal.

Mais elle ne regarde ni la lettre que je lui tends, ni la tête que je fais. Elle s'engage dans le couloir, ouvre les portes. Je la suis, pas à pas, en lui présentant le document comme un enfant pressé de montrer son A+ en calcul à un adulte qui s'en fiche. Sauf que moi, ce n'est pas un bon point que j'ai gagné, c'est une malédiction.

Elle passe de pièce en pièce en poussant des râles de pâmoison à donner des doutes aux voisins.

— Si cela peut te rassurer, annonce-t-elle, je suis prête à rester dormir ce soir. Et je suis d'accord pour revenir aussi souvent que tu le souhaites parce que ici j'ai vraiment l'impression d'être en vacances dans un hôtel de luxe.

Elle jauge l'espace, jette un œil sur la cour intérieure par la fenêtre et déclare :

— Est-ce qu'il vaut mieux foirer sa vie sentimentale et vivre ici ou être heureuse dans le petit appart que vous aviez ? C'est une vraie question…

Elle se retourne vers moi et ajoute :

— Évidemment, on peut aussi foirer sa vie sentimentale et vivre chez moi…

Elle ouvre la porte des toilettes et s'enthousiasme :

— La vache, c'est grand comme ma chambre !

Puis elle tente :

— Écho, écho !

— Émilie, je t'en supplie, je suis morte de trouille avec cette lettre…

La voilà déjà arrivée dans la cuisine. Elle tombe sur le chat.

— C'est lui que tu as piqué ? Il est trop craquant. Quel âge peut-il avoir ? Quatre mois max.

Elle le caresse, il fait le joli cœur.

— Je crois qu'il m'aime bien.

— Il a faim, alors il aime tous ceux qui savent se servir d'un ouvre-boîte. Émilie, s'il te plaît, puis-je avoir ton attention ?

Elle observe la lettre sans la prendre et lâche :

— De toute façon, c'est fichu. Depuis le temps que tu tripotes ce document, même la police scientifique n'arrivera plus à y repérer d'autres empreintes que les tiennes.

Elle a raison. Quelle ahurie je fais ! Je pose précipitamment la lettre sur le plan de travail et je fouille dans le tiroir des ustensiles. J'y découvre un gant de cuisine et je reprends la lettre, non sans difficulté. Émilie me regarde.

— Tu sais, Marie, il existe des gants adaptés à chaque utilisation. Si tu as du mal à t'y retrouver, je te ferai un tableau de correspondance avec des dessins. Tu verras, c'est assez simple : pas de gants de chirurgien pour remettre du bois dans la cheminée et pas de gants de moto pour l'horlogerie. À la longue, j'espère que tu comprendras pourquoi les astronautes ne mettent pas de gants en laine tricotés par leur grand-mère pour leurs sorties spatiales.

On passe dans le salon. Sur la table, je dépose la lettre avec mon gros gant comme si c'était un déchet radioactif. On s'installe autour. Le chat a déjà sauté sur les genoux d'Émilie et lui sort le grand jeu. Il ne lésine pas. Il y va franchement sur les ronrons et le pétrissage des cuisses avec les papattes de velours. Profites-en mon gars, ce n'est pas elle qui sait où sont rangées les boîtes… Fais le mignon avec qui tu veux, c'est moi la grande prêtresse des boulettes en sauce.

— Tu n'as aucune idée de qui a pu t'écrire ça ?

— Pas la moindre.

— Premier point : ce n'est ni menaçant ni insultant. Pas la peine d'aller voir la police avec, ils te prendront pour une folle paranoïaque.

— Alors qu'est-ce que je fais ?

— Tout dépend du nœud à ton écharpe. Tu vas le faire, ou pas ?

— Je n'en sais rien. J'hésite. J'étais décidée à me passer des hommes et à ne plus jamais rentrer dans leurs combines…

— Comme tu veux. Si tu ne le fais pas, il a prévu le cas, tu n'entendras plus jamais parler de l'auteur de cette lettre. Par contre, si tu rentres dans son jeu, personne ne peut dire jusqu'où il t'entraînera…

— Merci, ça m'aide vraiment.

— Es-tu prête à ne jamais savoir qui t'a écrit cela ? Es-tu capable de t'en moquer éperdument ? Si tu choisis cette option, alors tu regarderas tous les mecs que tu côtoies en ayant un doute…

— Toi, tu ferais le nœud ?

— Sans hésiter. Au moins pour découvrir qui se cache derrière ce message. C'est quand même une drôle de façon de se comporter, tu ne trouves pas ? Le type ne vient pas te parler, comme s'il se méfiait de ta réaction… Tu n'as vraiment aucun suspect en ligne de mire ?

— Si. Beaucoup. Plus j'y pense et plus la liste s'allonge. J'ai même soupçonné le chat !

— C'est forcément quelqu'un qui sait que tu as rompu et qui connaît ton adresse.

— Cela peut correspondre à n'importe quel mec de la boîte, mais aussi à mon voisin, et à peu près n'importe qui puisque le concierge et Pétula ont dû parler de ma situation à la Terre entière.

— Qui te dit que c'est un homme ?

— Tu es sérieuse ?

— Pourquoi pas ?

— On va quand même essayer de rester raisonnable. Je me suis même demandé si ce n'était pas Hugues qui tentait de me faire tourner en bourrique.

— Ce nul ? Un stratagème aussi fin ? Et c'est toi qui demandes à ce que l'on reste raisonnables ? Il en est bien incapable.

— Il faudrait établir la liste des suspects. Par écrit. Tu veux bien m'aider ?

— Tu vas donc faire le nœud à ton écharpe…

J'hésite un moment, puis je lâche :

— Je n'ai pas le choix.

— Très bien. Alors nous avons un élément de plus pour identifier le mystérieux « homme qui tient énormément à toi ».

— Lequel ?

— Il se cache forcément parmi ceux qui vont chercher à te voir demain.

22

Émilie est restée dormir et j'en ai été soulagée. Je crois cependant qu'elle l'a décidé autant pour profiter de l'adresse et du chat que pour ne pas me laisser seule. Je ne lui en veux pas du tout. Il lui faut bien quelques raisons positives pour être à mes côtés, parce que vu mon état, je ne suis pas toujours de très bonne compagnie. Mais comme à chaque fois que l'on se retrouve coupées du monde et de nos problèmes, on a beaucoup rigolé. Dans cet immense appart, on était comme deux gamines que les parents auraient laissées seules pour un soir. On a passé deux heures dans le dressing, imaginé les aménagements les plus dingues un peu partout. On a même failli jouer à cache-cache. Je me demande à partir de quel âge on se comporte comme des « grandes ». Y a-t-il un moment dans la vie où notre façon d'agir correspond à l'image que notre année de naissance est censée renvoyer ? Je redoute ce moment-là. J'ai envie d'être un vin qui ne prend pas de tanin, envie de rester un perdreau de l'année. Mais ces derniers temps, je sens le bouchon et j'ai pris du plomb dans le magret…

En milieu de soirée, on riait tellement que le chat a pris peur et s'est sauvé. Nos mâles, quand on en avait, faisaient exactement la même chose. Même avec le moral à zéro et une lettre anonyme sur le dos, nous avons encore réussi à passer un grand moment. Mais ce matin, l'heure n'est plus à la rigolade.

Plus d'un quart d'heure pour faire ce satané nœud à mon écharpe. Trop haut, trop gros, trop petit. Pire qu'une starlette qui se torture avec son habilleuse avant d'affronter les photographes. J'espère que ce nœud ne sera pas celui de ma pendaison…

Juste avant de sortir, j'ai pris une longue inspiration, comme une skieuse de compétition qui s'apprête à s'élancer du haut d'un tremplin. J'espère ne pas finir éclatée dans la tribune d'honneur après un vol plané retransmis sur toutes les télévisions du monde. Pourtant, c'est bien parti parce que ça a commencé très fort : on a croisé Romain Dussart, mon voisin de palier. Il est éligible pour intégrer la liste des suspects. Il n'ignore pas que je viens de rompre et sait où j'habite. On a aussi rencontré M. Alfredo, et même le monsieur dont la grosse voiture fait des taches. Mais je ne les retiens pas pour la liste. Je suis décidée à passer ma journée à scruter tous les hommes que je rencontre. Je les inscris ou pas sur mon petit carnet, et on étudiera plus tard leur dossier pour savoir s'ils constituent des pistes sérieuses.

Dans la rue et le bus, Émilie se comporte comme un garde du corps. Il ne lui manque que l'oreillette et le flingue avec le silencieux, parce que pour le reste, c'est parfait. Elle dévisage tout le monde dans un rayon de dix mètres autour de moi, prête à bondir à la moindre alerte. Elle prend son rôle très au sérieux. Dès que mon écharpe se voit moins, elle la rectifie et la replace bien en évidence.

— Tiens-toi droite. On doit toujours voir le nœud. Tourne sur toi-même de temps en temps pour qu'il soit visible même si ton type marche derrière.

— Émilie, tu devrais te détendre.

En arrivant au travail, nous sommes passées au niveau d'alerte maximum. On entre en zone rouge. Mon instinct me souffle que l'auteur de la lettre pourrait bien se cacher dans les parages. Mais je me méfie de mes intuitions, surtout en ce moment, et particulièrement en ce qui concerne les hommes.

Pour que le message soit clair vis-à-vis de celui qui l'attend, je garde mon écharpe sur moi tout le temps, comme un hameçon. Et ma liste de suspects s'allonge si vite que je n'ai même pas le temps de marquer tous les noms au fur et à mesure. Je suis dans une situation paradoxale : c'est moi qui tiens l'appât alors que je suis la cible. Vous en connaissez beaucoup, des souris qui se déplacent avec leur tapette ? Ou des truites qui tiennent la canne à pêche qui va les attraper ? Je suis le premier canard qui souffle dans l'appeau au milieu des roseaux. Je suis la fille qui a tout compris. Dans quelques jours, au train où vont les choses, je me tire moi-même le coup de fusil. Coin coin !

J'ai croisé le stagiaire, qui m'a gratifiée d'un magnifique sourire. Rien d'affolant, me direz-vous, puisqu'il me sourit tous les jours, mais ce matin j'ai l'impression qu'il m'a regardée deux dixièmes de seconde plus longtemps. Que dois-je en déduire ? On y songera plus tard, parce que Vincent vient d'arriver avec un nouveau costume, et me fait un clin d'œil. Tous mes détecteurs s'activent. D'un ton léger, il me fait remarquer que mon écharpe est jolie. Mes capteurs s'emballent. Je surveille ses yeux, ses mains, tout ce que ses mots ne disent pas. Je disjoncte un peu. Dans ses yeux, je crois lire « Je t'aime, Marie », mais aussi une recette de cuisine à base de canard. Trop de pression, Marie, tu vas exploser en vol. Même si c'est la panique dans la tour de contrôle, ne mets pas le feu à la vitrine que tu offres de toi-même. Ne fais rien qui puisse trahir tes soubresauts intérieurs. Le magasin reste ouvert pendant l'incendie.

Pour me ménager une pause, je me précipite aux toilettes afin de consigner dans mon carnet les derniers suspects repérés. Je vais surligner le nom de Vincent en fluo. Il s'impose directement comme le suspect numéro un. Pourquoi a-t-il parlé de mon écharpe ? C'est vrai qu'il lui arrive de me complimenter sur mes vêtements – comme il le fait avec toutes les filles qu'il croise d'ailleurs – mais avouez que c'est troublant. J'ai du mal à croire au hasard.

Installée à mon poste, j'observe le va-et-vient des hommes de l'entreprise à travers ma baie vitrée. J'ai l'impression d'être à un stand de fête foraine et de voir défiler des ballons à viser. Je n'arrive pas à me concentrer sur mon travail. Je m'imagine que chacun est l'auteur de la lettre. Le plus souvent, ça ne m'emballe pas du tout. Benjamin, le beau gosse du service expédition, débarque.

— Bonjour mademoiselle Lavigne.

— Bonjour. Je n'ai pas encore eu le temps d'en parler, mais ne t'inquiète pas, je n'oublie pas.

— Rien ne presse. Vous avez déjà assez de travail comme ça, avec tout ce que vous faites pour nous. J'avais juste envie de passer vous saluer, aujourd'hui. C'est une belle journée, n'est-ce pas ?

Je dois être rouge comme la ceinture du caleçon qui dépasse légèrement de son jean. Et si c'était lui ? Pourquoi ce jeune homme s'intéresserait-il à quelqu'un de plus âgé que lui ? Et pourquoi pas ? Quinze ans, ce n'est pas si important comme écart. Et puis je me fiche de ce que l'on pourra dire. Je veux vivre ! Je nous imagine bien tous les deux courir nus dans la nature, surtout lui. C'est terrible, je ne dois surtout pas me faire de films. Je dois m'en tenir aux faits, uniquement aux faits. Mais je vais quand même retourner aux toilettes surligner son nom en fluo parce que j'ai eu la sensation qu'il voulait me dire autre chose et qu'il n'a pas osé. Ma situation est intenable, je suis arrivée depuis une heure au travail et j'ai déjà rempli deux pages de mon carnet en allant trois fois aux toilettes. Si quelqu'un m'observe, il va me prendre pour un auteur prolifique avec une gastro. Le plus grave, c'est que j'ai au moins trois suspects sérieux.

Lionel, l'adjoint au design, est aussi venu me voir et son histoire de « teinte préférée » ressemblait fort à un prétexte. Je suis étonnée de le voir rejoindre ma liste parce que je le croyais gay. D'un autre côté, il a toujours fait preuve d'une délicatesse et d'un goût certains. La lettre anonyme, dans la forme comme dans le fond, pourrait parfaitement lui correspondre.

Plus tard, j'ai croisé Deblais, et sans me faire aucun film – je n'en ai pas du tout envie avec lui –, je sais qu'il a réagi lorsqu'il a remarqué le nœud à mon écharpe. L'espace d'un instant, je l'ai saisi dans son regard, sans le moindre doute. Me voilà déstabilisée. Ce pervers serait-il prêt à jouer au jeu des lettres anonymes pour m'affaiblir ? Je l'en crois tout à fait capable. Mais je préfère encore qu'il essaie de me nuire plutôt que de me séduire.

En milieu de matinée, Notelho est venu me motiver au sujet du tableau qui n'avance pas beaucoup. Sa visite est logique, certes. Mais il a eu l'air de vouloir évoquer un autre sujet en choisissant finalement de se taire. Il a commencé une phrase sans la terminer, et il a marmonné une excuse du genre : « Non, rien, on verra plus tard… » Pourtant, d'habitude, il ne se gêne pas pour sortir ce qu'il a à dire. À quoi joue-t-il ?

Émilie me demande à voix basse :

— Alors, où en es-tu ? L'enquête avance ?

— Des faits troublants, des indices, des suspects à la pelle mais pas de coupable. Je fatigue.

— Ne relâche pas ta vigilance, c'est aujourd'hui qu'il va tenter de te voir. Rajuste ton écharpe.

De façon très inhabituelle, Sandro et Kévin sont venus prendre un café à notre machine. Lequel des deux a entraîné l'autre pour s'en servir comme alibi ? La réponse m'intéresse, mais je ne vais pas l'obtenir immédiatement. Je continue à épier, à étudier, à passer au crible les regards, les gestes et les non-dits. J'espère que personne ne le remarque. Jordana me regarde étrangement. Je deviens complètement paranoïaque. Là, telle que vous me voyez, je n'en peux plus. Je n'ai pas envie de jouer. Je suis épuisée, à bout de nerfs à force d'imaginer. Même quand vous n'avez pas d'homme dans votre vie, ils arrivent malgré tout à vous mettre le cœur à l'envers. C'est insupportable. Je ne sais pas où veut m'emmener celui qui a écrit cette lettre, mais je n'ai pas l'intention d'y aller. Pour le temps qu'il me fait perdre et l'angoisse qu'il m'inflige, je suis même tentée de lui coller une bonne baffe. Il a une idée derrière la tête. Les hommes ne viennent jamais à nous sans une idée derrière la tête. Il veut forcément faire quelque chose de moi, sa créature, sa victime, sa maîtresse, son animal de compagnie, sa cuisinière, sa femme de ménage ou je ne sais quoi, mais je n'ai plus envie d'être quoi que ce soit pour les hommes. J'ai déjà trop donné.

En fin de matinée, je me décide à rendre visite aux garçons du service qualité. Ils sont vraiment adorables et j'ai encore une faveur à leur demander. Depuis le déménagement, on se tutoie. Quitter le bâtiment de la direction me fait du bien. En passant dans la cour, j'inspire profondément pour essayer d'effacer l'impression d'étouffement qui m'oppresse.

Je les trouve devant un matelas éventré exposé en pleine lumière comme dans une salle d'autopsie. Ils sont tous les trois penchés sur un détail, avec des pinces et une loupe.

— Bonjour messieurs !

Ils se redressent et m'accueillent chaleureusement. Sandro s'approche :

— Alors, heureuse à ta nouvelle adresse ? Comment vas-tu ?

Emporté par son élan, il a failli me faire la bise, mais s'est retenu au dernier moment. Cela ferait presque de lui un suspect potentiel. Il faudra que je consulte son dossier pour connaître sa situation familiale.

Kévin me sourit franchement et me gratifie d'une sorte de bourrade de pote à l'épaule. Ce n'est pas vraiment un salut dans les règles de l'art, mais le geste est gentil.

— C'est bien de te voir. Tu as mal à la gorge ?

— Non, pourquoi ?

— Ton écharpe.

Je deviens rouge vif à nouveau. En fait, depuis ce matin, j'alterne le rose pâle et le rouge vif, un vrai gyrophare. Si je me fais virer, je pourrai toujours faire boule disco.

Alexandre prend le temps d'en finir avec son étude des entrailles du matelas avant de s'approcher à son tour. Il pose sa pince et m'adresse un petit salut militaire en expliquant :

— On est obligés de vérifier chaque série livrée dans les moindres détails. Sur ces matelas, on a un problème. Notre plus grosse usine d'Asie du Sud-Est a changé une spécification technique sans nous avertir. Tout ça pour économiser des broutilles. Ils ont aminci les fils de renfort du matelassage supérieur. Cela diminue la souplesse du garnissage…

Il s'interrompt.

— Mais tu n'es pas venue pour ça.

— Ça m'intéresse quand même. Vous en avez parlé à Deblais ?

— Il s'en fout, réagit Sandro, il ne lit même pas nos rapports techniques.

— Il se moque de vendre de la mauvaise qualité tant que la marge augmente, ajoute Kévin. Il préfère plaire aux actionnaires qu'aux clients…

Alexandre se tient légèrement en retrait. Il semble vraiment préoccupé par son matelas éventré. Lui, je ne l'aurais pas vu aujourd'hui si je n'étais pas venue. Il n'a donc rien à faire sur la liste des suspects. C'est presque dommage. Il y en a bien d'autres avant lui que je ne voudrais pas y voir figurer.

— Je suis désolée de vous déranger, mais si c'est possible, j'ai encore besoin de votre aide. Je ne veux pas abuser mais je n'ai personne d'autre à qui demander. Par contre, cette fois, je tiens à vous payer.

— Tu déménages à nouveau ? demande Alexandre.

— Non, heureusement pour moi. Mais je voudrais déplacer une bonne partie des meubles, parfois d'une pièce à l'autre.

Alexandre consulte ses compagnons pour définir ce qui est possible. Sandro fait la moue :

— Le week-end prochain, j'ai un mariage.

— Et moi le tournoi de judo des enfants, ajoute Kévin.

Alexandre réfléchit :

— Et si on faisait ça demain soir ? Est-ce que ça colle pour tout le monde ?

23

Avant de partir déjeuner avec Émilie, je me penche par-dessus mon bureau pour attraper mon sac et mon manteau. En me retournant pour sortir, je me heurte littéralement à Sandro, qui est entré sans que je l'entende. Je pousse un cri. Il recule.

— Désolé, Marie ! Je ne voulais pas t'effrayer.

Je l'ai quitté voilà à peine un quart d'heure. Il danse d'un pied sur l'autre en évitant de me regarder en face. Nom d'un toboggan de piscine qui m'arrache mon maillot ! C'est donc lui ! Je n'ai même pas eu le temps de me plonger dans son dossier.

— Marie, je souhaite te parler, mais ce n'est pas facile…

Il jette des coups d'œil affolés vers le couloir et finit par oser refermer lui-même la porte de mon bureau. Je me doute de ce qu'il va m'avouer. Comment suis-je supposée réagir ? Je ne veux pas lui faire de peine, c'est un gentil garçon, mais je ne suis pas prête à me lancer dans une nouvelle histoire. Pas si vite. En plus, je ne le connais pas. J'espère qu'il comprendra.

En se tordant les doigts comme un gamin qui doit soulager sa conscience, il murmure :

— Je ne pouvais pas t'en parler devant les autres…
même s'ils sont au courant.

Je ne veux pas l'aider à me confier ses sentiments
parce qu'il va penser que c'est gagné, mais je ne veux
pas non plus paraître trop dure en le laissant se dépa-
touiller tout seul avec les mots qu'il a tant de mal à
prononcer. Qu'est-ce qui pourrait passer pour un signe
d'intérêt sans être interprété comme une marque
d'attention exagérée ? Une inclinaison de la tête atten-
tive ? Un cri d'oiseau ? Un battement des oreilles ?

Il se lance :

— Je dois te confier un secret. Quelque chose de très
personnel. Tu es la première fille avec qui j'ose cela…

Deblais passe dans le couloir. Sandro semble soudain
plus embarrassé que jamais. S'il le pouvait, je pense
qu'il se glisserait sous le parquet en plastique. Ç'aurait
été moins difficile à l'époque où on avait de la
moquette, mais en même temps il aurait chopé des
acariens. Il suit Deblais du coin de l'œil et, dès que
celui-ci a disparu, reprend :

— Marie, nous n'avons que très peu de temps…

J'imagine déjà la suite. Il est atteint d'une maladie
incurable et il ne lui reste que deux jours à vivre. Surprenant, parce que je le trouve plutôt en forme. Il va me
proposer de vivre une folle passion pendant quarante-
huit heures. Cette fois, c'est sûr, je suis un canard.

Il redresse le visage et plonge ses yeux dans les
miens.

— Marie, dans quelques instants, tu vas entendre
une explosion. J'ai assez confiance en toi pour t'avouer
que j'en suis l'auteur. C'est la voiture de Deblais. Je te
préviens, ça va faire un très gros bang. Ne t'inquiète
pas. Il s'en sortira indemne, mais j'en ai marre de ce sale

type alors je lui ai fait une crasse au niveau du pot d'échappement. Tu es une chic fille, je sais qu'il n'est pas correct avec toi non plus, alors j'ai voulu partager mon acte avec toi et te le dédier. N'en parle à personne, c'est notre secret…

De quoi parle-t-il ? Il me dédie un attentat à la bombe ? C'est rudement sympathique. Quelle magnifique preuve d'amour ! Si nos chaises électriques peuvent être face à face avec un bon dîner aux chandelles au milieu, c'est cool. Et qu'est-ce qu'il a fait au pot d'échappement de Deblais ? « Pot d'échappement », c'est une métaphore ? Ce n'est donc pas lui l'auteur de la lettre ? Il ne m'aime pas. En même temps, il n'a pas nié pour la lettre. Ça peut être lui quand même. Un mec qui pose des bombes peut très bien savoir écrire. Et sa maladie incurable ? Il va vivre au moins jusqu'à jeudi ? Et notre folle passion ?

La déflagration a brutalement mis fin à mes délires. Il ne mentait pas en parlant de « gros bang ». Tous les carreaux ont tremblé et ça a déclenché une vraie panique dans les bureaux. Valérie a hurlé :

— C'est un tremblement de terre ! Tous aux toilettes !

Sandro m'entraîne vers la fenêtre de mon bureau.

— Tâche d'avoir l'air surprise, sinon on va nous soupçonner.

La détonation a résonné dans tout le site. Sur le parking de la direction, Deblais bondit de sa berline en hurlant. L'arrière de son véhicule est détruit. Tout le bas est arraché et éparpillé à la ronde. Deblais jure et vocifère à en faire rougir un légionnaire. D'une voix calme, je demande :

— Sandro, qu'est-ce que tu as fait ?

— Je lui ai mis une patate dans le pot. C'est tout bête. On faisait ça aux gens qu'on n'aimait pas quand on était ados. Ça empêche l'évacuation des gaz d'échappement et, au démarrage, c'est tout le pot qui monte en pression. Avec de la bintje, le morceau de patate peut être éjecté, mais avec de la charlotte, c'est imparable.

Il sourit en regardant notre petit chef sautiller autour de sa voiture en agitant les bras comme un malade. On dirait un Sioux qui fait la danse de la pluie après avoir pris la foudre.

Sandro se tient juste derrière moi. Il me souffle :

— Je ne sais pas pour toi, Marie, mais moi, devant Deblais, je me retrouve comme le môme que j'étais face aux adultes tout-puissants qui faisaient parfois des choses indignes ou injustes. C'est un sentiment qui est gravé en moi. Avec mes potes, j'ai croisé pas mal d'ordures qui ont fait des choses honteuses et qui s'en sortaient toujours indemnes. On était révoltés mais on ne pouvait rien faire. Alors on se vengeait comme on pouvait.

Je le trouve émouvant. J'aime son sursaut de rébellion. Je le trouve noble. Ce qu'il dit résonne en moi. Pour une fois, je ne vois aucune différence entre hommes et femmes. On est égaux, au moins devant l'injustice.

Nos visages sont proches. Il sourit joliment face au spectacle qui attire tout le monde dans la cour.

— Merci Sandro. Merci d'avoir partagé ton secret avec moi. Tu m'as bien dit que le mieux comme pomme de terre, c'est la charlotte, c'est ça ?

24

Le lendemain matin, tout le monde commente encore le drôle d'incident qui a frappé la belle voiture de M. Deblais. Chacun raconte sa propre version de l'événement, mais la plupart des témoins sont visiblement satisfaits que « le sort » se soit abattu précisément sur lui. On rit tous à l'évocation de Notelho sorti comme un diable de sa boîte, se précipitant ramasser les morceaux qui jonchaient le sol pour les rapporter à son maître. Bon chien.

Alexandre étant le plus qualifié techniquement, il a jeté un coup d'œil au véhicule avant de décréter qu'il s'agissait sans doute d'un problème de compression ou de turbo-injection. Il a expliqué cela avec un air docte en regardant Deblais bien dans les yeux, sans ciller. Moi je sais qu'il connaît la vérité, et je trouve qu'il ment drôlement bien. Sandro est resté discret mais le petit sourire en coin ne l'a pas quitté depuis.

Ça me coûte de ne pas avouer les dessous de l'affaire à Émilie, mais j'ai juré de garder le secret. De toute façon, ce midi, nous avons un autre sujet brûlant à traiter. Notre déjeuner est un conseil de guerre, une réunion de crise, un rendez-vous de conjurés… Nous sommes six à table. Émilie et moi avons décidé de réunir les quatre collègues en qui nous avons le plus confiance pour lancer la première phase de notre grande opération secrète sobrement baptisée : « Y a quoi dans le dossier bleu ? »

Sont présentes Florence, la responsable facturation, Catherine, l'assistante aux approvisionnements, Malika, la secrétaire quadrilingue dédiée à l'export, et par chance, Valérie, l'assistante personnelle de Deblais et Notelho, qui est enfin sortie des toilettes puisque le tremblement de terre est fini.

Émilie prend les choses en main :

— Les filles, je ne vous cache pas que nous risquons gros dans cette affaire. Si l'une de vous ne se sent pas le courage, nous comprendrons, mais qu'elle quitte la table avant d'entendre des détails compromettants.

— On a déjà commandé les menus vapeur, objecte Valérie. Ce serait idiot de partir maintenant…

Émilie explique :

— Vous l'avez peut-être remarqué vous aussi, Deblais est souvent plongé dans un dossier qu'il s'empresse de ranger lorsque nous approchons. Étant donné les derniers événements et son comportement, Marie et moi parions que ce dossier contient probablement des informations sensibles qu'il a tout intérêt à nous cacher.

— Je ne vois pas de quoi il pourrait s'agir, intervient Florence. Les finances sont ultra saines et le carnet de commandes est plein. On a même de la trésorerie.

— Je tape tous leurs documents, acquiesce Valérie, et je n'ai rien vu passer de suspect…

Malika et Catherine approuvent. Je demande :

— Alors pourquoi se comporte-t-il ainsi ? Je suis certaine que s'il veut éviter que nous puissions voir ces documents, c'est qu'il a une bonne raison. Le seul moyen d'en avoir le cœur net, c'est de vérifier par nous-mêmes.

— Deblais ne laisse jamais personne entrer dans son bureau quand il ne s'y trouve pas lui-même, objecte Malika. Et le midi, il verrouille. Valérie, est-ce que tu possèdes une clef ?

— Non.

— On peut se débrouiller pour le distraire lorsqu'il sort…, propose Florence.

— Il y aura toujours Notelho dans le bureau voisin, fait remarquer Émilie. Rien ne lui échappe. Si on tente une diversion, il faut qu'elle puisse distraire les deux. Ça devient compliqué, on frise la superproduction…

Catherine ironise :

— C'est pourtant notre seule chance. On ne va pas débarquer, lui désigner le plafond en s'écriant : « Oh ! Regarde, un nid de cochon ! », et faire des photos du dossier à l'arrache !

Valérie se penche vers moi et me demande discrètement :

— Les cochons, ça fait des nids ?

Du Valérie pur jus. C'est pourtant une fille intelligente, mais parfois on se dit qu'elle a dû être souvent absente pendant ses années de maternelle parce que certaines notions très basiques lui échappent totalement.

Émilie poursuit déjà :

— Nous devons tout faire pour avoir accès à ces documents. Toutes les idées pour y parvenir sont les bienvenues. Même les plus folles.

Elle n'aurait jamais dû dire ça.

25

Ils sont arrivés pile à l'heure, et avec des gants adaptés. J'entends déjà la voix d'Émilie me souffler : « Prends exemple sur des professionnels ! » Sors de ma tête, conscience bis !

Alexandre et ses deux collègues s'essuient soigneusement les pieds et entrent.

— Bonsoir Marie !

Sandro désigne sa montre et annonce :

— Désolé, mais je ne vais pas pouvoir rester longtemps. Dans une heure, je prends la permanence à la caserne.

Sur sa fiche anthropométrique, il y a écrit : « Homme d'action, bonne taille, regard doux, voix grave, célibataire, terroriste dont l'arme favorite est la patate. » Je dois vous confier qu'avec tous les suspects que j'ai à gérer, je rédige maintenant des notes sur chacun d'eux. Sandro reste plus que jamais un candidat de premier choix, d'autant qu'il existe des zones d'ombre dans sa vie, comme cette histoire de permanence, par exemple.

— La caserne ?

— Oui, chez les pompiers. Je suis sapeur-pompier volontaire. C'est une tradition dans la famille.

Sans perdre de temps, Alexandre lance les opérations :

— Pour libérer Sandro le plus tôt possible, on va commencer par les meubles volumineux, si tu es d'accord. Sais-tu ce que tu veux bouger ?

De pièce en pièce, je leur désigne tout ce que je souhaite transbahuter. Une fois le tour terminé, comme un ordinateur, Alexandre organise les priorités. Je les observe tous les trois. Les voir fonctionner ensemble est étonnant. Ils se comprennent parfaitement et savent se coordonner pour être les plus efficaces possible. Je pensais qu'ils allaient mettre une heure à déplacer la haute combinaison d'étagères dont je n'ai pas besoin dans le salon, mais tout est transporté en dix minutes, sans le moindre dégât. La bibliothèque paraît un peu seule une fois repositionnée au milieu du grand mur, mais je préfère ainsi. C'est moins chargé et je vais pouvoir accrocher des photos de chaque côté.

Dans la chambre qui a servi de prison au chat, ils ont redressé le lit pour gagner de la place. Le chat n'est même pas venu voir, sans doute effrayé par les mouvements et le bruit. En moins d'une heure, les trois garçons ont débarrassé la moitié de l'ameublement et l'ont soigneusement rangé dans la chambre transformée en stock.

Sandro doit nous quitter. Je le remercie et lui fais la bise. Il semble troublé. Encore un dont je vais surligner le nom en fluo…

Kévin saisit l'opportunité du départ de son comparse.

— Est-ce que ça vous embête de finir seuls ? Il ne reste que des petits meubles et ma femme m'attend pour partir faire sa partie de bowling hebdomadaire avec ses copines. Ce soir, je garde les enfants…

Alexandre me consulte et donne son accord. J'accompagne les deux garçons sur le palier.

— Merci beaucoup à tous les deux, je vous dois une fière chandelle !

Un sourire, un dernier petit signe de la main, et ils sont partis. Me voilà seule avec Alexandre. Il est déjà dans la cuisine, en train de décaler un petit confiturier que je veux rapprocher de la fenêtre. Il y parvient sans difficulté et jette un œil autour de nous pour évaluer le résultat des déplacements.

— Ça fait du vide, c'est plus aéré. Ton appart a l'air plus grand.

En échangeant à peine quelques mots, de pièce en pièce, nous repositionnons le reste. Mon havre de paix commence à prendre forme. Je parcours les pièces, jaugeant mon nouvel espace.

— Contente ? m'interroge Alexandre.

— Vraiment. Merci pour le coup de main. Vous m'avez encore sauvée. Il me restera une ou deux étagères à fixer, ici et là…

— Si tu as besoin d'aide, n'hésite pas.

— C'est très gentil.

Il s'est déjà emparé du balai à poussière pour retirer les moutons qui encombrent les emplacements des meubles déplacés. C'est finalement la première fois que je le vois sans ses compagnons.

— Alexandre ?

— Oui ?

— L'autre jour, tu as évoqué un projet avec Sandro et Kévin. Il était question de déménagements…

Il s'arrête et prend appui sur le balai. Il me fixe de ce regard direct qui m'impressionne toujours autant. Il semble réfléchir.

— Sandro dit que l'on peut te faire confiance, et Kévin pense que tu es une fille bien. Je dois pouvoir te mettre dans la confidence.

Il reprend tranquillement son nettoyage.

— Nous ne nous faisons aucune illusion. Tôt ou tard, les nouveaux propriétaires de la société vont tous nous virer pour délocaliser complètement. Je pense même que Deblais a été placé à son poste pour préparer cela.

— Comment peux-tu en être sûr ?

— Si on observe les faits, c'est cohérent. Il n'attend que ça. Il passe ses journées à chercher le moyen le plus économique de le faire. La question de savoir s'il va le faire ne se pose plus, les seules interrogations sont « quand ? » et « comment ? ». Alors avec les gars, puisqu'on s'entend bien, on s'est dit que plutôt que de chercher du boulot séparément, on pourrait créer notre entreprise. L'idée serait d'aider les gens, sur des chantiers à notre taille, pour des déménagements, des aménagements ou de la transformation. Nos compétences sont assez complémentaires et le travail ne nous fait pas peur.

— C'est une bonne idée.

Le sol est impeccable jusque dans les moindres recoins. Il existe donc des hommes qui savent se servir d'un balai.

Déjà 20 heures. Tout est désormais en place. Je vais enfin pouvoir finir de vider mes cartons et décorer à mon goût. Pourtant, je n'ai pas envie de m'y atteler maintenant. Pas envie d'être seule.

— Tu veux rester dîner ? Je n'ai pas grand-chose, mais on se débrouillera…

— C'est très aimable mais quelqu'un m'attend. Par contre, un verre d'eau ne serait pas de refus…

— Bien sûr ! Pardon, j'aurais dû te le proposer avant !

On s'installe à la table de la cuisine, face à face. Je n'ai pas la moindre idée de l'endroit où était terré le chat, mais le voilà qui pointe le bout de son nez. Il saute sur le plateau de bois et s'approche d'Alexandre en ronronnant, le dos rond.

— Il est à toi ?

— Oui…

— Moi qui ne suis pas fan des chats, je le trouve beau. Comment s'appelle-t-il ?

Panique à bord. Je n'en ai aucune idée. Mes yeux balayent la pièce et, près de l'évier, j'aperçois une boîte de médicaments.

— Paracétamol, il s'appelle Paracétamol.

— Pas banal comme nom…

Je pense que je n'aurai jamais d'enfants, et c'est finalement une bonne chose. J'aurais été capable de choisir leur prénom dans le rayon conserves d'un hypermarché. Je vous présente Choucroute et Ravioli. Choucroute est l'aîné, et il a une petite saucisse.

Alexandre caresse le chat, qui se dresse sur ses pattes arrière pour enfouir sa petite tête dans sa grande paume. Pourquoi la vie de couple ne ressemble-t-elle pas à ce moment-là ? Aucun sous-entendu, juste le plaisir d'être côte à côte après avoir accompli ensemble. Comme s'il ne fallait approcher les hommes que quand ils sont gentils et capables de déplacer les meubles… Alexandre vide son verre d'un trait. Quelqu'un l'attend. Ce n'est pas mon cas. Sur mon agenda, pour faire l'importante, si je voulais remplir les cases, je pourrais

juste marquer « brossage de dents », « épilation »,
« douche », « sortir les poubelles », « nourrir le félin ».
J'ai tout le temps de penser à ce que la plupart font sans
même s'en rendre compte. J'observe l'homme qui vient
de m'aider et le chat que j'ai volé. Pendant un bref
instant, ils m'ont appartenu tous les deux dans ce qui
ressemblait à un bonheur simple. Ce moment-là s'enfuit
déjà et j'en suis triste. Même si j'ai l'impression d'aller
mieux, je dois quand même être dans un sale état pour
que le départ d'un collègue venu pousser des meubles
me rende malheureuse à ce point. Il se lève.

— Marie, j'espère que nous t'avons été utiles.

— Comment peux-tu en douter ?

— Je vais y aller.

Sandro est à la caserne à attendre qu'une catastrophe
s'abatte sur un pauvre bougre qu'il faudra sauver coûte
que coûte. Kévin est avec ses enfants en jouant son rôle de
père et de mari. Alexandre va retrouver celle qui l'attend,
et moi je vais rester toute seule avec Paracétamol.

Je raccompagne mon collègue jusqu'à la porte. Il me
tend la main. C'est un peu ridicule mais je n'ose pas lui
faire la bise. Il n'a pas l'air d'attendre que je lui saute au
cou non plus. Va pour la poignée de main.

— Bonne soirée, Marie. À demain au bureau.

— Merci encore. Avec tout ce que vous faites pour
moi, je vais être obligée de me surpasser pour le dîner
que je vous dois. Caviar sur toasts à la feuille d'or !
Merci encore, beaucoup.

Il franchit le seuil et s'arrête soudain. Il se baisse et
ramasse quelque chose sur le paillasson.

— Tiens, ça doit être pour toi.

Une autre enveloppe. La même écriture. Mes mains se mettent à trembler, puis tout mon corps, mais j'essaie de ne rien laisser paraître.

— Merci Alexandre…

J'ai la voix d'une pauvre créature qui voit la mort venir la chercher parce qu'elle connaît son adresse et qu'elle a le code de la porte de l'immeuble. Alexandre s'en va déjà. Je n'avais pas envie de rester seule, maintenant j'en ai peur. Même s'il ne peut pas être l'auteur des lettres, je pourrais peut-être lui demander de rester dormir ?

26

« J'ai été très ému en te découvrant portant ton écharpe nouée. Merci de ton geste. Je suis tellement content que tu nous laisses une chance… J'ai failli te parler mais j'ai trop peur de briser ce qui n'est pas encore né. Je tiens à toi et je sais pourquoi. Mais tu ne me connais pas, tu ne m'as même pas remarqué. Nous avons encore du chemin à faire et j'espère que tu me feras confiance.

« Si tu es d'accord, je te donne rendez-vous samedi, à la gare. J'arriverai aux alentours de 18 heures. Je te propose de m'attendre devant le grand café, face aux quais. Mais j'insiste, tu n'es obligée de rien. Si tu es là, alors notre futur s'approche encore. Sinon, sois certaine que même à regret, je respecterai ton choix. J'espère sincèrement te voir. J'espère aussi t'embrasser en vrai très rapidement.

« Signé : Ton plus fidèle serviteur. »

Émilie me rend la lettre et soupire, perplexe :

— Il y a du bon, c'est indéniable, mais je persiste à trouver sa méthode étrange. Un vrai jeu de piste. Soit il a encore quatre ans dans sa tête, soit il sait bougrement ce qu'il fait… Un psy ou un profileur de la criminelle aurait certainement beaucoup à tirer de ce joli texte.

— Je ne sais pas quoi en penser. J'ai relu cette feuille toute la nuit en déduisant de chaque phrase n'importe quoi et son contraire. Je passais de la panique absolue à quelque chose qui ressemble à de l'impatience. Moi, impatiente de voir un mec, tu te rends compte ? Heureusement, cela ne dure pas longtemps. Ce qui domine quand même, c'est la méfiance. Résultat, je suis dans un drôle d'état ! Mais le plus inquiétant, c'est que ce type est venu me déposer sa lettre au pied de MA porte ! Tu réalises ce que cela signifie ? Quelle est la prochaine étape ? Bientôt, je vais le voir surgir pendant que je prends ma douche ! Je flippe !

— C'est peut-être ton concierge qui a monté l'enveloppe…

— Non, je lui ai demandé ce matin. Et il n'a remarqué personne d'autre que les habitants de l'immeuble hier soir, entre 19 h 30 – heure de départ de Sandro et Kévin alors que la lettre n'y était pas – et 20 heures – heure du départ d'Alexandre, qui l'a trouvée.

— Quelqu'un de l'immeuble ?

— Justement, comme par hasard, ce matin, mon voisin, Romain Dussart, est parti en déplacement. M. Alfredo a cru comprendre qu'il rentrait ce week-end…

— Ce serait donc ton voisin ? Mais vous ne vous êtes vus qu'une seule fois.

— Peut-être un coup de foudre. Il a été charmant et m'a vraiment écoutée et regardée. Je me souviens très bien avoir remarqué qu'il se montrait très avenant. Mais il ne m'a jamais tutoyée, et je ne crois pas qu'il soit de ce genre-là.

— S'il est capable de t'écrire des lettres enflammées, il doit pouvoir te tutoyer et même te faire pire !

— Tu as raison, même si je refuse de savoir ce que tu entends par « me faire pire ». De toute façon, je suis toujours à côté de la plaque. Entre l'homme qui m'expulse et celui qui m'écrit des lettres à énigmes, je n'en peux plus. J'en ai assez d'être leur jouet. J'en ai ma claque de les subir. Je veux me poser, prendre le temps de décider ce que je veux pour moi, sans me faire avoir une fois de plus. Tu m'as tellement manqué hier soir, je suis certaine que si on avait parlé, j'aurais un peu dormi.

— Excuse-moi, mais après le cours de théâtre, un copain du club m'a invitée à dîner et je n'ai pas voulu refuser. Pour une fois que ce n'est pas moi qui prends l'initiative !

— Je ne t'en veux pas. Je sais que ce n'est pas facile pour toi non plus. Quand je pense au temps que nous prennent les hommes même quand ils brillent par leur absence… C'est fou tout ce qu'on fait pour eux alors qu'ils ne sont pas là. Comment s'est passé ton dîner ?

— Au début, j'ai cru à un signe du destin. C'est le seul homme du club que je n'avais pas encore approché. Le dernier du stock ! Autant te dire qu'on n'est plus dans le premium, mais vu ma situation, je n'ai pas intérêt à faire la fine bouche. J'ai donc croisé les doigts en le considérant comme ma dernière chance viable. Après lui, il ne reste que le prof, mais ce sera vraiment mon ultime option avant la fin du monde…

— Alors cette chance ? Viable ou pas ?

— C'est un peu comme pendant les soldes. Tu te dis que tu vas peut-être faire une bonne affaire mais en même temps, si ça ne s'est pas vendu avant, c'est qu'il y a sans doute un défaut quelque part. Et là, c'était le dernier du rayon… J'ai vérifié toutes les coutures ! Il est gentil mais je crois qu'il se cherche plus une copine ou une confidente qu'une femme. En l'écoutant, j'avais l'impression d'être revenue au lycée. « Qu'est-ce que je vais faire de ma vie ? », « Comment dois-je faire dans ce monde qui ne me comprend pas ? » À trente ans passés, il devrait commencer à entrevoir les réponses et savoir que ce n'est pas au monde de le comprendre ! Je n'ai pas envie de quelqu'un qui se cherche. J'aime les hommes qui savent ce qu'ils veulent. Je veux que mon mec m'embarque, qu'il me rassure !

— Bonne chance… Les seules fois où j'ai vu un homme décider sans hésiter, c'était Hugues, pour choisir les prochains jeux vidéo qu'il allait s'offrir… C'est quand même drôle, pendant que tu galérais avec le tien, moi je relisais sans cesse la lettre du mien… Magnifiques histoires d'amour !

— Pour en revenir à ta lettre, je la trouve plutôt bien tournée et assez touchante. Tu vas aller l'attendre à la gare, samedi ?

— Oui, pour deux raisons : la première, je veux savoir qui c'est, et la deuxième, je veux me rendre compte s'il est honnête. Tu as raison, ce qu'il écrit est gentil. S'il est sincère, alors peut-être que, cette fois, j'aurai de la chance…

27

Un grand hall de gare, un samedi en fin d'après-midi. Tellement de monde. Tellement de vies qui se croisent. J'ai l'impression de regarder un film en accéléré. Tous ces gens qui vont, qui viennent, qui se retrouvent ou qui attendent… Je les vois qui se sautent dans les bras, qui s'étreignent en se retrouvant ou en se séparant. Ceux qui partent, ceux qui reviennent. Ils ont des valises, cherchent le panneau qui leur dira où aller, courent vers leur train ou rentrent chez eux, patientent aux guichets, avec des enfants dans les bras ou des sacs de voyage, avec des instruments de musique ou des animaux. J'en vois qui s'énervent contre les machines, d'autres qui donnent de la monnaie aux mendiants pendant que d'autres encore feuillettent les journaux dans les kiosques. Un enfant passe, il a du mal à suivre le pas de sa mère, il porte un minuscule sac à dos et tient sa peluche doudou par la patte.

Je suis arrivée sur place une heure avant et j'ai tout imaginé dans les moindres détails : l'homme que j'attends débouche d'un quai et avance droit sur moi avec un sourire serein. Il ne dit rien. Il me prend dans ses bras. Non, c'est trop.

L'homme que j'attends débouche d'un quai et avance droit sur moi avec un sourire serein. Il me regarde dans les yeux avec bienveillance. C'est notre première conversation, mais elle ne repose pas sur les mots, et nous avons beaucoup à nous dire. Il me tend la main, pudique, puis devinant mes sentiments, se décide à me prendre doucement dans ses bras. Il me serre contre lui. Je ne dois pas pleurer, et pourtant j'en ai terriblement envie. Je suis bouleversée, émue comme une naufragée qui pose enfin le pied sur la terre ferme, comme une prisonnière qui revoit le ciel pour la première fois. Ce sentiment, je l'ai maintes fois rêvé, comme nous toutes. Mais je ne crois pas l'avoir déjà réellement éprouvé. Ai-je seulement été amoureuse ? Est-il possible de l'être ? Est-il concevable de vivre une première fois, une vraie, après tant d'illusions déçues ?

Je crois que les femmes passent leur vie à attendre, et c'est souvent après un homme. Il y a une semaine, je n'étais plus décidée à patienter. J'étais prête à me passer d'eux. Où en suis-je aujourd'hui ? Présente au rendez-vous mais sur mes gardes. Ce que la vie m'a appris pèse lourd face à ce que j'ai autrefois espéré. Pourtant, me voilà encore à la merci de l'un d'eux, à espérer. Si un jour je croise Dieu, peu importe lequel, je vais me le coincer et lui expliquer deux ou trois choses que l'on ne fait pas aux dames. Pourquoi nous a-t-il affublées de cet espoir et de ces seins qui nous compliquent tant la vie face aux hommes ? Que sait-il de notre vie ? Il n'est même pas marié et il n'a eu qu'un garçon. Pas étonnant qu'il ne comprenne rien aux filles et les traite comme les dernières de ses créatures. Un ragondin est mieux armé que nous face à la vie.

Un train arrive et le flot de passagers se déverse dans le hall. Vingt minutes avant l'heure, mais peut-être celui que j'attends était-il dedans. Peut-être que lui aussi aime être en avance pour ne pas faire attendre. J'observe chacun des passagers. Certains foncent vers les taxis, d'autres retrouvent leurs proches. Quelques-uns n'ont pas l'air pressés. Ils sont probablement comme moi, sans personne à la maison. Quand je vois la foule dans cette gare, toutes ces histoires, ces trajectoires, tous ces sentiments et ces touchantes démonstrations d'affection, je me dis que nous ne sommes vraiment pas une espèce faite pour vivre isolée de nos semblables. C'est une bonne nouvelle. Par contre, trouver ceux avec qui on peut faire un bout de chemin est nettement plus compliqué. Ça, c'est la mauvaise nouvelle.

« J'attends quelqu'un. » Je me répète cette phrase en essayant d'en saisir tout le sens et d'en apprécier le luxe. J'ai rendez-vous. Même si pour le moment je suis encore seule, cette simple idée me reconnecte au monde. Je n'en suis plus spectatrice, j'en suis actrice. J'ai quelque chose à faire ici. J'attends quelqu'un. Mon cœur s'emballe, mais je le calme. Avec qui ai-je rendez-vous ? Pour m'apaiser, je me rejoue à nouveau la scène. Il va venir, me sourire. On ne parlera pas forcément. J'ai le décor, il est immense, grouillant de figurants. J'ai la bande-son, les annonces, les voix qui se mêlent, les rires qui fusent. Il ne me manque que la vedette. Romain Dussart, Vincent – qui était comme par hasard parti en formation ces derniers jours –, Benjamin – qui a pris sa journée de vendredi sans que je sache pourquoi. Sandro, Lionel… Quel visage aura celui que j'attends ? Je répète la scène en boucle, avec chacun d'eux. Étrange casting.

Je me tiens devant le grand café qui ouvre sur les quais. Je n'ai même pas voulu m'installer à une table ou derrière la devanture, de peur que celui qui doit venir ne m'aperçoive pas. Alors, je suis là, debout, bien visible, comme la publicité de moi-même, exposée à tous les regards. Je vois arriver des dizaines de trains, j'observe des centaines de gens, peut-être des milliers et maintenant, il est l'heure. Dans sa lettre, il parle d'une arrivée aux alentours de 18 heures. Il n'a sans doute pas voulu préciser l'heure pour que je ne puisse pas déduire la provenance du train et ménager la surprise. Est-ce délicat ou cruel ? La réponse dans quelques instants, lorsque je vais lire son regard, entendre sa voix, peut-être toucher sa main. Je ne veux surtout pas choisir de favori parmi tous les candidats potentiels. Si ce n'était pas le préféré qui arrivait, je pourrais être déçue et ce serait dommage.

Un homme avance vers moi, le visage dissimulé derrière un bouquet de fleurs. Nom d'une jupe qui se coince dans l'escalator, que dois-je faire ? Surtout, rester calme, ne pas perdre mon sang-froid. J'arrive à contrôler mes bras et un peu mes jambes mais, à l'intérieur, mes organes font n'importe quoi, la vésicule biliaire vient de sauter de joie par-dessus le foie et mon cœur défonce mes poumons tellement il bondit. Il avance toujours, les roses sont magnifiques. Ce sera le premier garçon à être né pour moi dans des roses !

Soudain, une jeune femme me bouscule en passant à ma droite et se rue sur lui. Elle l'enlace. Je viens de me faire barboter l'homme de ma vie par une jolie concurrente. Il la serre contre lui, il a un sourire serein. Elle éclate d'un rire qui ne signifie rien d'autre que le bonheur. Que ce monde est cruel… J'ai l'impression d'être au pied d'un sapin de Noël, d'avoir repéré le cadeau dont je rêve depuis toujours et de découvrir en m'approchant qu'un autre prénom que le mien est écrit sur le paquet. Le bonheur, c'est comme les bonnes affaires, il n'y en a pas pour tout le monde.

Je passe de l'excitation totale à la dépression absolue. Mon cœur retombe sur mon pancréas et j'ai les poumons dans les fesses. Je respire mal.

Le couple s'éloigne. Comment ai-je pu y croire ? L'heure est passée. Pourtant, je dois tenir et me ressaisir, car s'il arrive avec quelques minutes de retard, il n'est pas question qu'il me voie avec une tête déprimée. À l'instant où il arrivera, il doit me découvrir au mieux de ce que je suis. Peu importe ce que j'ai enduré avant. Chacune des secondes qui s'égrènent ne doit pas compter. Je suis sur scène, prête à jouer le rôle de ma vie, et j'espère que le rideau va s'ouvrir mais je ne sais pas quand. Pire, je ne vais peut-être pas me rendre compte qu'il est ouvert s'il m'observe de loin. Pourtant, je ne veux pas louper cette entrée-là, mon entrée dans la pièce qu'il a écrite pour moi.

À présent, pendant que je m'efforce de faire bonne figure, une grande question se pose au plus profond de mon esprit impatient : jusqu'à quelle heure vais-je attendre ? Mon cœur se refuse à donner une réponse, à fixer une limite, mais mon cerveau négocie déjà parce qu'il sait que si ça tourne mal, ce sera encore à lui de gérer. Attendre un quart d'heure après l'heure me paraît un minimum. Que représentent quinze minutes au regard d'une vie ? Et puis on ne sait jamais, son train a peut-être du retard même si aucune perturbation n'est annoncée. J'accepte l'idée de patienter jusqu'à la demie. Je ne veux pas laisser passer ma chance par impatience ou par orgueil. À partir de quelle heure mon amour-propre se sentira-t-il bafoué ? Dans combien de temps aurai-je atteint la mince frontière qui sépare l'espoir de la résignation ? Est-ce que tout se mesure ainsi ? Je le crois. La distance de laquelle on recule révèle l'intensité de la peur. Le délai pendant lequel on patiente mesure le degré d'attente. Le flot des larmes indique le niveau de solitude. Très précisément.

Désormais, dans ce grand hall où se joue la vie, je me sens de plus en plus spectatrice, et uniquement cela. Je me focalise malgré moi sur ceux qui comme moi semblent attendre quelqu'un. Combien verront leur attente déçue ? Si ça se trouve, je serai la seule. Par compassion pour mes semblables, je l'espère presque. On dit souvent que chacun a une place dans la vie, un rôle à jouer dans le monde. Le mien est peut-être d'être celle pour qui tout échoue tristement, permettant ainsi aux autres de considérer même le plus simple des bonheurs comme étincelant. J'ai enfin trouvé ma place sur cette terre, je suis celle que les gens désigneront du doigt en disant : « Ça pourrait être pire, je pourrais être comme elle », et leur moral s'en trouvera renforcé.

J'aperçois aussi des hommes qui attendent. Ce jeune qui se recoiffe la mèche depuis dix minutes, comme si son avenir en dépendait. Cet homme qui surveille alternativement sa montre et son téléphone. J'ai de plus en plus de mal à observer ceux qui se retrouvent. Je n'en ai plus la force. Leurs effusions m'aveuglent. Leur émotion me retourne, leurs élans me terrassent. Quoi de plus beau que des gens qui se rassemblent ? Quoi de plus terrible que d'être écartée de ce rituel si profondément humain ?

J'ai attendu jusqu'à 19 h 40. Cent minutes après l'heure. Chacune vécue comme une exaltation ou une épreuve. Je suis épuisée. Mon amour-propre est bafoué depuis longtemps et la frontière de l'espoir est loin derrière moi. Je ne la vois même plus avec des jumelles, je suis trop enfoncée en terre de solitude. Les larmes coulent sur mes joues. Je ne suis plus la fière publicité de moi-même dressée dans la foule. Je suis la ruine d'un bâtiment qui tient encore debout on ne sait comment mais qui s'attend à voir débarquer les démolisseurs.

Seules deux femmes – plus âgées que moi – sont venues me demander si je me sentais bien. J'ai répondu oui. Elles savent que je mens, parce qu'elles ont sans doute vécu ce que je vis. Parce que chacune de nous fait forcément un jour cette expérience atroce qui consiste à être prête à tout sans que personne ne nous donne notre chance. Tant à donner et aucune main qui se tend, sauf parfois pour voler. La peine m'étouffe, le sentiment d'injustice me consume.

28

Ce matin, je suis comme John Wayne : cinq mots de vocabulaire et un fusil chargé. Si dans la grande rue de la ville, Hugues, l'infâme bandit qui détrousse les villageois en quête de logis et maltraite les jeunes femmes, se présente pour un duel, il n'aura aucune chance. J'aurais dû me méfier de ce prénom que les Sioux prononcent pour dire bonjour…

En sortant de chez moi, je m'arrête un instant sur le palier pour tendre l'oreille en direction de l'appartement de M. Dussart. Aucun bruit. J'irais bien me coller à la porte pour écouter mais, avec ma chance, c'est pile à ce moment-là qu'il va ouvrir ou que M. Alfredo va monter.

En bas, je croise justement le concierge qui balaye le perron.

— Bonjour mademoiselle Lavigne. Quel beau soleil, n'est-ce pas ? Un superbe dimanche qui s'annonce, frais et lumineux. C'est un temps sain. Essayez d'en profiter, vous avez la mine chiffonnée…

— Je vais déjeuner dans ma famille, ça me fera du bien. Dites-moi, monsieur Alfredo, savez-vous si M. Dussart est rentré ?

— Je ne pense pas puisqu'il n'a pas récupéré son courrier. Il a peut-être été obligé de prolonger son déplacement. Si vous voulez, je le préviens que vous cherchez à le voir.

— Non, s'il vous plaît, ne lui dites rien…

Il m'adresse un sourire complice. Que pense-t-il de moi ?

Ce midi, je me rends chez ma sœur. Elle, son mari Olivier et leurs deux ados habitent un peu à l'écart de la ville. S'éloigner était pour eux le seul moyen de s'offrir une petite maison avec un jardin. Ils l'ont voulue à l'époque où les enfants sont nés.

J'ai toujours été proche de Caroline. Quand j'étais petite et que maman rentrait tard de son travail, c'est elle qui me faisait faire mes devoirs. C'est avec Caro que j'ai appris à lire et à compter. Elle me lisait aussi des histoires, beaucoup. On a énormément joué ensemble. Les jours où nous changions les draps, on se construisait des cabanes avec les matelas. J'attendais ces moments-là avec impatience. On s'inventait un monde extraordinaire dans notre quotidien. Les draps servaient de portes. On installait de la lumière à l'intérieur et on jouait à la dînette. Caro tenait à la fois le rôle du père et de la mère, comme maman dans la vraie vie. Je me souviens avoir été très triste lorsque ma grande sœur a commencé à sortir avec ses copains. J'avais l'impression qu'elle m'abandonnait. À ma grande honte, j'en ai même voulu à Olivier lorsqu'ils se sont fiancés. C'est à cause de lui qu'elle a quitté la maison.

Leur rendre visite est un rituel que j'ai toujours apprécié. J'y allais moins souvent lorsque j'étais en couple avec l'autre traître. Il m'avait peu à peu séparée d'eux, comme de tous mes proches. Méprisant, il répétait qu'ils avaient « une vie de beaufs ». Eux au moins, avaient une vie. Lui n'avait que des prétentions. Caro et Olivier n'ont jamais beaucoup insisté pour que l'on vienne les voir tous les deux. Par contre, dès que l'occasion se présentait, ils m'invitaient seule. Caro n'appréciait pas spécialement Hugues. La seule fois où nous en avons parlé franchement, elle m'a déclaré : « Je le trouve peu courageux et je me demande s'il est fiable… » L'histoire lui a donné raison. Il est vrai qu'en dix ans, je n'ai jamais vu Hugues œuvrer pour quelque chose d'utile. Je ne sais pas encore si je vais parler des lettres anonymes à ma sœur…

Je sais déjà ce que Caro va servir ce midi : un rosbif saignant avec de la purée maison. Ses hommes adorent ça. Plus grave, ils n'adorent que cela. Ils ne veulent pas autre chose. Caro a bien essayé de leur préparer différents plats pour changer ou pour « essayer », mais elle n'a essuyé que des grognements ou de franches protestations. J'en ai été témoin plus d'une fois.

Je sais aussi que, comme d'habitude, je vais trouver Olivier en train de bricoler ou de s'occuper du jardin pendant qu'Enzo et Clément seront au mieux en train de faire leurs devoirs, au pire – et c'est le plus probable – en train de jouer sur la télé du salon à un de leurs jeux de foot ou de course automobile.

Caroline et moi sommes de nature assez différente mais cela ne nous a jamais empêchées d'être très complices. Sans doute à cause des responsabilités qui ont très tôt pesé sur elle du fait de l'absence de notre père, elle a toujours été plus raisonnable que moi. Elle et maman m'ont protégée, j'en suis consciente. J'étais plus imaginative et plus impulsive que ma grande sœur. Elle m'a laissé la chance de l'être au prix de son insouciance. Souvent, elle riait de mes idées délirantes ou de mes enthousiasmes. C'est lorsque j'étais libre et que je démarrais au quart de tour qu'elle semblait la plus fière de moi.

C'est Clément, l'aîné, qui m'accueille sur le seuil. Il m'a fallu des années pour le convaincre de m'appeler autrement que « tata ».

— Bonjour Marie !

Il repart instantanément continuer la course de bolide qu'il dispute avec son frère en hurlant :

— Maman, Marie est là !

Caro déboule de la cuisine et m'embrasse rapidement :

— Salut ma grande. Comme d'hab, rien n'est prêt.

Elle se tourne vers le salon et s'écrie :

— Enzo, tu mets sur pause et tu viens dire bonjour à Marie.

— Mais maman…

— Maintenant, Enzo !

Je m'amuse toujours de constater l'écart de volume sonore qui existe lorsque des parents s'adressent à nous ou à leurs enfants. On dirait que les gamins sont sourds et que, pour qu'ils entendent, il faut hurler.

Je dépose mes affaires sur le banc-coffre au pied duquel s'agglutine un nombre spectaculaire de chaussures dans un désordre absolu. J'ai l'impression que, d'une visite à l'autre, elles s'allongent davantage. Les jolies bottines de ma sœur paraissent de plus en plus petites au milieu de cette armada de péniches.

Je déambule en regardant autour de moi. Je me détends enfin. Qui aurait cru que ce serait possible aujourd'hui ? J'aime bien leur maison. J'aime y venir, comme ces lieux qui ne changent pas même s'ils évoluent, comme un point d'ancrage. Et pour moi qui suis perdue dans ma vie, les repères sont d'autant plus importants.

Maintenant que les enfants sont plus grands, il n'y a plus de jouets qui traînent partout dans le salon et je peux avancer sans risquer de déraper sur une petite voiture. Ça sent les bougies parfumées dont ma sœur raffole, on respire aussi les odeurs de cuisine si rassurantes. Dans la vitrine du grand meuble, autour des verres et des assiettes dont on ne se sert qu'à Noël et aux anniversaires, il y a des photos partout. J'en aperçois une nouvelle, Clément et Enzo en train de faire du quad. Laquelle ont-ils remplacée pour présenter celle-là ? De mémoire, je crois que c'était une photo d'eux quatre à la piscine. Celle où nous sommes tous réunis autour de maman y est encore. Celle où je suis avec Caro le jour de la fête de mon diplôme aussi. Nous avons l'air si jeunes dessus… Sur leur photo de mariage, Caro et Olivier ne sont pas aussi épanouis que sur celle où ils posent devant les fondations de leur maison. Comme si le bonheur se construisait, comme si le jour du mariage était un pari auquel les projets partagés ensuite donnent tout son sens.

Encore d'autres photos d'enfants, à l'école, en vacances, dans le jardin. Je comprends qu'ils prennent autant de place dans la vie des parents. Moi qui suis proche de Caro, je sais qu'elle et Olivier font quasiment tous leurs choix de vie en fonction d'eux. Je trouve cela touchant. Comme un couple d'oiseaux qui bâtirait son nid pour que leurs oisillons soient en sécurité, avec une belle vue.

— Olivier est sur la terrasse. Il s'est mis en tête d'installer un store.

— J'y vais.

Ma sœur et son mari ont toujours des choses à faire. Rarement ensemble, à bien y réfléchir, mais le plus souvent l'un pour l'autre. Je ne sais pas s'ils choisissent ce qu'ils font de leur existence mais ils ne s'ennuient pas ! Ne pas avoir le temps de se poser de questions est peut-être un gage de bonheur…

Olivier est perché sur un escabeau, en t-shirt malgré le froid, une visseuse à la main. Il descend m'embrasser.

— Hello Marie. Alors, ton moral ? Tu remontes la pente ?

— Il me faudra un peu de temps. Et toi ?

Il me désigne directement son store :

— J'en bave un peu parce que je suis tombé sur le chaînage en béton pile à la hauteur où je veux fixer mon support. Tant pis ! On va faire avec. Mais du coup, je ne vais pas pouvoir finir cette semaine. C'est pas grave. Ça nous protégera du soleil l'été, et même des petites averses. On pourra manger dehors plus souvent !

Contraste saisissant. On se donne de nos nouvelles, je lui parle de ma vie à la dérive et lui de son store. Chacun pourrait développer son sujet pendant des heures. Je constate une chose : je suis bien incapable de comprendre ce dont il me parle. Qu'est-ce qu'un chaînage ? Pourquoi est-ce un problème ? Et dans quel sens met-on les gros tubes en plastique gris qu'il s'apprête à enfoncer dans les trous déjà percés ? Et lui, est-il capable de comprendre ce qui m'arrive ? Saisit-il mes tourments ou se dit-il simplement que mon homme m'a virée et qu'il faut que j'en trouve un autre rapidement, exactement comme un véhicule d'occasion qui doit se retrouver un propriétaire pour éviter de finir à la casse ? Deux façons d'envisager le monde.

En remontant sur l'escabeau avec son outil à la main, Olivier me demande :

— Ça ne t'ennuie pas si on déjeune rapidement ? En début d'après-midi, je voudrais emmener les garçons faire du vélo. Ils ont besoin de bouger…

— Aucun problème, c'est déjà gentil à vous de me recevoir.

Olivier interrompt son geste.

— Marie, te voir ne nous demande aucun effort. Nous sommes contents de t'accueillir. Tu comptes beaucoup pour nous. Et les gamins t'adorent.

Je suis touchée. Surprise et touchée. Ce petit témoignage d'affection me fait l'effet d'une averse en plein désert : tout refleurit, mais malheureusement pas pour longtemps.

Quand Olivier disait que lui et ses enfants allaient manger vite, c'était un euphémisme. Ils ont englouti les trois quarts de la viande et de la purée alors que Caro et moi avions à peine commencé. Trois fauves affamés. Ils ne mâchent pas, ils avalent. À croire qu'ils ont des dents jusque dans l'estomac. Ils ont chapardé des morceaux de pain et de fromage et se sont sauvés en mettant des miettes partout. Pendant qu'ils se préparaient, de la cave au premier étage, ils se hurlaient des instructions pour ne pas oublier je ne sais quel ustensile indispensable à leur grande aventure. L'impression d'être dans une base en état d'alerte juste avant un raid pour aller sauver le monde. Les enfants sont venus chacun à leur tour voir Caro parce qu'il manquait ses gants à l'un et ses lunettes de soleil à l'autre. Les deux accessoires étaient rangés à leur place et Caro les leur a donnés en les embrassant presque contre leur gré tellement ils étaient pressés de filer.

Quand ils ont disparu pour de bon, on est restées toutes les deux dans un silence reposant. Le calme après la tempête. Caro m'a simplement souhaité « bon appétit ». On s'est souri et nous avons déjeuné comme des gens civilisés, sans parler tout de suite. On ne peut manger en silence que lorsque l'on est à table avec de vrais proches. C'est même à cela qu'on les reconnaît. Avec qui peut-on partager un repas sans rien dire, un simple sourire aux lèvres ? Le seul plaisir d'être ensemble, côte à côte. Pas d'obligation de conversation, pas le devoir d'occuper le terrain social en étalant des propos. Voilà bien longtemps que nous n'avions pas eu l'occasion d'être tranquilles, toutes les deux. Ces repas-là sont aussi propices aux questions très personnelles. Ça tombe bien.

— Caroline, toi qui vis avec trois hommes, je peux te poser une question ?

— Si tu n'en as qu'une à poser sur ce sujet, c'est que tu sais des choses que j'ignore !

On rigole.

— Pourquoi ça marche entre Olivier et toi ?

Elle paraît étonnée.

— Pourquoi ça marche ? Ma foi, je n'en sais rien. Je ne sais même pas si ça marche. On est bien tous les deux, jour après jour, mais tu trouveras certainement beaucoup de gens pour dire que notre couple ne vaut rien. Je ne me pose pas ce genre de question. On avance ensemble, on est d'accord sur la plupart des choses – sauf la cuisine et l'utilisation des clignotants ! –, et voilà.

— Comment as-tu su que c'était lui le bon ?

— Je ne sais pas. Je ne sais même pas si c'est le bon. À nos âges et étant donné ce que l'on a déjà traversé, j'aurais tendance à dire que l'on a des chances de finir notre chemin ensemble, mais je me méfie des jugements définitifs. Quand j'étais jeune, beaucoup de mes copines se faisaient le portrait de l'homme qu'elles espéraient. Elles dressaient la liste des critères de sélection et comparaient leur schéma idéal aux garçons qu'elles arrivaient à attraper. Les pauvres étaient souvent déçues ! Moi, sans doute à cause de ce qui est arrivé à maman, je n'attendais rien des hommes. Je n'en cherchais pas et je suis tombée sur Olivier.

— Qu'est-ce qui t'a plu chez lui en premier ?

Elle marque une pause en prenant le temps de boire une gorgée d'eau.

— En y réfléchissant, je crois que ce que j'ai d'abord remarqué, c'est sa faculté à passer à l'action dès qu'il a pris une décision. Il est comme ça. S'il veut faire, il fait. Il a commencé à me plaire dès que je me suis aperçue de ça.

— Tu le comprends toujours ?

— Je ne suis pas certaine de saisir ta question…

— Est-ce que tu as trouvé le mode d'emploi ?

Elle éclate de rire.

— Je ne sais même pas s'il y en a un ! J'ai renoncé à tout comprendre. Tu sais, je vis au milieu de trois mâles. Le plus souvent, je me dis que je ne pige rien à leur façon de faire, mais je dois bien admettre qu'en général ils s'en sortent. Alors que moi, j'essaie toujours de comprendre, de réfléchir, d'expliquer et, régulièrement, je suis à côté de la plaque. Le tout est de ne pas se tromper dans la répartition des domaines de compétence. Olivier se débrouille très bien sur certains secteurs et moi sur d'autres. Il fait pour moi et je fais pour lui. On fait confiance à l'autre quand on se sent dépassé.

— Et en voyant tes enfants grandir, comprends-tu les mécanismes qui font d'eux des hommes ?

— En voilà une question. Tu ne vas pas te reconvertir en psy au moins ?

— Je cherche les réponses partout où je peux.

— Les deux jeunes lions détestent qu'on leur rappelle cette vérité, mais le fait est qu'on les a fabriqués. On les aime, je lave leur linge, on les nourrit, Oliver les dresse parfois. Je ne sais pas s'il y a des mécanismes qui font d'eux des hommes. Les hormones, leur instinct, leur potentiel, leur personnalité… Beaucoup de choses entrent en ligne de compte. Ils sont encore jeunes même s'ils jouent les mâles. La voix grave, les poils, les trucs qui vont vite, les filles… Ils commencent déjà à appliquer les règles de leur espèce, à l'école, dans le travail, en jouant. Mais laisse-moi te confier un secret. Tous les matins, lorsque je les réveille, avant qu'ils n'enfilent leur costume de garçons, je vois des petites créatures dont on n'est pas si différentes. Souvent je me dis qu'on leur ressemblait beaucoup. Avant de faire les cadors avec leurs petits biceps et leurs abdominaux, quand ils émergent de leur lit, ils bougent leurs bras comme des crustacés leurs pinces, lentement, maladroitement. Ils sont touchants quand ils n'ont pas leur déguisement de super-héros. Souvent, je me dis que la vie les oblige, eux aussi, à adopter une certaine attitude, à se comporter d'une façon très codifiée. On doit être minces, ils doivent être forts. On est condamnées à assurer le quotidien, ils sont condamnés à réussir. Si dans un couple, dans une famille, on arrive à

176

abandonner ces principes prémâchés et à n'agir que pour faire plaisir à l'autre, alors on a une chance d'être heureux. Pour aimer les hommes et les accepter, il faut garder le contact avec ce qu'ils sont au-delà des allures qu'ils se donnent.

Nous restons silencieuses un moment. J'ose demander :

— Tu n'aimais pas Hugues ?

— Je ne le sentais pas trop mais tu l'avais choisi. Est-ce que tu te souviens de ce qui t'a plu chez lui, la première fois ?

Je réfléchis.

— Personne ne l'impressionnait, il se sentait à l'aise partout. Je suppose que j'ai pris cela pour une marque de courage et de puissance alors que ce n'était que de l'arrogance et de l'inconscience. C'était juste une grande gueule sans rien derrière, un donneur de leçons.

— Je te connais, Marie, j'espère que tu ne comptes pas renoncer à faire ta vie avec quelqu'un parce que tu es d'abord tombée sur ce pauvre type…

— Je n'ai plus l'âge des débutantes… Je sais des choses. Croire à l'amour et ses bienfaits va être difficile pour moi. Le genre masculin est quand même sacrément compliqué…

— Je suis d'accord. On ne fonctionne pas du tout de la même façon. Je ne comprends pas pourquoi Olivier n'arrive toujours pas à vider ses poches avant de mettre son linge au sale alors que je le lui ai demandé des centaines de fois. Je ne sais pas à quoi il pense lorsqu'il pose les chemises de cérémonie des gamins qui sortent du pressing sur le sac de charbon de bois. Je n'arrive pas à saisir pourquoi il a les yeux qui brillent devant un assortiment de vis en promotion plus que devant un parterre de fleurs. Moi, j'aime les canards parce qu'ils sont fidèles à leur conjoint toute leur vie, et lui les aime pour leurs magrets. On est différents, c'est sûr. Et je ne te dis même pas ce que je me pose comme questions depuis que j'ai découvert, voilà quinze ans, qu'il parlait à son zizi… Mon Dieu, je n'avais jamais avoué ça à personne !

Nous éclatons de rire ensemble, et elle ajoute :

— Tu sais Marie, la vie est loin d'être parfaite avec lui, mais je suis certaine qu'elle serait vraiment moins bien s'il n'était pas là.

29

Je suis impatiente d'arriver au bureau, mais pas pour me mettre au travail. Je suis surtout curieuse de croiser mes suspects. J'ai même hâte. Je viens de vivre mon pire samedi soir depuis celui où j'ai cru que j'avais perdu la vue parce que l'embout du flacon de shampoing avait sauté et que j'ai tout pris en pleine figure – trois heures à vivre à tâtons alors que Hugues se moquait de moi. Il n'avait même pas arrêté de regarder sa série à la télé pour m'aider. Dire qu'à l'époque, je ne lui en avais pas voulu… Mais puisque le temps de faire les comptes a sonné, ce souvenir vient gonfler l'addition. Les hommes ont bien raison de nous reprocher de ne rien oublier. On est comme ça. Et le samedi soir que je viens de passer, je vais m'en souvenir jusqu'à la fin de mes jours.

Les probabilités plaident pour une présence du coupable sur mon lieu de travail. Celui à qui je dois mon envie de mourir dans un hall de gare aura peut-être une lueur de honte dans le regard, ce qui me permettra de le démasquer. D'après Pétula, tout le monde est là, sauf Émilie. Ce n'est pourtant pas son genre d'arriver en retard.

Alors que je traverse le bureau paysager, Valérie me fait signe. Ses gestes pour attirer mon attention se veulent discrets, mais tout le monde les a néanmoins remarqués.

— Bonjour Valérie. Qu'est-ce qui se passe ?

Elle parle fort pour être entendue de tous en me montrant une feuille de calcul sur son ordinateur :

— Alors tu vois, ici, j'ai un quantitatif qui ne correspond pas au prévisionnel sur les frais de déplacements par poste…

Elle ajoute à voix basse :

— Approche-toi et fais semblant de t'intéresser, j'ai une idée…

— À quel sujet ?

— J'ai trouvé le moyen de découvrir ce qu'il y a dans le dossier.

— Excellent.

— On ne va pas chercher à voir les documents, on va s'arranger pour que Deblais nous dise lui-même ce qu'il y a dedans.

Je suis dubitative.

— Quel est ton plan ?

— À ton avis, que pourrait-on découvrir de pire dans ce dossier ?

— Un plan de délocalisation total, avec à la clé une fermeture de ce site et un licenciement pour chacun de nous.

— J'en suis moi aussi arrivée à cette conclusion. Alors voilà : on rend une petite visite à Deblais sous un prétexte quelconque – je veux bien m'en charger. Je tombe à genoux dans son bureau et je me roule par terre en me tenant la tête. Je gémis aussi, de plus en plus fort. Je fais comme si j'avais été frappée par une vision, une

180

bonne grosse prémonition. Soudain, je me fige et, avec un regard de malade, je lui dis que j'ai un flash, que je vois notre boîte fermer et tout le monde pointer au chômage. Je vois la misère, les pleurs, des pendus, un raton laveur sacrifié dans la salle de réunion... À sa réaction, on saura si on a vu juste !

Je regarde Valérie qui, comme un chien d'arrêt avec sa patte, pointe toujours la feuille de calcul dont je n'ai rien à faire. Elle frétille littéralement à cause de son idée géniale et me demande :

— Alors, qu'est-ce que tu en dis ?

— Écoute, je suis tentée de te dire que c'est une excellente idée rien que pour assister à la scène, mais dans ton intérêt et le nôtre, je crois qu'il serait préférable de trouver quelque chose qui ne repose pas sur le paranormal...

— Non, non, t'as pas compris ! Je fais semblant. Je n'ai pas eu de vision. Je ne suis pas voyante. Je fais semblant pour lui faire croire !

La NSA va mettre une photo de plus sur Internet, avec une légende très légèrement modifiée : « Certains humains sont même moins intelligents qu'une gerbille ivre morte : regardez cette autre femme. »

— Valérie, je t'aime très fort, mais tu dois me promettre de ne pas le faire.

— Pourquoi ? Il sera tellement surpris qu'il va se trahir. Il va flipper !

— C'est certain et, pour une fois, je le comprends.

— Qu'est-ce que je risque ?

— Soit Notelho surgit et t'asperge d'eau bénite, soit ils te font interner. L'un n'empêche d'ailleurs pas l'autre.

Elle semble déçue.

— Tu es certaine que c'est une mauvaise idée ?

— Absolument. Continuons à chercher. Je salue néanmoins ton imagination et ta faculté à tout envisager, c'est une chance de t'avoir dans l'équipe.

Mon compliment atténue sa déception. Elle semble réconfortée. Ouf, je m'en sors bien. Elle est comme ça, Valérie, du genre à passer deux ans à apprendre le langage des signes pour celui qu'elle aime avant de se rendre compte qu'il est aveugle et pas sourd. Mais elle s'y remettra avec la même énergie et forte d'une fascinante bonne volonté. Rien que pour ça, je la respecte et l'envie infiniment.

Alors que je retourne à mon bureau, j'aperçois une silhouette inconnue qui pénètre dans le bureau d'Émilie. Si quelqu'un lui rend visite, c'est qu'elle est enfin arrivée. J'y vais.

Ce n'est pas un inconnu. C'est Émilie, méconnaissable. Elle porte des lunettes noires, elle n'est pas coiffée comme d'habitude et s'est habillée comme pour un enterrement. Il est évident que quelque chose ne va pas.

— Émilie ? Qu'est-ce qui t'arrive ?

— Ferme la porte. Marie, j'ai fait une grosse bêtise. La police va débarquer d'un instant à l'autre. Regarde, je n'ai pas mis le bracelet que tu m'as offert pour éviter que les menottes ne le rayent. Jure-moi que tu viendras me voir en prison…

Elle s'appuie contre le mur, secouée de sanglots.

— Mais enfin, Émilie, qu'est-ce qui se passe ? Raconte !

— Je t'avais dit qu'au club il ne me restait plus que le prof de théâtre et que c'était vraiment en dernier recours…

— Celui que tu décrivais comme vaguement libidineux avec une tête de crapaud. Tu es amoureuse ? Mais ce n'est pas grave, l'amour est…

— Je l'ai tué.

— Pardon ?

— On avait une répétition hier et, à la fin, il m'a invitée chez lui, soi-disant pour travailler mon rôle… Tu parles ! Je trouvais déjà qu'il aidait beaucoup les filles à « placer leur corps » comme il dit, pendant ses mises en scène à la noix.

— Qu'est-ce que tu as fait ?

— Chez lui, il m'a servi un verre et m'a montré sa collection d'art moderne – des tableaux, des sculptures, tout est immonde. Des croûtes et des assemblages de détritus qui se la pètent avec des noms prout-prout.

— Émilie, on s'en fout ! Qu'est-ce que tu lui as fait ?

— On buvait tranquillement. Il a posé son verre. Il s'est approché de moi et m'a susurré : « Je n'ai pas pris de douche depuis trois jours, je vais te faire l'amour comme un animal. »

— C'est immonde !

— Je suis bien d'accord avec toi. Il s'est jeté sur moi. Alors j'ai attrapé ce que j'ai pu et je l'ai frappé de toutes mes forces.

— Où ça ?

— À la tête. Il est tombé comme une glace fondue qui bascule de son cornet. Il a d'ailleurs fait le même bruit.

— Et ensuite ?

— J'ai paniqué. Je me suis sauvée. Je n'ai même pas songé à effacer mes empreintes. Quelle imbécile ! Quand je pense que je me suis foutue de toi avec tes gants de ski ! Toi au moins tu avais des gants ! Je suis rentrée chez moi et je suis restée prostrée dans le noir en attendant les flics.

— Tu l'as laissé par terre sans l'aider ?

— Ben oui, j'allais pas en plus lui faire du bouche-à-bouche à ce gros dégueulasse !

— Avec quoi l'as-tu frappé ?

— J'en sais rien, une de ses statuettes moches. Quelle idée aussi de collectionner des machins hideux pleins d'angles vifs ! S'il avait fait une collection de nounours ou de fleurs, il n'aurait pas eu le front en sang. Ce genre d'argument peut parfaitement se plaider devant un jury des assises, n'est-ce pas ? En fait, c'est entièrement sa faute.

— Émilie, arrête de te disperser. Ne réponds que par oui ou par non. Tu l'as laissé chez lui ?

— Oui.

— Tu n'as prévenu personne ?

— Non.

— Tu as fermé la porte derrière toi ?

Elle me regarde comme un babouin à qui on montre un avis de contrôle fiscal.

— Émilie, réponds, s'il te plaît !

— Mais tu m'as dit de ne répondre que par oui ou par non, et je n'en sais plus rien.

— Tu as ta voiture ?

— Oui.

— Donne-moi les clefs, on y va.

30

Quoi que vous traversiez dans votre vie, quelles que soient les épreuves que vous endurez, n'oubliez jamais qu'il existe forcément quelque part un destin pire que le vôtre. Et ce matin, la personne classée numéro un au Top Karma Foireux est assise à côté de moi dans la voiture que je conduis comme mes neveux dans leurs jeux vidéo.

Émilie tient des propos incohérents en ayant parfois des gestes brusques et désordonnés, telle une possédée. Parfois, elle regarde droit devant elle comme si elle avait vu un ovni et, l'instant d'après, sa tête retombe comme si elle faisait une micro-sieste. Je n'ai jamais vu personne réagir ainsi, à part une fois, une fille dans un film d'horreur. C'était l'histoire d'une bande de jeunes à grosses poitrines et à beaux abdos qui campaient dans la forêt et la fille en question, en minishort et débardeur trop petit, avait creusé un trou pour préparer un feu. Pas de bol, en deux coups de pelle, elle avait mis au jour une tombe avec la mort qui attendait au fond depuis au moins trois siècles. Comme si on pouvait enterrer la mort… Après, la fille en short n'avait fait que des trucs bizarres qui agitaient son débardeur. Émilie fait exactement pareil, elle a même émis un long bruit qui ressemblait à un râle de bison. J'ai peur. D'un autre côté, si sa tête se met à tourner et qu'elle vomit partout, je m'en fiche, c'est sa voiture. Je pourrai toujours me protéger avec le parapluie qu'elle garde dans sa portière. Tout à l'heure, elle va jouer du piano comme Chopin alors qu'elle n'a jamais approché un clavier. Elle va finir avec Valérie, aspergée d'eau bénite, enfermée dans une pièce dont la porte aura été soudée et sur laquelle un infirmier pragmatique aura accroché un panneau : « Danger – Sorcières – Ne pas ouvrir sauf pour les brûler ».

Émilie dit qu'elle ne veut pas mourir. Émilie dit qu'elle plaidera le crime passionnel et que ce n'est pas sa faute si elle est tombée amoureuse d'un crapaud libidineux. Elle promet qu'avec son plan d'épargne logement, elle peut lui racheter une tête qui sera de toute façon moins moche que celle d'avant. C'est horrible mais quand elle a dit ça, j'ai étouffé un fou rire.

On est arrivées devant l'adresse de son professeur d'art dramatique. Je ne sais pas comment m'y prendre. Est-ce que je laisse Émilie dans la voiture – sans aucune garantie qu'elle se tiendra tranquille – ou est-ce que je la traîne avec moi sur le lieu du crime, quitte à devoir gérer la crise d'hystérie devant le cadavre ? Choix cornélien : ou elle reste dans le véhicule et elle risque de manger les sièges ou de mordre un passant si elle s'enfuit par la vitre que je vais laisser entrouverte pour ne pas qu'elle étouffe ; ou elle monte avec moi et j'ai droit à la grande scène de Hamlet qui saisit le crâne du mort et déclame : « Prendre perpète ou ne pas prendre perpète, telle est la question. »

Ne me voyant pas l'attacher comme une pauvre bête abandonnée, je prends le risque de l'emmener avec moi.

Elle a beaucoup de mal à se souvenir de l'étage et, avec ses lunettes de soleil, elle manque de s'étaler trois fois en montant l'escalier. Elle me désigne soudain la porte d'une main aussi tremblante que sa voix, comme si c'était l'entrée des enfers. J'essaye de la rassurer :

— Regarde, c'est bon signe, il n'y a pas de scellés. Soit la police n'a pas trouvé le corps, soit les flics sont encore à l'intérieur…

— Non, ne sonne pas tout de suite, je ne suis pas encore prête…

Elle fait deux tours sur elle-même en tirant sur son manteau. Je ne sais pas pourquoi elle fait ça mais on ne va pas y jouer toute la matinée. Je sonne.

Pas de réaction. J'insiste en frappant. Je suis bien consciente que si c'est la police qui ouvre, ma visite aura simplement servi à livrer ma seule véritable amie à ses geôliers.

J'entends des pas. On ouvre. Mon Dieu ! Elle l'a bien tué et c'est son spectre qui se tient devant moi. Un petit bonhomme d'une soixantaine d'années, aussi haut que large, avec un épais bandage autour de la tête. J'ignore pourquoi mais, à sa vue, un souvenir d'enfance me revient brutalement. Je n'y avais pas pensé depuis au moins une décennie ! Caro et moi étions à une fête foraine, dans un train fantôme, et tout à coup un monstre a surgi devant notre wagonnet. Il avait une hache plantée dans sa tête couverte de bandelettes et tendait les bras pour nous attraper. J'ai eu tellement peur que par réflexe je lui ai donné un grand coup de poing, et son cri est devenu très aigu. Si ça se trouve, le pauvre homme, dégoûté, a ensuite quitté sa famille, ses squelettes, ses wagonnets et ses grosses araignées en plastique pour refaire sa vie, et le hasard le replace sur ma route aujourd'hui.

Le prof de théâtre a vraiment une allure bizarre. Il sourit. En général, lorsqu'un spécimen de notre espèce sourit, cela facilite le contact et l'envie de communiquer. Mais dans ce cas précis, l'effet est différent. Comment vous dire ? Deux choses m'effraient : la tronche de ce type et l'idée qu'Émilie ait pu seulement envisager d'avoir un quelconque rapport physique avec lui. Faut-il qu'elle soit vraiment perdue… À leur mariage, j'aurais forcément été son témoin. Je crois que j'aurais exigé d'être floutée sur toutes les photos pour ne pas avoir à assumer.

— *Good morning, ladies…*

Quel accent pathétique… Quelle attitude ! En compa-raison, Hugues avait presque de l'allure. Émilie est pros-trée à l'angle du palier. J'essaie de garder une contenance.

— Bonjour monsieur. On passait dans le quartier et on voulait vérifier que vous alliez bien…

Il m'évalue de la tête aux pieds, comme un paysan devant une vache à la foire aux bestiaux, puis s'adresse directement à Émilie avec un sourire de psychopathe :

— Tu as du caractère ! J'aime ça. Petite coquine, tu es revenue avec une amie aussi ravissante que toi. On va bien s'amuser… Entrez, j'ai du champagne au frais.

Émilie enfouit sa tête dans ses mains et commence à gémir comme un kangourou dont l'accouchement se passe mal. J'essaie de conserver le contrôle de la situation.

— Non merci, monsieur, ne sortez rien. Vous semblez en pleine forme, on va vous laisser.

— Mais vous n'y pensez pas !

Il m'agrippe la main. Un frisson de dégoût dévale ma colonne vertébrale.

— Vous avez la peau douce…

J'ai envie de lui dire qu'il devrait se méfier, j'ai déjà tapé un clodo. Mais je dois contrôler mes pulsions de violence. Si Émilie l'embrasse, il se transformera peut-être en prince charmant ? J'essaie de me dégager, mais il resserre son emprise. J'aperçois derrière lui quelques-unes des « œuvres » dont Émilie m'a parlé. C'est vraiment de l'art dramatique, mais au premier sens du terme. Qui peut trouver cela joli sans avoir subi un lavage de cerveau ? On ne doit pas être le bon public… En attendant, il faut que je réussisse à me libérer.

— S'il vous plaît, monsieur, soyez raisonnable.

— La vie est courte, profitons-en. Entrez dans mon modeste royaume, je vais vous faire découvrir l'arc-en-ciel aux mille couleurs…

Émilie a eu raison, la seule façon de se dépêtrer d'un type pareil, c'est de viser la tête. Mais je n'ai rien pour le frapper et il m'attire à l'intérieur. Mes semelles couinent sur son parquet comme des pneus qui redoutent le précipice dans un virage de haute montagne. En désespoir de cause, je lui donne une bonne tape sur son bandage. L'effet est immédiat. Il me lâche et se met à hurler de douleur. Un peu comme le type du train fantôme. Que dois-je faire, prise entre lui qui braille et Émilie qui couine ?

— Désolée monsieur… Heureuse de vous voir sur pied. Et si vous me permettez un conseil, ne tentez jamais de séduire une femme sans avoir pris une douche !

J'attrape Émilie par le bras pour l'entraîner hors de l'immeuble. Je pense qu'elle va arrêter le club de théâtre et que je vais être obligée de m'occuper moi-même de ses rencontres…

31

Cela va sans doute vous surprendre, mais je suis contente de me consacrer à mon tableau de données. Je n'ai pas l'intention de le remplir, mais le contempler m'apaise. Des colonnes, des lignes. Du rationnel, du tangible, du stable. J'ai raccompagné Émilie chez elle et j'ai prévenu le bureau qu'elle ne reviendrait pas aujourd'hui parce qu'elle ne se sent pas bien.

Je me pose enfin dans mon bocal, heureuse de retrouver ma routine professionnelle. Mes stylos sont dans leur pot, mon bloc-notes bien parallèle à mon sous-main, et le fil du téléphone complètement démêlé. Je sais qu'il est ridicule de se délecter de ce genre de détails futiles mais ces derniers temps, je me contente de peu. Je me sens tellement épuisée par les émotions des jours passés que je n'ai même pas le cœur à tenter de démasquer mes suspects. J'ai eu mon compte d'hommes bizarres pour un bon moment.

J'évite de regarder qui passe dans le couloir, pour ne pas être tentée de réfléchir. Dans peu de temps, ce sera la pause de midi, je vais aller déjeuner avec Florence, Valérie et Malika. En attendant, je me réjouis de passer la dernière heure de cette matinée en restant peinarde à mon poste.

Cependant, même si vous décidez quelque chose, rien ne dit que les autres vous laisseront le mettre en pratique… Virginie se présente à ma porte.

— Je ne te dérange pas ?

— Tout va bien, entre, je t'en prie.

Voilà typiquement le genre de femme qui a souffert du changement de direction. Elle est arrivée quelques années après moi dans la société. Je l'ai vue se marier – M. Memnec avait organisé un pot. Je l'ai vue avoir son premier enfant – la société avait été généreuse. Puis il y a eu le changement de direction et la nomination de Deblais. Pour son deuxième enfant, nous n'avons pas été autorisés à faire un pot pendant les heures de service, et on a dû lui faire une enveloppe dans laquelle l'entreprise n'a rien offert. Puis elle a divorcé, et depuis elle se débat entre son travail et ses deux petits. La course le matin pour les déposer, la course le soir pour les récupérer. Mère célibataire et gestionnaire des comptes clients hôtellerie. Deux boulots à plein-temps dans une seule journée. Ça doit faire un an que je ne l'ai pas vue rire. Elle est toujours impeccable, toujours très pro, mais en permanence sous tension, à la limite de la rupture. Encore une qui doit beaucoup aux hommes…

— Je t'écoute, que puis-je pour toi ?

— Ce matin, M. Deblais m'a convoquée. Il m'a reçue avec son adjoint. Ils m'ont expliqué qu'ils ne pouvaient plus autoriser les aménagements horaires dont je bénéficie.

— C'est-à-dire ?

— Je dois être présente aux horaires officiels de l'entreprise « pour assurer les nécessités de service ».

Ce sont leurs mots. Mais c'est impossible pour moi, ça tombe pile au moment où je vais accompagner ou chercher les enfants à l'école.

— Ils t'ont donné une raison ?

— Rationalisation de la gestion. Ils prétendent aussi qu'à plusieurs reprises, ils ont eu besoin de moi et que j'étais déjà partie. C'est faux ! C'est n'importe quoi. Ma situation et mes horaires n'ont jamais porté préjudice à mon travail. J'ai l'impression qu'ils cherchent à me démonter. Que dois-je faire ?

La pauvre n'est pas loin de la panique. Je la comprends.

— Qu'avez-vous convenu ?

— Ils me laissent dix jours pour m'organiser. Ensuite, ils feront constater mes absences…

— On va trouver une solution, Virginie.

Elle me sourit. Elle me croit. Elle est tellement inquiète qu'elle veut me croire. On est comme ça, nous autres. L'espoir et la confiance en autrui plus qu'en nous-mêmes. Je n'ai pas envie de la décevoir. Je suis révoltée face à cette nouvelle injustice. Mais je dois bien admettre que je ne vois aucune solution immédiate.

— Je vais aller leur parler. On va étudier leurs arguments et les solutions possibles.

— Merci Marie. Si je perds ce job, je coule à pic…

— Nous en sommes loin. Ne te mets pas cette pression en plus. Comment vont les enfants ?

— Nathan lit parfaitement. Il est prêt pour le CP. Je pense que je vais avoir plus de mal avec Arthur…

— Embrasse-les et ne t'inquiète pas, je te tiens au courant.

Je n'ai pas le temps d'aller voir Deblais maintenant, mais dès le retour du déjeuner, je lui tombe dessus. Je vois clair dans son jeu. Il va fragiliser le plus de monde possible en se servant des points faibles de chacun. Il n'est pas près de l'avoir, son tableau récapitulatif des contrats.

La vie n'est pas décidée à me laisser tranquille avec mon pot à crayons et mon fil bien démêlé. C'est maintenant Benjamin qui débarque.

— Auriez-vous un instant à m'accorder, mademoiselle Lavigne ?

— Je t'en prie.

Même si je n'ai pas envie de voir les signes, ils me sautent aux yeux. Le jeune homme est mal à l'aise, dans ses petits souliers. Objectivement, on peut même dire qu'il semble contrit. Il n'ose pas me regarder en face et il fait des petits pas comme s'il portait déjà des chaînes aux pieds pour purger une peine. Et s'il était celui que j'ai attendu samedi ? Et s'il était mon amoureux mystère ? Je l'avais retenu pour mon casting, et dans le rôle de l'homme qui avance vers moi sur le quai, il avait l'air craquant.

— Vous étiez absent vendredi…, dis-je d'un ton neutre.

— Un rapide voyage à accomplir… C'est de cela que je souhaite vous parler. Mais ce n'est pas évident pour moi…

N'ajoute pas un mot de plus, jeune séducteur. Tu es découvert ! Tout concorde, tes regards, tes sous-entendus, tes visites incessantes et ton numéro de charme.

Il est là devant moi, timide, honteux. Je l'observe. J'étais certaine d'en vouloir à mort à celui qui m'avait infligé ce rendez-vous manqué et là, maintenant qu'il se tient devant moi, je n'arrive pas à éprouver la moindre

rancune. J'en suis incapable. Il m'attendrit. C'est épouvantable. Malgré ce que j'ai enduré à cause de lui,
malgré les heures de torture et de peine, toute ma colère
est en train de fondre comme neige au soleil. C'est
comme si en moi, une trappe s'était ouverte et que mes
deux tonnes de rage et mes six cents kilos de haine y
étaient tombés dans une oubliette. Qui a installé en nous
ce mécanisme secret dont seuls les hommes contrôlent
le déclenchement ? On leur en veut, on les maudit, et il
suffit qu'ils se pointent le bec enfariné pour qu'on leur
pardonne, d'autant plus vite s'ils sont mignons... Je
viens de mettre au jour un secret de notre architecture
affective que nous-mêmes ignorons : notre cœur est
équipé d'un double fond, il peut digérer toutes les
peines du monde à la seule condition qu'une minuscule
lueur l'illumine. Une lueur pour illuminer la nuit la plus
sombre...

Benjamin me regarde enfin. Est-ce que je me verrais
avec lui ? Ma foi, en admettant que je m'envisage avec
un homme, je l'aurais imaginé autrement, mais il est
beau garçon et ce qu'il a écrit dans ses lettres me laisse
penser qu'il est plus mature que son âge.

— Je vous ai demandé beaucoup de choses et j'ai
abusé de votre temps...

— Ce n'est pas grave.

— Si, si, je m'en veux vraiment.

— Oublions tout cela.

— J'espère que vous n'êtes pas allée vous battre
pour mon augmentation parce que je m'en voudrais
énormément...

J'aurais sans doute préféré qu'il culpabilise pour le
rendez-vous manqué de la gare ou l'état d'incertitude

dans lequel il m'avait plongé, mais chacun sa façon de voir.

— Je vais quitter l'entreprise, mademoiselle Lavigne.

Je m'étrangle.

— Tu pars ?

— Oui, je vais me marier et mon beau-père m'offre un poste dans sa société de transports, dans l'Est.

Ce n'est pas lui qui a écrit les lettres. Ce n'est pas lui qui m'a fait poireauter. J'en suis presque déprimée. L'espace d'un instant, j'ai vraiment aimé l'idée d'être courtisée par ce jeune homme. Il devine ma déception sans en soupçonner la véritable cause. Je me suis fait tout un roman pour rien. J'en viens même à me demander si j'ai bien reçu les lettres. Je doute de tout, et d'abord de moi-même.

Il s'avance.

— Je vois bien que vous êtes déçue. J'en étais sûr, vous êtes allée plaider ma demande à la direction.

— Ne t'en fais pas, Benjamin. Cela n'a aucune importance. Tu seras sans doute mieux à travailler avec ta famille qu'ici. Je suis aussi contente pour ton mariage. Félicitations à toi et à ta future épouse. Soyez heureux.

— Je vais négocier pour réduire mon préavis mais ne vous inquiétez pas, je m'en charge moi-même. Je vous ai fait perdre assez de temps comme ça.

Il ne m'a pas fait perdre de temps. C'est moi toute seule qui me suis raconté des histoires. Je trouve triste d'avoir mon âge, de savoir tellement de choses et de n'être toujours qu'une pauvre écervelée qui recommence à chaque fois de zéro lorsqu'il s'agit d'une histoire de cœur.

32

— Émilie, tu n'étais pas en train de faire la sieste ?

— Non, la honte m'empêche de fermer les yeux. Marie, je ne te remercierai jamais assez pour ce matin. Je suis vraiment la dernière des nulles.

— Ne sois pas si certaine de détenir le record, je connais une concurrente sérieuse… Comment te sens-tu ?

— Physiquement bien, mais moralement très mal. Rien, dans cette affaire, ne penche en ma faveur. Tu m'aimes toujours ?

— Évidemment, pauvre folle. Mais fais-moi le plaisir de ne plus accepter d'invitation de n'importe qui !

— Promis. Et toi, la journée au bureau ?

— Deblais s'en est pris à Virginie. Plus de doute, il va falloir se battre. Et puis je sais que ce n'est pas Benjamin qui a écrit les lettres. Il est venu me dire qu'il quittait l'entreprise et allait se marier.

— C'est toujours un suspect de moins à surveiller. En même temps, ce n'était pas le plus moche…

— Je ne sais pas pourquoi, mais ça m'a mis un coup. Pour être franche, j'ai même le moral dans les chaussettes.

— Tu ne vas pas nous faire une déprime parce que tu as un suspect de moins ?

— Eh bien si. Je m'étais dit et répété que je ne voulais plus d'homme, que ce n'était plus pour moi et que je n'en avais rien à faire. Ne plus souffrir, ne plus croire aux illusions. Et voilà que je m'écroule dès que je perds un seul de mes prétendants fantasmés. Je suis complètement à la dérive. C'est comme s'il existait deux Marie en moi, celle qui réfléchit et qui n'en peut plus, et celle qui ressent et est prête à y retourner parce qu'elle n'a rien compris à la vie. La raisonnable et la folle. La raisonnable a d'ailleurs une question pour la folle : si je voulais tous ces hommes, est-ce que ça ferait de moi une malade ?

— Non, seulement une grosse cochonne !

Je suis au trente-sixième dessous et elle se moque de moi.

— D'accord, je vois le genre, Madame veut jouer aux vannes qui font mal… Ce n'est pas moi qui fricote avec Frankenstein, le monstre collectionneur d'art nul.

— Venant d'une fille qui vole les chats, ta petite remarque vicieuse ne m'atteint pas !

Une idée me vient.

— Écoute, Émilie, puisque nous avons toutes les deux survécu à cette lamentable journée, que dirais-tu d'aller célébrer ça dans un petit resto, juste toi et moi ?

Elle est passée me chercher en voiture et nous avons rejoint le centre-ville. Un soir en début de semaine, nous avons eu moins de difficulté à nous garer et nous avons pu aller choisir *de visu* parmi les établissements ouverts le lundi. Nous avons arrêté notre choix sur un petit bistrot, dans une des rues tranquilles qui donnent sur la grande place. J'étais déjà venue plus jeune et j'y avais même invité Hugues au début de notre liaison.

C'est moi qui le lui avais fait découvrir. Ce soir, même si le temps est couvert et qu'il fait humide et froid, il y a dans l'air quelque chose de léger pour Émilie et moi. Qui aurait pu prédire que l'on se retrouverait toutes les deux, joyeuses, après tout ce que nous avons affronté ces dernières heures ?

Dans l'entrée de l'établissement, nous attendons que les serveurs placent les clients arrivés avant nous. Émilie me confie :

— J'ai encore aperçu mon voisin d'en face. Je connais son prénom, il s'appelle Julien.

— Tu lui as parlé ?

— Non, je suis allée regarder sa boîte aux lettres.

— Tu ferais mieux de l'aborder directement.

— Je n'oserai jamais ! Je crois qu'il rentre le midi parce que je l'ai vu tout à l'heure. Cette fois, c'est avec un chien qu'il a joué.

Je vous promets que je n'ai fait aucune réflexion.

— Va le voir, Émilie. Voilà des mois que tu m'en parles. Tu as déjà écumé tous les clubs possibles pour essayer de rencontrer un homme. À l'association des joueurs de bridge, ils étaient trop vieux ; au modélisme, tu les trouvais infantiles et souvent mariés ; ils ne parlaient pas assez au club d'échecs, et je ne vais pas te faire l'affront de te rappeler comment ça s'est fini au théâtre…

— Pitié, s'il te plaît.

— Alors ? Où vas-tu t'inscrire cette fois ? Au club d'équitation ? Et tu finiras par épouser un poney parce qu'il n'y a que des filles dans ces endroits-là ?

Un courant d'air froid nous décoiffe. Quelqu'un vient d'entrer derrière nous. Émilie se retourne et se crispe aussitôt. Qu'a-t-elle vu de si épouvantable ?

Son prof d'art dramatique avec une sculpture plantée dans la tête ? Elle me murmure quelque chose que je ne comprends pas.

— Quoi ? Qu'y a-t-il ?

Je me retourne. Je blêmis. Hugues est là, bras dessus bras dessous avec une jeune femme que l'on croirait tout droit sortie de la une d'un magazine glamour. Même si je la déteste, je suis bien obligée d'admettre qu'elle est vraiment très belle.

— Marie, qu'est-ce que tu fous là ?

Tenez-vous bien : il n'a même pas l'air gêné. Pire, c'est moi qui le suis. Le monde à l'envers. Il se pavane et me toise :

— C'est sympa les filles, vous vous faites une petite bouffe entre célibataires ? Cool. Ne mangez pas trop, sinon vous allez prendre des hanches et aucun mec ne voudra plus de vous.

Satisfait de sa méchante vanne, il embrasse à pleine bouche celle qui doit être Tanya. Dix ans plus tôt, exactement au même endroit, c'est moi qui avais l'honneur de me faire sucer le visage par ce poulpe qui étale ainsi à la face du monde son bonheur d'avoir conquis une femelle.

Émilie me fixe. Ses yeux m'ordonnent de le gifler puis de lui rentrer le panneau du menu dans un endroit que ma bonne éducation m'interdit de vous préciser davantage.

Jamais avare d'un bon mot, Hugues ajoute :

— Faites gaffe, les filles, c'est un resto d'amoureux, vous risquez de passer pour un couple, si vous voyez ce que je veux dire…

— Viens Émilie, on s'en va.

Hugues n'en loupe pas une :

— Très bien. Comme ça on gagne une place. Avance donc tes jolies petites fesses, ma Tanya.

Et le voilà qui lui remange la moitié du visage. C'est plus du maquillage waterproof qu'il lui faut à la pauvre fille, c'est de la peinture spéciale bateaux. On sort avant qu'il attaque la coque.

Dans la nuit, je marche vite. Émilie a du mal à suivre. On l'aura vraiment sentie passer, cette journée.

— Il a vraiment dépassé les bornes, fait Émilie, choquée. Pourquoi t'as rien dit ?

— Qu'est-ce que tu voulais que je réponde ?

— Je ne sais pas moi, mais on ne peut pas accepter qu'il balance des horreurs pareilles.

— Compte sur moi, cette fois, je ne vais pas laisser passer. Il va me le payer. J'ai besoin de deux kilos de pommes de terre – des charlottes, des belles – et de dix-huit boîtes de laxatif.

33

Malgré le climat grippal de cet hiver qui n'en finit pas, je n'ai besoin d'aucune vitamine. La rage me porte, la colère et la soif de vengeance m'animent. Plus besoin de faire du sport, plus besoin de bonnes résolutions, les mauvaises me suffisent amplement. La rage m'aide à brûler les calories et me donne aussi envie de mettre le feu à l'autre fumier et tout ce qui compte pour lui.

Quand je pense que j'étais prête à renoncer à lui faire la guerre. Quand je pense que j'allais me satisfaire de leur avoir dérobé un chat qui se montre tous les jours un peu plus malin et plus affectueux. Il est vrai que cette bestiole contredit à elle seule le dicton : « Bien mal acquis ne profite jamais. » Paracétamol est passé à l'Ouest, il a changé de camp. Il pactise avec son ravisseur. C'est le syndrome de Stockholm avec des croquettes. Du coup, j'étais prête à poser l'épée face à l'autre débris et sa gravure de mode, mais le coup du resto, l'humiliation publique, ça, je ne vais pas le lui pardonner. J'ai tout prévu, tout planifié. Ça peut pas rater.

— Émilie, s'il te plaît, ne me refuse pas ce coup de main.

— Jamais. Tu es une grande malade. C'est hors de question.

— Je sais où trouver les costumes et les perruques. C'est sans risque.

— Non, Marie, cette fois tu vas trop loin. Autant je comprends que tu lui en veuilles, autant je ne crois pas que ton expédition punitive soit une bonne idée.

— Alors quand tu prétendais que tu étais prête à m'aider, que je serais surprise de savoir jusqu'où tu pouvais aller, c'était du flan ?

— Le problème n'est pas là. N'insiste pas. Il est hors de question que je me déguise en fée pour aller livrer de la bouffe gavée de laxatifs à la fête de ton ex.

— Ça ne te prendra que quelques minutes ! Tu montes, tu sonnes, tu déposes les boîtes et tu disparais. Tu peux bien faire ça pour moi !

— Marie, s'il y a une enquête, cette fois, les flics vont vraiment venir m'embarquer. Je vais être accusée d'empoisonnement massif.

— Une bonne diarrhée n'a jamais tué personne.

— Non mais tu t'entends ? Est-ce que tu réalises ce que tu projettes de faire ?

— Parfaitement, et figure-toi que ça m'aide à me sentir mieux. Pour m'endormir, je compte les chasses d'eau…

— Tu es cinglée.

— Cela ne te posait pas de problème que je le sois quand c'était pour jouer ta sœur à ton rencard bidon avec les motards du parc.

— Oh, le coup bas !

— Ça ne te gênait pas non plus que je sois assez branque pour aller vérifier si tu n'avais pas tué ton collectionneur d'art libidineux. Est-ce que tu imagines la tête qu'auraient pu avoir vos enfants ? Moitié amphibiens, moitié princesses ?

— Ton procédé est révoltant. C'est de la manipulation, du chantage odieux ! Je n'ai jamais révélé à personne que tu léchais la colle des timbres par gourmandise. Mais là, je te jure que je vais te balancer à la première occasion. Je raconterai aussi à tout le monde que Madame prend un malin plaisir à léchouiller les enveloppes ! Et après on s'étonnait que plus rien ne colle ! Évidemment, Madame la malade de la tête avait tout léché !

— Parce que ça me rappelait ma grand-mère !

— Heureusement qu'elle travaillait à la poste et pas aux égouts !

J'éclate de rire. Si on est sur écoute, on est toutes les deux fichées et fichues. Les hommes en blanc qui distribuent les blouses qui s'attachent par-derrière vont venir nous prendre pour nous emmener sur l'île perdue où sont secrètement parqués les plus tapés de la planète.

— Émilie, je t'en supplie, je ne peux pas réussir sans toi. Il n'y a qu'à toi que je puisse demander cela. S'il te plaît. Après, promis, je serai calmée, heureuse, vengée, grâce à ma meilleure amie à qui je vouerai une reconnaissance éternelle.

— J'espère que tu as honte, j'espère que toute ta vie tu porteras le poids de ce que tu m'obliges à faire.

— C'est promis. Je croule déjà sous la charge.

34

Je n'ai jamais été fan des loisirs créatifs. Des heures gâchées à faire n'importe quoi au nom d'une pseudo-créativité qui finit chez les autres ou à la poubelle, ça ne m'intéresse pas. Je trouve cela touchant quand ça vient des enfants, ou que c'est fait vraiment pour quelqu'un, mais sinon… Pourtant, je jure de ne plus jamais donner de leçon à personne sur ce chapitre parce que après trois heures à injecter des laxatifs dans des beignets aux couleurs psychédéliques ou à réduire en poudre des comprimés « à effet rapide » pour les répartir avec une précision diabolique sous les champignons, les couches de fromage et dans la pâte des pizzas, aucun atelier ne me paraîtra stupide.

Pour trouver tout le laxatif dont j'avais besoin, j'ai été obligée de dévaliser trois pharmacies. Moitié gélules liquides, moitié pilules. La cuisine et le salon ressemblent à une réserve de cantine. Il y a des beignets et des pizzas partout. J'ai dépensé le quart de mon salaire pour lui ruiner sa fête costumée. J'espère qu'il a un stock de papier toilette parce que sinon, ça va tourner à la catastrophe sanitaire. Et puisque je n'aime pas les choses à moitié faites, pendant qu'Émilie fera la livraison des produits offerts mais maudits, moi je serai dans la rue, à bourrer les pots d'échappement de tous ses invités avec des patates. Je veux une guerre totale, absolue. Aucun prisonnier. Pas de reddition. Ça leur apprendra à venir faire la fête avec ce fumier et sa pétasse alors qu'il m'a scandaleusement éjectée.

Pour les costumes, j'ai choisi en fonction de deux critères : la nécessité d'être méconnaissables tout en maintenant une bonne aisance des mouvements, que ce soit pour porter, fuir ou se battre. Il faut savoir envisager chaque éventualité. Gouverner, c'est prévoir. Celui qui gagne la guerre est celui qui a imaginé la défaite. Un tiens vaut mieux que deux tu l'auras. Pour moi, j'ai donc opté pour un costume de lapin, une combinaison complète, qui ne laisse de visible que le centre du visage. Les yeux, le nez et la bouche. Le strict minimum. Voir, respirer et communiquer. Un vrai lapin de combat. Pour Émilie, j'ai choisi un costume un peu moins ridicule, une princesse magique avec des ailes, qui la mettra aussi en valeur parce qu'elle déteste que ses habits lui fassent des grosses fesses. Et pour ne rien laisser au hasard, j'ai même demandé à un ancien copain du temps de mes études, devenu thanatopracteur, de nous maquiller, histoire de ne plus être identifiables visuellement. Le fait qu'il maquille des morts inquiète et dégoûte un peu Émilie, mais c'est une garantie supplémentaire.

En préparant la nourriture empoisonnée, je me sentais comme l'affreuse sorcière de Blanche-Neige. Sauf que moi, je ne me contente pas d'une pomme. Je suis passée à l'ère industrielle. Dans mon conte merveilleux à moi, le soir du grand bal de l'autre crevure, je vais occire les gentilles princesses, les princes et même les nains, à la chaîne. Paracétamol s'est demandé ce que je fabriquais. Il s'est installé sur l'angle du plan de travail, en hauteur, pour dominer le chantier. Sagement assis, la queue bien enroulée autour de ses pattes, il m'observait. J'ai essayé de lui expliquer ce que je faisais et pourquoi. Oui, j'ai parlé à mon chat. Il n'a rien répondu et, malgré mes arguments, j'avais parfois l'impression qu'il me jugeait.

— Tu as beaucoup de chance que j'aie choisi ton nom le jour où c'était une boîte de médicaments pour le mal de tête qui traînait, lui ai-je dit, parce que aujourd'hui, tu te serais appelé Laxatos ou « Débouche-trou-de-balle ».

Il m'a toisée. Dans ses beaux yeux verts, j'ai eu la sensation de lire du mépris. C'est bien un mec. Ils nous trouvent ridicules d'être dans l'état dans lequel ils nous mettent ! Je lui ai flanqué un grand coup de carton à pizza avant de lui courir après dans tout l'appartement pour l'embrasser et me faire pardonner.

Émilie est arrivée à l'heure. À son exclamation quand elle a découvert le nombre de boîtes de pizzas, de boîtes de beignets, mais surtout la quantité de boîtes vides de laxatifs en tous genres que j'avais gavés dedans, je me suis dit que j'y étais sans doute allée un peu fort.

— Ne me dis pas que tout ce qui était dans ces emballages est dans cette nourriture ?

— Non, bien sûr, tu penses, j'en ai mis de côté pour faire des confitures.

— Tu es complètement frappée. On va finir dans les livres d'histoire comme « les Semeuses de tourista ».

Elle a enfilé son costume dans une chambre et moi dans l'autre. Quand on s'est retrouvées toutes les deux face à face dans le couloir, moi en lapin et elle en fée, on a eu un vrai fou rire. J'en suis tombée sur mon pompon et elle a failli s'en arracher les ailes contre le mur. Le chat nous a vues mais il n'est pas resté. Sans doute la peur de prendre un autre coup de carton si nous avions le malheur de lire dans son regard ce qu'il pensait de nous…

En quittant l'appart, j'ai prié pour ne croiser personne et, pour une fois, j'ai été exaucée. Je me doute bien que cette chance-là aura un prix et que, tôt ou tard, il me faudra rembourser. Peu importe. Je veux bien régler ma dette à la Providence, mais une autre fois. Ce soir, je vis à crédit.

Nous sommes sorties de l'immeuble avec des draps sur les épaules pour dissimuler nos costumes. Ce sont donc deux fantômes « pur coton », des Belphégor trafiquants de pizzas et de gâteaux hautement laxatifs, qui ont traversé la cour de l'immeuble telles des ombres malfaisantes glissant dans la nuit.

On s'est garées à deux rues de l'appartement de Hugues. Avec nos costumes, on a fait la joie des enfants mais aussi des adultes. Un gentil papy nous a même aidées à porter une partie de la nourriture. Il a voulu prendre un beignet, mais heureusement Émilie a eu la présence d'esprit de lui baratiner que c'était pour un orphelinat et qu'il y avait juste le compte. C'est pas beau de mentir, mais on lui a quand même sauvé sa soirée.

On a une sacrée dégaine avec Émilie. Du coup, que croyez-vous qu'il arrive quand des gens non déguisés croisent une fée et un lapin ? Ils se payent notre tête ! Certains essaient aussi de nous toucher, des fois qu'on porterait bonheur. Il n'y a qu'à voir la réussite de nos vies pour s'en convaincre…

Quand j'avance, je sens mes grandes oreilles qui tanguent parce qu'elles offrent une belle prise au vent. Ça me tire la tête en arrière, c'est intolérable. Émilie dit que c'est pareil pour ses ailes et que ça la gêne aussi. On n'imagine pas que chaque espèce peut avoir ses problèmes spécifiques. Les sages ont bien raison : pour vraiment comprendre quelqu'un, il faut marcher une lune dans ses pas. Voilà à peine une heure que je suis un lapin et j'en ai déjà ras le pompon.

Mon copain thanatopracteur a parfaitement accompli sa mission. Nous sommes méconnaissables. Il a fait l'inverse de ce qu'il fait d'habitude. En temps normal, il redonne à des personnes décédées une figure avenante pour que les familles ne soient pas trop éprouvées en voyant la dépouille. Eh bien là, c'est tout le contraire. Si ma mère me voyait, elle penserait que je suis crevée. Si on ne se démaquille pas jusqu'en octobre, on peut enchaîner Halloween avec la même tête en remportant un franc succès. C'est épouvantable. Je suis un lapin zombie et Émilie sera couronnée reine des fées des claqués.

On entre dans l'immeuble. Plus on approche de la zone d'opération, plus Émilie traîne des pieds. Je sens bien qu'elle renâcle. Finalement, elle fera un très beau couple avec son poney. Elle s'appellera Mme Cataclop et, comme son mari, cette vilaine carne refusera l'obstacle.

Au pied de l'ascenseur, je croise ceux qui ont été mes voisins pendant plus de cinq ans. Ils me gratifient d'un « bonjour monsieur » qui me rassure. Bravo le maquillage. Ils ne me reconnaissent pas et tant mieux. Je les aimais bien. C'est une bonne chose s'ils sont absents ce soir. Fuyez cet immeuble, pauvres villageois ! Il sera bientôt la proie de la huitième plaie d'Égypte et d'une odeur pestilentielle ! Bonne soirée.

On s'est fait piquer l'ascenseur par des gens qui l'ont appelé dans les étages. Émilie n'a pas l'air d'aller très bien. Je la réconforte :

— Respire un bon coup, tout sera fini dans quelques minutes. Tu te rends compte, on aura vécu ça ensemble. Ça vaut une guerre, c'est plus fort qu'un pacte signé de notre sang…

— Je ne me sens pas bien. Je ne vais même pas avoir besoin de manger tes saloperies pour être malade.

— Tu as honte de leur infliger ça ? C'est ta conscience qui te torture ?

— Non, c'est mon cul. J'ai le bide en vrac. Je n'aime pas me déguiser, depuis toute petite, ça me met mal à l'aise. Je trouve ça complètement débile.

— Mais tu es très bien en fée, je te jure. Même les boucles blondes, franchement…

— N'ajoute pas un seul mot ou je m'envole et je te laisse toute seule avec ta bouffe de tueuse et ta tête de lapin verdâtre, espèce de cinglée.

L'ascenseur redescend enfin. Soudain, Émilie tourne de l'œil et lâche ses boîtes. Elle s'effondre dans l'escalier au milieu des beignets empoisonnés qui roulent partout.

— Émilie !

Je me précipite à ses côtés et lui relève la tête.

— Je t'en supplie, parle-moi !

Elle a les mêmes soubresauts que dans la voiture. Les gens sortent de l'ascenseur. Ils tiennent un tout petit chien en laisse. En découvrant le spectacle, ils s'arrêtent et nous regardent. Comment leur en vouloir ? Ce n'est pas tous les jours que l'on voit un lapin réconforter une fée au milieu des beignets multicolores. Même à leur âge, c'est un coup à croire de nouveau au Père Noël et à la petite souris. Eux sont bien habillés. Si ma mémoire est bonne, ils habitent au troisième. Ils se rendent probablement à un dîner chic. Je tente de les rassurer :

— Tout va bien, c'est un simple étourdissement.

Pourquoi est-ce que j'ai dit ça avec un accent chinois ? Sans doute par instinct, pour ne pas qu'ils reconnaissent ma voix. Trop forte, Marie. J'ai toujours su qu'au fond j'étais une authentique guerrière.

Avant que j'aie pu faire quoi que ce soit, le petit chien engloutit un des beignets tombés au sol. Ce qu'il a mangé est presque aussi gros que lui. Comme c'est triste. Leur dîner est foutu. Et les voilà qui partent déjà avec leur petite bombe à retardement au bout de sa laisse.

Vite fait, je replace les gâteaux dans les boîtes. Certains ont pris des coups en tombant. Ils ont des fuites de crème. Surtout ne pas se sucer les doigts.

Émilie se redresse.

— Marie, je ne vais pas y arriver. Je te jure, je sais que je ne vais pas tenir. Je voudrais tellement t'aider... J'espère que tu me pardonneras.

— T'inquiète, je vais gérer.

Ce n'est pas maintenant qu'on est arrivées ici que je vais renoncer. Je suis le cheval de Troie avec supplément fromage et chorizo. Je suis le héros de guerre qui va se sacrifier en sautant avec ses grenades couvertes de nappage framboise. Je fais une grande pile avec toutes les boîtes et je m'élance.

— Émilie, tu restes là. Tu ne parles à personne et tu ne lèches pas le carrelage, c'est compris ?

Je crois qu'elle a une aile cassée.

35

L'ascenseur m'emporte vers mon destin vengeur et je souffre. Dans mon costume, j'ai affreusement chaud et mes bras s'étirent sous le poids des boîtes. Je cale la pile contre la paroi et je reprends mon souffle. Mes grandes oreilles touchent le plafonnier. Je ne sais pas comment je m'en sortirai si elles prennent feu. Surtout ne pas imaginer la scène. C'est quand on y pense que ça arrive.

La musique s'entend deux étages en dessous. Quel cauchemar pour les voisins ! Et quelle musique en plus ! Des tubes vieux de vingt ans. Deux cents décibels de régression pour s'affoler le popotin.

Si je dois m'adresser à quelqu'un, à la guerre comme à la guerre, je ressors mon accent chinois. J'espère que personne ne me reconnaîtra. Sinon, je vais me retrouver comme un pauvre lapin le jour de l'ouverture de la chasse ! Avant de lancer l'offensive, entre deux refrains disco, je m'interroge une dernière fois sur le bien-fondé de mon action. Est-ce que j'ai honte du forfait que je m'apprête à accomplir ? Oui. Un peu. Mais de tous les sentiments que j'ai affrontés ces derniers temps, la honte n'est vraiment pas le plus difficile à supporter. Il est de toute façon largement compensé par l'envie légitime d'en faire baver à Hugues. Et maintenant que la bonne conscience a eu sa dernière plaidoirie sans réussir à infléchir le verdict, l'honorable juge peut ordonner l'exécution. Je me concentre sur mon objectif : je suis un lapin qui livre de la nourriture empoisonnée.

Je passe au moins une minute avant de réussir à sonner parce que je suis obligée d'appuyer sur le bouton avec l'angle d'une boîte de pizza qui se décale sans arrêt. On dirait une épreuve de jeu télévisé stupide, en plus j'ai déjà le costume.

Je ne sais même pas qui m'a ouvert la porte. En fait si, je sais, c'est Grosminet, mais ce que je veux dire, c'est que j'ignore qui se cache dedans. Dans un déluge de faisceaux laser, j'aperçois des super-héros, des caricatures de gangsters ou des pseudo-sosies de célébrités. Certains dansent, d'autres discutent. Il y a énormément de monde. Tant pis pour eux. Tous complices, tous condamnés !

— Livraison de pizzas et de beignets !

Quelqu'un s'exclame « super ! » mais je suis incapable de dire si c'est la danseuse brésilienne ou le Pokémon. Des mains soulèvent les couvercles sur mon passage avec des exclamations affamées. Personne ne se demande qui a commandé ce que j'apporte. Tant mieux. Je me dirige vers la cuisine pour tout déposer mais puisque je suis dans la place, je ne résiste pas au plaisir de faire le service moi-même, ce qui m'offre en prime l'occasion de voir qui est présent et qui va le payer cher.

Je viens de reconnaître deux copains de Hugues. Ils sont costumés l'un en cowboy et l'autre en Batman. Je leur propose des beignets qu'ils acceptent avec enthousiasme. Ils me sourient, me complimentent sur mon déguisement. Je suis bien contente de les empoisonner parce que je ne les appréciais pas du tout. Le cowboy était du genre à vous faire miroiter un préservatif comme si c'était une bague de fiançailles à trente millions de dollars, et Batman se vantait de choisir ses caleçons avec soin – parfois même avec des messages écrits dessus – au cas où le premier rendez-vous se passerait comme dans ses rêves. Deux mecs bien.

On s'est fréquentés un peu mais aujourd'hui, ils ne me reconnaissent pas. Il y a quelque chose de jouissif à parler avec des gens dont on a été proches pendant des années et qui ne vous identifient pas. On les redécouvre avec un œil neuf. C'est comme une première fois, mais en sachant à qui on a affaire. Savoureux. On mesure l'hypocrisie, l'ampleur du numéro de charme qu'ils vous servent au départ, les égards dont ils font preuve au début et qu'ils ne se donnent plus la peine de maintenir ensuite. Je prends goût à ce petit jeu. L'expérience est surprenante. Certains s'adressent en plus à moi comme si j'étais un garçon. Je note que les hommes ne se trompent pas – sans doute parce qu'ils devinent mes formes – mais que les filles, surtout les jeunes, se fourvoient. Je poursuis ma distribution, semant le bonheur partout en vidant les boîtes les unes après les autres. J'ai l'impression d'évoluer dans un rêve. Sur fond de musique trop puissante, je me promène dans les séries télévisées de mon enfance ou dans une superproduction qui réunirait tous les mythes du cinéma. Les gens me prennent les boîtes des mains et se servent. Je vois les parts qui se répandent, j'entrevois des dents qui dévorent. Le mal est en train de se propager. Alors que l'insouciance et la joie sont partout, le fléau rampe dans l'ombre. Il ne va pas tarder à frapper ! On dirait la bande-annonce d'un film d'horreur américain : « Ils ne le savent pas encore, mais leur derche va trinquer ! », « Vous l'avez adoré dans HUGUES : LE BAMBOU A CRAQUÉ, ne le manquez pas dans HUGUES 2 : LA REVANCHE DU LAPIN MAUDIT. » Il y aurait des ralentis sur les bouches qui s'empiffrent avec de la musique stridente qui fait flipper. Mangez, mangez mes petits, ça vous apprendra à venir faire la fête avec ce vilain naze.

Une question me vient : si j'étais toujours en couple avec lui et si ces gens étaient mes amis, est-ce que je pourrais m'amuser dans cette fête ? Sincèrement, je crois que non. Je n'ai jamais eu le goût des célébrations adolescentes organisées par principe. On passe de la musique très fort, on boit et on fume n'importe quoi comme certains que j'aperçois, et on se force à être de bonne humeur en faisant de l'humour à pas cher. Je ne me suis jamais sentie à l'aise dans ces fêtes. Trop de frime, trop de vide, trop de codes. En général, je finissais à la cuisine avec ceux qui avaient vraiment envie de discuter. On beurrait les toasts des fêtards et on restait entre humains. J'ai d'assez jolis souvenirs en marge de ces fêtes. Elles avaient au moins le mérite de nous permettre cela.

J'ai fait le tour de presque tous les invités, mais je n'ai pas encore eu la chance de rencontrer les maîtres de cérémonie, ceux qui reçoivent. Je finis par croiser Tanya, qui s'est trouvé un costume minimaliste qui met parfaitement tous ses charmes en valeur. Ce genre de fille sait faire cela d'instinct. Ce soir, elle est une diablesse en bas résille. Et devinez qui arrive derrière avec la bave aux lèvres ? Mon ex ! Il est déguisé en chien ! Il aurait aussi bien pu choisir de se déguiser en carpe, étant donné que je suis un lapin, cela expliquerait symboliquement l'échec de notre couple. Hugues est dans une forme éblouissante. Avec son humour bien à lui, il passe son temps à se frotter sur les jambes des convives, femmes et hommes. Qu'il est drôle, le pauvre. Il réussit à être à la fois vulgaire et lourdingue. Je lui offre un beignet et il ne se fait pas prier. C'est un moment hors du temps, historique. Il est face à moi, me sourit avec sa truffe peinte sur son nez et ses grandes oreilles qui pendent. Voilà des mois que nous n'avions pas été aussi proches. C'est surréaliste. Nous échangeons un vrai regard, il doit me penser troublée par son charme canin. Il me remercie avec plus de gentillesse qu'il ne l'a jamais fait. Pendant des années, j'ai tout fait pour lui et c'était normal. Il tenait mes efforts pour acquis. Il s'était habitué. Ce que je pouvais faire de mieux ne valait même pas un soupçon de gratitude. Et le voilà tout reconnaissant parce que je lui donne à manger un beignet rempli de laxatif... Allez comprendre. Mange, mon tout beau, tu n'es que le deuxième chien que j'empoisonne ce soir.

J'identifie à présent beaucoup des invités. La plupart n'ont pas bougé le petit doigt lorsque je me suis fait dégager. Ils vont payer pour ça. Par contre, je suis contente, Floriane n'est pas là. Ça m'aurait fait de la peine de la rendre malade.

Je n'ai pratiquement plus rien à distribuer. Mon plan s'est déroulé au-delà de mes espoirs. C'est génial. Je n'ai plus qu'à me sauver. Je ne reviendrai sans doute plus jamais dans cet appartement. Comme dirait Hugues, c'est une page qui se tourne, mais j'ai bien peur qu'elle soit écrite sur du papier hygiénique. En parlant de ça, une dernière idée me traverse l'esprit. Génie du mal, quand tu nous tiens ! C'est la cerise sur le gâteau, le bouquet final. Je sais que ce n'est pas bien. C'est mesquin. Je me rends aux toilettes et, avec une vilenie assumée, je balance par la fenêtre tous les rouleaux de papier en réserve. Quel bonheur ! Et hop ! J'entends le choc ouaté des rouleaux qui s'écrasent cinq étages plus bas, dans la cour de l'immeuble voisin. Ils ne pourront même pas les récupérer. C'est étrange parce que cette fois ma conscience me dit que j'ai dépassé les bornes. « Le mieux est l'ennemi du bien », dit le proverbe. J'en ajoute un autre, spécialement créé pour la circonstance : « Dieu aime les grands guerriers mais déteste les mesquins. » Après avoir saboté les réserves, je quitte les W-C. Je me dirige droit vers la porte de sortie de l'appart mais deux joyeux lurons – un policier et un astronaute – m'entraînent pour aller danser dans le salon. Cette fois, je ne vais plus pouvoir vivre à crédit. La Providence a décidé de me faire payer comptant. Alors que je tourne la tête, sans doute pour me remercier d'avoir fait le service, le policier me fourre le dernier de mes beignets dans la bouche. J'en recrache la plus grande partie, mais je sais que le mal est fait. Le poison est dans la place.

Je suis comme le serpent qui se mord la queue. Je suis la mouche qui se fout un grand coup de tapette. Le lapin va avoir le pompon tout sale. Je promets de ne plus jamais faire preuve de mesquinerie. Mais pour ce soir, il va quand même falloir assumer.

36

Connaissez-vous la fable intitulée « La fée, le lapin et le beignet qui file la courante » ? Il y est question d'une jolie fée qui vomit dans l'évier parce qu'elle a eu trop peur, pendant que son ami, le gentil lapin, se vide par l'autre bout dans la petite pièce où il y a un peu d'écho. Je ne vais pas vous la raconter parce que je tiens à ce que vous gardiez une belle image de la vie. Mais je vous livre quand même la morale de cette touchante histoire : « On subit toujours une part du châtiment que l'on inflige. » C'est beau, et puis c'est vrai. Je suis certaine que dans mille ans on enseignera encore cette édifiante historiette aux enfants – du moins on devrait.

Maintenant, soyons honnêtes : il y a les grands principes et il y a la réalité. Alors en quittant la fête, bien que malade comme une bête, j'ai quand même réussi à bourrer des patates dans la plupart des pots d'échappement des invités. Je sais que vous n'allez pas m'admirer pour cela, et pourtant je vous jure qu'enfoncer une pomme de terre dans un tuyau d'une main pendant que vous vous tenez le ventre qui gargouille de l'autre relève de l'exploit. Si quelqu'un m'a vue, il sait que les envahisseurs sont là, qu'ils ont pris forme presque humaine, et qu'il lui faut convaincre un monde incrédule que le cauchemar a déjà commencé. Vous avez le droit de considérer que cet ultime volet de mon opération de sabotage contredit la morale énoncée quelques lignes plus haut, mais j'y oppose un argument imparable : « Le désir de vengeance naît uniquement parce que la justice est trop longue à intervenir, voire n'intervient pas du tout. »

Dans mon esprit avide de grands principes structurants qui me permettraient de transcender ma condition d'insecte perdu, se révèle alors une loi empirique qui surpasse toutes les autres : « Nous sommes résolument humains, et un sentiment sorti de nos tripes sera toujours plus puissant qu'une vérité – même absolue – issue de notre cerveau. » Bref, je sais que ce que j'ai fait est mal, mais je suis malgré tout super contente de l'avoir fait parce que ça défoule grave.

Émilie est restée dormir à l'appart. De toute façon, vu l'état lamentable dans lequel elle est revenue de notre petite expédition, je ne me voyais pas la laisser repartir chez elle toute seule. Elle s'est endormie comme un bébé dans le canapé, en peignoir, après sa douche. En la voyant ainsi recroquevillée comme une enfant, je n'ai pas eu le cœur de la réveiller pour l'envoyer dans la chambre d'ami. J'ai délicatement étendu une couverture sur elle et placé un coussin sous sa nuque. Sa paire d'ailes gisait sur le canapé, près de ses pieds. Tout un symbole, une vraie toile de maître. Paracétamol s'est tapi derrière l'accoudoir pendant un bon moment avec ses pupilles toutes dilatées et son regard de malade avant d'attaquer sauvagement les malheureuses ailes.

Vers 2 heures du matin, alors que j'étais étendue dans mon lit sans trouver le sommeil, il m'a semblé entendre au loin dans la ville une série d'explosions. À ma grande honte, la première émotion qui m'est venue a été la joie. Je me suis sentie envahie par un pur sentiment de plénitude. J'ai pris un plaisir fou à imaginer tous ces blaireaux se faire exploser leurs pots en série, comme dans la grande scène de bombardement d'un blockbuster d'action. Quand on sait que beaucoup de ces braves garçons ont plus d'attention envers leur voiture qu'envers leur femme, ça fait en plus un film bouleversant.

Le jour a fini par nous réveiller, reléguant la soirée de la veille au rang de rêve irréel. Les ailes de la fée avaient d'ailleurs disparu.

Ni Émilie ni moi n'avions envie d'un petit déjeuner, et mon amie est repartie chez elle. Au moment des adieux, en nous voyant ainsi toutes les deux si calmes, si douces, tellement bienveillantes l'une envers l'autre, il était impossible de nous trouver le moindre point commun avec les deux cinglées – surtout une ! – qui avaient sévi la veille au soir. C'est le syndrome de Jekyll et Hyde. Ou celui de la Princesse au petit pois et Force Jaune.

Par la fenêtre, je regarde Émilie traverser la cour. Avant de sortir dans la rue, elle se retourne et m'adresse un dernier signe. Elle agite la main en souriant. Puis cette andouille fait semblant de tomber dans les pommes en battant des ailes. Et la voilà qui éclate de rire. Si quelqu'un la voit, elle est bonne pour la camisole. Même de loin, je distingue ses fossettes. Avec la distance et le double vitrage, je n'entends pas son rire, mais il résonne en moi tant je le connais par cœur. Il m'a si souvent aidée à tenir le coup. J'ai deux sœurs : Caro et Émilie. Une offerte par ma mère, l'autre par la vie. Dans notre langue, il n'existe qu'un seul mot pour nommer l'amour. Pourtant, si je ne crois plus à celui des hommes, je sais que celui que nous partageons existe bel et bien. Il faudrait deux termes, l'un qui perdrait son sens une fois les illusions envolées et l'autre qui, au contraire, prendrait toute sa force au même moment. C'est grâce à cet amour-là que la vie vaut vraiment quelque chose. Il surgit dans la nuit, il réchauffe dans le froid, il vous sauve dans le désespoir. Il faut traverser les épreuves pour le découvrir. Il faut leur survivre pour le vivre pleinement.

Je me suis sentie soudain bien seule dans mon grand appartement. C'est étrange mais, depuis hier soir, quelque chose a changé en moi. Un chapitre de ma vie s'est clos. J'ai réglé son compte à Hugues. Il appartient désormais au passé. De mon point de vue, nous sommes quittes. Je lui ai rendu la monnaie de sa pièce – en liquide ! – et j'imagine sans peine les dégâts collaté-raux. Je n'en éprouve aucune fierté, bien au contraire. La colère m'a poussée à réagir mais, au fond de moi, je sais que ce n'est pas ma nature. Je suis faite pour aimer, pas pour combattre.

Je m'installe dans mon canapé. J'essaie d'envisager mon futur, mais rien ne se dessine. J'avance dans la vie, chaque seconde, chaque heure, jour après jour, sans savoir où je vais. Que vais-je faire de mon existence ? Y a-t-il une façon constructive d'utiliser tout ce que j'ai traversé ? Je navigue sur une barque qui progresse dans le brouillard. J'en ai assez de ramer. Je me doute que des récifs se dressent devant, mais je ne les vois pas. Quitter le bateau ? Si je me jette à l'eau, les requins ou les poulpes mutants me mangeront. Lorsque j'appelle au secours, ma voix me revient dans la brume opaque et cotonneuse. Aucun horizon.

Sorti de je ne sais où, Paracétamol fait son entrée dans le salon. Il marche paisiblement, en faisant rouler ses épaules comme le petit fauve qu'il est. Il s'arrête au pied de la bibliothèque, s'assoit et commence à se lécher l'extrémité d'une patte. Il y met une application minutieuse. À cet instant, rien n'est plus important pour lui. Quelle fascinante philosophie de vie ! Peut-être devrions-nous nous en inspirer ? Jamais je ne l'aurais cru, mais les chats sont finalement d'excellents miroirs de ce que nous sommes. Ils vivent au plus près de nous mais ne renoncent jamais à leur nature. Des millénaires de domestication ne les ont pas changés. Même bien nourris, ils chassent. Même adorés, ils restent libres. Ils nous observent. Je sais aussi maintenant qu'ils nous jugent. Si on accepte leur indépendance, ils se révèlent d'excellents compagnons. En observant Paracétamol, je me fais souvent des réflexions sur moi-même. Lui sait prendre son temps. Lui ne mange que lorsqu'il a faim. Lui ne se laisse pas distraire par ce qui ne le concerne pas. Il ne force jamais sa nature. Même en grandissant, il continue de s'amuser. Aucune hypocrisie, aucun mensonge. Les humains auraient beaucoup à apprendre des chats. Pas sur tous les points cependant, car moi, je ne glisse jamais du canapé comme une vieille peau de banane parce que je me suis endormie trop au bord ! Dire que j'ai volé cet animal… Tout cela me semble si loin. Je me suis non seulement habituée à sa présence, mais je l'apprécie. Il rythme mon quotidien sans jamais se réduire à une habitude. J'aime sa démarche tranquille, ses petits quarts d'heure de folie quand il joue avec tout ce qui lui tombe sous la patte. Ses attitudes me font bien rire. Il me regarde. Sent-il que je songe à lui ?

Je lui fais signe d'approcher, mais il se détourne ostensiblement et reprend sa toilette. Je suis tentée de lui balancer une revue mais je m'abstiens. Depuis quelques jours, je ne lui dépose plus sa gamelle dans l'angle de la cuisine, mais au pied de la table, près de ma chaise, et nous mangeons souvent ensemble – lui bien plus rapidement que moi. Ainsi je ne dîne pas seule. Finalement, c'est lui l'homme de la maison. Enfin je le suppose, parce que je ne suis pas allée vérifier.

Je l'observe encore. Je voudrais qu'il vienne près de moi. J'ai envie de le caresser. Il me regarde à nouveau. Soudain, comme s'il avait capté ma pensée, le voilà qui trottine, saute sur le canapé et vient se blottir sous mon bras. Pourquoi est-il venu cette fois, alors que quelques instants auparavant il s'est détourné avec dédain ? Sans doute parce que tout à l'heure, j'avais envie de sa présence par principe, au nom d'une image préconçue. Maintenant, c'est vraiment à lui que je pense. Mes doigts courent dans son pelage. Il se laisse faire. Il s'abandonne. Il a confiance parce qu'il sait que mon sentiment est sincère. Nom d'une mouette qui me fait dessus juste avant mon premier rendez-vous amoureux, un chat est en train de me donner une leçon de vie ! Il me regarde dans les yeux. C'est épouvantable, je suis sous le charme. Je t'aime, sale bête.

Au bout du compte, aujourd'hui, je ne veux pas réfléchir à mon avenir. Je n'ai pas non plus l'intention de penser à l'homme qui m'écrit sans se montrer. J'ai envie de songer à ceux que j'aime et qui font ma vie. Quelque chose s'est desserré en moi depuis hier. Au fond de mon puits, j'ai trouvé une poche d'air. Je respire mieux. Je vais appeler maman et prendre de ses nouvelles. Je vais essayer d'aller la voir très vite. Je compte envoyer un texto à Caro. Je suis décidée à lui parler des lettres. Elle sera certainement de bon conseil et je ne me vois pas lui cacher cette histoire plus long-temps. Je dois aussi envoyer un petit mot à Émilie pour la remercier de son aide et lui dire que je l'aime. La pauvre n'a que moi pour lui dire ces simples mots alors qu'elle rêve de les entendre de celui qu'elle cherche partout… Finalement, découvrir ces mots adressés de ma part ne fera que mettre en évidence le fait que personne d'autre ne les lui offre. Ne voulant pas aviver sa peine, je vais m'abstenir. Pourtant, c'est vrai. Il faudrait vraiment un autre mot pour désigner les affec-tions comme la nôtre. Je propose « globicher ». Je te globiche, tu me globiches. On se globiche comme des folles. Nous nous globichons. Ce n'est pas l'idéal comme mot mais, au moins, il n'est pas déjà pris par une autre signification. Je vais donc écrire à Émilie que je la globiche à mort et du fond du cœur. Je sais précisément ce que vont penser les analystes de la NSA s'ils inter-ceptent le SMS.

Au lieu de lui écrire mon affection, je ferais mieux de chercher comment l'aider à trouver l'amour de sa vie.

Soudain, il me vient une idée. Même si ces derniers temps, je suis davantage habituée à recevoir des lettres, je peux aussi en écrire…

37

Je suis consciente de prendre un vrai risque. Je me mêle de ce qui ne me regarde pas. Bien que mon intention soit positive, je redoute qu'elle ne puisse avoir l'effet inverse. Face à ce dilemme, j'ai tourné en rond pendant plus d'une heure. J'ai fait des kilomètres à pied dans l'appart pour arriver à cette misérable conclusion : d'abord j'écris la lettre, et ensuite je déciderai si je la dépose ou pas.

L'idée est simple : puisque Émilie n'ose pas aborder le voisin d'en face dont elle me parle depuis des mois, je vais le faire pour elle. Quelque chose dans sa façon d'en parler m'incite à penser qu'il est différent de ses autres lubies masculines. À travers ses propos, ses descriptions, je crois reconnaître l'étincelle que j'aurais dû avoir si j'étais tombée amoureuse du bon type. Un indice me conforte dans mon ressenti : quand elle parle de lui, elle a dans le regard la même vibration que Caroline lorsqu'elle évoque Olivier.

Une question essentielle se pose à présent : est-ce que j'écris de ma part ou de la sienne ? Dois-je rédiger ma missive comme l'entremetteuse de l'ombre, comme la marieuse des romans ? Est-ce mon destin d'être l'intervenante discrète qui, une fois sa bonne action accomplie, finira sa vie seule comme un rat, pendant que les tourtereaux s'en iront main dans la main vers le soleil couchant, sans rien savoir de ce qu'elle a fait pour eux ? Cela ne me pose pas de problème. Le mieux est donc d'écrire à sa place, de me retirer de l'équation. Évidemment, c'est plus compliqué. À l'ingérence s'ajoute l'usurpation. Même pas besoin de chercher sur Internet, je vais finir pendue haut et court. Qui suis-je pour parler au nom d'Émilie ? J'ai si peur de la trahir. Pourtant, ce serait le moyen le plus sûr d'attirer l'attention de ce garçon.

J'ai donc opté pour la solution la plus efficace même si elle s'avère la plus risquée. J'ai passé ma journée à écrire une petite lettre de rien du tout. Encore une fois, le sentiment a pris le pas sur la vérité absolue. Tous les principes élémentaires m'interdisent d'accomplir ce que je prépare, je le sais pertinemment, mais je suis malgré tout convaincue que c'est le mieux que je puisse faire. J'espère que si un jour Émilie découvre ce que j'ai osé, elle me pardonnera. J'ai poussé mon raisonnement jusqu'au bout. Est-ce que je préfère être son amie et qu'elle finisse seule ? Ou alors suis-je prête à courir le risque de la perdre pour qu'elle se trouve enfin quelqu'un de bien ? Il ne sera sans doute pas facile de l'assumer, mais je choisis son bonheur. Je crois qu'elle compte plus pour moi que moi pour elle, et je veux qu'elle soit vraiment heureuse, même si cela doit me priver de sa présence.

Je me suis d'abord imaginé qu'écrire pour elle serait compliqué, difficile même, mais dans la pratique, les mots sont venus très naturellement. Je n'ai eu qu'à me projeter au plus profond de moi-même pour parler en son nom. J'y ai trouvé ce qui nous réunit toutes face à l'espoir fou de vouloir être aimées. Paradoxalement, je n'ai jamais autant dit la vérité qu'en me faisant passer pour une autre. Je me suis installée à la table de la cuisine et je n'ai pas vu les heures passer. Comme mon chat lorsqu'il se lèche les pattes, rien n'était plus important pour moi.

« Cher Monsieur,

« J'espère que vous ne jugerez pas ma démarche trop cavalière, mais je vous dois ces mots. Je m'appelle Émilie, j'habite en face de chez vous, dans le bâtiment C, appartement 19. Je vous observe depuis des mois. Sans l'avoir cherché, malgré moi, je vous ai remarqué. Dans vos gestes, votre façon de parler aux enfants, aux chiens, j'ai reconnu quelque chose qui me touche. Vous allez sans doute me trouver bête, mais ces détails en révèlent bien davantage sur l'homme que vous êtes que les propos que l'on échange lors d'un premier dîner. J'ai envie d'aller vers vous, mais je n'ose pas vous parler. N'allez pas croire que je suis folle – quoique ! – mais je redoute que vous m'écartiez, que vous vous fassiez des idées avant que j'aie eu le temps de vous dire qui je suis. Je n'imagine rien à votre sujet, je n'attends rien de vous, mais une part de moi espère. Tout ce que je demande, si vous en avez envie, c'est que l'on se rencontre, et que l'on se parle. Rien de plus. Nous déciderons des possibles ensuite, ensemble. Cette missive est un modeste signe, une main tendue, en espérant qu'elle vous donnera envie de faire le premier pas dont je suis incapable.

« J'ai un dernier service à vous demander : quelle que soit votre décision, ne me parlez plus jamais de cette

lettre, je vous en supplie. Cela me ressemble si peu…
À bientôt peut-être.

« Bien à vous,
« Émilie »

Et hop, une fausse signature pour parachever le crime ! J'ai l'air à l'aise comme ça, mais j'ai mis plus de six heures à peaufiner cette demi-page. Des centaines de détails, des milliers de questions. Ne pas écrire « vous m'attirez » à cause des connotations sensuelles mais « j'ai envie d'aller vers vous ». Ne surtout jamais laisser entendre que l'on flippe de finir seule. Avoir l'air fraîche et innocente malgré tout ce que l'on sait et qu'il n'ignore sans doute pas.

Une journée pour quelques lignes. Mon ancienne prof de français m'aurait battue à mort.

J'avoue qu'en écrivant, souvent, j'ai pensé à celui qui m'envoie des lettres anonymes. Lui aussi doit peser chaque mot. Lui aussi doit envisager tous les sens que peut prendre une phrase. Lui aussi doit craindre d'être incompris, jugé sur des *a priori* et rejeté. Du coup, je me sens proche de lui. Je trouve même que, par moments, ce que j'ai écrit ressemble à ce qu'il m'a envoyé. L'arrosé arroseur. Étrange sentiment. Je ne l'imagine toujours pas physiquement mais je le comprends mieux. Il me fait moins peur.

J'ai relu la lettre d'Émilie toute la soirée. J'ai même demandé conseil à Paracétamol. Il n'a pas eu l'air de désapprouver mon action. Tant mieux. Me voilà complètement rassurée. Si le chat est d'accord pour que je dépose la fausse lettre, alors c'est bon signe. Ça peut vraiment pas rater.

38

Ce matin, je suis partie une heure plus tôt pour passer déposer la lettre avant d'aller au bureau. En quittant mon étage, j'ai rencontré la petite famille du quatrième qui partait pour la crèche. Je me suis bien habituée à vivre dans cet immeuble. Je commence à identifier les gens. Je connais les noms de presque tous les enfants. Beaucoup m'appellent Madame, quelques-uns utilisent mon prénom, ce que je préfère. Je pense que si j'avais des enfants, je serais déjà devenue proche de certaines autres mères. Mais le fait d'être célibataire, sans progéniture, me place à part. Comme le disait Mémé Valentine : « Qui se ressemble s'assemble. »

Je m'attendais à croiser Romain Dussart, mais je ne l'ai pas vu. Je me demande s'il ne m'évite pas. Lorsque j'ai emménagé, on se voyait souvent. Comme par hasard, il sortait toujours au même moment que moi. Depuis les lettres et le rendez-vous manqué, je ne l'ai plus jamais rencontré.

À l'arrêt de bus, une petite dame est assise et attend. Je l'aperçois chaque matin. Des cheveux poivre et sel ramassés en chignon, un gros manteau comme celui de ma mère, et un foulard autour de sa gorge. Toujours assise à l'extrémité du banc de l'abribus, elle a les mains croisées sur son sac. Je l'ai remarquée dès mon arrivée dans le quartier parce que je la trouvais âgée pour se rendre au travail. Elle doit prendre un autre bus que le mien parce que je ne l'ai jamais vue monter. On se sourit souvent, on échange parfois des banalités sur le temps qu'il fait. Son sourire fatigué me rappelle celui de ma maman.

— Bonjour madame, vous allez bien ?

— Très bien merci, par chance il ne pleut pas et il fait moins froid.

— C'est amusant, vous aussi partez au travail plus tôt ce matin…

— Je ne vais pas travailler. J'attends Henri.

Je suis surprise, mais mon bus arrive avant que je puisse lui demander quoi que ce soit d'autre.

— Bonne journée madame ! dis-je en sautant sur la marche du véhicule.

— À vous également.

De l'intérieur du bus qui s'éloigne, je la regarde jusqu'à ce que l'on tourne au coin de l'avenue. Qui est cet Henri ? L'attend-elle tous les jours ? Encore une femme qui patiente après un homme.

J'ai déposé la lettre chez le voisin d'Émilie en prenant d'infinies précautions pour qu'elle ne puisse pas m'apercevoir de chez elle. J'ai marché en me cachant derrière des gens, j'ai bondi de voiture garée en voiture garée. Si quelqu'un m'a vue, cette fois, c'est moi qui suis bonne pour la camisole ! Je vais rejoindre Valérie et Émilie dans la pièce scellée « spéciale sorcières ». On commence à être nombreuses, il va falloir agrandir.

En arrivant au bureau, je découvre Pétula occupée à préparer une carte d'anniversaire sur le comptoir d'accueil. Je m'approche et ne peux m'empêcher d'entrevoir ce qu'elle a écrit :

« Bon anniversaire Mamie, je viens dimanche.

Ta petite danseuse.

Bon anniversaire Mamie, je viens dimanche.

Ta petite danseuse.

Bon anniversaire Mamie, je viens dimanche.

Ta petite danseuse.

Bon anniversaire Mamie, je viens dimanche.

Ta petite danseuse.

Bon anniversaire Mamie, je viens dimanche.

Ta petite danseuse. »

La même phrase répétée cinq fois.

— Bonjour Pétula.

— Salut Marie.

Elle relève le visage et je devine qu'elle a pleuré sans doute très récemment. Depuis que je suis petite, je suis incapable de rester insensible à la tristesse des autres. Ces dernières semaines, j'étais moi-même tellement malheureuse que je n'avais plus la force d'y être réceptive. Je dois aller mieux car je perçois parfaitement la détresse de ma collègue.

— Tout va bien, Pétula ?

— On va dire que oui.

— C'est d'écrire ta carte qui te met dans cet état-là ?

— Pas seulement.

Je m'approche. Spontanément, elle me montre la carte. Une illustration un peu désuète à l'aquarelle, un luxuriant jardin fleuri entourant une petite maison de campagne au toit de chaume.

— C'est pour ma grand-mère…

— C'est très joli. Je ne veux surtout pas être indiscrète, mais tu lui as écrit la même chose plusieurs fois…

— Elle est atteinte d'Alzheimer. Quand elle arrive au bout de la ligne, elle ne s'en souvient déjà plus. Alors je l'écris à répétition. Ça lui fera cinq petits bonheurs d'une seconde puisqu'elle n'a plus la chance d'en avoir de plus longs.

— C'est une belle idée. Mais il ne faut pas être si triste…

— Tu sais, ce n'est pas à cause de la maladie de Mamie, soupire-t-elle. En sept ans, j'ai eu le temps de m'habituer. Non, ce qui me fait de la peine, c'est ma signature. Depuis ma plus tendre enfance, elle a toujours été la seule à me soutenir quand je voulais devenir étoile à l'opéra. À cinq ans déjà, je dansais dans son salon. Elle passait de la musique classique et son tapis persan devenait ma scène ! J'ai renversé un nombre de bibelots incroyable en faisant mes figures mais elle n'arrêtait jamais de m'applaudir. Elle me surnommait sa petite danseuse. C'est fini, maintenant. C'est du passé.

Au bord des larmes, elle baisse les yeux.

— J'ai revu les gens qui préparent le spectacle. Ce n'est pas moi qu'ils ont choisie. Mon rêve s'écroule. Je m'étais fixé cet objectif comme ma dernière chance et je l'ai loupée. C'est fichu. Tu vois, Marie, je suis bien contente que Mamie ait perdu la boule, parce qu'elle ne sera pas témoin de mon échec.

Cette fois, Pétula se met à pleurer. Elle reste droite, digne, mais son joli visage se fripe. Elle tente de se contenir mais n'y parvient pas. Je connais bien le phénomène. Je contourne le comptoir et la prends dans mes bras. Elle se laisse aller contre moi.

— Quand as-tu appris qu'ils ne te sélectionnaient pas ?

— Hier soir, un message sur mon répondeur. Ils n'ont même pas eu le cran de me l'annoncer en face.

— C'est normal que tu sois déçue, mais ne renonce pas sous le coup de l'émotion. Laisse-toi quelques jours pour prendre du recul. Personne n'y arrive du premier coup.

— Ce n'était pas le premier coup. Je n'ai pas compté, mais ça doit être le deux centième…

Notelho entre dans le hall. En nous voyant, il frémit.

— Émouvante vision, mesdames, mais je crois que vous avez autre chose à faire. Si des clients arrivent, ça ne fait pas très sérieux…

Lui, un jour, je vais lui faire sa fête comme à Deblais. La journée commence vraiment fort.

39

À la machine à café, ça complote sec. Florence, Valérie, Émilie et moi faisons le point en observant discrètement le bureau de Deblais.

— On n'arrivera jamais à mettre la main sur ce maudit dossier, fait Florence, pessimiste.

— Évidemment, réagit Valérie, puisque vous refusez toutes mes idées. Pourtant, je suis certaine qu'elles sont bonnes.

Émilie lui pose la main sur le bras.

— Non, Valérie, on ne va pas creuser de tunnel pour arriver par-dessous…

Nous éclatons de rire, et Valérie avec nous. Je propose :

— On devrait en parler aux garçons du service qualité. Ils sont fiables et ils auront peut-être un éclair de génie.

— Pourquoi pas ? dit Florence. On te laisse aller leur expliquer le problème. Je suis certaine que Sandro va se démener pour te faire plaisir…

Elle se met à glousser avec Valérie.

— Flo, que signifie ce sous-entendu ? Qu'est-ce que tu veux dire ?

— Tu n'as pas remarqué son petit jeu ? s'étonne Valérie.

On se regarde avec Émilie.

— Quel petit jeu ?

— Chaque fois qu'il vient ici, parfois sous des prétextes assez rigolos, il se débrouille pour passer à l'angle du couloir et t'observer vite fait. Vous ne pouvez pas le voir de vos bureaux mais nous, on le sait bien. Il prend un café, fait quelques pas et s'arrête pile là d'où il peut te mater. Il te dévore des yeux.

Florence approuve d'un hochement de tête entendu.

— Merci pour l'info. J'ignorais.

Encore un homme dont je dois surligner le nom en fluo. Monsieur Patate se retrouve même propulsé suspect numéro un. On va le surveiller de près…

Jordana approche et nous passe devant sans s'excuser pour se préparer un café. Aucune de nous n'ignore le peu d'estime qu'elle nous porte. Elle va se servir sans même nous remarquer, comme la grande dame supérieure qu'elle se croit, puis, comme la fouine qu'elle ne manque jamais d'être, va certainement nous décocher une de ses petites remarques assassines. Son gobelet se remplit. Elle le prend avec un geste censé être élégant mais qui n'est qu'ampoulé et se comporte comme si nous étions transparentes. Brusquement, elle crache son venin :

— Alors les filles, encore à vous lamenter pour savoir laquelle de vous est la plus malheureuse ?

— On a voté, rétorque Florence avec un franc sourire. On pense que c'est toi.

Valérie ajoute :

— Il est classe ton chemisier.

— Merci.

— Mais n'hésite pas à le prendre une taille au-dessus, sinon ça te boudine, là, sous les bras.

Jordana fulmine. Bien que n'ayant pas l'avantage du nombre, elle va sûrement répliquer, mais l'arrivée inopinée de Pétula l'interrompt.

— Marie, je te cherche partout, ton rendez-vous est arrivé.

— Je n'en ai aucun de prévu.

— Pourtant, une femme t'attend à l'accueil.

Qui cela peut-il être ? De par ma fonction dans l'entreprise, je n'ai que très peu de rendez-vous et ils sont toujours programmés des semaines à l'avance. J'espère que ce n'est pas une mauvaise nouvelle ou des ennuis… En rejoignant le hall derrière Pétula, je vérifie mon portable au cas où j'aurais loupé un message.

J'arrive à l'entrée. Je me fige. Miss Monde est là. Celle qui me rend visite sans être attendue, c'est Tanya, la nouvelle compagne de mon ex. Elle vient certainement m'annoncer qu'ils ont découvert que j'étais responsable du carnage de sa soirée costumée et que si je ne paye pas une rançon de cent millions de dollars, ils vont me balancer à la police. Elle s'avance droit sur moi. Elle va me gifler, j'en suis certaine.

— Je suis vraiment désolée de débarquer ainsi, mais je devais absolument vous parler. Je n'avais ni votre numéro ni votre adresse. C'est dans les papiers de Hugues que j'ai trouvé où vous travaillez.

— Que voulez-vous ?

— Vous parler. Seulement quelques minutes, s'il vous plaît. Si vous le souhaitez, je peux repasser, mais c'est important.

Elle va m'annoncer qu'elle est enceinte de l'autre chien galeux. Ça devait arriver, avec sa manie de se frotter sur tout le monde. Pire, ils vont se marier et elle vient m'exhiber son bonheur ! Avec sa dulcinée toute neuve, il se comporte enfin comme un type bien et il lui en a offert plus en quelques semaines qu'à moi en une décennie. Je les déteste tous les deux. Qu'elle aille au diable avec son bonheur, ses cadeaux et son polichinelle dans le tiroir. Ça ne finira donc jamais ? Ils vont me torturer jusqu'à la fin de mes jours ? Je me réjouissais d'en avoir fini avec Hugues, et le revoilà qui fait à nouveau irruption dans ma vie par l'intermédiaire de cette créature.

— Je n'ai pas beaucoup de temps à vous accorder…

— Ce ne sera pas long. Quelques pas avec vous, c'est tout ce que je demande.

Je cède. La situation est surréaliste. Je marche dans la rue à côté de celle pour qui l'homme que je croyais aimer m'a chassée. Je déambule à côté de la sculpturale beauté qui a écrit le SMS indécent à cause duquel j'ai eu envie de commettre le pire. Elle est plus grande, plus jeune ; elle porte un jean dans lequel je n'ai aucune chance de rentrer sans me mutiler et elle est beaucoup plus belle. Je suis un chihuahua des favelas qui se promène à côté d'un doberman de concours. Je vais encore y laisser de la viande.

En profitant de l'effet de surprise et avec de l'élan, je peux me jeter sur elle et lui crever les yeux. Je suis tiraillée entre l'envie de passer à l'attaque en jappant et celle d'écouter ce qu'elle veut me dire. Hugues avait le don d'en faire des tonnes pour annoncer des infos au mieux sans importance, au pire stupides. « Ma chérie, tiens-toi bien, j'ai fait quelque chose qui va te rendre très, très, très heureuse – sourire charmeur. Ce n'est pas tous les jours que ça arrive mais je l'ai fait pour toi – œil de velours. » Roulements de tambour, lever de rideau : une bague de fiançailles ? Un voyage surprise rien que pour nous deux sans ses boulets de copains ? Non, un gâteau au chocolat ! C'est bouleversant. Je suis émue à m'en éclater les glandes lacrymales. C'est si beau. Vous vous rendez compte, pour moi, il est allé jusqu'à mélanger le lait qu'il m'avait demandé de rapporter avec la poudre du sachet qu'il a trouvé dans le sac de commissions qu'une de ses clientes a oublié à son agence. Je suis une femme comblée. J'espère que sa nouvelle greluche n'a pas hérité de son sens de l'annonce surdimensionné.

Elle regarde droit devant elle et me demande :

— Ça vous fait aussi drôle qu'à moi de vivre cet instant-là ?

— C'est peu de le dire. Qu'avez-vous à m'annoncer ?

— J'ai quitté Hugues. C'est fini. Je l'ai envoyé balader. En grande partie à cause de vous.

Je m'arrête. Pour la première fois, je la regarde en face. Je suis sciée. Ses yeux sont tout bonnement magnifiques mais vous vous doutez bien que ce n'est pas pour cela que la scierie a rouvert.

— Comment ça, « à cause de moi » ?

— Je n'étais déjà pas d'accord avec la façon dont il a rompu avec vous, mais son petit numéro l'autre soir quand on vous a rencontrée au restaurant avec votre amie m'a fait comprendre qui il est vraiment. J'étais outrée !

Un vent léger souffle dans ses beaux cheveux. Elle est parfaite. Elle est l'héroïne d'un grand film, une aventurière qui défend les causes justes en maîtrisant cinq langues, et je joue l'otarie à laquelle elle parle, parce qu'en plus, elle sauve les animaux. J'espère qu'elle a des sardines dans les poches de sa jolie veste à la mode parce que j'ai la dalle.

Sur le trottoir, des gens passent près de nous en me saluant, mais je n'arrive pas à détacher mon regard de celle que je haïssais voilà encore quinze secondes et qui, à présent, me déconcerte. Je suis comme une oie face à un puzzle de mille pièces.

— Vous l'avez quitté ?

— Ce week-end. Je tenais à ce que vous sachiez que c'est terminé entre nous. Je n'ai pas admis ce qu'il vous a balancé. C'était méchant et injuste. Beaucoup d'autres choses m'ont énervée, mais je n'ai pas voulu les relever parce que j'ai sans doute cru qu'il serait différent avec moi. Je me suis aussi dit que vous n'aviez peut-être pas été à la hauteur. C'était plus simple pour moi de le penser. Cela m'évitait d'avoir mauvaise conscience en prenant votre place. Et il m'a bien aidée. Il n'a jamais parlé de vous sauf pour vous dénigrer. Ses « potes » ne valent pas mieux. Une bande de gamins immatures et prétentieux. Par contre, j'ai entendu certaines de leurs femmes parler de vous et c'était assez joli. J'ai réalisé que je n'étais que la suivante sur sa liste. J'ai compris que vous étiez une fille bien avec qui il avait été odieux. Ce genre de mec fonctionne comme ça. Ils ne construisent rien, ils n'entretiennent rien, ils ne s'investissent pas. Ils consomment, ils jettent puis ils renouvellent. Je sais que, dans mon dos, tout le monde parle de mes jambes, de mes seins ou de mes yeux, mais je vais vous confier quelque chose : je préférerais cent fois que l'on parle de moi comme Floriane le fait de vous.

Qu'est-ce que je fais ? Je pleure ? Je la prends dans mes bras ? Je la prends dans mes bras en pleurant ? Mais comme elle est grande, je vais me coincer la tête dans ses seins qui sont effectivement très jolis…

— C'est pour me dire cela que vous êtes venue ?

— Je crois qu'à défaut d'effacer la peine qu'il vous a faite à cause de moi, cela vous aidera à passer à autre chose. Je suis curieuse de savoir s'il va essayer de reprendre contact avec vous. Va-t-il oser ? Ou s'abstenir, par fierté ? Ce genre de mec ne supporte pas d'être seul. C'est une atteinte à leur image. Ils le vivent comme une honte. Va-t-il être assez veule pour tenter de vous récupérer ? Ce petit foireux est-il une baudruche remplie de bassesse ou d'orgueil ? Dans tous les cas, qu'il éclate ! J'espère qu'il ne vous a pas trop abîmée. Vous méritiez mieux que lui.

— Merci, Tanya.

Qu'est-ce que je viens de dire ? Deux minutes plus tôt je veux la trucider, et maintenant je la remercie ? Elle semble émue et ajoute :

— Vous le savez sans doute mieux que moi, mais Hugues n'est pas un homme bien. Il est allé jusqu'à faire disparaître le petit chat que je m'étais acheté en emménageant avec lui. Il n'en voulait pas mais j'en rêvais depuis que je suis petite. Mes parents avaient toujours refusé. Il était tout mignon. Ce salaud s'en est débarrassé. Il m'a raconté qu'il s'était sauvé mais je sais qu'il ment. Et ce n'est pas tout : pas plus tard que samedi dernier, il a voulu organiser une fête. Il m'a déguisée en prostituée pour m'exhiber à ses copains. Eh bien vous savez quoi ? Je crois qu'il existe une justice là-haut parce que tout le monde a été malade – moi aussi

239

d'ailleurs. C'était atroce mais j'y vois un signe du destin.

Je suis mal. Je suis très mal. Ma conscience vient d'entrer en fusion. Je vais fondre sur ce trottoir, face à cette fille vis-à-vis de qui je nourris tout à coup un énorme sentiment de culpabilité. Je vais me replier mollement sur moi-même, comme une poule en chocolat de Pâques oubliée sur la plage arrière d'une voiture garée en plein soleil. Je pique du bec et j'ai la crête qui dégouline sur mes œufs. Le résultat s'annonce moche car je suis pralinée.

— Je ne sais pas quoi vous dire, Tanya.

— Dites-moi simplement que vous ne m'en voulez pas. Dites-moi que vous ne m'associez plus aux actes révoltants dont vous avez été victime de sa part.

— Je ne vous en veux pas. Vous n'avez rien à voir avec ce type.

— Souhaitons-nous bonne chance. Nous aurons vécu toutes les deux la même mauvaise expérience. Nous aurons partagé ce sale bonhomme. On forme presque un club !

— Vous avez mis un mois à comprendre ce que je n'ai pas voulu voir en dix ans. Vous êtes non seulement beaucoup plus belle que moi, mais j'envie aussi votre force de caractère…

— Ne m'enviez pas, Marie, nous sommes toutes égales face aux hommes. Vous avez des atouts que je n'ai pas et, si je pouvais, je me retirerais sans hésiter ce que tout le monde prend pour des avantages… Nous sommes toutes convaincues que les mecs sont ce qui peut nous arriver de mieux dans notre vie. Mais ce n'est pas toujours vrai. Voilà notre malédiction.

Elle me sourit en s'efforçant de masquer une émotion que je sens sincère. Elle bat des paupières et change de sujet :

— Tenez, je vous laisse ma carte. Vous pouvez la jeter ou la garder. Et maintenant, je file. Merci de votre temps et navrée de vous avoir dérangée, dans votre vie comme dans votre travail.

— Merci à vous, Tanya. Grâce à vous, mon expérience avec Hugues est déjà un souvenir moins douloureux. Il nous aura permis de nous rencontrer.

Elle m'embrasse. Spontanément, chaleureusement, elle se plie en deux et me fait une bise. Ça me retourne. Je la globiche à mort. L'idée qu'une princesse puisse faire un bisou à une otarie avec autant de gentillesse me bouleverse. Je vais battre des nageoires de joie.

On s'est quittées comme ça, sur le trottoir. En regardant son élégante silhouette remonter en voiture, je suis traversée d'émotions aussi violentes que contradictoires. J'ai volé le chat de quelqu'un que je respecte. Elle confond la justice divine et les laxatifs. Elle file ses cartes de visite à des otaries. Après cette rencontre, je vais avoir du mal à porter des jugements définitifs sur les gens. Bon, c'est pas tout ça, mais je dois rentrer au cirque.

40

Certains jours, autour de vous, tout se met à bouger comme si la terre tremblait. La sagesse populaire prétend qu'en cas de changement dans votre vie, les événements vous tombent dessus en série, bons ou mauvais. Je l'ai souvent constaté chez les autres, mais cette fois, le cyclone est sur moi. Mon tour est arrivé. Quelque chose me dit que je vais bien la sentir, la rafale du destin. Ma petite barque dans le brouillard va de nouveau tanguer.

Encore chamboulée par ma rencontre avec Tanya, je suis allée voir les garçons pour leur parler du dossier bleu bouclé dans l'antre du démon. L'idée que Deblais manigance un vilain tour a tout de suite trouvé un écho auprès du trio. Alexandre m'a gratifiée d'une moue qui signifiait clairement : « Je t'avais bien dit qu'il préparait un sale coup pour nous dégager. » Kévin a immédiatement été tenté par la perspective de jouer un tour de cochon au petit chef, et Sandro n'a pas été en reste. Lui mettre une patate dans le pot – ça me fait toujours drôle de dire ça – et lui ruiner sa voiture ne l'a pas calmé. Il s'est approché de moi et m'a déclaré d'une voix suave :

— Compte sur moi pour faire tout ce qui est en mon pouvoir pour t'aider. Ça nous fera un deuxième secret…

Combien de secrets faut-il partager avec un homme pour qu'il devienne celui de votre vie ? Un tour gratuit au bout de trente tickets ? Je songe à ce que Florence et Valérie m'ont confié. J'observe Sandro et je le trouve émouvant.

Avant le déjeuner, Émilie est venue me chercher. Je lui ai raconté la visite de Tanya, elle était bluffée. Par contre, je l'ai laissée partir seule au repas avec les filles.

— Tu es sûre de ne pas vouloir nous accompagner ?

— Certaine.

— Tout va bien ? Pas trop secouée ?

— Ne t'en fais pas. En plus, avec toutes ces histoires, je n'ai pas fait grand-chose ce matin.

— Tu te souviens que cet après-midi je suis aux rencontres interprofessionnelles à la chambre de commerce ?

— Tant mieux ! Va donc prendre une bonne bouffée d'air frais ailleurs, cela te fera le plus grand bien. On s'appelle ce soir ?

— Comme d'hab ! Compte sur moi !

Je la regarde s'éloigner. J'attrape la carte de visite de Tanya que je fais tournoyer entre mes doigts. Tanya Malone. Quel nom ! Et son numéro de portable se termine par 90 60 90. Ce qui doit correspondre à ses mensurations. Ça fait rêver. Vous imaginez si c'était le cas pour chacune d'entre nous ? En tant que poule en chocolat fondue, mon numéro s'achèverait par 10 32 135. Fascinée, je prononce son nom à haute voix :

Tanya Malone. Je recommence avec l'accent anglais, puis l'accent russe.

— Mon nom est Malone, Tanya Malone.

Avec mon accent chinois pourri, ça rend moins bien. Son allure et un patronyme pareil pourraient convenir à un top model ou une présentatrice d'un show à la télé américaine. Jeter sa carte ou la garder ? La garder, assurément, au moins pour me prouver que je n'ai pas rêvé notre rencontre. Je vais lui envoyer un message pour la remercier de sa démarche qui n'en finit pas de m'impressionner. Dorénavant, sauf pour la taille des jeans, je vais prendre exemple sur les belles valeurs de l'ex-maîtresse de mon mec. C'est ce qu'on appelle avoir de l'ouverture d'esprit.

Pour éviter de me plonger trop vite dans le fichu tableau, j'attrape la pile de courrier déposée par Pétula. J'y trouve les habituelles communications officielles liées à notre convention collective, des propositions de formations plus ou moins farfelues en pagaille, des offres de séminaires de motivation et une lettre simple, sans en-tête. Je la décachette en premier. Mon cœur saute deux battements. Je reconnais le pliage caractéristique de la feuille ainsi que la police utilisée pour la taper. Toujours pas de signature. Je suis surprise. Je ne m'y attendais pas. Pas ici. Je me renverse au fond de ma chaise. J'inspire profondément. La lettre a cette fois été expédiée par la poste, à mon adresse professionnelle. Avec le système de code d'affranchissement, il n'est pas possible de savoir d'où elle a été envoyée. Mon auteur mystère s'est-il éloigné ? Veut-il brouiller les pistes parce qu'il habite sur mon palier ou qu'il travaille ici ? La lettre est plus longue. Pour la première fois, je n'ai pas peur du courrier lui-même, mais de ce qu'il peut annoncer.

« Chère Marie,

« Je te dois des excuses et des explications. Je suis sincèrement désolé de ne pas avoir pu te retrouver comme prévu à la gare. Pourtant j'étais présent. J'étais là, non loin de toi. Quelques minutes avant l'heure convenue, je suis arrivé et je t'ai vue. Je suis resté jusqu'à ton départ du grand hall. Je n'ai pas été capable de venir à toi. Tu semblais attendre tellement que j'ai craint de ne pas être à la hauteur de tes espoirs. Je pense comprendre ce que tu traverses. À présent, je me dis qu'après ta rupture, j'aurais dû te laisser du temps, mais j'étais trop pressé. J'ai sans doute eu tort de brûler les étapes sans tenir suffisamment compte de ce que tu vis. Samedi, lorsque je t'ai observée, j'ai vu tes larmes, j'ai senti ta colère. Je me suis détesté pour ne pas avoir eu le courage de venir te prendre dans mes bras lorsque tu semblais si malheureuse. Je sais que tu en veux aux hommes, et personne ne peut t'en blâmer. Hugues était un abruti qui déshonore notre espèce. Dans les jours qui ont suivi, je t'ai encore observée, parfois de près, et je t'ai sentie trop remontée, prête à bondir, toutes griffes dehors. Si je me découvre maintenant, tu risques de ne même pas me laisser ma chance. Je suis assez fort pour t'aimer, mais je n'ai pas les moyens de payer pour celui qui t'a fait souffrir avant. Alors pardonne-moi, mais je dois encore rester caché quelque temps, en te suppliant de me faire confiance. Je me doute que l'incertitude n'est pas le plus beau cadeau à te faire en ce moment. Mais c'est le seul moyen de nous protéger. Je suis près de toi, toujours, fidèlement. Tu recevras une autre lettre de moi dans douze jours exactement, le 13 mars. La date n'est pas choisie au hasard. Cela va me paraître long. À toi aussi, j'espère. Tu auras encore le choix. Quoi que tu penses de cette lettre, dis-toi que c'est l'unique solution que j'ai trouvée pour tenter ma chance avec celle dont j'espère être digne.

« Je me permets de t'embrasser.

« Signé : L'homme dont tu feras ce que tu veux. »

C'est épouvantable. Tout est épouvantable. En parcourant ces lignes, j'ai l'impression de relire la lettre que j'ai écrite pour Émilie. Je ne sais plus qui je suis. Je ne sais plus ce que je fais. Est-ce que je suis assez folle pour m'être adressé ces lettres moi-même ? Ressaisis-toi, Marie, ce n'est pas possible ! Douze jours, c'est terrible. Ce délai me semble insurmontable. Je ne veux plus rien avoir à faire avec cet homme, mais je voudrais quand même recevoir une de ses lettres chaque jour. L'idée de son absence m'oblige à admettre que, dans ma vie, cet inconnu est ma seule lueur d'espoir. J'essaie de relire sa lettre. J'analyse chaque mot à l'excès, au point d'en oublier le sens et d'en perdre le contexte. J'ai du mal à me concentrer. Ma vue se brouille. Je m'acharne à lire au-delà de mes forces. Mon champ de vision se réduit à cette seule page où chacun des mots m'apparaît d'un noir sinistre sur un fond immaculé aveuglant. J'ai la tête qui tourne. Je crois que je viens de glisser de ma chaise. Mon dos a heurté quelque chose. J'ai mal. Je ne vois plus rien distinctement hormis la lueur des spots du plafond de mon bureau. Et tout à coup, il fait nuit.

41

Ce sont d'abord les voix qui sont venues m'arracher au néant dans lequel j'évoluais. J'ai la sensation d'être une nageuse en apnée, prisonnière d'un champ d'algues sous-marines. Des idées, des images me ligotent les bras, les jambes, et m'empêchent de remonter à la surface. Je suis à court d'air. Je suffoque. Le flot d'émotions auquel je tente d'échapper m'entrave et m'entraîne à nouveau vers le fond. Les voix, encore. Je m'y accroche, et j'émerge enfin. Soudain, je respire à pleins poumons.

J'ouvre les yeux mais je ne distingue que de vagues silhouettes. Je suis étendue. Quelqu'un me tient la main. Je tourne la tête vers la personne près de moi. Sandro ?

Deux personnes sont présentes, mais en dépit de mes efforts, je suis incapable de les identifier. Tout est flou. L'une porte une blouse blanche et l'autre est sombre.

— Marie ? Tu m'entends ?

— Elle se réveille…

Des voix d'hommes. Je me concentre de toutes mes forces. Je veux savoir qui ils sont et lequel a la peau si douce.

Un médecin et Vincent, le directeur commercial, qui me tient la main. Il se penche sur moi et me caresse le front. Même dans les vapes, je trouve son geste tendre.

— Marie, te voilà enfin, murmure-t-il. Tu nous as fait une belle peur…

— Où suis-je ?

— À l'hôpital, mais tout va bien. Le toubib dit que tu as fait une chute de tension.

L'homme en blouse blanche s'approche.

— Vous ne seriez pas enceinte, madame ?

Vincent ne lâche pas ma main. Malgré l'indiscrétion de la question, il ne s'éloigne pas. J'esquisse un sourire et réponds au docteur :

— Si, bien sûr. Je m'appelle Marie, ce genre de grossesse sans père, c'est notre spécialité. C'est toujours sur nous que ça tombe. Si vous pouviez prévenir l'archange ça m'arrangerait, parce que je n'ai pas son portable…

Vincent sourit. Le docteur s'éloigne.

— Malika t'a découverte en rentrant du déjeuner. Tu étais par terre dans ton bureau, inanimée. Elle a paniqué. Elle est allée prévenir Pétula, qui a paniqué aussi. Puis Valérie est arrivée et elle a essayé de te faire du bouche-à-bouche avant de décréter que tu étais morte. Te souviens-tu de ce qui s'est passé ?

— Je lisais le courrier…

L'image de la lettre me revient. Je me referme comme une huître. Ne rien dire qui puisse me trahir devant l'un de mes suspects.

— Tu lisais le courrier et tu es tombée, c'est ça ? Rien d'autre de particulier ? Une lettre t'a contrariée ?

— Non. Enfin je ne sais plus. Dis-moi, Vincent, est-ce toi qui as décidé de m'amener ici ?

— Deblais a demandé à ce que l'on appelle les pompiers. Il voulait te laisser partir toute seule avec eux. J'ai refusé. Pas question de t'abandonner.

J'aime cette phrase. Il l'a prononcée avec une autorité naturelle, avec une conviction qui me plaît. Celui qui m'écrit les lettres pourrait parler ainsi. Vincent est tout proche, il sent bon. Je n'avais jamais remarqué que sa mâchoire était aussi joliment dessinée. Il sourit en me regardant. D'un geste doux, il remet mes cheveux en place. Un homme ferait ce genre de chose pour celle qu'il aime. Est-ce lui qui m'a fixé rendez-vous dans douze jours ? Je ne dois surtout pas penser à cela, sinon mon esprit va disjoncter à nouveau. Je me revois découvrant la lettre. Je me souviens de cette sensation horrible. Quand j'ai lu qu'il allait délibérément me laisser sans nouvelles, j'ai eu l'impression que le sol se dérobait sous mes pieds.

— Ils vont certainement accepter de te laisser sortir. Je peux te redéposer chez toi si tu veux. Mais il vaudrait mieux que tu ne restes pas seule cette nuit…

Vincent lâche ma main pour attraper une chaise. Je ne sens plus la chaleur de sa paume et c'est tout mon corps qui se refroidit soudain. Il s'assoit et me regarde avec ce qui ressemble à de la tendresse.

— Je suis bien content de te voir éveillée, murmure-t-il. Tu m'as fait peur. C'est marrant, on travaille tous les jours côte à côte, on passe plus de temps ensemble qu'avec nos proches, mais on ne se connaît pas. Je sais qu'il n'y a pas longtemps que tu m'as remarqué. Moi, j'ai toujours aimé ta personnalité. Ton coup de colère face à Deblais ne m'a pas surpris. Tu es une fille bien, ça se sent.

Mes pensées flottent dans un coton fait d'envies et de doutes, de certitudes et de principes prêts à s'évaporer devant la moindre lueur d'espoir. Il pense que je ne l'avais pas remarqué, comme dans sa deuxième lettre. Lui aussi, l'autre samedi à la gare, je l'ai imaginé sur le quai, venant vers moi. J'avoue sans pudeur qu'il était même l'un des premiers au casting. Un bouquet de fleurs rendrait très bien entre ses grandes mains fines. Est-ce que je rendrais bien entre ses bras ? Il faut que j'arrête de penser à cela tout le temps. Si ça continue, je vais demander à être placée en sommeil artificiel pour laisser mon cœur et mon cerveau se reposer. En même temps, je n'y peux rien. Ce n'est pas moi qui cours après ces histoires. Je n'ai pas voulu les lettres, je n'ai pas demandé à ce que Vincent m'accompagne à l'hôpital. Et pourtant, à cet instant précis, qu'il soit l'homme de ma vie non déclaré ou un collègue attentionné, de lui j'espère simplement qu'il reprenne ma main et ne la lâche plus.

Le docteur revient et s'adresse à Vincent :

— Vous êtes le mari ?

— Un collègue.

Le docteur s'amuse et me déclare :

— Eh bien, vous avez de la chance d'avoir un collègue pareil ! Il a veillé sur vous tout l'après-midi. Je rencontre tous les jours des hommes qui n'en font pas autant pour leur propre femme !

Je crois que Vincent rougit. « Tout l'après-midi » ?

— Quelle heure est-il ?

— Presque 20 heures.

— Je suis restée inconsciente tout ce temps ?

— Surtout endormie, précise le docteur. Vous devez être épuisée nerveusement. La perte de conscience n'a pas duré très longtemps d'après les pompiers. Êtes-vous surmenée en ce moment ? Avez-vous des motifs d'anxiété ?

Vincent répond avant moi :

— Elle vient de se séparer de quelqu'un et le climat est assez conflictuel dans la société.

— Je vois. Triste époque. Je vais vous prescrire des anxiolytiques légers pour vous aider à traverser cette période.

Vincent a-t-il répondu à ma place pour me soulager ou pour me faire comprendre qu'il savait tout de ma situation personnelle ? Est-ce un indice, une gaffe de sa part ou un hasard ? Mon pauvre esprit embrumé n'est pas de taille à affronter pareilles questions.

Lorsque, une heure plus tard, je suis sortie, je me sentais beaucoup mieux. Vincent m'a raccompagnée. Il a une jolie voiture et sa façon de conduire est douce. Il roule vite mais de façon très fluide, sans à-coups. Je l'ai remarqué dès qu'il a emprunté des avenues sur lesquelles j'ai souvent eu l'occasion de passer. Conduite par lui, j'ai la sensation de les redécouvrir. Les devantures des magasins défilent plus vite, les virages semblent plus amples, tout est plus harmonieux. Si les voitures sont aussi importantes dans la vie des hommes qu'on le prétend, leur façon de conduire doit en dire long sur ce qu'ils sont. Hugues roulait comme le petit frimeur qu'il était, toujours à chercher à aller plus vite avec un moteur qui n'en avait pas les moyens, et ne s'arrêtant qu'à la dernière minute lorsqu'il n'avait pas le choix. Sa devise au volant était : « Moi devant, poussez-vous. » Vincent est à l'opposé de ce genre de comportement. Il anticipe. Il a un moteur et sait s'en servir. Il ne cherche pas à prouver, il utilise à bon escient. Il maîtrise. Avec Hugues, j'avais peur pour les piétons, pour moi, pour la voiture. Dans ma vie, je n'ai finalement pas roulé avec beaucoup d'hommes. Avec Vincent, je me sens en sécurité.

Il m'a redéposée à mon adresse. Bien que ne m'ayant pas demandé où j'habitais, il m'y a conduite sans hésiter. Admettez qu'il y a de quoi se poser des questions. Il m'a plusieurs fois interrogée afin de savoir si je me sentais assez solide pour passer la nuit seule. J'ai répondu « oui » avec aplomb. Non parce que j'en étais convaincue, mais parce que je ne peux pas risquer de faire rentrer ce suspect dans ma vie un soir où je ne suis pas en pleine possession de mes moyens.

Il s'immobilise au pied de ma porte cochère et descend pour venir m'ouvrir la portière. Il m'effleure le bras sans oser le saisir.

— Sois prudente, Marie. Ne force pas ce soir.

C'est bien pour cela que je ne l'invite pas à entrer. Je serais capable de ne plus le laisser ressortir ! Je passerais le reste de ma vie avec un chat volé et un homme séquestré. L'idée me fait sourire.

— Merci d'avoir pris soin de moi. Merci beaucoup, Vincent.

— Je suis là si tu as besoin. J'ai écrit mon numéro de portable perso sur la couverture de ton dossier médical.

— Je t'ai assez dérangé pour aujourd'hui.

J'ai envie de lui faire la bise, mais je ne sais pas qui je vais embrasser alors je me retiens. Le collègue serviable comme le soupirant discret le méritent pourtant.

Je compose le code de la porte alors qu'il m'observe. Quelle importance ? J'ai confiance en lui et, de toute façon, il le connaît sans doute déjà. J'entre dans la cour après l'avoir salué une dernière fois. J'ai vraiment aimé passer du temps avec lui. Paradoxalement, mon malaise restera un bon souvenir. Dans ma vie, privée de père et sans véritable compagnon, les bons moments passés grâce aux hommes sans avoir à payer de ma personne ne sont pas si nombreux. Vincent va me manquer, mais je suis heureuse d'être enfin chez moi, à l'abri des émotions, au calme.

Il va pourtant falloir encore attendre pour la quiétude parce que soudain, un cri résonne.

42

Émilie surgit du hall de mon immeuble comme un diable. Elle dévale les marches en hurlant, court vers moi et me saute au cou. Elle me serre tellement qu'elle m'étouffe et me déséquilibre. On manque de s'étaler dans la cour.

— Quand ils m'ont dit que tu étais sortie de l'hôpital, je ne tenais plus en place. Je suis venue t'attendre ! Tu m'as fichu une sacrée trouille !

Elle recule sans lâcher mes mains et m'évalue de la tête aux pieds comme si j'étais rescapée d'un crash aérien. M. Alfredo est sorti derrière elle et nous accueille sur le perron :

— Vous nous faites de grandes frayeurs, Marie !

— C'était seulement un étourdissement. Je vais bien.

— Mlle Émilie m'a raconté vos mésaventures au travail. Il faut vous ménager. Pour monter chez vous ce soir, prenez l'ascenseur. Et si vous avez besoin de quoi que ce soit, n'hésitez pas.

Émilie m'escorte. Je lui glisse à voix basse :

— Il t'appelle mademoiselle Émilie ?

— Ça fait plus d'une heure que je t'attends, on a eu le temps de bavarder. Il a été super gentil. Tu es déjà rentrée dans sa loge ?

— Parce que tu es rentrée dans sa loge ?

— Il m'a même offert un verre. Un sacré bonhomme. As-tu déjà rencontré sa femme ? Il y a des photos d'elle partout. Elle est très belle.

— Je ne savais même pas qu'il était marié.

— Dis donc, tu m'avais caché qu'il existait un ascenseur. Pourquoi on se tape toujours les escaliers ?

— Pour tes fesses.

— Inutile de se fatiguer pour elles vu que personne ne s'y intéresse… Tiens, je t'ai rapporté ton sac, ton téléphone et tes clefs. Sur ta boîte vocale, tu trouveras au moins dix messages de moi…

Un peu gênée, elle ajoute :

— Dans ton bureau, j'ai aussi trouvé la nouvelle lettre de ton inconnu. C'est elle qui t'a fait disjoncter ?

— N'en parlons pas ici. Je me méfie du voisin.

Au moment où j'entre dans l'appartement, Paracétamol se précipite dans mes jambes. Je le caresse.

— Bonsoir mon grand, tu dois avoir très faim.

Émilie et le chat me suivent jusqu'à la cuisine.

— Je t'ai crue morte. Valérie m'a appelée cet après-midi pour me dire que Malika avait trouvé ton corps et que les pompiers l'emportaient. J'en ai fait un malaise à la chambre de commerce ! Le vigile qui m'a porté secours était super mignon. Tu imagines le titre : « En apprenant la mort de sa meilleure amie, elle rencontre l'amour de sa vie. » Sur le coup, je n'avais pas l'âme à batifoler. Ensuite, j'ai eu Pétula qui m'a expliqué que Valérie t'avait fait du bouche-à-bouche et un massage cardiaque mais que les pompiers étaient arrivés assez vite pour te sauver d'elle !

J'étais folle de joie ! Je crois d'ailleurs que j'ai embrassé le vigile !

— Tu étais folle de joie que Valérie m'ait écrasé la poitrine ? Ceci dit, je comprends mieux pourquoi j'ai encore mal aux côtes.

— Non, j'étais heureuse que tu sois vivante ! Je me suis vue à ton enterrement, c'était horrible, et tout à coup, tu étais ressuscitée !

— Me voilà promue du grade de gourou à celui de divinité…

Je prépare le repas de mon fauve. Émilie est aussi excitée que je suis calme. Elle ne tient pas en place.

— Tu sais Marie, c'est idiot, mais le fait de t'imaginer décédée m'a fait prendre conscience de ce que tu représentes pour moi. Sans toi, ma vie serait un océan de désespérance.

— Merci Émilie, cela me touche. Tu sais que je ressens la même chose pour toi.

Surtout ne pas lui dire que je l'aime parce que ce n'est pas de moi qu'elle veut l'entendre.

Malgré sa gamelle qui l'attend, Paracétamol continue à se frotter contre moi en ronronnant. Il ne m'a donc pas fait la fête parce qu'il avait faim mais parce qu'il était heureux de me voir ? Je suis émue de cette vague d'affection que me témoignent ma meilleure amie et mon chat.

— Marie, quand j'ai trouvé la lettre, je n'ai pas pu m'empêcher de la lire. Tu m'en veux ?

— Pourquoi t'en voudrais-je ? Je te l'aurais montrée comme les autres.

— Celle-là avait quand même quelque chose de plus personnel, d'intime. Je m'en suis voulu. Je comprends qu'elle t'ait fait péter les plombs.

— La journée avait déjà été riche en émotions, entre Tanya qui a débarqué, ce qu'elle m'a dit de Hugues, et même cette pauvre Pétula. La lettre n'a été que la cerise sur le gâteau…

— Il dit qu'il a eu peur de s'approcher de toi à la gare…

— Je sais. Cela m'attriste, mais je n'y peux rien. Finalement, ce qui m'a fait le plus de peine dans cette lettre, c'est l'idée d'être sans nouvelles de lui pendant douze jours. Malgré moi, cet homme est entré dans ma vie et je dois avouer que je n'aime pas l'idée qu'il en sorte. Je ne voulais pas jouer cette partie mais à présent qu'elle a commencé, je ne veux plus qu'elle s'arrête. Tu vois, c'est drôle parce que ce midi, j'étais quasiment convaincue que l'auteur des lettres était Sandro. Il a été vraiment très gentil quand je suis allée les voir, lui et les autres garçons, au sujet du dossier. En plus, ce que m'ont raconté Valérie et Florence m'a fait réfléchir. Et puis cet après-midi, rebondissement, c'est Vincent qui m'a accompagnée à l'hôpital.

— Je m'en veux de ne pas avoir été là au moment où tu en avais besoin.

— Tu n'as aucune raison de culpabiliser. D'autant que Vincent a été adorable avec moi. Il s'est même montré protecteur et tendre. Au point que ce soir, je pense que c'est lui qui écrit les lettres. Il connaît mon adresse, il sait beaucoup de choses que je ne lui ai pas dites. Si tu ajoutes à cela qu'il fait preuve d'une belle patience et ose des gestes trop chaleureux pour un simple collègue, les quelques doutes qui pourraient subsister ne pèsent pas lourd. Tout concorde.

— La vache, elle devient compliquée, ton affaire.

Émilie me dévisage et ajoute :

— Je ne sais pas si c'est le contrecoup de ton malaise ou autre chose, mais je te trouve sereine, beaucoup plus que d'habitude. Tu es impériale de maîtrise. Quand je passe en revue tout ce que tu as traversé aujourd'hui et que je te vois si calme, ça m'impressionne. Malgré tout ce que tu t'es pris aujourd'hui, tu gères. Chapeau.

En empruntant le couloir pour rejoindre le salon, je songe à mettre une machine à laver à tourner. Émilie a raison. En temps normal, je me focaliserais sur cette lettre, la décortiquerais, chercherais à y déceler des indices. Alors que là, je trie mon linge, je dose ma lessive, je choisis le programme et par le hublot, je regarde le tambour qui se met à tourner. Tout me semble moins aigu. Est-ce que je me calme à force de me faire bombarder la tête et le cœur par toutes sortes d'émotions ? Est-ce que je prends du recul ou est-ce que je commence à me moquer de tout ? Mon état traduit-il de l'épuisement, du ras-le-bol ou de la maturité ?

Émilie et Paracétamol m'observent.

— Tout va bien, Marie ?

— Plutôt pas mal, en fait.

On rejoint le salon. Émilie relit la lettre.

— Quand tu as découvert qu'il était à la gare le fameux samedi soir, tu ne t'es pas souvenue d'avoir remarqué quelqu'un ?

— Il faudrait que je passe mes souvenirs au crible mais je n'en ai pas envie. L'expérience a été assez traumatisante et je ne souhaite pas m'y replonger.

— Et cette histoire du 13 mars ? Il n'a pas choisi la date au hasard, il le dit lui-même. Un anniversaire ? J'ai vérifié, c'est la saint Rodrigue, cela n'évoque rien pour toi ? Est-ce une référence à la réplique du *Cid*, « Rodrigue, as-tu du cœur ? » Le chiffre treize est-il à prendre comme un porte-bonheur, comme un signe cabalistique ? Et le mois de mars ? Une référence au dieu de la Guerre ? Seul point notable : c'est la pleine lune. Si tu avais une histoire d'amour avec un loup-garou, tu m'en parlerais ?

Je souris. Émilie poursuit :

— Il annonce aussi qu'il t'a « observée de près ». Ça colle complètement pour Vincent et même Sandro, mais plus pour ton voisin… À moins qu'il ne t'espionne à ton insu !

Émilie se lève d'un bond et étudie les plafonds avec une attention extrême. À pas de loup, elle s'approche des rideaux et les palpe sous toutes les coutures. En revenant, elle soulève deux lampes pour vérifier que des micros ne sont pas cachés dessous.

— Pas de caméras, souffle-t-elle à voix basse. Pas de micros. S'il t'espionne, il est très fort.

Puis tout à coup, elle fronce les sourcils en observant les fenêtres.

— Il pourrait très bien te surveiller en passant par la corniche extérieure. T'imagines, le mec se glisse par la façade de l'appart voisin, et là il voit tout. Il entend tout ! Mon Dieu, il n'y a pas de stores dans ta salle de bains !

Je la regarde partir dans ses élucubrations mais je ne la suis pas. Me voyant sans réaction, Émilie s'écrie soudain :

— Mais comment peux-tu rester aussi calme avec tout ce qui se passe ?

Elle a hurlé. Le chat s'est enfui et si M. Dussart a placé des micros et qu'il écoute au casque, elle lui a fait péter les tympans.

— Je ne sais pas, Émilie. C'est toi qui t'excites toute seule.

Elle s'approche de moi avec un air suspicieux. Elle se penche très près et me scrute attentivement, les yeux à quelques centimètres des miens.

— Ils t'ont donné des trucs à l'hôpital. C'est ça. Ils t'ont gavée de calmants et d'antidépresseurs ?

Je hausse les épaules.

— Je crois que oui.

Elle éclate de rire :

— Tout s'explique : tu n'es pas zen, tu es droguée ! Je comprends mieux ton attitude ! Je ne te reconnaissais plus. Quand je pense que j'étais admirative de ta sagesse alors que tu es juste shootée… Tu vas aller prendre une bonne douche et filer au lit. On reparlera de tout cela demain.

— Tu restes dormir ici ?

— Si tu veux.

— Reste. S'il te plaît.

Je marque un temps et j'ajoute :

— Tu ne trouves pas que la machine à laver fait un drôle de bruit ?

— Je ne sais pas. C'est toi qui habites ici. D'habitude, elle ne fait pas ce vacarme d'hélicoptère au décollage ?

— Non.

On est allées vérifier. Le raclement qui s'élevait de la machine était vraiment inquiétant, alors on a arrêté le programme et sorti le linge mouillé en mettant de l'eau partout. Vous savez ce que j'ai trouvé, coincées au fond du tambour, toutes tordues ? Les ailes de la fée. Ce crétin de chat avait dû les planquer là après les avoir attaquées. Mais dans quel monde vit-on ? Et il est où, lui, d'ailleurs ? Si ça se trouve, c'est lui qui m'espionne pour le compte du voisin et qui lui répète tout. Je crois que l'effet des calmants se dissipe. Je vais mieux, je pense à nouveau n'importe quoi.

43

Je suis confrontée à ce qui différencie concrètement les femmes des hommes. Alexandre, Sandro et Kévin n'ont pas été longs à mettre au point un plan pour vérifier ce que contient le dossier suspect. Leur idée est aussi déjantée que celles de Valérie mais, contrairement à nous, ils y croient assez pour passer à l'action. Est-ce parce qu'ils sont plus téméraires ou parce qu'ils sont complètement inconscients ? L'Histoire jugera.

L'opération est programmée pour ce midi. Lorsqu'ils nous ont présenté le déroulement de ce qu'ils avaient imaginé, ils m'ont fait penser à Olivier et mes neveux. Avec eux, tout prend des allures de campagne militaire. Le même vocabulaire, le même premier degré, la même exagération des moyens et des enjeux. Alexandre et Kévin seront « à la manœuvre » et Sandro et moi serons chargés de « sécuriser le périmètre d'action ». Comme par hasard, Sandro s'est mis « en binôme » avec moi pour surveiller le couloir pendant que Valérie sera sur le plateau des bureaux et que Malika sera postée dans le hall d'entrée. Florence et Émilie seront réparties sur des « zones stratégiques d'attente ». Si nous parvenons à nous emparer du fameux dossier, elles auront pour mission de le photocopier en urgence avant qu'il ne soit remis en place. Tout le monde sera relié par des mini talkies-walkies.

Ce qu'il y a de fort avec leur plan, c'est que même si Notelho reste dans son bureau, cela ne nous gêne pas. Pour nous briefer, les garçons nous ont rencontrées à tour de rôle, afin d'éviter qu'un attroupement ne nous trahisse. Ça me rappelle les films de guerre où les prisonniers fomentent des plans improbables pour s'évader. Comme dans ces histoires à grand spectacle, les garçons ont fabriqué les outils nécessaires et se sont même entraînés dans le stock. Mais tout le monde sait que, dans ce genre d'aventure, la bande ne s'en sort jamais intégralement indemne et qu'il y a toujours des victimes innocentes. À votre avis, qui va finir au mitard ? J'entends déjà les sirènes hululer tandis que les projecteurs balayent la nuit…

À la seconde où Sandro et moi verrons la voiture de Deblais quitter le parking, nous donnerons le signal et tout s'enclenchera. Avons-nous vraiment besoin d'être deux pour vérifier qu'un véhicule s'en va ? A-t-il saisi ce prétexte pour se retrouver seul avec moi ? J'ai ma petite idée…

La fin de matinée est arrivée très vite. Les garçons sont cantonnés dans le bâtiment technique. De notre côté, nous sommes tout excitées de ce qui se prépare. Chaque fois que deux filles de l'équipe se croisent, ce sont des sourires complices ou des clins d'œil qui s'échangent. J'ai l'impression d'être la plus inquiète. J'essaie d'aller me rassurer auprès d'Émilie.

— Tu penses vraiment que leur idée est bonne ?

— Quand Madame n'a plus sa dose de drogue, elle est nettement moins détendue ! Qu'as-tu fait de ton superbe détachement, hein ?

— Parle moins fort, on pourrait nous entendre.

— Pourquoi t'inquiètes-tu ?

— Tu veux que je dresse la liste de tout ce qui peut foirer dans ce plan ?

— Inutile, je le sais.

— Alors si tu préfères, on pourrait parler de ce que cela peut nous coûter ?

— No stress, Marie ! De toute façon, j'ai déjà prévu une solution. Je prendrai tout sur moi, je raconterai que je vous ai fait chanter pour que vous m'obéissiez.

— Tu es folle et j'ai eu exactement la même idée.

— Personne ne te croira.

— Tu te penses plus crédible en cerveau de l'opération ?

— Dans mon portable, j'ai une photo de toi en lapin avec des beignets fluo dans les pattes. Essaie de passer pour un génie du crime après ça.

— Fais bien attention. J'ai des photos de toi en fée avec ta perruque en biais…

— Si tu les montres à qui que ce soit, je te tue. Et ensuite je te torture.

— En général, on torture les gens avant de les tuer, pauvre toquée.

— Tu vas finir en civet, lapin pourri, et je vendrai tes guiboles comme porte-bonheur !

Elle s'interrompt puis, sur un ton beaucoup plus apaisé, commente :

— On est sous pression, tu ne trouves pas ?

— C'est bien pour cela que j'ai les pétoches.

— Ne compte pas sur moi pour te plaindre. Tu n'as qu'à te rappeler ce que tu m'as obligée à faire. Au moins, les garçons ne nous condamnent pas à porter des costumes ridicules et des maquillages de cadavre. Et maintenant, file à ton poste… Va rejoindre ton beau Sandro ! Bisou bisou !

— Ne joue pas à ça, Émilie.

Comme les enfants dans une cour d'école, elle se met à chanter à tue-tête :

— Elle est amoureuse ! Elle a pas de culotte !

— Émilie, arrête ça ! Quel âge as-tu ?

— Elle est amoureuse, elle a pas…

— Émilie !

Je lui jette son pot à crayons à la tête et je m'enfuis. Dans le couloir, je tombe nez à nez avec Deblais qui part justement déjeuner. Il a certainement entendu la petite chanson d'Émilie. Cette éventualité me fait plus rire qu'elle ne me gêne.

— Je constate qu'il y a de l'ambiance ! déclare-t-il. J'aime ça !

En guise de réponse, je ne trouve rien d'autre à lui adresser qu'un sourire niais. Je viens de contribuer pathétiquement à l'image des femmes. J'espère que quand il proclame « j'aime ça » d'un ton martial, il parle de l'ambiance, et pas de ce qu'Émilie prétend au sujet de mes sous-vêtements.

Branle-bas de combat.. Deblais quitte la société. Sandro apparaît à l'autre extrémité du couloir. On se retrouve dans mon bureau. Il m'équipe d'un talkie-walkie avec le transmetteur à la ceinture – qu'il m'accroche lui-même, et vas-y que je te tripote la ceinture de mon pantalon. Je m'équipe moi-même de l'oreillette même si je le sentais prêt à me passer les fils sous mes vêtements pour m'aider. Qu'il est serviable, ce Sandro !

— Alex, Kévin, vous me recevez ? fait-il dans le talkie. Marie nous rejoint sur la fréquence.

Les deux confirment. Sandro poursuit son check-in.

— Malika, es-tu dans le hall ?

— *J'y arrive dans dix secondes.*

— Valérie, tu es positionnée ?

— *Sur ma chaise, oui. Je vois Notelho. Il est plongé dans des documents. Il n'a pas l'air décidé à partir.*

— Aucun problème Valérie, on fonce.

La voix de Valérie s'élève à nouveau dans l'appareil :

— *Dites donc, c'est peut-être mieux si on se donne des noms de code ? Pour moi j'ai pensé à Magic Pépette...*

— *Ne compliquons pas les choses inutilement, Valérie.*

Je crois que c'est Alexandre qui lui a répondu d'un ton sans appel. Avec Sandro, on surveille le départ de Deblais par ma fenêtre. Il se tient derrière moi, son menton au-dessus de mon épaule. Je sens son souffle sur ma joue et sa présence dans mon dos. J'ai du mal à me concentrer sur Deblais.

La voix de Kévin grésille :

— *Florence, toujours en stand-by à ton bureau ?*

— *J'y suis.*

— *Va rejoindre Sandro dans le bureau de Marie, et qu'elle nous retrouve dans la chaufferie.*

— *OK.*

Pourquoi moi ? Pourquoi devrais-je les rejoindre dans le cagibi de tous les dangers ? Je ne suis même pas la plus agile de la bande.

— Pourquoi ne demandez-vous pas à Émilie ? dis-je dans le talkie-walkie.

La voix d'Émilie répond sur le canal :

— On sait tous pourquoi tu veux pas y aller, planquée ! Elle est amoureuse, elle a pas de culotte !

Tout le monde a entendu. Elle me le paiera.

— *Émilie, reste concentrée, s'il te plaît. Marie, rejoins-nous rapidement.*

La voix d'Alexandre s'est encore une fois imposée. Florence arrive, et moi je file.

Dans les locaux, quelques employés ne faisant pas partie de l'opération sont encore présents. Nous devons rester discrets vis-à-vis d'eux. Le stagiaire ne va pas tarder à partir manger son sandwich. Lionel observe notre étrange ballet d'un œil dubitatif. Je traverse l'espace ouvert et fais mine de me diriger vers la cour extérieure. Au dernier moment, je bifurque et m'engouffre dans la chaufferie qui jouxte le bureau de Deblais.

Je découvre Kévin, perché sur les épaules d'Alexandre, qui démonte des conduits d'air chaud montant dans les plafonds.

— Marie, s'il te plaît, récupère les éléments au fur et à mesure.

Alexandre ne bronche pas malgré le poids de son comparse. Avec des gestes méthodiques, Kévin dévisse et déboîte. Il annonce :

— Plus qu'une section et on accède au conduit qui passe dans le plafond de son bureau.

En faisant le moins de bruit possible, je dépose les pièces au sol les unes après les autres. Il fait une chaleur à crever. On va au minimum s'en sortir avec des auréoles d'un mètre sous les bras. La lumière est blafarde. Il n'y a de la place que pour une seule personne dans ce local. Du coup, je suis obligée de me coller à Alexandre. J'ai le pied de Kévin au ras de la figure et si je relève la tête, je ne vois que ses fesses. Il me passe le dernier élément et demande à Alexandre :

— C'est bien la troisième dalle de son plafond que je dois soulever ?

— C'est ce qu'on a calculé. Tente, on verra bien s'il faut aller plus loin.

Kévin s'engage dans le conduit. Le torse, puis les jambes. Il quitte les épaules de son chef pour disparaître au-dessus de la chaudière.

Alexandre me regarde et sourit. Il est en sueur. Dans le talkie, il demande :

— Tout se passe bien dehors ?

Nos complices répondent les uns après les autres, sauf Valérie qui parle n'importe quand. Elle s'inquiète :

— *Notelho regarde son plafond. Il a peut-être entendu du bruit ?*

— Tiens-toi prête à le distraire s'il devient trop curieux.

— *De quelle façon ?*

— Aucune idée, improvise.

Alexandre n'aurait pas dû lui dire ça.

Kévin est en place, on l'entend soulever la dalle.

— Je vois le dossier, annonce-t-il. Ce pignouf en a posé un autre dessus. Il va falloir la jouer fine. Passe-moi la pince.

Alexandre attrape l'outil qu'ils ont fabriqué, une sorte de canne à pêche équipée d'une mâchoire crantée en guise d'hameçon. Il s'étire au maximum mais n'arrive pas assez loin pour que Kévin la saisisse.

— Marie, me fait-il, je suis désolé mais il va falloir que tu montes sur moi pour lui donner ça.

Devant mon regard interloqué, il s'empresse d'ajouter :

— Kévin est en train de bouillir là-haut, et je suis prêt à le rejoindre, mais ce n'est pas toi qui pourras me porter…

Je prends la perche qu'il me tend. Il place ses mains en marchepied. Me voilà à escalader un collègue. Il détourne le visage pour ne pas me gêner. Quand je pense que ce matin, j'ai failli mettre une jupe ! Avec la petite chanson de l'autre déjantée d'Émilie, ç'aurait été complet.

Je me hisse en prenant garde de ne pas perdre l'équilibre. Je suis au-dessus de la chaudière. J'aperçois les pieds de Kévin et, un peu plus haut, sa main qui attend. Pour me stabiliser, Alexandre cale une de mes cuisses contre son épaule.

Je tends la perche à Kévin, qui me dit :

— Marie, je sais que ce n'est pas évident pour toi mais puisque tu es là, est-ce que tu peux te faufiler jusqu'ici pour m'aider ? Tout seul, je vais avoir du mal. Alexandre est trop lourd mais toi, ça ira largement.

Même si le sous-entendu flatteur sur mon poids me touche, jusqu'où vont-ils me faire ramper comme ça ? Finalement, les plans de Valérie n'étaient pas si stupides que cela. J'aurais préféré qu'elle se ridiculise comme une possédée du démon plutôt que de me retrouver dans cette situation. Alexandre me soulève pour m'approcher de son complice. Ça y est, je suis à l'intérieur. J'avance sur les coudes. Plus ça va, plus il fait chaud. Un vrai sauna.

Le conduit est à peine assez large pour deux, je me retrouve collée contre Kévin, au-dessus du bureau de Deblais. Surtout ne pas trop réfléchir. Me focaliser sur l'action. J'aperçois le dossier. Kévin me murmure :

— Je vais descendre la pince et tu guides le filin, OK ?

— OK.

Quand on voit les agents secrets faire ce genre de carabistouille dans les films, ça semble facile. Eh bien je peux vous assurer que ça ne l'est pas ! À la fête foraine, au lieu de tabasser le type du train fantôme, j'aurais dû m'entraîner à la pêche à la ligne.

Après quelques essais, Kévin arrive à positionner la pince sur l'angle du dossier. Il la referme avec précaution.

— On tire tout doucement pour ne pas faire tomber celui du dessus.

La voix de Florence résonne dans le talkie-walkie :

— *Tout va bien ? Où en êtes-vous ?*

— On progresse, répond Alexandre. Aussi vite que possible.

Valérie déclare soudain :

— *J'aperçois la pince ! Notelho est devant son écran, il ne peut pas la repérer. Allez-y, c'est super !*

Kévin commence à décaler le dossier.

— On est trop lents, Marie. Maintiens la canne, je vais tirer plus fort.

Serrés l'un contre l'autre, nous unissons nos efforts. Soudain, le dossier du dessus glisse et tombe, heureusement sans arracher la pince toujours accrochée au dossier bleu.

Valérie nous alerte :

— *Notelho a entendu le bruit de la chute, il cherche d'où ça vient.*

Kévin me regarde.

— Si je remonte le poisson maintenant, Notelho va le voir s'élever dans les airs. C'est mort. Il faut annuler l'opération. On relâche le dossier et on disparaît. Tant pis.

Les mâchoires de la pince libèrent le dossier qui, déséquilibré, tombe à son tour. Il heurte le sol sur un angle et s'ouvre. Les feuilles se répandent au pied du bureau de Deblais. Quelle poisse ! Les documents tant convoités sont là, étalés sous nos yeux, mais trop loin pour que l'on puisse les lire.

— Replie-toi, Marie, redescends, je vais tout refermer. Il n'y a rien à regretter.

— *Dépêchez-vous, Notelho se lève, il sort de son bureau avec un trousseau de clefs à la main !*

L'Histoire a jugé : c'est un beau foirage.

44

Tout est allé très vite. Comme on dit dans les bulletins officiels, aucune victime n'est à déplorer, mais on compte quand même deux blessés. En voyant Notelho rejoindre le bureau de Deblais, Valérie a bondi de son poste et a improvisé :

— Monsieur Notelho, monsieur Notelho ! S'il vous plaît, je dois vous parler !

— Je suis occupé.

Valérie ne lâche pas :

— Pour une fois que nous sommes seuls, je saute sur l'occasion. Je dois vous avouer quelque chose que je cache depuis trop longtemps.

Elle a réussi à piquer sa curiosité. Elle se lance :

— Je vous aime en secret. Je suis folle de vous.

— Pardon ?

— Oui, depuis le premier jour, c'est un amour pur et sincère que j'éprouve pour vous. Vos beaux yeux de biche avec vos grands cils de vache, votre petit accent mignon. Je voudrais tout savoir de vous. J'aime aussi vos chaussettes.

Notelho la dévisage, incrédule. Il parvient malgré tout à se souvenir de la raison qui l'a poussé à sortir, et le voilà qui se consacre à nouveau à la porte de son chef dans laquelle il introduit la clef. Du coin de l'œil, Valérie aperçoit le dossier étalé par terre. Elle repère aussi la dalle du plafond que Kévin est en train de remettre en place. Elle doit tenter le tout pour le tout pour distraire Notelho.

— Je souhaitais aussi savoir si vous aimiez mon nouveau soutien-gorge.

Elle relève son petit pull fin. Notelho se fige.

— Je l'ai acheté en pensant à vous. Vous trouvez que ça me fait de jolis nénés ?

C'est à ce moment-là que Florence s'est blessée. Dévastée par un fou rire incontrôlable, elle a plongé sous son bureau pour ne pas se faire remarquer et s'est foulé le poignet. Première victime tombée au champ d'honneur. Stressée par l'issue probable de cette affaire, tiraillée entre les larmes de rire et de douleur, elle s'est encastrée sous son meuble en écoutant Valérie s'enfoncer dans son délire.

— Je n'en peux plus de dissimuler mes sentiments pour vous, Pépito. Vous permettez que je vous appelle Pépito ?

Son prénom, c'est vraiment Pépito. Sur un petit de quatre ans, c'est craquant, mais sur un directeur administratif vaguement hargneux, ça fait moins sérieux. Les parents devraient réfléchir. Je comprends qu'il fasse tout pour le cacher.

Valérie s'est avancée vers Notelho, pull relevé. Pépito s'est plaqué à la paroi vitrée sans savoir comment sortir de ce traquenard. Il osait à peine regarder son employée ou ce qu'elle lui exhibait. Quand Valérie a vu que la plaque était remise en place, elle a rebaissé son pull et lui a déclaré :

— Puisque vous n'avez pas l'air d'apprécier, je remballe la marchandise.

— Mais si, mais si ! Ils sont magnifiques ! C'est simplement que là, tout de suite…

C'est en entendant cela que Florence, terrée sous son bureau, sa seule main valide plaquée sur sa bouche pour étouffer ses rires et ses sanglots, a failli se faire pipi dessus.

Je n'ai pas assisté à la scène. Nous étions toujours dans le cagibi en train d'effacer les traces de notre passage. Alexandre et moi présentions les éléments démontés à Kévin, dans l'ordre, pour qu'il les revisse au plus vite. Nous captions bien quelques bribes de phrases dans les talkies-walkies mais nous ne pouvions pas imaginer ce que Valérie était en train de faire.

En repositionnant la dernière plaque du conduit, Kévin s'est entaillé la main. Deuxième blessé. Le sang coule.

— Descends, lui ordonne Alexandre.

— Quelle connerie, ça pisse !

Je l'aide. Il prend appui sur nous. Alexandre déclare :

— File à la pharmacie dans notre vestiaire et soigne ça. Tu vas t'en tirer tout seul ?

— Pas de problème, c'est peu profond.

— Fonce et attends là-bas.

Kévin quitte le local technique en faisant le moins de bruit possible. Alexandre grimpe sur des tuyaux pour monter fixer la dernière plaque. Je vois bien qu'il a du mal à se maintenir, alors pour l'aider, comme il l'a fait pour moi, je lui maintiens les cuisses avec mon épaule. N'y voyez rien d'autre qu'une recherche d'efficacité entre complices en perdition. C'est normal entre collègues d'une même unité. On s'entraide. N'empêche que ça me fait drôle. Je n'avais jamais tenu les cuisses d'un homme à pleines mains, surtout aussi musclées. Il faudra que je recommence parce que c'est bien.

Quand tout est en place, il redescend.

— Parfait, on peut y aller. Merci de ton…

Il ne termine pas sa phrase et me fixe.

— Marie, tu ne peux pas retourner à ton bureau comme ça.

— Pourquoi ?

Je jette un œil à mes vêtements. Ils sont pleins de poussière du conduit. Mes mains sont répugnantes. Je ne rattraperai jamais mon chemisier. Mort pour la cause.

— Tu as aussi du sang sur le visage. On dirait un mineur qui vient de réchapper d'un coup de grisou…

— Comment vais-je faire ?

Il réfléchit.

— On a une douche dans notre bâtiment. Nous avons aussi des vêtements de rechange. Ce n'est pas vraiment ton style, mais ça ira. Sandro doit être le plus proche de ton gabarit.

Et voilà comment je me suis retrouvée en train de prendre une douche, tremblante, dans les vestiaires des garçons. Pendant que l'eau coulait et que je tentais de me nettoyer avec leur savon à l'acide, j'entendais Alexandre et Sandro discuter de la blessure de Kévin. J'étais soulagée d'apprendre que c'était sans gravité, mais inquiète de la finesse du rideau. Moi qui suis pudique, prendre ma douche à quelques mètres de trois hommes quasi inconnus dont l'un me court probablement après…

Enfiler les vêtements de Sandro a été une autre aventure. Un jogging, un t-shirt et un sweat. Il s'est excusé de n'avoir que ce genre de fringues en réserve. Je sens son parfum, c'est trop grand pour moi mais très confortable. Je crois que si j'étais en couple avec lui, j'adorerais me glisser dans ses affaires. Cette fois, si Émilie rechante sa petite chanson, elle dira vrai, et elle peut ajouter un couplet : « Elle n'a pas de soutif non plus ! »

Quand je me suis découverte ainsi, dans leur petit miroir, j'ai eu un choc. Je ne me suis pas reconnue. Les cheveux mouillés à peine coiffés, ces vêtements, ce que nous venions de vivre… Comment peut-on vérifier son allure dans un miroir aussi petit ? C'est donc ça leur secret pour vivre heureux, ils se moquent de leur apparence ?

Je ne vous raconte pas la tête des copines quand je suis retournée dans le bâtiment administratif. Elles étaient hilares. Pétula ne m'a même pas reconnue. Émilie était en train de bander la main de Florence, et c'est elle qui nous a raconté les exploits de Valérie. Mais Florence nous a aussi confié une autre information : lorsque Notelho est entré dans le bureau, il a découvert les dossiers par terre. Apparemment, il a été très intrigué par les pages éparpillées. Il est resté un bon moment à les étudier puis, croyant que personne ne l'avait vu, les a soigneusement remises en place avant de sortir. Il n'a rien confié de l'incident à Deblais. Sans le vouloir, ce collabo a couvert nos traces.

45

— Maman, tu devrais te débarrasser de cette vieille écumoire. Je vais t'en acheter une autre.

J'égoutte les haricots verts au-dessus de l'évier. C'est une tradition : lorsque je viens chez ma mère, c'est moi qui prépare le repas. Nous avons un rituel bien à nous. Elle s'assoit à la table de la cuisine et me regarde pendant que nous papotons. Le fait de préparer le repas me permet aussi d'ouvrir son frigo, de fourrer mon nez un peu partout pour vérifier ce qu'elle mange. J'en profite pour contrôler qu'elle prend bien ses médicaments en pointant discrètement la diminution du stock.

— Elle est encore très bien cette écumoire, je n'en veux pas de neuve.

Maman pur jus. Ne rien changer, ne rien dépenser. Ce n'est pas bien grand chez elle. Lorsque j'ai quitté la maison, elle a pris un appartement plus petit. Avec sa modeste retraite, elle n'a pas les moyens de s'offrir davantage. Pour ma visite, elle a fait l'effort de se coiffer, mais le résultat prouve qu'elle n'a plus beaucoup l'habitude. J'évite de la regarder trop longtemps parce que sinon, elle me fait de la peine. J'aurai le temps d'en avoir une fois que je serai repartie, mais tant que je suis là, je dois être enjouée, énergique. Je dois lui donner la force et l'envie de tenir jusqu'à ma prochaine visite ou celle de Caro. Elle n'a que nous.

À bien y réfléchir, j'ai le sentiment que ma mère a passé sa vie à attendre. Je ne me souviens pas de l'avoir vue décider ou prendre une initiative. Elle n'a fait que réagir à ce que le destin lui imposait. Force est de constater qu'il ne lui a pas fait de cadeau. La pauvre a subi sa vie. Cette vision de ma pauvre petite maman ballottée dans les vicissitudes de son existence me bouleverse.

— Maman, ton steak, tu le veux bien cuit ou saignant ?

— Tu me poses la question à chaque fois. Comme toujours, bien cuit, s'il te plaît.

— On ne sait jamais, tu pourrais changer. Pour une fois, tu pourrais vouloir essayer autre chose.

Elle rigole. Je sais qu'elle m'observe. J'ai beau être une grande fille, elle me regarde encore comme sa toute-petite. Si je pose la poêle en déséquilibre ou si je mets trop de beurre, je vais avoir droit à une réflexion. Il est bon d'avoir douze ans dans le regard de quelqu'un, ça nous rajeunit, à condition que cela n'arrive pas plus de deux fois par mois !

J'entretiens la conversation :

— Comment va ta voisine, Mme Guédié ?

— Elle est sortie de l'hôpital. Je suis montée lui rendre visite, mais je ne sais plus quand. Quel jour sommes-nous, d'ailleurs ?

— Jeudi.

Elle compte sur ses doigts :

— Alors ça devait être lundi. Elle a vraiment une sale mine. Les yeux creusés, le teint blanc. Je me demande si elle verra l'été.

— Ne sois pas si pessimiste !

Les steaks cuisent. Ce soir, le mien sera bien cuit aussi parce que si je me le cuisine saignant, je vais encore avoir droit au refrain sur les germes qui ne sont pas tués. J'entrouvre la fenêtre pour aérer. Je sens l'air frais.

— Tu regardes toujours ton feuilleton avec les deux familles qui se battent ?

— Elles ne se battent pas, elles se déchirent. Les Grandvilliers sont d'ailleurs de moins en moins corrects dans cette histoire…

Et la voilà qui me fait le résumé des cent trente derniers épisodes. Elle se plaint qu'il n'y a rien de bien à la télé mais elle passe son temps devant. On lui a pourtant offert un lecteur avec Caro et on l'abreuve de films, mais rien n'y fait. Elle revient constamment à ses rediffusions. Je suis là à critiquer, mais je me demande dans quel état je serai à son âge.

De temps en temps, pour avoir l'air de m'intéresser, je lui demande de préciser des détails sur tel ou tel personnage. Je m'efforce d'animer notre échange, mais je ne suis pas certaine que mes questions lui plaisent. J'ai même souvent l'impression qu'elles la dérangent. Au fond, ce qu'elle préfère, c'est raconter ses trucs à sa façon, à son rythme, mais devant quelqu'un qui l'écoute. Elle veut surtout que quelqu'un l'écoute. Est-ce que ce n'est pas le cas de chacune d'entre nous ? Cette simple idée me touche. Moi, au rythme où vont les choses, il n'y aura même pas d'enfants pour venir brûler mes haricots verts et ma viande, et j'en serai réduite à regarder la même série que maman qui en sera alors à sa deux millième rediffusion. Je n'aurai même pas la surprise de découvrir ce que trafiquent ces méchants

Grandvilliers parce qu'elle m'aura tout raconté. Chienne de vie.

Je l'aime, ma mère. Très fort. Je l'aime pour tout ce qu'elle a fait pour nous. Je l'aime pour l'acharnement qu'elle a mis à vivre alors que j'ai souvent senti qu'elle avait envie de mourir. Je l'aime pour ses manies qui m'ont donné des repères. Je l'aime pour ses principes qui me paraissent de moins en moins ringards avec l'âge. Je l'aime pour ce qu'elle m'a offert et qu'elle m'offre encore malgré le temps : le sentiment d'appartenir à une famille.

Je prépare les assiettes et m'assois face à elle. Elle continue à me raconter :

— Je ne sais pas si Angèle épousera Rémy, mais ce serait bien fait pour ce sale voleur d'Édouard. Lui, je ne l'aime pas du tout. Toujours à magouiller.

Si un jour elle rencontre l'acteur qui joue Édouard, elle est du genre à lui coller une grande baffe parce qu'elle prend vraiment cette histoire à cœur.

Je la vois se servir de ses couverts et je me dis que, dans quelques années, il faudra que je lui coupe sa viande. Comme elle l'a fait pour moi. La boucle sera bouclée. Mais dans quel but aura-t-on fait ce grand tour ? Pourquoi aura-t-on vécu tout cela ? Tous ces espoirs déçus, toutes ces souffrances. Pour quels bonheurs ?

Je commence à manger. Maman mastique sa viande. Elle semble contente. Je contemple le décor. Maman au premier plan. Derrière, j'aperçois le buffet que j'ai toujours connu. Il n'y a plus de clef sur la porte de gauche parce que je l'ai perdue dans un bac à sable quand j'avais huit ans. Heureusement que la clef de droite ouvre aussi la porte de gauche. Sinon, nous n'aurions plus eu accès à la soupière, aux grands plats et aux assiettes à dessert.

Au mur, dans des sous-verre, sont exposés des dessins de Caro et moi. Ma sœur adorait dessiner des oiseaux et des arbres. Moi, c'étaient les animaux de la basse-cour. Ma mère m'a raconté que ça m'a pris après la visite d'une ferme avec ma classe quand j'étais en maternelle. Je suis alors devenue une obsédée des lapins et des poules. Si ça se trouve, cette lubie explique le choix de mon costume… C'est affreux, parce que quelques années plus tard, je dessinais sans arrêt des pendus et des décapités ! Maintenant, j'ai peur.

Maman conserve ces dessins comme des reliques. Les couleurs sont passées, on ne sait parfois même plus si c'est Caro ou moi qui avons dessiné, mais je sais qu'elle les regarde chaque jour. Elle nettoie les cadres avec soin. Ils constituent la trace d'un temps où nous étions près d'elle, entièrement tournées vers son affection. Peut-être aussi qu'en les regardant, elle se rappelle ce qui lui a donné la force de tenir tout au long de ces années. Il y a peu de photos chez elle. Nous n'avions ni le temps ni les moyens d'en faire. Nous n'étions pas malheureuses pour autant ! Figurent évidemment nos portraits scolaires, mais aucune photo de famille comme chez Caro et Olivier. Revoir ma sœur avec ses nattes et sa bouille de gamine me fait toujours bien rire. Je suis en revanche plus réservée devant le « beau » portrait de moi, avec mes palmiers sur la tête et ce chemisier à rayures vertes que j'adorais. Maman ne manque jamais de me rappeler qu'elle trouve que cette photo, « c'est tout à fait moi ». Pas étonnant que j'aie du mal dans ma vie, avec une frimousse pareille. Quelle horreur !

— Caroline m'a parlé des lettres que tu reçois.

Je suis estomaquée. Elle a dit cela sur le même ton que lorsqu'elle me raconte sa série. Elle a lâché ça tout d'un coup, sans prévenir. Je suis déstabilisée.

— Ce n'est rien d'important. Aucune raison de s'inquiéter.

— Je ne m'inquiète pas pour ces lettres, je m'inquiète pour toi.

— C'est gentil, maman, mais tout va bien.

— Je peux bien te l'avouer à présent : je n'appréciais pas vraiment Hugues.

— Je l'avais deviné. Je me demande d'ailleurs qui l'appréciait, à part moi.

— Au départ, je me suis dit que mon recul vis-à-vis de lui était un vilain réflexe de belle-mère et que je lui en voulais de m'enlever ma petite dernière. Mais avec le temps, j'ai su que ce n'était pas cela. Ce garçon génère lui-même d'excellentes raisons de ne pas le supporter.

Hugues lui rappelait-il son mari, qui nous a lâchement abandonnées ? Jamais je n'oserais lui poser la question.

— Tu sais, Marie, je vais peut-être te choquer, mais je pense que votre rupture est une bonne chose.

— Tant mieux, parce qu'elle a eu lieu. Et pas qu'un peu.

— Je sais ce que tu penses. Je te connais. Tu as toujours hésité à me confier tes problèmes de couple parce que tu crois que le mien est une plaie béante.

— Ce n'est pas le cas ?

— Pas de la manière dont tu l'imagines.

— Ton mari ne t'a pas fait de peine ?

— Si, mais pas plus que Hugues ne t'en a fait. Je le pense sincèrement.

— C'est bien pour cela que je me dis que, comme toi, après cette expérience désastreuse, je vais désormais faire ma vie sans hommes. À quoi nous servent-ils ? Si on fait le bilan de ce qu'ils nous apportent et de ce qu'ils nous infligent, la question vaut la peine d'être posée. On peut très bien se débrouiller sans eux. J'ai un travail, j'ai des amis, j'ai…

— Marie, écoute-moi. Je ne parle pas en tant que mère, mais en tant que femme qui a vécu bien plus longtemps que toi. Ton père nous a abandonnées, c'est indéniable. Mais je le connaissais bien et je l'ai aimé comme aucun autre homme. Je crois qu'il était fait pour être un amant, et pas un père. Ce n'est pas la même chose. Je crois par contre que j'étais faite pour être mère, ce qui n'est pas non plus le cas de toutes les femmes malgré ce que l'on raconte. Alors on peut lui reprocher tout ce que l'on voudra, on peut lui coller notre malheur sur le dos, mais je n'oublie pas que sans lui, je n'aurais jamais eu les deux merveilles qui ont ensoleillé ma vie.

J'arrête de mâcher ma viande.

— Tu sais, Marie, nous les femmes, on a tendance à tout attendre des hommes. Nous espérons beaucoup d'eux et si nous ne l'obtenons pas, nous les en jugeons responsables. Ils doivent nous rendre heureuses, nous valoriser, nous couvrir de fleurs, nous faire voyager, nous rassurer, nous aimer. Pourtant, souvent, le plus grand cadeau qu'ils puissent nous faire, ce sont des enfants. C'est évidemment mieux s'ils restent ensuite pour nous aider à les élever et à les protéger, mais tous n'en sont pas capables.

— Comment peux-tu leur trouver des excuses ?

— Je ne leur trouve pas d'excuses à tous, je te fais part de l'explication pour un seul. C'est toujours une erreur de les mettre dans le même sac. La vie est faite d'individus, de rencontres. Pas de catégories et de statistiques.

— Tu n'en veux pas à notre géniteur ?

— Je n'apprécie pas ce mot, Marie. Je comprends que ta colère te pousse à le réduire à sa fonction biologique, mais il est votre père. Je lui en ai voulu aussi, crois-moi, mais cela ne doit pas prendre le pas sur l'essentiel, sur le plus beau. Son comportement, s'il m'a compliqué l'existence, ne m'a pas empêchée de vivre. Rien n'a été simple et j'aurais préféré une autre situation, mais je n'ai aucun regret parce que j'ai le grand bonheur de vous avoir. Je vous ai vues grandir, j'ai vécu vos premiers pas, vos premiers mots, vos sourires. Je vous ai vues apprendre, découvrir, douter. Même si tu te crois grande aujourd'hui, tu en es encore là. Marie, on devient vieux lorsque l'on cesse d'apprendre. Tu es donc toujours très jeune, n'est-ce pas ?

— Certaines leçons font mal.

— Je le sais, ma fille, je le sais. Et plutôt que de cuisiner mon steak, tu devrais profiter que je suis encore là pour venir pleurer dans mes bras chaque fois que ta vie est trop lourde.

J'ai posé ma fourchette.

— Marie, ces lettres que tu reçois, ces lettres étranges, ne les rejette pas. Il n'y a pas de mauvaise façon de rencontrer son homme. Ils sont bizarres, ils sont épuisants, ils ne nous comprennent pas plus que nous ne les comprenons, mais la vie est bien moins froide lorsque l'on peut se blottir contre l'un d'eux.

Elle glisse sa main sur la table, je la prends dans la mienne.

— Alors pourquoi n'as-tu jamais refait ta vie ?

— Vous étiez là, pour mon plus grand bonheur. Je n'avais pas ma vie à refaire. Je la vivais avec mes deux filles et vous aviez besoin de moi.

Je pensais comprendre, je croyais savoir. Je ne sais plus rien.

— Ma fille, tu as ta vie à construire, et ce n'est pas parce qu'un malotru sans éducation t'a fait perdre du temps et quelques rêves que tu dois considérer que tous les hommes lui ressemblent. Mon histoire n'est pas la tienne. Rien ne t'oblige à finir seule. Ne rejette pas la main qui se tend. Je te souhaite de recevoir d'autres lettres et de découvrir qui te les envoie. Les hommes sont ce qu'ils sont, mais qu'ils s'intéressent à nous est toujours une bonne chose. Laisse-leur une chance. On ne sait jamais où conduira le chemin, mais si l'on a des jambes, c'est pour s'y aventurer. Va, rencontre, ose dire ce que tu ressens, écoute, imagine et décide. Il faut être deux pour tout cela. On accomplit toujours pour quelqu'un ou à cause de quelqu'un. N'aie pas peur. Je suis de tout cœur avec toi.

Pour la première fois depuis des décennies, ce n'est pas de la tristesse que j'ai lue dans les yeux de ma mère, c'est de l'amour.

46

« CE SOIR, À 18 H 30,
BENJAMIN VOUS INVITE EN SALLE
DE RÉUNION POUR SON POT DE DÉPART
AVANT DE S'ENVOLER
VERS UNE NOUVELLE VIE
ET D'AUTRES AVENTURES ! »

Une nouvelle vie, un nouveau départ, il a bien de la chance. Je reste pensive devant sa grande affiche qui trône sur le panneau d'annonces dans le hall.

— C'est vraiment dégueulasse, me fait remarquer Pétula. M. Deblais ne lui a pas laissé le choix, c'était ce soir ou rien. Dans un délai aussi court, on ne va même pas avoir le temps de lui offrir autre chose qu'un peu d'argent.

Elle a raison.

— On pourra toujours lui envoyer quelque chose pour son mariage. Comment vas-tu, Pétula ? Ton moral ?

— J'essaie de ne pas y penser. Je passe à autre chose ! Je me suis remise à lire, à manger, et j'arrête l'entraînement. Dans un mois, j'aurai doublé mon poids et il n'y aura plus débat !

Le livre dans lequel elle est plongée n'a pas l'air tout jeune.

— Qu'est-ce que tu lis ?

— J'ai trouvé ça dans la cave de mon immeuble. Quelqu'un a dû oublier de le jeter. Tant mieux pour moi, parce que c'est vraiment marrant.

Elle me montre la couverture jaunie : *Les mille vérités qui vont vous faire voir le monde autrement.* Tout un programme. La couverture ressemble à la une de ces journaux qui font dans le secret de cour d'école et la révélation de bistrot. Les extraterrestres, les sociétés secrètes, les complots et les incroyables pouvoirs de notre cerveau.

— Tu apprends des choses intéressantes ?

— À mort. Ils abordent plein de sujets passionnants. Là, je viens de lire un passage qui explique que Noé n'a pas pu prendre tous les animaux sur son arche. Il a été obligé de faire un choix. À ce qu'ils disent, il en a laissé pas mal, dont les benwendos, un croisement entre une petite vache et un oiseau préhistorique. Tu te rends compte, ça donnait sans doute à la fois du lait et des œufs ! Ceux-là n'ont pas été sauvés du déluge. C'est triste. En plus, c'est dommage.

— Pourquoi donc ?

— Tu imagines, une seule bestiole qui fournit à la fois des œufs et du lait ? C'est super pratique pour les gâteaux !

Il a l'air gratiné, son bouquin. C'est sûrement du lourd, du documenté, et ça va lui faire beaucoup de bien dans sa tête.

— Si tu veux, je t'apporterai des romans.

— Merci Marie, mais avec ce bouquin-là, j'en ai déjà pour un moment.

Émilie entre en trombe dans le hall.

— Salut Pétula !

Elle m'attrape par la taille et me souffle :

— Toi, tu me suis immédiatement au parloir. Il faut que je te raconte un truc.

Au pas de charge, elle m'entraîne vers le local de reprographie et ferme la porte derrière nous.

— Devine qui est venu frapper à ma porte hier soir ?

J'en ai une petite idée, mais je ne dois rien laisser paraître.

— Ton prof de théâtre pour coups et blessures ? La police pour empoisonnement ? Mes gardes du corps pour tentative de chantage avec une photo de moi dans le jogging de Sandro ?

— N'importe quoi. C'est mon voisin d'en face ! Celui dont je te parle toujours !

Elle sautille sur place en tapant dans ses mains. Je ne suis donc pas la seule otarie sur ce morceau de banquise en perdition ? Ça fait chaud au cœur. Ce qui peut d'ailleurs être un problème, parce que ça va en accélérer la fonte.

Je mime la stupeur. C'est un truc que je fais super bien. Je me suis entraînée quand j'étais ado. La bouche toute ronde, des yeux exorbités, les sourcils tirés à fond vers le haut et une tronche d'abrutie.

— C'est pas possible ! Et pourquoi a-t-il débarqué ?

— Je ne sais même pas, en fait. Quand je lui ai demandé ce qui l'amenait, il m'a vaguement parlé d'une enquête de voisinage sur le stationnement. Si tu veux mon avis, ça sent le prétexte à plein pif. Par gentillesse, j'ai fait semblant de gober son baratin.

Mais dans quel monde vivons-nous ? Tout le monde ment à tout le monde ! C'est une honte ! Rien qu'au sujet du cas présent, il y aurait de quoi écrire vingt volumes d'encyclopédie sur la psychologie humaine. Récapitulons les faits : j'ai écrit à ce type en me faisant passer pour mon amie à qui je n'ai rien dit pour qu'il vienne la voir en pensant que c'était elle sans pour autant lui avouer que c'est à cause de sa lettre qu'elle n'a pas écrite qu'il rapplique. Vous suivez ? Alors on continue. Et quand lui se pointe, il pipote n'importe quoi en pensant qu'elle sait pourquoi il est là mais en respectant le fait qu'elle ne veut pas qu'il lui en parle alors qu'elle le sait. Vous êtes toujours là ? Mais en réalité elle ne sait rien puisque ce n'est pas elle qui a écrit la lettre qu'elle a signée…

J'ai mal à la tête. Je vais prendre du paracétamol, comme mon chat. Les questions se bousculent dans mon esprit. Est-il possible de bâtir un amour sincère et durable sur un bordel pareil ? Mon affreuse escroquerie peut-elle rester éternellement secrète ?

— Il ne t'a parlé de rien d'autre ?

— Si, de plein de choses ! Il m'a tenu la jambe pendant une heure ! Il est encore plus craquant vu de près. Il est gentil et drôle ! Enfin, quand je dis qu'il m'a tenu la jambe, je ne m'en plains pas. J'aurais même bien voulu qu'il me tienne les deux !

— Émilie, s'il te plaît, ce genre de sous-entendu me met mal à l'aise.

— Ce n'est pas moi qui me roule dans les vêtements de Sandro comme une midinette en fantasmant sur Vincent.

— Je ne fantasme pas, je me pose des questions. Dis-moi plutôt ce qui s'est passé ensuite avec Julien ?

Émilie ne relève pas. Tant mieux. Elle aurait pu s'étonner que je me souvienne du prénom de son voisin, mais elle est trop survoltée pour s'arrêter sur ma gaffe.

— Ensuite, j'ai été nulle. Il m'a parlé tout ce temps et je ne lui ai même pas proposé d'entrer. On aurait pu boire un verre, faire connaissance…

— A-t-il eu l'air de t'en vouloir ?

— Pas vraiment puisqu'il a proposé que l'on se revoie. Vendredi. Je suis trop contente !

— C'est génial, vous pourrez parler des problèmes de stationnement ! Je plaisante. Il est clair que tu lui as tapé dans l'œil.

— Tu crois ?

Au ton de son interrogation, je devine tout l'espoir et le manque de confiance que nous éprouvons toutes lorsque quelque chose de bien nous arrive. On crève d'envie d'y croire, mais on se dit toujours que c'est trop beau pour nous et que ça va forcément partir en vrille. Émilie a besoin d'être rassurée. Au moment où, une fois de plus, elle va tenter de construire, elle doit sentir qu'elle sera à la hauteur.

— Si tu veux mon avis, il t'a vue de sa fenêtre comme tu l'as fait avec lui et il a inventé n'importe quoi pour venir te parler. Je comprends qu'il t'ait remarquée. Ta personnalité se perçoit même si on ne fait que t'apercevoir.

— C'est gentil. Tu le penses vraiment ?

— En fait non, il doit être payé par un laboratoire pour recruter des cobayes esseulés. Ils vont te faire tester des médicaments qui font mal.

— Ratasse.

— Évidemment que je le pense vraiment ! Tu es une fille formidable ! Il était temps qu'un mec s'en rende compte. Ce qui t'arrive est génial. Et puis il vaut mieux taper dans l'œil de celui-là que sur la tête du précédent !

— Tu crois sérieusement que c'est comme ça qu'il m'a repérée ?

— Pourquoi pas ? Ou bien il t'a remarquée dans la rue…

— Mais je ne parle pas aux enfants et je ne joue pas avec les chiens.

— Émilie, s'il te plaît, pas de mauvais esprit. Profite sans te poser de questions.

Je lui attrape les mains et je les serre affectueusement.

— Je suis tellement heureuse pour toi.

— Ne crions pas victoire trop vite, mais c'est quand même le plus joli début d'histoire que j'aie jamais eu. Et c'est lui qui est venu ! Tu vois, j'avais bien raison de ne pas y aller d'abord. Si je t'avais écoutée, il m'aurait prise pour une fille qui saute sur tout ce qui bouge. Bonjour l'image ! Une vraie Jordana ! Alors que dans cette version du scénario, je suis une petite fleur qui attendait l'amour !

Bonjour la petite fleur ! J'espère que l'autre n'est pas herbivore ! Qu'est-ce que j'ai encore fait ? Si un jour ils se parlent de la lettre, ça va tourner vinaigre. Ils se déchireront comme dans le feuilleton de maman. Ils s'accuseront mutuellement d'avoir menti et tout sera ma faute. Damnation ! On dit souvent que l'enfer est pavé de bonnes intentions. Je le constate encore aujourd'hui. Mais je me permets d'ajouter que si le diable payait le fioul plein pot pour chauffer son royaume, il y a longtemps qu'il serait devenu gentil et on n'en serait pas là.

47

Il règne une drôle d'ambiance au pot de départ de Benjamin, d'autant que cet après-midi, on a appris que Magali de la compta était virée pour faute grave, avec mise à pied immédiate. Je n'y crois pas une seconde. Ça pue le coup fourré. Elle avait intégré l'entreprise l'année dernière. Je ne la connaissais pas bien, mais je l'ai toujours vue sérieuse et agréable avec les autres. Elle est partie en pleurant. Son petit ami est venu la récupérer avant que je puisse discuter avec elle. Cette fois, il est clair que Deblais passe à l'offensive en s'attaquant d'abord aux derniers arrivés, certainement pour éviter d'éventuelles indemnités d'ancienneté. La partie d'échecs a commencé. Il va dézinguer les pions pour déstabiliser les tours et les cavaliers. Le pauvre se prend pour le roi, mais il oublie le pouvoir des reines…

Alors que nous levons nos verres pour souhaiter bonne chance à Benjamin, personne n'a la tête à la fête et chacun se demande s'il ne sera pas le prochain à passer sous le rouleau compresseur des « intérêts économiques ».

Je suis un peu déçue pour Benjamin. Seule une petite moitié du personnel est présente pour son pot. Deblais est évidemment absent mais, à mon grand étonnement, Notelho est là. Je ne l'ai vu glisser aucune enveloppe dans la boîte à cadeau et cela ne me surprend pas. Dans la salle de réunion où nous ne sommes pas si nombreux, le sous-chef s'arrange toujours pour se positionner le plus loin possible de Valérie. Cela nous fait bien rire. Il redoute probablement qu'elle arrache ses vêtements devant lui pour savoir s'il aime ses dessous ! On n'a pas fini d'en rigoler.

Benjamin a aligné quelques bouteilles, des gobelets et des paquets de gâteaux apéritifs. Il s'est excusé de ne pas pouvoir nous présenter sa promise, mais prévenue la veille au soir pour le lendemain, elle n'a pas pu se libérer de son travail. Il est souriant et fait attention à chacun.

— Je vais garder un très bon souvenir de vous. Ces trois années en votre compagnie m'ont beaucoup appris et j'ai été heureux de faire partie de votre belle équipe.

Je l'observe. Il se tient droit, bouge avec aisance, parle sans hésiter. C'est un homme. Je l'ai pourtant toujours considéré comme un jeune, comme un nouveau, dans l'entreprise et dans la vie. En attendant, lui va se marier. Lui gère son existence. Il est capable de partir en ayant parfaitement négocié son préavis. Il n'a rien d'un enfant. Cela ne me rajeunit pas.

Quand vous découvrez que des individus que vous prenez pour des gamins font ce que vous considérez comme étant l'apanage des adultes, vous vieillissez d'un coup. La première fois que j'ai ressenti cela, c'était dans un restaurant. La serveuse était toute jeune. Je me suis dit qu'elle était probablement la fille des patrons qui jouait à faire le service. Mais en discutant un peu, j'ai découvert qu'elle avait vingt et un ans, qu'elle avait fait des études dans différents pays, qu'elle avait son permis, et marchait sans que l'on ait besoin de lui tenir la main ! Face à elle, je me suis pris mon âge en pleine tête. Même si je n'étais pas assez vieille pour être sa mère, j'étais quand même plus âgée. J'ai depuis éprouvé ce même sentiment à de nombreuses reprises, de plus en plus souvent chaque année. C'est ce que je ressens à nouveau devant Benjamin. J'ai l'impression que les évadés du jardin d'enfants prennent le contrôle du monde.

On se perçoit dans un âge, quelque part entre les parents – forcément adultes –, les grands-parents – encore plus vieux – et les petits nouveaux sachant à peine écrire et penser. On considère les plus anciens comme des dinosaures et les plus jeunes comme des bébés. Nous trônons au milieu, au sommet du podium, tout-puissants puisque nous sommes les seuls à être à la fois jeunes et capables. C'est ensuite, jour après jour, insidieusement, que la vie vous décale. Les grands-parents disparaissent un à un et vous avancez d'un cran. Les parents vieillissent aussi, et ceux qui arrivent derrière vous poussent. Chaque jour, vous faites un pas de plus vers l'âge où le futur n'en est plus vraiment un. Benjamin m'en offre encore une douloureuse démonstration. Quand je pense que je me suis imaginée avec ce beau garçon… À quel point faut-il être stupide pour envisager cela ? Il a bien raison d'avancer et d'épouser une jolie jeune fille de son âge. J'ai sans doute loupé mon tour, et c'est désormais le sien.

Benjamin termine son discours et notre petite assemblée applaudit. Avec une collègue, Florence s'est débrouillée ce midi pour aller lui acheter un service à petit déjeuner pour deux. Elles le lui offrent. Il est touché et embrasse tout le monde en remerciant. Les garçons lui tapent dans le dos, en le vannant sur la « logistique » de sa nuit de noces. Un seul homme ne participe pas à ce rituel de félicitations viriles aussi lourdingue que touchant : Notelho. Je me doute qu'avec sa mentalité, il a pour règle de ne pas fraterniser avec le petit personnel. L'ancien directeur et fondateur de la maison, M. Memnec, lui, dansait avec tout le monde, il riait, il était proche de nous mais personne n'oubliait pour autant qu'il était le patron. Je vois une autre raison au fait que Notelho ne s'approche pas de Benjamin : cela reviendrait à aller vers Valérie, qui se tient à côté de lui et qui rigole comme une dingue avec Florence et Malika.

Notelho profite d'ailleurs qu'elle est occupée pour se glisser près de moi. Il me souffle :

— Je dois vous parler, mademoiselle Lavigne. Vite. C'est de la plus grande des essentialités.

L'expression n'existe pas, mais j'ai saisi. Au-delà du sens, j'ai également compris ce que cette erreur de langage traduit de l'état de Notelho. Quand il commence à inventer des mots, c'est qu'il est sous pression. Je ne l'ai vu que rarement faire ce genre de faute mais, à chaque fois, c'était sous le coup d'un stress puissant. Bien que parlant parfaitement notre langue, lorsqu'il est dans ses derniers retranchements, sans doute confronté à sa limite de vocabulaire, il savonne les expressions. De quoi souhaite-t-il me parler ? Des soutiens-gorge de Valérie qui lui font peur ? J'ai presque envie de lui montrer le mien.

— Je vous écoute.

— Pas ici, c'est impossible. Il nous faut un endroit discret.

— Monsieur Notelho, mes collègues et moi-même sommes là pour Benjamin. Vérifiez votre montre, la journée de travail est finie. Alors si vous avez quelque chose à me dire, nous verrons cela demain.

— C'est impossible. Je dois vous parler ce soir. C'est terrifiquement pressé.

Je ne vais pas réussir à m'en débarrasser.

— Je reste encore un peu avec Benjamin et mes amis. Disons dans vingt minutes à votre bureau ?

— Trop risqué. Le bâtiment du stock sera vide. Retrouvons-nous là-bas.

48

Je me méfie de cette sale fouine comme de la peste et je n'aime pas son petit rendez-vous de derrière les fagots. Je n'apprécie pas non plus qu'il pénètre dans le bâtiment des garçons après leur départ. Je me demande s'il ne s'y rend pas régulièrement pour farfouiller dans leurs affaires. Dès demain, je vais les alerter.

Ma parka sur les épaules, je traverse la cour. Il fait nuit. De l'extérieur, j'aperçois Valérie et Malika qui aident Benjamin à ranger. Notelho émerge d'un recoin sombre.

— Merci d'être venue.

— Vous m'avez fait peur. J'espère que c'est important.

Il ouvre la porte du hangar et m'invite à y entrer. Je cherche l'interrupteur.

— Non, n'allumez pas. On pourrait nous voir.

— Je n'ai rien à cacher, monsieur Notelho. Qu'avez-vous donc à me dire de si urgent et de si secret ? Peut-être désapprouvez-vous le licenciement brutal de Magali ?

Nous sommes face à face, dans la pénombre, seulement éclairés par la lueur du réverbère de la cour qui irradie par une bouche d'aération.

— La situation est grave, mademoiselle Lavigne. Il faut agir.

— À quel sujet ? Les finances de la société sont saines, je le tiens de source sûre.

— Il ne s'agit pas de cela. J'ai découvert des documents que je n'aurais jamais dû voir. Ils n'annoncent rien de bon.

— C'est-à-dire ?

— M. Deblais et les actionnaires se préparent à licencier beaucoup de monde…

— Comment le savez-vous ?

— Je suis tombé sur ses notes dans son bureau. Il prépare cela depuis des mois. Tout est consigné dans un dossier. Il a mis au point un plan implacable.

— Son intention semble vous surprendre ? Pourtant vous étiez à ses côtés lorsqu'il a tenté de nous faire signer cet avenant scandaleux ? Sauf hallucination, c'est aussi vous qui venez me relancer chaque jour pour que je termine le tableau qui va sans doute vous servir à cibler les points faibles de nos contrats ?

Même avec peu de lumière, je vois bien qu'il est mal à l'aise. Il tente de se justifier :

— On nous met une pression énorme pour réduire les dépenses.

— Dormex est une entreprise, pas une vache à lait. Le travail que nous fournissons coûte forcément de l'argent. Tant que les rentrées sont supérieures aux dépenses, tout va bien.

— Épargnez-moi vos leçons d'économie du XIXᵉ siècle. Vous savez bien que cela ne fonctionne plus ainsi. Les investisseurs mettent la main sur ce qui marche et en retirent tout ce qu'ils peuvent avant de passer à une autre cible.

— Ils tuent la vache en se foutant du lait, vendent la carcasse et se cherchent une autre proie. C'est ça ?

— Tout le système marche ainsi. Ce n'est pas moi qui fais les règles.

— Vous êtes leur complice.

— Nous ne faisons qu'appliquer des techniques de management, il n'y a rien de personnel. Mais là, c'est trop. Il faut réagir. Il faut nous battre.

— « Nous » ?

— Oui, je veux me battre à vos côtés. Créons un syndicat, une délégation du personnel. Vous pourriez en prendre la tête. Les gens vous font confiance. En sous-main, je vous fournirai des informations pour faire échouer leur plan.

— Pourquoi cette soudaine solidarité ? Qu'est-ce qui vous pousse à retourner votre veste ?

Il hésite. J'ai une illumination :

— Je sais pourquoi vous faites cela ! Vous allez vous faire virer aussi ! Vous êtes l'une des victimes de leur purge !

— Écoutez, on peut s'en sortir. Ils ont des points faibles.

— Nous le savons parfaitement, figurez-vous. Mais répondez à ma question. C'est bien parce que vous allez y passer vous aussi que vous voulez les combattre ?

— Pas uniquement. Ce qu'ils font est injuste, déloyal. Ça me révolte !

Comment peut-il utiliser cet argument, lui, l'exécuteur des basses œuvres ? Je vois rouge. Si j'étais un homme, je lui collerais mon poing dans la figure. Espèce d'immonde parasite ! La colère monte en moi à la vitesse du magma juste avant l'éruption. Je repère la latte de bois qui aidait les chariots à passer le pas de porte. Sans réfléchir, je m'en empare.

— Savez-vous ce que c'est, monsieur Notelho ?

Un peu surpris, il répond :

— Une petite planche.

— À quoi cela sert-il, selon vous ?

— À construire des meubles, ou des bateaux. Il y a longtemps, ça a même servi à construire des petits avions. Pourquoi me demandez-vous ça ?

— Ce n'est pas un simple morceau de bois, monsieur Notelho.

— Ah bon ?

— Non, c'est aussi un outil de management.

— Comment ça ?

Ivre de rage, je lui en colle un grand coup sur les mains. Il crie de douleur et recule.

— Mais vous êtes folle ! Ça fait grandement mal !

Je lui en balance un autre coup, encore plus violent, sur l'épaule. Il trébuche et se retrouve acculé au mur. Je laisse éclater ma colère :

— Sale vermine !

— Je ne vous permets pas !

Je le retape de plus belle.

— Voilà cinq ans que tu nous pourris grandement la vie, avec ta tronche en biais, tes petits coups en douce et tes regards de faux-cul.

— Je vous interdis !

— Je me demande ce qui me retient de t'éclater tes yeux de biche et tes cils de vache ! Tu me répugnes. Nous sacrifier ne te posait aucun problème tant que tu t'en sortais. Mais maintenant que tu es sur la même galère que nous, tu te découvres une conscience !

— On cherche tous à survivre !

— Il y a des façons plus honorables de le faire. Et je me demande même s'il est bon pour le monde que toi, tu survives !

Sa mentalité me dégoûte, je lui en remets un coup. Il se recroqueville en se protégeant le visage. Il gémit alors que je le menace avec la planche.

— Écoute-moi bien, Pépito, je vais t'expliquer comment vont se passer les choses si tu ne veux pas être chocolat. Tu vas nous faire une jolie copie de tous ces documents. Tu vas aussi nous préciser quels sont leurs points faibles.

— Et qu'est-ce que j'y gagne en échange ?

Je lève les bras au ciel.

— Il est par terre et il négocie encore ! Tu as quand même une sacrée mentalité ! Tu as fait de longues études pour ça, ou bien te comporter en crevure est un don de naissance ? Je vais te dire ce que tu y gagnes : je te laisse sortir vivant de ce rendez-vous et on verra ensuite si tu échappes au licenciement avec nous.

— Je risque gros. Il me faut des garanties.

— Tu risques encore plus si tu ne nous aides pas. Maintenant que je sais tout, je n'hésiterai pas à aller te balancer à Deblais. Quel sort crois-tu qu'il te réservera ?

— C'est pas juste !

— Tu l'as dit toi-même, on essaie tous de survivre ! Sale traître !

Je lui en ai remis un bon coup. À notre époque, il est grandement temps que les abrutis réapprennent à avoir peur.

49

C'est fou comme le fait d'agir sans aucun compromis vis-à-vis de votre conscience vous aide à bien dormir. Je ne sais pas si c'est d'avoir tabassé Pépito à coups de planche ou de reprendre la main face à Deblais, mais j'ai ronflé comme un bébé. Paracétamol n'a même pas réussi à me réveiller comme il le fait tous les matins. Toute guillerette, je pars au travail.

— À tout à l'heure, grand félin, ta gamelle est remplie. Sois sage !

Je le caresse une dernière fois. Il miaule gentiment.

Oui, avec mon chat, on se parle. Nous avons même de grandes conversations. Évidemment, il ne maîtrise pas encore les compléments d'objet direct et l'imparfait du subjonctif, mais on se comprend. Je suis déjà impatiente de le retrouver ce soir pour lui raconter ma journée. On fera un câlin et on jouera. Je vais encore me ridiculiser si la NSA me surveille et me voit me jeter sous les meubles pour tenter d'attraper son bouchon avant lui. Je lui envoie un dernier bisou et je sors.

Les enfants du quatrième dévalent l'escalier en riant. Ils font la course et me doublent. Leur chahut résonne dans le hall. La voix de M. Alfredo aussi :

— Bonne journée, les enfants ! Travaillez bien à l'école ! Dites aussi à votre mère que j'ai un colis pour elle depuis deux jours !

— Entendu, monsieur Alfredo !

J'arrive au bas des marches, le concierge m'accueille :

— Ces petits diables débordent d'énergie. Ils sentent le printemps venir. C'est bien de leur âge ! Vous avez vous-même bien meilleure mine, mademoiselle Marie.

— C'est gentil. Mais vous aurez toujours plus d'énergie que nous tous réunis, monsieur Alfredo. Que serait cette maison sans vous ?

Il s'approche :

— Je suis confus. J'ai réalisé cette nuit que j'avais oublié de vous inviter. J'ai annoncé la date avant votre emménagement et j'ai oublié de vous prévenir ensuite.

— Une invitation ?

— Le dimanche 10, pour le déjeuner. J'espère que vous n'avez rien de prévu.

— De mémoire, je crois que non.

— Alors faites-moi l'honneur d'être des nôtres pour le repas annuel que j'offre aux résidents.

— Vous nous invitez à déjeuner ?

— C'est une tradition, le dimanche qui tombe le plus proche du 8 mars. Ce sera votre première édition ! Vous verrez, c'est très convivial. Voilà l'occasion de nous rencontrer autrement, et vous pourrez aussi découvrir ceux de vos voisins que vous ne connaissez pas encore. On vit finalement sous le même toit sans rien partager. C'est dommage. Je pense que M. Dussart sera présent…

Je ne relève pas.

— J'accepte avec plaisir. C'est très aimable à vous. Souhaitez-vous que je prépare au moins un dessert ?

— Si cela vous tente, pourquoi pas ? Je vous inscris donc et je m'en réjouis. Vous me direz si vous venez seule ou accompagnée. Bonne journée !

Seule ou accompagnée ? Voilà bien la grande question de ma vie. Chaque circonstance m'interpelle sur ce point. Est-ce que je veux être seule ? Non, assurément. Est-ce que je vais réussir à trouver quelqu'un pour m'accompagner ? Pour le déjeuner du concierge, je dois pouvoir. Pour le reste de ma vie, c'est une autre paire de manches.

En attendant, pour ce qui est du dessert, je promets de n'injecter aucun laxatif dedans.

Je traverse la cour. Il fait beau, le soleil est éblouissant comme il peut l'être lors des belles journées d'hiver. Si je fais abstraction de mes interrogations existentielles, la journée commence bien. J'aime vraiment l'énergie communicative de M. Alfredo. Lorsque je serai obligée de quitter l'appartement, il me manquera autant que le lieu. Je trouve rassurant de vivre proche de gens comme lui.

À l'arrêt du bus, je tombe sur la petite dame, assise au bout du banc, à sa place habituelle.

— Je suis bien contente de vous voir, lui dis-je. Voilà des jours que vous n'étiez pas là.

— J'ai été malade. Mais ça va mieux.

— Vous attendez Henri ?

Elle regarde sa montre.

— Il est encore en retard, mais ne devrait plus tarder.

— Mon bus est là. Je vous laisse ! À demain !

— Bonne journée, jeune fille.

Elle m'a appelée « jeune fille ». Décidément, la journée débute magnifiquement. Je serais curieuse de découvrir à quoi ressemble Henri. J'ai l'impression qu'il n'est pas souvent à l'heure. Il est vrai que les hommes et la ponctualité, ça fait souvent deux.

En arrivant au bureau, je découvre Pétula plongée dans son livre. Elle grignote une barre chocolatée.

— Bonjour Pétula.

— Salut Marie !

— Toujours dans ton bouquin ?

— Plus que jamais. Là, ils expliquent que les chiens captent la radio et que l'armée américaine les entraîne pour faire de l'espionnage. Je te raconterai, mais pour le moment dépêche-toi, la formation a commencé depuis dix minutes. Ton groupe est en salle de réunion. Il ne manque que toi. Fonce !

50

La formation. J'avais complètement oublié. Il est vrai que j'ai d'autres préoccupations en tête en ce moment. Ce n'est quand même pas sérieux, d'autant que c'est moi-même qui l'ai programmée. Certes, je ne l'ai pas organisée parce que je la crois utile, mais parce qu'il faut bien dépenser les budgets faute de quoi ils ne sont pas reconduits. Alors j'ai passé les listes au crible et sélectionné celle qui me paraissait la moins inutile. Je ne me souviens plus du nom de l'atelier pour autant.

J'entre, rouge de honte. Tout le monde est installé et l'animateur a déjà commencé son exposé. Puisque Émilie et les copines n'étaient pas concernées, je me suis inscrite dans le même groupe que les garçons. Par chance, il reste une place à côté de Kévin.

— Bienvenue à notre retardataire, qui n'a rien manqué puisque je présentais les axes de mon intervention. Nous allons donc aborder ce matin les différentes manières de faire passer une information dans une équipe. Comme le disait Louis Pasteur, célèbre biologiste inventeur de la rage, tout l'orchestre doit jouer au même tempo. Et pour être au diapason, il faut savoir faire passer les partitions !

Il rigole tout seul. C'est terrifiant. Il croit que Pasteur a « inventé » la rage. Il a sûrement appris ça dans un livre du genre de celui de Pétula. En fait, la plupart des gens l'ignorent, mais Pasteur était un agent secret américain qui, après avoir appris à capter la radio à des chiens errants, leur a inoculé un virus dérobé dans un coffre alien de la zone 51. Sous l'influence de la musique reggae, le virus a muté pour devenir la rage ! Oui, mesdames et messieurs, c'est la terrible vérité et on nous la cache ! Et c'est d'autant plus grave que dix ans auparavant, alors qu'il était ninja dans les plaines de Patagonie, Pasteur avait aussi inventé la tourista. Les renards lui en veulent à mort – pas pour la tourista, pour la rage, suivez un peu ! J'imagine Pasteur, ce grand homme, une seringue dans une main et une baguette de chef d'orchestre dans l'autre, assénant des phrases définitives sur le management : « Écoutez les renards, maintenant ça suffit ! Arrêtez de vous mordre ! » Il n'avait qu'à les inscrire à une formation.

En attendant, à défaut d'avoir la moindre culture, notre animateur du jour possède tout l'attirail, à commencer par le rétroprojecteur qui balance des phrases d'une profondeur abyssale sur le mur en crépi : « Cultiver l'excellence », « Le lien d'une équipe est sa force », « S'aimer soi-même pour mieux produire », « Ensemble nous sommes invincibles » « Écouter l'autre, c'est le faire exister avec moi » ou « Bien s'asseoir pour mieux taper au clavier »… Je suis assez d'accord avec la dernière.

Notre « formateur » est aussi équipé d'un micro au ras de la bouche comme les vedettes des shows américains, mais malheureusement ce gadget high-tech est connecté à la même sono pourrie que ceux qui chantent en mendiant. C'est Las Vegas dans les couloirs du métro. Il a en plus monté le volume à fond alors qu'on est à deux mètres de lui. On va tous en sortir sourds, mais c'est sans doute le prix du savoir… Accroché à la ceinture, il porte l'arme ultime : le pointeur laser qui lui permettra d'illuminer les mots importants de chacune des révélations fracassantes qu'il nous fera. Voir le point rouge vibrionner sur le mur rendrait mon chat complètement hystérique s'il était là. Paracétamol finirait par lui déchiqueter sa tête d'animateur soporifique. Et comme l'aurait si bien dit le grand Louis Pasteur : « C'est bien fait, t'avais qu'à pas l'énerver. » Et pour fêter ça, dans la foulée, il aurait inventé les convulsions et les haut-le-cœur. Sacré Louis !

Tout le monde observe le pauvre bougre qui débite son texte. Il a dû dérouler son baratin cinq cents fois et n'y croit plus du tout. Pour pallier son manque de conviction, il ponctue ses phrases de sourires mécaniques, mais ils sont tellement forcés qu'ils en deviennent inquiétants. En plus, il a les incisives en biais. C'est à cause de ce genre de comportement que les enfants ont peur des clowns.

À défaut de pouvoir se passionner pour ce qu'il raconte, chacun s'occupe comme il peut. La jeune Clara est toujours rivée à son téléphone. Pour ma part, à force de voir les phrases fortes projetées qui tournent en boucle, elles se mélangent : « Aller au bout pour se faire taper », « Écouter l'autre pour s'aimer soi-même » et autres « Bien s'asseoir pour travailler l'excellence »… Ça fonctionnerait presque. Comme quoi ça ne doit pas vouloir dire grand-chose.

Beaucoup ont les yeux rivés sur l'animateur et l'épluchent avec la même acuité que lorsque l'on détaillait nos profs à l'école. On traque le détail qui tue, le pan de chemise qui dépasse, la mèche de travers qui donne l'air stupide. Il est clair que l'on s'ennuierait moins si notre gars avait la braguette ouverte ou une grosse tache sur son polo, mais le type est malin et on se barbe à fond.

Il nous parle d'esprit d'équipe, de la fierté d'accomplir au service d'une entreprise, des valeurs qui reposent sur des liens indéfectibles ou d'intérêt général et de bénéfice commun. Autant de concepts qui, avec un minimum d'expérience, sont immédiatement ramenés à leur juste valeur. Il ne nous parle ni de ramper dans les conduits de chauffage, ni de faire exploser la bagnole du patron, et encore moins de prendre des douches devant les collègues… Je constate à nouveau le fossé qui sépare ce que l'on nous raconte de ce que l'on vit. Prenons l'exemple de ma petite réunion nocturne de la veille avec Notelho : on s'aperçoit que les plus beaux discours ne valent pas une bonne planche. Cela me donne d'ailleurs une idée. Quand je serai virée, je vais me reconvertir en formatrice. Sur mon rétroprojecteur à moi, il y aura marqué : « Ne fais confiance à personne », « Choisis un coin sombre » et l'inévitable « Vise la tête pour frapper efficace ».

Espérant sans doute nous tirer de notre léthargie, l'animateur passe soudain à la phase « interactive » de la formation. Il compte nous faire jouer des scènes emblématiques de la vie dans une entreprise, ça promet… Il commence :

— Les coups durs ou les petits accidents du quotidien sont d'excellentes occasions pour resserrer les liens. Si par exemple, un de vos collègues fait un malaise, comment allez-vous le rassurer ? Et si son état nécessite plus que des mots, disons une piqûre, comment allez-vous procéder ?

Dans quelle sorte d'entreprise a-t-il vécu ce genre de saynète ? Chez des trafiquants de drogue en manque ? Qui a déjà été obligé de se servir d'une seringue sur son lieu de travail, à part Pasteur ?

— C'est une question essentielle, poursuit-il. Vous par exemple, oui, vous là, madame la retardataire, approchez avec votre voisin et mimez-nous la scène.

J'ai l'impression d'être revenue au lycée. Et pourquoi m'appelle-t-il « madame » alors que depuis ce matin, je suis officiellement connue sous le nom de « jeune fille » ? Je ne peux pas lui dire de choisir Émilie puisqu'elle n'est pas là. Je me lève comme une gamine énervée d'être envoyée au tableau, et Kévin me suit. Sandro et Alexandre pouffent sans même essayer d'être discrets. L'animateur nous guide :

— Monsieur, s'il vous plaît, allongez-vous sur le sol. Et vous, madame, faites comme si vous découvriez votre collègue mal en point. Il va avoir besoin d'une injection parce qu'il fait une crise ou une allergie. C'est angoissant, une piqûre, autant pour celui qui la pratique que pour celui qui la reçoit. Il est important de le rassurer, mais gardez à l'esprit qu'en le secourant, vous nouez un lien très fort avec lui, un lien qui vous permettra de mieux lui faire passer des informations ensuite. Allez-y.

Quand je pense que la boîte paye pour que l'on subisse ce genre de mascarade… À la maternelle, au moins, on avait le droit aux marionnettes pour apprendre la vie… Je m'agenouille auprès de Kévin qui a du mal à garder son sérieux. J'essaie de jouer :

— Oh là là ! Mon collègue est malade ! Il a besoin d'une piqûre !

Je pense que même l'ex-prof d'art dramatique d'Émilie ne me féliciterait pas. Il pourrait toujours m'aider à placer mon corps…

L'animateur pose sa main sur mon épaule pour m'interrompre :

— C'est très bien, mais votre approche n'est pas la plus adaptée. Il faut d'abord lui parler pour le mettre en confiance.

Kévin se marre à moitié. Je sens que la situation va dégénérer. Pendant que l'animateur explique à l'assistance captivée ce qu'il faudrait dire pour créer ce lien extraordinaire, Kévin me murmure :

— Tu sais faire les piqûres, toi ?

— Je me suis beaucoup entraînée, sur des beignets.

— Des quoi ?

— Des beignets. Framboise, pomme, fraise, myrtille. Je suis la reine pour trouver la veine sous le nappage.

On pouffe pendant que l'autre continue son exposé à l'intention de gens qui ne l'écoutent plus parce qu'ils sont trop contents de voir deux de leurs collègues dans une situation ridicule.

Kévin me fait signe de m'approcher et me glisse :

— Puisqu'on est là à créer du lien pour faire passer des informations, qu'est-ce que tu fais samedi soir ?

— Pas grand-chose.

— Viens à la maison, on fête nos dix ans de mariage. Il y aura Sandro, Alexandre et ma sœur.

— Félicitations pour votre anniversaire, mais c'est à moi de vous inviter.

— Ça n'empêche pas, tu le feras plus tard, mais viens samedi, ce sera sympa.

— D'accord. Merci beaucoup.

— Cool.

L'animateur revient sur nous :

— Qu'étiez-vous en train de dire à votre collègue qui a besoin de soins ?

— Je recueillais ses dernières volontés parce que je ne suis pas foutue de lui faire son injection. Si sa survie dépend de moi, il va crever. En général, c'est lui et ses deux collègues qui me sauvent !

Tout le monde éclate de rire.

Le pauvre animateur a eu vraiment beaucoup de mal à finir.

51

Virginie me présente la lettre qui lui a été remise en personne et devant témoin par M. Deblais. Sa main tremble et j'ai du mal à lire.

— Une mise à pied temporaire et un avertissement ?

— Il a eu le culot de me dire que ces quelques jours sans solde me laisseraient le temps d'aller chercher mes enfants à l'école. Qu'est-ce que je vais devenir ? Pas de doute, il veut ma tête. Je suis la prochaine sur la liste.

— On va s'organiser. Comment a réagi Notelho ?

— Il n'a rien dit. Courageusement, il regardait ailleurs chaque fois que je me tournais vers lui.

— Tu permets que je fasse une copie de ce courrier ? Je vais appeler l'inspection du travail. J'ai un copain là-bas. Il pourra sans doute nous conseiller.

— Marie, dis-moi la vérité. Tu crois vraiment que je peux m'en sortir ?

— L'erreur serait de baisser les bras. Deblais cherche à te faire craquer. Il pense qu'en s'en prenant à une femme qui élève seule deux enfants, il s'attaque à une proie facile. Mais il sous-estime notre capacité de réaction, et tu vas me faire le plaisir de lui prouver qu'il mésestime aussi ta force de caractère. Ne lui fais pas le cadeau de flancher, il n'attend que ça. Alors puisque tu veux la vérité, je vais te la dire comme je la vois. Il veut ta peau, mais pas uniquement la tienne. Il veut tous nous virer. Il a déjà fait sauter Magali. Tu es sa nouvelle cible. On ne va pas se laisser faire, mais pendant que nous nous mettons en ordre de bataille, tu dois être irréprochable. N'offre aucune prise aux reproches. Je sais que c'est un effort, mais tu dois être souriante et motivée comme si tout se passait à merveille. Profite de ces quelques jours de mise à pied pour te détendre et passer du temps avec tes enfants. Je m'occupe du reste.

— Tu sais que je te fais confiance. Si tu me lâches, je suis foutue.

Je la regarde dans les yeux.

— Virginie, je ne te dis pas que j'ai la solution miracle, mais j'ai deux ou trois cartes dans la manche. Si nous ne sommes pas capables de te sauver toi, alors nous y passerons tous.

Je pense avoir réussi à la rassurer un peu. Sans doute parce que ce que j'ai dit est vrai. Une idée me vient. Finalement, le tableau que je devais préparer pour Deblais devait lui servir à traquer les failles de chaque contrat, mais il préfère visiblement se servir des points faibles dans la vie privée. Je pourrais très bien réfléchir comme lui, traquer les fragilités, non pas pour l'aider, mais pour anticiper ses coups. Je comprends parfaitement pourquoi il s'en est pris à Magali et pourquoi il harcèle Virginie. Si j'étais à sa place, quelle serait ma prochaine victime, et par quel bout l'attraperais-je ?

Émilie débarque. Elle est radieuse, rayonnante d'énergie, habillée comme en plein été alors qu'il fait toujours froid dehors.

— Toi, tu as revu Julien…

— Pas encore, mais on se téléphone à s'en exploser les forfaits.

— Votre enquête sur le stationnement avance ?

— Un peu, mais j'espère qu'on va vite en arriver au chapitre qui concerne la banquette arrière de sa voiture…

— Émilie, un peu de romantisme, s'il te plaît.

Elle change de sujet :

— As-tu croisé Notelho ce matin ?

— Non, pas encore.

— Figure-toi qu'il a un gros pansement au front, un peu comme mon ancien prof de théâtre, mais cette fois, je le jure, je n'y suis pour rien. J'ai d'ailleurs un alibi !

— Tu n'en as pas besoin, c'est moi la coupable.

— Quoi ?

— Je lui ai flanqué des coups de planche hier soir.

— Tu as fait quoi ?

Je lui mime le geste de Guignol tabassant Gnafron. C'est à elle d'être sciée, l'usine à bois marche à plein régime. Elle commente :

— J'ai bien remarqué que, pendant le pot d'adieu de Benjamin, il te tournait autour. Ne me dis pas que c'est lui qui t'a écrit les lettres !

— Pas de danger. Mais l'autre jour, quand on a fait tomber le dossier dans le bureau de Deblais, lui a vu le contenu. Et il sait désormais que sa place est réservée à nos côtés dans la charrette qui conduit à l'échafaud…

— C'est pour cela que tu l'as tapé ?

— Non, c'est plus compliqué que ça, mais ce qui compte, c'est que maintenant, il me picore dans la main. Il va nous aider.

— Tu es donc comme ça, toi ? Tu tapes les hommes à coups de planche pour les dominer ? C'est quoi l'étape suivante, tu le ligotes et tu l'enduis de confiture ?

Notelho passe justement dans le couloir. Il se dirige vers la salle de reprographie. Je décroche aussitôt mon téléphone.

— Valérie, ça te dirait de venir à la photocopieuse terrifier Notelho avec ton soutif pendant que je le menace avec une planche ?

— Je ne suis pas certaine de tout comprendre, mais j'arrive !

52

Notelho se tient devant la machine en essayant d'en appréhender le fonctionnement. En nous voyant entrer toutes les trois dans la pièce, il blêmit. J'annonce d'une voix ferme :

— Émilie, tu bloques la porte.

Le sous-chef essaie déjà d'argumenter, mais à voix basse :

— Qu'est-ce que vous me voulez encore ? Je suis de votre côté, vous le savez.

— Bravo Pépito, fais-je en m'approchant, maintenant tu te débrouilles tout seul pour faire tes photocopies. C'est très bien. Encore quelques mois de travail et tu arriveras à te préparer ton café comme un grand – avec ton stupide demi-sucre qu'on n'arrive jamais à casser.

Valérie s'avance et soulève son chemisier.

— Et celui-là, il te plaît ?

Notelho recule. Je n'avais jamais vu un homme tétanisé par une paire de seins. J'aime beaucoup. Quand je pense qu'il fut un temps où ce type m'impressionnait… Valérie a tout de suite compris comment entrer dans mon jeu. Émilie nous observe avec un sourire béat. J'attaque :

— Tu te souviens de notre petit arrangement ?

— Bien sûr. Je ne suis pas près de l'oublier, j'en ai encore des bleus sur tous les membres de mon corps physique…

Il invente des expressions, c'est bon signe. Il flippe. Il exhibe ses bras. Valérie me regarde, incrédule :

— C'est toi qui lui as fait ça ?

— Non, c'est une planche. Je t'expliquerai.

Je demande à Notelho :

— Où en sommes-nous ? Nous attendons les documents.

— J'y travaille, ce midi sans doute, mais ce n'est pas évident. Il est toujours là.

Valérie est fascinée par la crainte que je lui inspire. Elle en oublie de rabaisser son vêtement. Je lui glisse :

— Tu peux te rhabiller.

Notelho s'empresse de préciser :

— Il est très beau votre porte-gorge, j'aime beaucoup la petite dentelle.

Émilie étouffe un rire. Je ne relâche pas la pression :

— Écoute-moi bien, Pépito : je veux ces documents au plus tard demain, sinon…

Patrice, de la compta, vient d'ouvrir la porte du local. Émilie s'interpose :

— C'est pas le moment.

Percevant l'ambiance « règlement de comptes dans un recoin sombre », le comptable n'insiste pas.

— OK, j'ai compris, je me casse. Je vais aller faire mes photocopies aux toilettes.

Notelho voit sa seule chance d'obtenir de l'aide s'éloigner. Je lui souffle :

— Et maintenant, Pépito, on a en plus un témoin qui t'a vu comploter avec nous…

53

Quelque chose me chatouille la joue. Les moustaches de Paracétamol m'ont réveillée. Il ronronne près de mon oreille. Ce son a quelque chose de rassurant. Si un félin ronronne, c'est que tout va bien. Je me suis assoupie sur le canapé. Je remonte la main vers mon chat. Pour une fois, il ne cherche pas à s'échapper. Je le caresse. Il joue avec mes doigts puis se renverse sur le dos, contre ma tête. Nous sommes deux bestioles d'espèces différentes qui savourons l'instant, ensemble. Je m'étire pour promener la pointe de mon nez sur le pelage de son ventre. C'est le plus doux. Je suis bien.

Quelle heure peut-il être ? Je me souviens que j'étais en train d'étudier les dossiers de mes collègues pour essayer d'anticiper les manœuvres de la direction. J'ai dû m'écrouler. Je rechigne à ouvrir les yeux pour regarder ma montre. Deux minutes de quiétude supplémentaires en compagnie de mon animal ne devraient coûter l'emploi de personne.

Sur un plan plus personnel, je me suis particulièrement intéressée aux dossiers de Sandro et de Vincent. Je n'y ai rien trouvé de significatif. Sandro a un parcours assez modeste mais qu'il fait progresser à chaque nouveau poste. Il monte les échelons peu à peu, régulièrement. Vincent a exercé dans différentes sociétés, toutes assez réputées et appartenant à divers secteurs de l'industrie du luxe. Les deux ont en commun de n'avoir officiellement ni enfant ni situation conjugale. Sandro est là depuis quatre ans, Vincent un peu moins. Leurs fiches n'ayant pas été actualisées depuis leur embauche dans l'entreprise, ils ont eu le temps de développer une vie de famille sans que ce soit mentionné.

Il est presque 2 heures du matin.

— Ma sieste t'a privé de ton dîner, mon grand. Tu dois avoir faim.

Mon chat ne répond rien et continue à savourer les grattouilles que je lui prodigue.

— Viens, je vais te nourrir et en profiter pour grignoter quelque chose avec toi.

Parler à mon chat fait-il de moi une vieille fille ? Non, je ne pense pas. Même mariée et avec six enfants, je lui parlerais, comme à tous ceux qui comptent dans ma vie. Parce que si je suis lucide, je dois admettre que ce chat a pris une sacrée place dans mon existence. Sans doute à cause de ma faculté à m'attacher, mais aussi et surtout grâce à sa personnalité. Je fais attention à lui et il fait attention à moi. Je compose avec ce qu'il est, je sais ce qu'il aime et ce qu'il n'apprécie pas. Lui également. Nous avons appris à prendre soin l'un de l'autre. Chez nous, je n'ai que lui et il n'a que moi.

Depuis quelques jours, on se téléphone moins souvent avec Émilie. J'en suis paradoxalement aussi heureuse que triste. Bien que passant mes journées près d'elle au bureau, mon amie me manque terriblement. Nos coups de fil de fin de soirée laissent un sacré vide. On ne se disait rien d'important mais on était là, ensemble, on papotait pour le plaisir de dire des bêtises. Pour se sentir moins seules aussi. On finissait toujours en se souhaitant bonne nuit.

D'un autre côté, je suis contente qu'elle soit moins disponible parce que cela signifie que son histoire avec Julien avance. Je l'ai voulu, je l'ai espéré pour elle. Cela ne rend pas son éloignement ou son silence moins douloureux pour autant.

Je ne souhaite plus « bonne nuit » qu'à mon chat. Il ne répond jamais. Sans doute parce que lui se couche plus tard. Si ça se trouve, il me souhaite aussi une bonne nuit mais bien après, et je ne l'entends pas parce que je suis déjà endormie. Je sais, ça fait peur. J'aime l'idée de souhaiter bonne nuit à quelqu'un. J'y suis attachée. C'est un rituel lié à l'un des comportements vitaux de notre espèce. Nous ne pouvons pas vivre sans repas et sans repos. Nous nous assemblons pour l'un et pour l'autre. Pas forcément avec les mêmes ni en étant aussi nombreux pour dormir que pour manger ! Aucun spécimen d'aucune espèce dotée d'un cerveau ne vit ces deux temps essentiels complètement isolé, sauf les humains parfois, mais rarement par choix.

J'aime vraiment cet appartement, il est beau, il est grand, mais j'étais plus heureuse lorsque nous vivions entassées dans notre deux-pièces avec ma mère et ma sœur. Nous étions comme des marmottes au fond d'un terrier ; Caro et moi nous sentions comme des chiots dans leur panier, à l'abri dans les pattes de leur mère. Aujourd'hui, mon terrier est bien plus grand. Je n'ai jamais eu de panier aussi vaste, mais j'y suis seule.

Qu'est-ce qui fait d'un logement un foyer ? Qu'est-ce qui transforme un décor en un lieu plein de vie ? Sans doute le fait que des gens s'y retrouvent, qu'ils s'y espèrent et y partagent un quotidien. Un foyer est un lieu où ceux qui s'aiment ont rendez-vous. Petite, déjà, j'étais consciente de cela même si je ne savais pas le formuler. À la maison, j'aimais attendre ma mère et ma sœur. J'avais rendez-vous avec elles, je savais qu'elles allaient venir. J'avais hâte que nous soyons au complet. En patientant, j'adorais mettre la table pour elles. Je disposais les assiettes, je pliais les serviettes en forme d'animaux – j'étais tellement douée que personne ne reconnaissait jamais lesquels ! Je faisais attention à ce que les verres et les couverts soient correctement placés. Même pour un repas banal, cette préparation était essentielle à mes yeux. C'était une façon de rendre visible l'affection que je leur portais. Pendant mes années de vie commune avec Hugues, ce fut différent. Lorsque nous avons emménagé, j'avais ce goût de faire, mais il s'en fichait. Je dressais la table mais il mangeait debout, vite fait, parfois en téléphonant ou en pianotant sur Internet. Il avalait ce que je lui préparais avec soin sans même y prêter attention. Il n'appréciait rien. Peu à peu, sur ce point-là comme sur beaucoup d'autres, il a tué mon élan naturel. Avec le recul, je m'en aperçois. C'est horrible. Il m'a insidieusement convaincue que semer de jolies petites choses ne servait à rien.

Maintenant que je suis seule, débarrassée de lui, ces élans renaissent en moi. J'ai envie de mettre la table pour quelqu'un, j'ai envie d'accomplir pour ceux à qui cela pourrait faire plaisir. Voilà bien longtemps que je n'avais pas eu ce genre de pensées. Que ce soit pour ceux que j'aime ou ceux que je globiche, je retrouve cette volonté-là.

Paracétamol a vite compris que je lui préparais sa terrine. Sans me laisser le temps de finir, il a glissé son museau entre mes doigts pour manger au plus vite. Petit gourmand ! Pendant qu'il dégustait ses bouchées les unes après les autres, je lui ai caressé le sommet de la tête, entre ses petites oreilles pointues. C'est étonnant : il mange rapidement mais ne se goinfre pas pour autant. Il prélève les bouchées avec le même geste délicat, mais à un rythme accéléré.

J'ouvre le frigo mais rien ne me tente. Pour les repas aussi, c'est plus compliqué quand on est seule. On ne cuisine jamais vraiment pour soi-même. On oscille entre ce qui nous est nécessaire pour vivre et ce qui nous fait compulsivement envie. Mais le fait est que l'on ne se nourrit pas correctement. On survit en attendant les autres. Alors je grignote, mais je subis cette horrible malédiction qui nous frappe : tout ce qui est alléchant fait grossir ! Je suis impatiente que la saison des fruits revienne. Je dégusterais bien une belle pêche chauffée au soleil. En attendant, pour ce soir, je vais devoir me contenter de carottes râpées vaguement desséchées.

Mon chat a déjà terminé son plat. Maintenant, il fait sa toilette. Je n'ai pas envie de me retrouver assise seule à ma table, alors je déambule à travers les pièces avec mon assiette. Tout est calme. À cette heure-ci, la plupart des habitants de l'immeuble dorment. M'écrouler de bonne heure m'a fait du bien mais du coup, à plus de 2 heures, j'évolue dans un état de semi-conscience. Pas sommeil mais pas complètement réveillée non plus. Mes pensées sont comme des bulles de savon qui flottent dans l'air et s'entrechoquent doucement. Certaines éclatent et d'autres s'élèvent en tournant sur elles-mêmes.

De quoi ai-je envie ? Qu'est-ce qui me ferait le plus plaisir à cet instant ? Quel est mon rêve ? Puisque ma réflexion est un peu embrumée, je dois pouvoir réfléchir différemment, sans être entravée par tous les filtres activés habituellement. Moins de vigilance sur moi-même. Il est temps de laisser parler le cœur et l'instinct pendant que le cerveau rame !

Est-ce vraiment une vie d'autonomie que je veux ? Ce n'est pas un enjeu pour moi. Dépendre des autres ne m'a jamais posé de problème. Il n'y a que les fous et les orgueilleux qui se croient assez malins pour s'en tirer sans l'aide de personne.

Est-ce que je désire passer le reste de ma vie toute seule ? Non. Mais cela ne veut pas dire que je pourrais à nouveau supporter ce que j'ai vécu avec Hugues. Toutes ces années à croire que je vivais avec quelqu'un qui m'aimait… On projette ses sentiments sur les autres alors que l'on est parfois seul à les porter. Je sais désormais que cela ne conduit nulle part. Donner à des gens sans cœur ne construit rien.

Si une bonne fée apparaît et m'offre de réaliser trois vœux, je sais déjà ce que je lui demande. Je vérifie d'abord qu'il ne s'agit pas d'Émilie qui me joue une vilaine blague dans son déguisement. Je tire donc de toutes mes forces sur ses ailes et sa belle chevelure pour vérifier qu'elles sont authentiques. Si ça résiste, que la vraie fée ne s'enfuit pas et qu'elle consent à me pardonner ce comportement de démente, je ne lui demande ni la fortune, ni la vie éternelle, ni le pouvoir de parler toutes les langues du monde.

Je ne désire que trois toutes petites choses : j'ai envie d'entendre des pas qui s'approchent dans l'escalier, j'ai envie que quelqu'un ouvre la porte et j'ai envie qu'il me prenne dans ses bras parce qu'il m'aime. Je ne demande rien de spectaculaire, pourtant je sais que ces trois toutes petites choses sont le témoin du seul miracle capable de donner un sens à la vie.

Une petite voix intérieure me murmure que même si je suis encore fragile, mon cœur ne va pas laisser mon cerveau m'obliger à passer le reste de ma vie à me méfier des hommes. Mes espoirs sont en train de reprendre le dessus sur mes doutes. Il faudrait simplement que mon esprit et mes sentiments s'associent pour ne pas refaire les mêmes erreurs. Plus facile à dire qu'à faire…

Je dois avouer quelque chose. Au mur du salon, près de la bibliothèque, entre les photos, j'ai punaisé un calendrier sur lequel je décompte les jours qui me séparent de la prochaine lettre. Combien de temps dois-je encore attendre jusqu'au 13 mars ? Pour être vraiment honnête, je vérifie plusieurs fois dans une même journée. Des dizaines de fois, en fait. Chaque matin, comme une petite victoire, je raye le jour écoulé. Pauvre fille. Comme si cette date allait tout changer… Encore une illusion. Je le sais, mais je me comporte quand même comme une captive avant sa sortie imminente du cachot. J'ai conscience que ma réaction est excessive, mais le fait est que recevoir une nouvelle lettre est le seul événement que j'attends vraiment dans ma vie. C'est sans doute le triste signe d'un vide existentiel, mais c'est ainsi. Mon champ de ruines intérieur est encore en réhabilitation. Tout est à reconstruire. On commence à évacuer les gravats, et les ingénieurs se demandent si le sous-sol est assez solide pour rebâtir. Il faudra dépolluer : il y a partout des traces de peur et de désespoir. Rien ne pousse là-dessus.

En attendant que l'architecte me fasse parvenir son projet, je n'ai rien de prévu. Pourtant mon agenda est plein : dentiste, courses, invitation de M. Alfredo, épilation… L'occasion de constater que ce qui remplit votre temps n'est pas forcément ce qui comble votre vie. Comme devant mon frigo vide, je grignote en attendant ce qui me nourrira. J'ai faim.

Que contiendra la prochaine lettre ? Que va-t-il m'écrire ? Va-t-il me proposer un autre rendez-vous ? Me dira-t-il ce qu'il a observé de moi ? Va-t-il sentir tout ce qui renaît en moi ? Ou va-t-il m'annoncer qu'entre-temps il a trouvé quelqu'un de mieux ? J'ai peur de l'apprendre mais j'ai envie de savoir.

Dans mes rares moments de clairvoyance, je me juge déraisonnable d'attendre après ce type. De lui, je ne sais rien d'autre que ce qu'il veut bien me dire dans ses lettres. Je lui colle tous les physiques possibles, toutes les voix, tous les regards et tous les âges. Il est potentiellement « l'homme de ma vie » mais à force de me poser des questions à son sujet, je me demande vraiment ce qui pourrait lui donner concrètement ce rang à mes yeux. Quels sont les traits qui confèrent sa valeur à un homme ? Qu'est-ce qui chez eux nous donne envie de leur offrir autant ? Les hormones ne peuvent pas tout expliquer. La chimie ne justifie ni les rêves, ni les espoirs. Je peux réfléchir à ces sujets en étant pragmatique tant qu'il n'est pas devant moi. Parce qu'à la seconde où il apparaîtra, je me connais, les sentiments vont aussitôt prendre le pas sur la raison et mon cœur va encore déborder mon cerveau. Parfois, à force de compter les jours et d'attendre, je me dis que malgré tout ce qu'il suscite en moi, il ne me correspondra peut-être pas. Peut-être ne serons-nous pas faits l'un pour l'autre.

J'ignore pourquoi, mais l'image d'Alexandre s'impose à mon esprit. À mon esprit ou à mon cœur ? Après tout, peu importe qu'il ne soit pas l'auteur des lettres. Rien ne m'empêche d'envisager d'autres hommes que celui qui m'écrit. Pourtant, je me dois de laisser sa chance à celui qui s'est intéressé à moi au moment où je pensais ne plus compter pour personne.

54

Émilie m'a gentiment prêté sa voiture. Il est vrai qu'elle n'en a pas besoin ce week-end, puisque c'est Julien qui l'emmène dans la sienne – je ne sais pas où, d'ailleurs. J'espère qu'ils vont se trouver mieux que la banquette arrière…

Je roule vers l'adresse de Kévin en me fiant au GPS. Émilie n'a pas été que gentille dans cette affaire puisque, avec malice, elle a réglé la voix qui me guide sur le finlandais. À chaque carrefour, j'éclate de rire et aussitôt après, je panique parce que je ne comprends rien au finnois et qu'il faut choisir une route. Hilare puis flippée, tous les cinquante mètres. Sur le trottoir, les gens doivent se dire : « La pauvre a un grain. Elle n'habite sûrement pas toute seule dans sa tête… »

Après une demi-heure de route, j'ai quand même appris que « oikealle » signifie « à droite » et que « vasemmalle » veut dire « à gauche ». Pas évident à replacer dans une conversation… J'arrive bientôt dans une banlieue plus récente que celle de Caro et Olivier. Les chaussées sont larges, les ronds-points nombreux. Les arbres n'ont pas encore eu le temps de grandir et les buissons sont plantés de frais. Les noms des rues fleurent bon la campagne – allée des Cerisiers, rue du Moulin… Alors que dans la région, il ne doit plus rester beaucoup ni des uns ni de l'autre.

Les pavillons pimpants se ressemblent tous un peu sans être pourtant les mêmes. Petits jardins ouverts côté rue, espace arrière fermé. Étant donné le nombre d'équipements pour enfants que je découvre sur les pelouses, c'est sûr, je suis au pays des jeunes parents. On ne compte plus les petits toboggans en plastique aux couleurs vives, les maisons de princesse ou les balançoires. Avec la saison plus clémente qui s'annonce, je parie que les prochains samedis dans le quartier ne seront pas aussi paisibles qu'aujourd'hui.

Pas besoin de vérifier le numéro de la rue car j'aperçois Kévin qui joue avec ses deux petits. Chacun d'eux est perché sur un de ses pieds, agrippé à ses jambes. Kévin avance à grands pas, en les soulevant bien haut, ce qui les fait beaucoup rire. Sandro les suit de près, à quatre pattes, en montrant les dents. Il bondit comme un lion pendant qu'Alexandre fait signe aux enfants de venir se réfugier de son côté. Je trouve le tableau attendrissant. J'ai la chance de les observer avant qu'ils ne me remarquent. L'espace d'un instant, je suis témoin de leurs jeux sans qu'ils se doutent qu'ils sont observés. Cinq mâles en liberté dans leur habitat naturel. Trois grands, deux petits. Mais l'âge a-t-il une importance lorsqu'ils s'amusent ? Ils ont un instinct de jeu souvent plus développé que le nôtre.

Au moment où je gare la voiture, ils me repèrent. Leur attitude – celle des adultes au moins – se modifie instantanément. Les voilà soudain plus sérieux. Caro dirait qu'ils viennent de réendosser leur costume de super-héros. Par contre, les deux petits ne lâchent rien et continuent de crier pour que tout aille plus vite et plus fort.

Je descends. J'attrape le bouquet et la bouteille pour mes hôtes. J'ai aussi acheté une bricole pour les enfants dont j'ai vérifié l'âge dans le dossier de Kévin. Au moment où ils m'accueillent, une jeune femme sort de la maison et gronde :

— Non mais vraiment, vous êtes siphonnés de jouer avec les gamins dehors par ce temps-là ! Je viens de les doucher. Ils ont les cheveux mouillés et des pyjamas propres ! Les enfants, rentrez !

Alexandre et Sandro font profil bas, mais Kévin répond :

— Ce n'est pas si grave. De toute façon, on ne tombe jamais malade quand on est heureux ! Ils se souviendront toute leur vie de ces jeux alors qu'ils oublieront leur pyjama !

— Surtout s'ils dorment à moitié à poil, comme leur père.

Les deux bambins obéissent à contrecœur. Kévin m'accueille chaleureusement :

— Bonsoir Marie, et bienvenue. Tu arrives en plein psychodrame ! Je te présente la harpie de mon cœur, Clara. Dix ans de bonheur, à condition d'être sourd !

Son épouse fait mine de le taper et m'embrasse avant que j'aie eu le temps de me demander comment me comporter pour ce premier contact.

— Bonsoir Marie. C'est gentil d'être venue. On va se dire « tu ». Les hommes m'ont beaucoup parlé de toi. Il paraît que tu rampes très bien dans les conduits de chauffage… Venant d'eux, c'est un superbe compliment !

Sandro et Alexandre me font la bise le plus naturellement du monde. Il est vrai que nous ne sommes plus au travail mais dans la sphère privée. C'est sans doute pour cela que Sandro m'a à moitié enlacée…

Clara m'entraîne à l'intérieur.

— Marie, je te présente Mélanie, la sœur de Kévin. Deux ans de moins pour l'état civil, mais dix de plus pour la maturité.

On s'embrasse aussi. Pénétrer dans la maison de Kévin me fait un drôle d'effet. Des chaussures dans l'entrée, des photos des enfants aux murs, des jouets qui traînent. Cette maison pourrait être celle de Caroline dans une réalité parallèle.

Mélanie me débarrasse de ma parka. J'offre le vin et les fleurs. Clara les reçoit avec une joie sincère.

— Il ne fallait pas, mais ça me fait vraiment plaisir !

Elle tend la bouteille à Kévin.

— J'imagine que tu préfères ça aux fleurs !

Je sens une belle énergie dans leur couple. Ça doit barder quand ils ne sont pas d'accord, mais au moins c'est vivant. Les enfants restent à une distance prudente et m'observent. Je leur fais signe d'approcher et m'agenouille pour me placer à leur hauteur.

— Lequel est Quentin, lequel est Mathéo ?

Les deux lèvent la main, comme à l'école, mais exactement en même temps. Du coup, je ne sais pas qui est qui.

— J'ai quelque chose pour vous ! Voilà pour toi, Mathéo.

Il s'avance et je l'identifie. Environ sept ans, c'est l'aîné, mais pas de beaucoup.

— Et ça c'est pour toi, Quentin.

Tout excités, les petits prennent leurs paquets et se sauvent les ouvrir dans leur coin jeu aménagé dans le salon.

— Merci pour eux, me glisse Clara.

— De rien. Puis-je t'aider à préparer ?

— Ce n'est pas la peine. Ce soir, ce sont les hommes qui s'occupent du festin. Nous, pour une fois, on se met les pieds sous la table. Viens, on va se servir un petit apéro entre filles.

En prenant une grosse voix, elle lance en direction des fourneaux :

— Qu'est-ce qu'on mange ? On a les crocs ! C'est pas encore prêt ?

Installées près des enfants qui testent leurs nouveaux jouets, nous lions connaissance. Mathéo émet le grondement du moteur de la voiture qu'il fait rouler sur les bras de sa mère, et Quentin imite le sifflement de la turbine en faisant voler sa fusée. Nos premiers échanges concernent les hommes, un sujet universel sur lequel nous sommes souvent d'accord. Nous plaisantons sur l'état de la cuisine lorsqu'ils auront fini de préparer le seul repas – sur plus de six cents – dont ils vont s'occuper en un an. Pour une fois qu'ils se servent de ce qu'ils nous obligent à utiliser toute l'année, Kévin n'arrête pas de râler. « C'est mal conçu », « Où est-ce qu'on pose ça dans ce foutoir ? », « Pourquoi faut-il se contorsionner pour attraper les poêles ? »…

De son fauteuil, Clara répond :

— T'as raison, c'est nul, mais le cuisiniste et toi l'avez imaginé comme des grands pendant que j'étais à la maternité ! Comme si vous ne pouviez pas attendre que je sorte ! Et si tu trouves que c'est petit, tu n'as qu'à m'offrir une maison de cinq cents mètres carrés. Bienvenue dans mon monde ! Hé, j'espère que ça va être bon !

Mélanie lâche :

— C'est pas avec les recettes que l'on trouve dans leurs revues qu'ils vont apprendre à faire la tambouille… Des motos, des montres, des caisses et des filles ! Vroum vroum, tic tac, tut tut et pouët pouët camion !

— C'est ça, les filles, réplique Kévin en riant, prenez-nous pour des demeurés ! Il n'y a qu'à feuilleter vos magazines pour se rendre compte à quel point vous êtes plus futées que nous !

Les garçons rigolent. Il y en a un qui prend une caricature de voix féminine pour déclarer :

— Oh mon Dieu ! Mon horoscope dit que je vais me casser un ongle, ma peau est sèche et je n'ai pas le sac à main à la mode. Je vais mourir !

Ils sont écroulés de rire, nous aussi. Un autre ajoute avec une voix du même genre :

— Est-ce que mourir fait maigrir ? Parce que là ça peut m'intéresser, à condition que ça ne rende pas les cheveux cassants. Pour le savoir, découvrez nos infos exclusives et faites le test psycho page 32 !

Qui a pris cette voix de cinglée survoltée ? Est-ce Sandro, d'habitude si réservé, qui se lâche ? Ou Alexandre, toujours si sérieux ? Il y en a un des deux qui cache bien son jeu.

Les garçons continuent à blaguer sur nous. De notre côté, on se paye leur tête. Le fait est que même séparés, hommes et femmes ne font que se chercher.

On les entend se chamailler au sujet d'un temps de cuisson. Grincement d'un placard et bruits d'ustensiles qui tombent. Rires suspects. Je propose :

— On devrait peut-être aller les aider ?

— C'est inutile, répond Clara, de toute façon le repas est déjà raté. On va mal manger, mais on risque de bien rire !

— N'y va pas, ajoute Mélanie, ils vont te couper l'appétit. Quand je suis allée chercher les olives, ils débattaient pour savoir ce qui sent le plus fort, entre l'haleine après avoir mis un suppositoire à l'eucalyptus ou l'urine après avoir mangé des asperges...

On éclate de rire.

— Vu ce que l'on va manger, commente Clara, c'est peut-être mieux d'avoir l'appétit coupé !

Le petit Mathéo intervient, l'air sérieux :

— Moi j'aime pas les suppositoires, mais j'aime bien faire pipi.

Au moment de passer à table, Kévin fait les présentations avec un tact tout masculin :

— Pour que ce soit clair, je précise que Mélanie a quitté son crétin de petit ami voilà deux mois. Je crois d'ailleurs que c'est un peu la même chose pour Marie ! Alexandre est embringué dans une histoire compliquée et Sandro mène sa vie sentimentale avec la discrétion d'un léopard. Voilà, ça c'est fait.

Clara ajoute aussitôt :

— Je vous prie d'excuser mon mufle de mari, mais il vient de nous faire gagner deux heures !

Le repas est effectivement raté. Les entrées – bien qu'empilées au lance-pierres dans des plats inadaptés – étaient mangeables parce que froides, mais nous n'avons pas réussi à identifier le plat. Cela ressemble vaguement à du veau, mais les hommes prétendent que c'est du poisson. Le fait qu'il y ait des arêtes, beaucoup, plaide en faveur de leur version. Devant notre mine dubitative, Kévin est allé jusqu'à nous montrer le ticket de caisse du poissonnier. Peu importe. De toute façon, ça a le goût du rat bouilli.

Les enfants sont montés regarder un film, le même qu'ils se repassent en boucle depuis une semaine. Mes neveux faisaient pareil au même âge. D'après les parents, c'est normal. Moi, ça m'étonne toujours.

À mes yeux, me retrouver à cette table est totalement surréaliste. J'y suis intégrée comme un membre de la famille, le jour d'un anniversaire de mariage. Certains auraient sans doute fait une fête tapageuse, mais Clara et Kévin ont choisi de réunir leurs proches. Je me demande donc ce qui justifie ma présence dans ce cercle intime. Kévin a été assez gentil pour m'inviter parce que je suis seule. Je les imagine bien, Clara et lui, me recueillir pour un soir. Je mange la part du pauvre. Enfin j'essaie, en buvant beaucoup d'eau pour faire passer. Sandro a peut-être aussi poussé à la roue. Quoi qu'il en soit, l'ambiance est légère. Clara et Kévin donnent un vrai rythme à la conversation. On sent une réelle complicité entre eux. Ils ont chacun leur avis sur tout mais fonctionnent très bien ensemble. Sandro est visiblement un habitué de la maison, parce qu'il sait où se trouvent les couverts et tout ce dont nous avons besoin à table. Mélanie est souriante, et ne loupe jamais une occasion de vanner son frère. Alexandre et moi sommes les deux plus discrets.

Clara et Kévin célèbrent dix ans de mariage. Je me demande ce que je faisais le jour où ils se sont dit « oui ». Le temps passe vite. Comment résumer dix années écoulées ? On aurait pu fêter le même anniversaire avec Hugues s'il m'avait épousée. Ça fait réfléchir. Deux couples, la même décennie. D'un côté, un ratage douloureux dont je prends ma part. De l'autre, l'envie évidente de continuer ensemble, et deux enfants. Dans cet essai comparatif, mon équipe récolte une note sans appel. Clara et Kévin ont bâti quelque chose. De mon côté, après de gros travaux de démolition et d'assainissement, j'attends le permis de construire. Mélanie me glisse :

— Toi aussi, tu sors d'une expérience douloureuse ?

— Un cauchemar. Et toi ?

— Pareil. Mais je vais mieux. J'ai quelqu'un en vue…

— Excellente nouvelle. Tu es jeune, fonce.

— Et toi, pas d'autre homme qui se profile dans ta vie ?

Que dois-je répondre ? Que je n'ai personne mais qu'un parfait inconnu s'intéresse à moi ? Expliqué de façon si réductrice, ça fait annonce Internet. Je préfère éluder, surtout avec les oreilles de Sandro qui traînent.

— Je me laisse du temps.

Il est tout relatif, le temps que je me laisse ! Jusqu'au 13 mars en fait. Sacrée Marie ! J'invente la théorie de la relativité appliquée aux espoirs amoureux. $T = S^2 + E \times NCB$, le tout divisé par Sj. (Temps d'attente = durée de Solitude au carré + poids de l'Expérience plombante exprimé en tonnes × le Nombre d'éventuels Cheveux Blancs, le tout divisé par la quantité de Soupirs par jour). Je sais ce qu'en dirait Einstein, qui comme chacun le sait, est l'inventeur avec son pote Pasteur de l'étincelle qui vous électrocute la tête quand vous retirez un pull en acrylique.

En attendant, je donnerais cher pour savoir ce que Kévin entend au sujet de la vie sentimentale discrète de Sandro. Est-ce que j'ai envie de passer ma vie avec un léopard ?

Clara est montée coucher les enfants, puis Kévin est allé les embrasser. Le dessert est, lui aussi, raté avec beaucoup de savoir-faire : une crème aux œufs trop cuite. Nous avons droit à des morceaux jaunes qui flottent dans un jus grumeleux.

Étant quatre sur six à travailler pour la même entreprise, nous finissons inévitablement par parler de l'attitude à adopter face à Deblais. Clara et sa belle-sœur sont scandalisées que l'on puisse laisser un tel individu se comporter de la sorte. Là encore, il est passionnant d'observer la réaction des hommes et des femmes. Mélanie place tout de suite cela sur le terrain de la morale et de la justice. Kévin explique :

— Tu peux toujours discuter de ce que devraient être les choses, mieux vaut réagir à ce qu'elles sont réellement. Te souviens-tu du chien que nous avions étant enfants ?

— Ce dingue de Bertrand ? Bien sûr que je m'en souviens. Quel rapport avec votre boss ?

— Aussi surprenant que cela puisse paraître, ce chien m'a enseigné pas mal de choses sur la vie. Quand Bertrand était face à quelque chose qu'il ne comprenait pas ou qui le mettait mal à l'aise, il l'observait. S'il ne trouvait pas le moyen de le gérer, il sautait dessus ou il le bouffait. C'est un excellent principe de vie.

— Et ton patron, tu vas lui sauter dessus ou le bouffer ? demande Mélanie en riant.

— Pas encore choisi.

Voilà des mois, que dis-je, des années que je n'ai pas passé une soirée aussi agréable. Je les connais pourtant à peine. Personne ne joue les cadors, personne n'essaie de prendre l'ascendant sur les autres. J'ai l'impression d'être dans ma famille. Imaginons une seconde le tableau autrement : je suis en couple avec Sandro, Alexandre vit une histoire compliquée avec une femme mariée et Mélanie se remet d'une rupture. Pour être honnête, cela ne changerait rien. Les propos et les rapports seraient les mêmes. Sans doute parce que autour de cette table, à part moi qui suis fermée pour travaux, on ne trouve que des gens en phase avec ce qu'ils sont. Ils n'existent pas à travers le rapport aux autres ou à leur image, ils sont eux-mêmes. Ils ont leurs convictions, leur vécu, et l'assument. Je pourrais aussi bien être en couple avec Kévin, cela n'influerait ni sur la teneur de nos échanges, ni sur nos avis respectifs. C'est tout simplement rafraîchissant. Ce qui n'est pas le cas de ce que l'on vient de manger…

55

Lorsque Clara et Mélanie ont sorti le gâteau acheté en douce en prévision de la catastrophe alimentaire annoncée, les garçons ont crié à la trahison.

— Vous ne nous faites pas confiance ! a protesté Kévin.

— On vous connaît trop ! a rétorqué Clara.

Sandro observe la petite pièce montée avec dédain.

— Regardez-moi ça : il est parfait ce gâteau, les petites fleurs sont mignonnes, les choux font tous la même taille, et il y a même une plaque avec vos prénoms et un cœur. Je suis certain qu'il va être délicieux. C'est nul.

— S'il te dégoûte tant que ça, tu n'es pas obligé d'en manger, a lancé Mélanie.

— Bien sûr que si ! Je crève la dalle ! Le reste était tellement répugnant. Mais si tout était brûlé, c'est la faute de Kévin et d'Alexandre !

Kévin réagit aussitôt :

— Espèce de lâcheur ! Nous accuser d'avoir tout cramé alors que c'est toi le spécialiste des incendies !

C'est exactement le genre de vanne qu'Émilie et moi pourrions nous envoyer. On a encore bien rigolé, puis on a levé notre verre au bonheur de Clara et de son mari. C'est stupide, mais après seulement quelques heures, j'ai l'impression de les connaître depuis toujours. À travers eux, je reconnais Caro et Olivier, et tous ceux qui ont la chance d'avancer ensemble. Savoir que c'est possible me fait du bien.

Mélanie fait tinter son verre avec la lame de son couteau et prend la parole :

— Puisque nous fêtons l'amour qui unit mon super frérot à celle que je considère comme ma sœur, j'ai une question à vous poser. Elle est sérieuse et s'adresse à chacune et chacun de vous. Attention, attention, mesdames et messieurs : quelle est la plus grande preuve d'amour que vous ayez connue, donnée ou reçue ?

Silence. Tout le monde est pris de court mais réfléchit. Kévin se lance :

— Spontanément, j'en ai une. Je n'ai jamais connu de plus joli geste que ce que le père d'un copain a fait pour celle qui allait devenir sa femme. Ils ne s'étaient jamais rencontrés, mais ils avaient rendez-vous pour un entretien d'embauche dans une compagnie de fret maritime. Lui postulait comme ingénieur propulsion et elle comme assistante. Il pleuvait à seaux, et la future mère de mon ami avait marché depuis la gare, sans pouvoir attendre la fin des averses, ce qui l'aurait mise en retard. Elle s'était arrangée au mieux – le maquillage, la coiffure, les habits et tout –, mais lorsqu'elle est arrivée dans le hall, c'est une serpillière en larmes que le père de mon ami a vue entrer. Il n'y avait rien à faire pour sauver la situation. Son rendez-vous était fichu. Personne n'allait engager une fille trempée, défaite et barbouillée de traînées de maquillage. Sincèrement ému par la détresse de cette jeune inconnue, le bonhomme a eu une idée. Il s'est précipité dehors, et sans hésiter, s'est jeté dans l'eau du port. Il en est ressorti encore plus minable que celle dont il ne connaissait même pas le nom. Il a raconté aux responsables de la société qu'il ne savait pas nager, qu'il était tombé et qu'elle avait sauté pour lui sauver la vie – ce qui justifiait leur état à tous les deux. Les types se sont dit qu'elle était bougrement courageuse et que lui était un sacré guignol qui avait eu de la chance. Elle a été embauchée. Pas lui.

— C'est magnifique, mais c'est injuste ! s'insurge Mélanie. Et puis ce n'est pas une preuve d'amour pour elle puisqu'il ne la connaissait pas.

— Ces preuves-là sont les plus belles, lâche Sandro. Elles sont adressées au monde, à ce que nous sommes quand nous souffrons, qui que nous soyons.

Sa phrase semble tirée d'un de ces grands discours humanistes, pourtant on devine qu'elle monte du plus profond de lui.

— L'histoire n'est pas si injuste que cela, observe Kévin. Cet homme a fini par trouver un travail ailleurs, et il avait rencontré en prime la femme de sa vie.

— C'est quand même une belle histoire ! commente Alexandre avant de rebondir :

— Et toi Mélanie, ta plus belle preuve d'amour ?

Elle hésite.

— Mentir à des gens que j'aime pour protéger celui que j'aime.

Anticipant les réactions qui se profilent déjà, Mélanie s'empresse d'ajouter :

— N'y pensez même pas ! Vous n'en saurez pas plus.

Elle semble très émue. Je ne trouve pas d'autre soutien à lui adresser qu'un sourire.

— Et toi, Marie ? demande Clara.

Je ne sais pas quoi répondre. Le fait d'y croire tous les jours avec Hugues alors que n'importe qui aurait compris que c'était fichu ? Mais ce n'était pas une preuve d'amour, c'était de la bêtise. Attendre dans un hall de gare en souffrant le martyre ?

— Les preuves d'amour que j'ai pu donner jusqu'à présent n'ont servi à rien. Elles ne devaient pas être assez belles. J'en ai par contre reçu beaucoup, de ma mère, de ma sœur et de mes proches. Je me dis que si un jour j'ai la chance de rencontrer quelqu'un que j'aime vraiment, alors j'aurai peut-être l'occasion de lui en offrir.

Lorsque le tour de Sandro est arrivé, il a parlé de son grand-père, pompier, qui a sacrifié sa vie pour sauver trois enfants d'un appartement en feu. Il a cru que leur mère s'y trouvait encore et y est retourné. Elle avait déjà été évacuée et lui n'est jamais ressorti du brasier qui s'est effondré. En le racontant, Sandro était bouleversé. Nous avons tous mieux compris sa remarque sur les actes d'amour que l'on peut offrir même aux inconnus.

— C'est en mémoire de ce qu'il a accompli que mon père et moi sommes devenus pompiers, a confié Sandro. J'espère que, si j'en ai un jour, mes enfants le seront à leur tour. Ce monde ne fonctionne pas si personne n'est prêt à se sacrifier pour les autres.

J'ai la gorge serrée par l'émotion, mais je ne sais pas si je veux que nos enfants deviennent pompiers. Je redoute d'avoir toujours peur qu'il leur arrive quelque chose. Et puis la simple idée que nos petits puissent risquer leur peau pour sauver celle d'un irresponsable comme Hugues ou un de ses copains qui se croient invincibles me fait bondir.

Alexandre a sobrement répondu qu'il avait lui aussi reçu beaucoup de preuves d'amour de sa famille, mais qu'il n'était pas capable de juger pour lui-même.

— Vous demanderez vous-même à ma compagne lorsque vous la rencontrerez, a-t-il dit.

En guise de conclusion, il a demandé à la seule qui n'avait pas encore répondu :

— Et toi, Clara ?

Elle baisse les yeux et prend la main de son mari.

— Même si j'adore Kévin, ce n'est pas dans notre histoire que je trouve la plus belle preuve d'amour. Peut-être parce qu'il m'en donne des petites tous les jours et que notre vie commune est loin d'être finie – enfin je l'espère ! C'est d'ailleurs qu'elle me vient. Quand j'étais enfant, mes deux frères et moi avions reçu un chaton. Il s'appelait Dragibus. Je m'y étais énormément attachée, encore plus que mes frères. Je le câlinais pendant des heures et il dormait avec moi. Un jour, en revenant de l'école, je n'ai pas trouvé mon chat. Il avait disparu. Je ne l'ai jamais revu. Mes parents m'ont expliqué qu'il était peut-être parti retrouver sa famille, ce qu'ils font parfois. Trente ans plus tard, alors qu'elle était sur le lit d'hôpital où son cancer allait l'emporter, ma mère m'a avoué que Dragibus n'était pas retourné vers les siens. Il avait réussi à passer le grillage vers la rue et s'était fait bêtement écraser. Elle l'a trouvé en allant chercher le courrier. La pauvre a tout nettoyé et l'a enterré avant notre retour. Elle a menti pour ne pas que je souffre. Pendant toutes ces années, elle a porté ce secret, seule avec papa, passant tous les jours près de l'endroit où mon petit chat reposait. C'est sans doute la plus belle preuve d'amour dont j'ai bénéficié. Cela m'a aussi appris une chose que je n'oublie jamais : le mensonge est parfois une plus grande preuve d'amour que la vérité.

Kévin attire sa femme sur son épaule avec une immense tendresse.

— Tu ne m'en avais jamais parlé. C'est pour ça que tu ne veux pas d'animaux pour les enfants ?

— Oui. Mais je crois que ça les prive de quelque chose de bien. Tous les chats ne finissent pas écrasés… Il faudra quand même qu'on le laisse derrière et, si tu peux, je veux bien que tu renforces le grillage.

56

J'ai adoré la soirée passée chez Clara et Kévin. Je m'y suis sentie bien. Mieux, je m'y suis sentie moi-même. À tel point que je n'ai pas vu les heures défiler. Alexandre m'a demandé si je pouvais redéposer Sandro « puisque c'est sur ton trajet ». Ben voyons. Ils auront vraiment tout tenté pour me pousser dans ses pattes. Je ne m'en plains pas.

Au beau milieu de la nuit, nous ne croisons que des fêtards qui rentrent probablement de boîte avec les approximations de conduite qui vont avec. Sandro regarde devant lui. Est-ce le pompier qui s'inquiète du comportement des automobilistes, ou l'homme qui n'ose pas engager la conversation ?

Je tente un pas timide :

— Ce que tu nous as confié au sujet de ton grand-père m'a vraiment touchée, tu sais. L'hommage que vous lui rendez, de père en fils, m'impressionne.

— Merci. Parfois j'aimerais bien oublier cette histoire et ne pas avoir à porter cet héritage. Mon grand-père était très courageux. Je ne pense pas l'être autant que lui. Pas toujours facile d'assumer la charge…

— Tu as peur ?

— Ce n'est pas tant les interventions qui me pèsent que la vision du monde que j'en retire. On passe notre vie à constater des catastrophes. Nous sommes aux premières loges du pire. Les vies basculent si vite… Les gens ne se rendent pas compte – et tant mieux pour eux. Ils sont au mieux insouciants, au pire stupides. J'ai l'impression de passer ma vie au bord d'un gouffre à empêcher des inconnus d'y tomber ou de s'y jeter. C'est épuisant. Certains soirs, je rêve d'être né de la dernière pluie, de ne rien savoir.

— Il faut penser à autre chose, te distraire.

— Je suis devenu incapable de me détendre. Partout, je ne vois que des risques et des dangers potentiels. Chaque mégot est un début d'incendie, chaque brico-leur sur une échelle est un futur blessé à évacuer d'urgence, chaque enfant qui joue près de bidons de produits d'entretien une victime éventuelle. Chaque téléphone qui sonne est une alerte. Je n'ai peut-être pas assez de force morale pour porter tout cela.

Il fait preuve d'une profondeur et d'une gravité que je n'imaginais pas. Il m'avait déjà surprise lorsqu'il était venu partager le secret de son attentat avec moi, mais c'est une nouvelle facette que je découvre à présent.

— Tu me diras à quel moment je dois tourner pour te déposer.

— À l'entrée de la ville. Tu n'auras qu'à me larguer au rond-point.

— Je ne suis plus à cinq minutes et je n'ai pas sommeil. Je peux te raccompagner.

— Tu as l'impression de ne pas avoir sommeil, mais la fatigue va te tomber dessus d'un seul coup. Ce sont des heures à haut risque pour qui n'est pas entraîné. Ton cerveau ne maintient que les aptitudes vitales. À la seconde où il se sentira en sécurité, il va éteindre les lumières et aller se coucher. C'est ce qui arrive à ceux qui boivent ou qui n'ont pas conscience de leur état.

Je ferais mieux de chercher un sujet plus léger.

— Elle était vraiment sympa, cette soirée, fais-je remarquer.

— C'est toujours ainsi chez eux.

Puisqu'il ne semble pas décidé à parler de nous, je vais lui parler des autres :

— Qu'est-ce que tu penses de Mélanie ?

Il ne répond pas et finit par demander :

— Et toi ?

— Moi ? Je la trouve pétillante, gentille. Je ne comprends même pas comment on peut avoir envie de faire de la peine à une fille pareille.

— Je suis d'accord.

— J'espère que celui avec qui elle démarre sa nouvelle histoire se montrera correct.

— Au prochain rond-point, on sera arrivés.

— Tu es certain que tu ne veux pas que je t'approche davantage ?

— Non merci, Marie. Le pompier veut que tu rentres dormir, et il te demande aussi de lui envoyer un petit texto pour lui dire que tu es bien arrivée.

— Je n'ai pas ton portable.

— Je te le donne dès que tu seras garée.

Je me range sur un arrêt de bus. En me confiant son numéro, Sandro me lance un drôle de regard. Va-t-il enfin se décider à me parler ?

— Marie, je tiens beaucoup à toi…

— Je le sais, Sandro, et cela me touche.

— Puis-je te poser une question très personnelle ?

— Je t'en prie.

— Est-ce que tu as remarqué quelque chose de spécial ce soir ?

Qu'entend-il par « spécial » ? De quoi veut-il parler ? De ses coups d'œil dans ma direction ? Du soin avec lequel il choisit ses mots quand il répond ? Essayons d'avancer sans nous dévoiler.

— À quel sujet, Sandro ?

— Au sujet de moi et du lien que j'espère développer avec une personne présente à la table…

Mon cœur s'emballe. Heureusement que la voiture ne roule pas, sinon il y aurait eu un méchant coup d'accélérateur. Mon cerveau rallume toutes les lumières, il tire chaque neurone du lit en les chopant par leur pyjama. J'essaie de répondre avec le ton le plus doux et le plus sécurisant possible. Je parle à un pompier qui vient d'allumer un incendie…

— Explique-moi tout, Sandro, je t'écoute.

— Tu dois me jurer que cela restera entre toi et moi.

— Tu as ma parole.

— Je suis amoureux de Mélanie. Je la vois en secret. C'est moi, l'homme dont elle parlait en disant qu'elle avait quelqu'un en vue.

Ma chaudière intérieure vient d'exploser et les extincteurs automatiques me font l'effet d'une douche glacée.

— C'est formidable…

Mon intonation manque très certainement d'enthousiasme.

— Ça nous est tombé dessus comme ça, sans prévenir. Tu me disais qu'il fallait que j'arrive à me distraire, eh bien elle a le pouvoir de me faire tout oublier. On n'a encore rien avoué à Kévin parce que nous redoutons sa réaction. Surtout moi… C'est mon meilleur pote et je ne voudrais pas qu'il m'en veuille. Ce serait un drame pour moi si je devais sacrifier notre amitié au nom de l'amour que j'éprouve pour sa sœur.

Je saisis tout à fait son dilemme. Il globiche Kévin et ne veut pas courir le risque de le perdre. Je le comprends. En me focalisant sur le problème de Sandro, j'évite aussi de prendre conscience du mien, qui est pourtant en train de grossir en moi à la vitesse d'un ballon d'enfant que l'on gonfle avec un compresseur pour dirigeable. Je ne vais pas pouvoir l'ignorer longtemps. C'est une question de nanosecondes. Ça y est, ça vient d'exploser. Je suis dévastée. L'impact est maximum. Ce n'est donc pas Sandro qui m'a écrit les lettres. Il n'est pas mon amoureux mystère. Je commençais pourtant à l'aimer pour lui-même. Dire que j'étais à deux doigts de lui révéler que je l'avais démasqué… J'allais lui offrir de se dévoiler. J'imagine sans peine l'embarras pour lui comme pour moi…

— Tu ne dis rien, Marie, tu crois toi aussi que Kévin peut m'en vouloir ?

— Non, bien sûr que non ! Pourquoi t'en voudrait-il ? Tu es un mec génial. Sa sœur et toi ferez un très beau couple.

— Tu le penses vraiment ?

Dans le regard de Sandro, je découvre tout l'espoir et le manque de confiance que je pensais réservés aux femmes. Il crève d'envie d'y croire, mais se dit que c'est trop beau pour lui et que ça va forcément partir en vrille. Sandro a besoin d'être rassuré. Au moment où il va tenter de construire, il doit sentir qu'il sera à la hauteur et que son complice l'appuiera.

— Il faut absolument que tu parles à Kévin de tes sentiments pour sa sœur. N'aie pas peur. Que risques-tu ?

Après tout, c'est ton pote. Il t'a déjà choisi. Il sait parfaitement que Mélanie est entre de bonnes mains. Il te globiche.

— Il me quoi ?

— C'est du patois de chez moi.

— J'avais pensé que Mélanie pourrait d'abord en parler à Clara pour préparer le terrain…

— Sandro, toi qui redoutes toujours de voir arriver le pire, ne crains pas d'envisager le meilleur. Fais-toi confiance. Si tu étais à la place de Kévin – et si je comprends un peu les hommes –, tu ne voudrais pas l'apprendre par quelqu'un d'autre que lui.

— Tu as raison. Il me globiche. Je vais lui parler dès lundi.

Il semble soudain beaucoup plus léger. Il se penche et m'enlace de toutes ses forces. Il m'embrasse.

— Merci Marie, tu es vraiment une fille extraordinaire.

J'ai rêvé de cette scène. J'ai imaginé qu'il me prenne dans ses bras. La situation était exactement la même, mais le texte un peu différent.

Il descend. Il est heureux. Je crois qu'il va danser devant l'arrêt de bus.

Pour ma part, je vais rouler tout droit, accélérer à fond et me foutre dans le décor. C'est le seul moyen que j'ai à ma disposition pour que cette nuit, un homme me prenne dans ses bras en ayant envie de me sauver la vie. Dommage que Sandro ne soit pas de permanence.

57

J'ai besoin de relire ses mots, j'ai besoin d'imaginer que c'est sa voix que j'entends en les lisant. Avec précaution, j'extrais la lettre de Mémé Valentine de sa pochette. Soudain, une envie me prend. Je ne l'avais pas fait depuis des années et je ne me souvenais même pas à quel point j'aimais le faire : je glisse mon nez dans l'enveloppe et j'inspire profondément.

Lorsque j'étais toute gamine, chaque fois que Mémé Valentine me prenait dans ses bras, j'avais des nausées. Son parfum était trop capiteux pour mes jeunes narines. Il imprégnait mes vêtements et mon doudou. J'avais l'impression de le sentir partout chez nous pendant des jours. Bien qu'adorant ma grand-mère, je ne supportais pas cette odeur. En grandissant, je ne l'ai pas appréciée davantage, mais elle devenait acceptable parce que associée à ma mamie. C'était sa signature olfactive, l'invisible trace qu'elle laissait après son passage, comme une fée dont la poussière de lumière brillerait encore longtemps après son départ.

Je suis convaincue qu'elle parfumait son courrier. Je me souviens très bien que lorsque j'ai reçu sa belle lettre, avant même d'identifier son écriture, j'ai reconnu sa fragrance. Quelques années plus tard, alors qu'elle ne sortait plus de chez elle, tenez-vous bien, je lui ai même offert un flacon de ce sale jus hors de prix qui me donnait mal à la tête. Comme quoi l'affection peut changer votre point de vue sur n'importe quoi.

Après sa disparition, il m'est arrivé de plonger mon nez dans sa lettre pour y retrouver la senteur caractéristique. En la respirant, les yeux fermés, j'arrivais à me projeter au temps béni où j'étais près d'elle, avec sa grande horloge comtoise qui rythmait le temps pendant qu'elle me racontait sa vie pour mieux me préparer à la mienne.

Cette nuit, je suis comme une droguée en manque. Je veux sentir ce parfum qui me rendait malade. Mon nez traque les moindres molécules encore présentes dans la fibre du papier, à la recherche d'un repère, d'une présence. Mais je ne capte rien d'autre que l'odeur des vieux documents. Il n'y a plus rien. Pas même une infime trace de colle puisque voilà des années, j'ai déjà tout léché un soir de grande déprime. Je n'aurai pas ma dose ce soir. Je ne l'aurai d'ailleurs plus jamais. Il va falloir que je tienne sans produits chimiques. Je vais devoir affronter. Si son parfum existe encore, je pourrais toujours en racheter, mais cela ne donnerait pas la même chose. Ce serait truqué, faux. Tout ce que Mémé et moi détestons. Heureusement qu'il me reste ses mots authentiques.

Alors, comme une perdue, je vais y chercher les réponses. Comme à chaque fois que j'en ai eu besoin, je vais relire sa lettre en espérant voir surgir une vérité inédite que mon cheminement m'aurait enfin permis de découvrir, telle une vallée secrète nichée au creux des montagnes escarpées de l'existence.

« Ma petite Marie,

« Tu as dix-huit ans aujourd'hui et te voilà une grande. Je te connais depuis que tu es née et je t'ai vue grandir. Je suis fière de toi… »

Le serait-elle toujours aujourd'hui ?

Je poursuis la lecture. Chaque phrase m'oblige à m'interroger sur ce que je suis devenue, ce soir bien plus encore que lors de toutes mes lectures passées. Je suis arrivée à un carrefour de ma vie. Quelle direction prendre ? Pour aller où ? Je dois faire des choix, et sans perdre de temps. Certaines routes sont déjà fermées pour cause d'inondations de larmes, d'effondrements d'espoirs ou de plaques de verglas affectives. Les voies possibles ne sont plus si nombreuses, les occasions de covoiturage non plus.

J'avance dans les pages. Il fut un temps où je lisais ces mots comme une promesse, comme l'annonce de ce que le monde allait m'offrir. Entre conseils bienveillants et prophéties, le message de Mémé éclairait mon futur et me donnait confiance en l'avenir. Mais aujourd'hui, après ce que j'ai vécu, ce que j'ai appris et ce que j'ai perdu, j'y vois d'abord l'occasion de faire un bilan, de mesurer ce qui sépare mes espoirs d'avant de ma réalité présente.

J'arrive déjà à la dernière page, et rien ne fait écho à un éventuel futur. Une peur sourde monte en moi. Je redoute que cette lettre ne m'apprenne plus rien. J'aperçois déjà la signature. Plus que quelques lignes et, pour la première fois, je sortirai bredouille de l'une de mes visites dans ce monument intime. C'est alors qu'un passage me saute aux yeux et au cœur :

« Interroge-toi sincèrement avant de t'engager. Trouve le chemin jusqu'à la vérité des gens. Tant pis si tu dois souffrir pour le parcourir. Il n'est pas de plus beau voyage. Si tu n'aimes pas ce que tu découvres, poursuis vers d'autres paysages. Mais si tu aimes, arrête-toi et ne crains jamais de tout donner. »

Cette nuit, je comprends cette phrase comme jamais auparavant. Elle m'éclaire, elle me réchauffe. J'ai encore une balade à tenter.

58

— J'ai pris des risques insensés pour obtenir ces documents. J'espère que vous saurez vous en souvenir…

— Vous arrive-t-il de parler sans chercher à défendre vos petits intérêts personnels ? Vous devriez essayer. S'occuper des autres procure aussi de grandes satisfactions. Ça vous changerait.

Sur la table du café où nous nous sommes discrètement donné rendez-vous avant d'aller au bureau, Notelho me glisse une épaisse enveloppe. J'ouvre et je feuillette.

— C'est la copie complète du dossier bleu ?

— Tout y est. Je ne pense pas qu'il range de notes ailleurs, mais je ne suis pas allé jusqu'à lui faire les poches… J'ai payé les photocopies sur mes propres fonds.

Je le regarde fixement.

— Encore vos petits intérêts. Vous n'avez qu'à faire une note de frais. Elle passera sans problème puisque c'est vous qui les validez.

— Vous avez raison.

— Je remarque au passage que vous refusez de rembourser les frais de taxi de Malika qui rentre d'un salon en Asie à 2 heures du matin, mais que vous allez vous rembourser les copies faites pour trahir vos anciens alliés…

— Je vous en prie, madame Lavigne.

— Mademoiselle.

À première vue, l'idée de vider l'entreprise pour délocaliser ne date pas d'hier. Les premiers mémos entre Deblais et les actionnaires remontent à plus de deux ans. Certains échanges évoquent les actifs, les brevets, l'immobilier, et tout ce qui pourra être monnayé lors d'une cession ou d'une liquidation.

Sur la liste du personnel, les noms de Benjamin et de Magali sont rayés. La virulence du gribouillis barrant leurs patronymes en dit long sur la satisfaction rageuse éprouvée une fois leur sort réglé. Virginie, la mère célibataire, une autre fille de la compta, une assistante du service commandes et Malika sont surlignées. Émilie aussi. Mon nom et celui de Vincent sont entourés en rouge. Voilà ce qui s'appelle des informations stratégiques. Je découvre aussi des notes à côté de beaucoup de noms : « fragile psychologiquement », « lourdement endetté », « instance de divorce », « fille handicapée ». Quel immonde individu…

Je murmure :

— Il a fait une grosse bêtise en laissant traîner ça.

— Il était loin de le laisser traîner. Je connais ses dossiers et, n'ayant jamais remarqué celui-là, je présume qu'il le gardait au coffre. Mais comme les échanges avec les propriétaires se multiplient et que son plan avance vite, il le garde sous la main en comptant sur la porte de son bureau fermée à clef. J'ai vérifié sa boîte mail, il s'arrange pour effacer tous les messages compromettants. Il les imprime et les détruit. Dans l'un des derniers, j'ai découvert qu'il a rendez-vous avec les actionnaires dans quatre semaines pour leur présenter un plan de liquidation. Vous verrez, c'est précisé un peu plus loin.

— Il espère avoir bouclé son saccage en un mois ? Il n'y parviendra jamais.

— Il n'a pas besoin de boucler. Il peut se contenter d'initier les procédures. Si les propriétaires valident ensuite une liquidation ou une vente, cela rendra toute marche arrière quasiment impossible.

— À quel moment allait-il vous parler de tout cela ?

— Je suppose qu'il m'aurait mis devant le fait accompli, comme vous tous.

— Il vous aurait licencié avec de confortables indemnités eu égard aux services rendus.

— Pas vraiment. J'ai vu ma fiche. Je me demande même s'il n'allait pas essayer de me faire porter le chapeau…

— Quelle belle âme ! Si vous êtes gentil, je vous prêterai ma planche pour que vous puissiez lui régler son compte.

Notelho ne répond pas. Il n'a même pas entendu. Tout à coup, il plisse les yeux et dit :

— Je viens d'avoir une idée. Puisqu'il se fabrique des pense-bêtes sur les failles intimes de chacun, je crois que je peux en faire un gratiné sur lui. Il faut que je vérifie un point…

Cette fois, c'est certain, cette petite crapule de Notelho a changé de camp.

59

Pour plus de précautions, j'ai obligé Notelho à laisser dix minutes d'écart entre nos arrivées au bureau. C'est lui qui va poireauter dans sa jolie voiture de sport.

Derrière le comptoir d'accueil, un jeune homme remplace Pétula. J'espère qu'elle n'est pas malade ou que Deblais ne s'en est pas pris à elle.

Je m'approche.

— Bonjour, vous êtes nouveau ? Bienvenue, je m'appelle…

— Salut Marie !

Nom d'une clôture électrique sur laquelle je m'appuie pour cueillir des cerises ! Pétula n'a pas été remplacée. Pétula s'est métamorphosée.

— Qu'est-ce que tu as fait à tes cheveux ?

— J'ai tout coupé. Pour deux raisons : j'avais envie de changer, et j'ai eu une idée.

— Tu ressembles à un garçon…

— C'est ça l'idée. Tu vois, Marie, on vit dans un monde d'hommes. Tout est fait pour eux. J'ai réfléchi à ce que tu m'as dit sur le fait de ne pas abandonner la danse. Il n'y a plus de rôles à distribuer pour les filles, mais ils ont du mal à recruter des hommes. Alors je vais faire comme dans le film où celle qui ne peut pas faire ce qu'elle veut parce qu'elle est une fille décide de se grimer en garçon. J'ai vu comment elle fait, elle ne se maquille plus sauf pour simuler la barbe, se bande la poitrine, prend une voix grave et bouge comme si elle avait un balai dans l'arrière-train…

— Tu crois que ça peut marcher ?

— Tu as vu ta réaction ? Et tu n'es pas la seule. Depuis ce matin, personne ne me reconnaît et on me dit « Bonjour jeune homme »… De toute façon, je vais vite être fixée, je passe une audition après-demain. D'ici là, il faut que je m'entraîne à danser comme un mec…

— Bonne chance, tiens-moi au courant.

En passant devant le bureau d'Émilie, je profite qu'elle n'est pas au téléphone pour l'embrasser.

— Alors, ton premier week-end avec Julien ?

— Dément ! J'ai essayé de te joindre samedi soir pour te raconter en direct mais tu étais sur répondeur.

— J'ai dîné chez Kévin. Super sympa. Mais raconte d'abord.

Elle s'étire comme Paracétamol au soleil.

— Julien m'a fait la surprise de m'emmener sur la côte. Beaucoup de route, mais ça valait le coup. Franchement, il est tellement parfait que je me demande à quel moment je vais le payer. C'est trop beau.

Elle me fait signe de fermer la porte et me confie :

— On l'a fait.

— Ne te sens pas obligée de me livrer les détails…

— C'était grand. J'ai cru qu'ils étaient plusieurs.

— Émilie…

— Il sortirait de quinze ans de prison que ça ne m'étonnerait pas, parce que…

— Émilie, s'il te plaît !

— Mais ne sois pas si prude ! C'est la nature ! Nous sommes des animaux ! Il n'y a pas de honte.

— Je t'en supplie, laisse-moi mes illusions. Je ne veux pas être une bête.

— Moi si ! Au moins une fois par jour !

— Je me demande si je ne te préférais pas dépressive.

Elle fait mine de me jeter son clavier en riant. J'ajoute :

— Blague à part, je suis très, très heureuse pour toi.

— Je vais te dire, Marie : j'ai l'impression de vivre tout ce que j'ai toujours espéré. Il est vraiment idéal et il a déjà des projets pour nous. Tout va vite, je suis emportée.

Pourvu qu'elle ne se trompe pas. Étant donné la vitesse à laquelle son cœur s'envole, j'espère qu'elle ne va pas tomber de haut. Faisons confiance à son expérience. C'est une grande fille à l'esprit vif qui a dû tirer les leçons de ses précédentes histoires. Non mais, je délire ou quoi ? Comment puis-je croire une chose pareille ? J'aimerais bien me rassurer, mais c'est impossible. Je sais à quel point il est facile d'être lucide au sujet des autres alors que nous n'en sommes plus capables lorsque nos propres sentiments entrent dans la danse.

Son téléphone vibre. Elle se jette dessus.

— Un SMS de Julien !

Elle prend un air attendri et me tend son portable.

— Il est trop mignon, regarde ce qu'il m'écrit.

J'hésite à lire. Je garde un souvenir cuisant de la dernière fois où j'ai lu un texto qui ne m'était pas destiné.

« Si tu étais un muffin au chocolat, je te mangerais les pépites. »

Comment vous dire ? Si les mecs qui nous espionnent captent ça, ils vont tenter de le faire décoder tellement c'est ésotérique. Franchement, il faut être amoureux pour écrire des trucs pareils.

— C'est chou, tu ne trouves pas ?

— C'est exactement le mot que je cherchais : « chou ». Et quand il aura fini de te manger les pépites, il fera de toi un muffin fourré aux lardons !

Émilie explose de rire. Elle est vraiment dans un drôle d'état. Là, telle que je la vois, elle est partie pour rire bêtement jusqu'à 18 h 30. Sans interruption. Devant la machine à café, aux toilettes, s'il y a une alerte incendie, partout. Il suffira que je passe de temps en temps et que je lui dise simplement « pépite ! » pour qu'elle reparte pour deux bonnes heures.

Moi, j'ai repris mon sérieux depuis longtemps.

— Puisque tu aimes les trucs « choux », j'en ai un à te soumettre.

Avec précaution, je sors la copie du dossier de Deblais et je lui montre son nom surligné. Elle s'arrête de rire brutalement.

— Pourquoi a-t-il distingué mon nom ?

— Il te réserve sans doute le même sort qu'à ceux qu'il a également colorés : il compte te virer très vite.

— Quoi ?

— Vérifie toi-même.

— La vache, c'est vrai que je suis comme Virginie. Et toi, tu as le droit à un traitement de faveur ! Soulignée en rouge.

— C'est la marque des grands ! Je suis la femme à abattre.

— Vincent aussi est souligné en rouge.

— Nous sommes un couple de rebelles mythiques, les Bonnie et Clyde du rembourrage laine…

— C'est Sandro qui va être jaloux.

Je m'assombris.

— Aucun risque. J'ai appris samedi que ce n'était pas lui qui m'écrivait les lettres.

— Comment peux-tu en être certaine ?

— J'ai fait la connaissance de la fille dont il est amoureux.

Émilie est déçue pour moi.

— Comment réagis-tu ? Ça va ?

— J'ai voulu mourir. Alors en rentrant, j'ai mangé une glace et c'est passé !

— Pauvre timbrée. Mais alors, pourquoi venait-il te mater comme l'ont raconté Flo et Valérie ?

— Aucune idée. Elles se sont sûrement fait un film.

— Ça ne m'étonne pas de Valérie. Par contre, cela me surprend de Florence. En parlant de Valérie, sais-tu ce qu'elle a encore fait vendredi ?

— Non.

— Le midi, elle est allée faire des courses à la supérette. Arrivée à la caisse, la fille lui annonce un total de 66.6. Ni une ni deux, Valérie s'est enfuie en courant sans payer parce que c'est le chiffre du diable. Elle a tout laissé sur place. Elle est grave, quand même !

On rigole comme des tordues. Je propose :

— Pour son anniv, on se cotise et on lui offre un exorcisme !

— Ou un nouveau soutien-gorge avec des motifs sataniques pour épouvanter Notelho !

Sur un ton soudain moins enjoué, elle ajoute :

— En tout cas, je suis désolée pour toi et Sandro.

— Et moi bien contente pour toi et Julien.

L'espace d'un instant, à travers nos regards, nous échangeons quelque chose d'indéfinissable et de bouleversant. Nous sommes sans doute des animaux. Mais nous ne devons pas être que cela.

60

Il n'aura fallu que deux jours à Notelho pour dénicher l'info explosive. Rien de surprenant venant d'une fouine. Plus jeune, mon caractère m'aurait poussée à réviser mon jugement sur lui et j'aurais été tentée de lui pardonner ses comportements passés – il est vrai qu'il nous est très utile dans la guerre qui s'annonce. Mais ce que j'ai traversé, dans ma vie privée comme dans ma vie professionnelle, m'incite à ne jamais oublier ni ce qu'il est, ni la raison qui l'a poussé à se rallier à nous. Je suis prête à pardonner à un idéaliste qui s'est sincèrement fourvoyé. Pas à un opportuniste qui reste fidèle à sa nature.

Au téléphone, il m'a simplement dit :

— Rejoignez-moi dans cinq minutes à la photocopieuse. J'ai du neuf et c'est encore mieux que ce que j'espérais. Que l'une de vos amies éloigne ceux qui pourraient nous déranger.

Je regarde la trotteuse de ma montre. Plus que quatre tours.

— Florence, c'est Marie. Je ne te dérange pas ?

— Du tout. Tu vas bien ? Tu as la voix un peu stressée…

— Écoute, j'ai besoin de toi. D'un instant à l'autre, Notelho va se rendre au local reprographie. Une fois qu'il y sera, fais en sorte que personne n'y pénètre à part moi. Il a des infos.

— Ça roule. Compte sur moi.

Plus que deux tours de trotteuse. Je suis impatiente de savoir ce que Notelho a trouvé. Je me lève et j'y vais.

Il semble aussi excité de me faire ses révélations qu'inquiet d'être découvert. Je n'avais jamais vu de fouine aussi craintive et aussi enthousiaste. Il m'attire au fond de la pièce et me fait signe d'approcher. Redoute-t-il que les machines nous espionnent ? À mi-voix, il explique :

— Cette fois, je lui ai fait les poches… Vous ne le savez peut-être pas, mais M. Deblais doit sa carrière à sa femme, Amandine. C'est elle, fille d'un grand céréalier, qui a toujours assuré leur train de vie et qui, grâce à ses relations, lui a mis le pied à l'étrier dans le monde des affaires. L'un des principaux actionnaires de Dormex est un ami d'enfance de madame. Leurs parents étaient très proches.

— En quoi cela nous est-il utile ? Vous pensez qu'elle prendrait notre défense ?

— Non, mais je vous parie qu'elle n'aimerait pas apprendre ce que son mari fait tous les jeudis de 20 heures à 23 heures alors qu'elle le croit au club de tir. C'est une relation qui lui doit de l'argent qui lui sert d'alibi.

— Et que fait-il pendant que tout le monde le croit à son club ?

— Je dois vraiment vous faire un dessin ?

— Non, inutile. J'ai encore eu récemment la confirmation que nous étions des animaux… Certains plus que d'autres. Savez-vous avec qui il trompe sa femme ?

— Les premiers éléments de mon enquête laissent penser qu'elles sont plusieurs. Je ne sais pas encore qui. Mais je sais où.

— Que proposez-vous ?

— Il faut réunir des preuves et l'obliger à faire échouer la liquidation.

— Vous voulez le faire chanter ?

— Je suis certain que si sa femme découvre qu'il batifole dans son dos, elle le virera. La famille de madame n'est pas du genre à aimer le scandale, encore moins l'humiliation, surtout venant d'un homme qui leur doit sa réussite.

On dirait le feuilleton de maman. Je lui demande :

— Qui va rassembler ces preuves ? Vous ?

— J'ai déjà fait beaucoup… Je vais encore essayer de dénicher un maximum de détails sur son nid d'amour, mais il m'est impossible d'y aller ou même de le filer. Il me reconnaîtrait.

— Trouvez tout ce que vous pouvez et nous verrons si nous nous en contentons.

À ma sortie du local, Florence et Valérie scrutent mon visage pour vérifier que tout s'est bien passé. Je leur fais un clin d'œil, le pouce levé.

— Sandro te cherche, me souffle Valérie. Ça avait l'air important. Je lui ai dit d'aller t'attendre à ton bureau.

— Merci Valérie.

Je ne trouve personne devant ma porte. Je continue jusqu'à l'accueil et y découvre Sandro en grande conversation avec Pétula.

— Ça te va super bien, ce côté garçon.

— Il faut maintenant que je me trouve un prénom masculin.

— Théo, ça t'irait pas mal.

— T'as raison, j'aime bien. C'est vendu !

Dès qu'il me repère, Sandro se précipite.

— Marie ! Je voulais que tu sois la première à savoir. J'ai suivi ton conseil. J'ai parlé à Kévin.

— Et alors ?

— On est tombés dans les bras l'un de l'autre. C'était merveilleux.

— Évite de raconter ça à n'importe qui, ou alors replace-le dans son contexte.

Il rit et m'attrape la main, qu'il embrasse comme si j'étais une sainte.

— Je n'aurais jamais eu le courage sans toi. J'étais tellement inquiet ! Cela restera un moment génial entre nous.

— Tu vois, tu ne risquais rien.

— On ne peut se dire cela qu'après, Marie. Seulement après.

— Je mesure chaque jour à quel point ce que tu dis est vrai.

— Je dois téléphoner à Mélanie, lui dire que nous n'avons plus à nous cacher.

En le voyant si heureux, je me dis que le bonheur ne devrait jamais avoir à être dissimulé. C'est une fleur qui s'épanouit au grand jour. Je viens de découvrir un autre secret concernant notre espèce : nous sommes à la fois des animaux et des plantes. Pas évident. Ceci dit, en y repensant, il est vrai qu'il m'est arrivé de montrer les dents parce que je prenais racine...

— Dépêche-toi d'aller la prévenir. Si tu y penses, embrasse-la pour moi.

— Marie, comme on dit chez toi, je tc globiche très fort.

61

Je consacre tout mon temps à l'étude des notes de Deblais. Je me suis organisée pour que ceux qui m'aperçoivent en passant dans le couloir aient l'impression que je compulse des catalogues de formation. Si quelqu'un fait mine d'entrer, je n'ai qu'à tourner une page pour recouvrir ce que je lis, et on n'y verra que du feu.

En passant au crible les différents documents, je suis tombée sur un nouveau motif de révolte : les actionnaires ont alloué une enveloppe prévisionnelle pour les licenciements. Pragmatiques, cyniques et froids. Mais ce n'est pas le pire. L'infamie se situe dans une autre dimension : Deblais touchera 15 % de ce qu'il parviendra à économiser sur ce budget. Moins il lâche, plus il touche. J'ai la planche qui me démange.

Vincent frappe à ma porte. Avec lui, inutile de cacher ce sur quoi je travaille. Paradoxalement, je n'étais pas pressée de le revoir. Pourtant, je m'y attache de plus en plus. C'est même pour cette raison que je ne voulais pas le recroiser trop vite. Il est mon dernier candidat sérieux au poste de soupirant mystère. Je suis sensible à tout ce que j'ai découvert de lui ces derniers temps, particulièrement lorsqu'il m'a accompagnée à l'hôpital. Je nourris de grands espoirs le concernant, et pas uniquement depuis que les autres suspects me lâchent. Depuis le début, j'ai un faible pour lui. J'aime me faire des idées à notre sujet. Vous allez vous dire que je suis volage car il y a seulement quelques jours, je m'en faisais aussi au sujet de Sandro. Penser à plusieurs hommes ne veut pas dire qu'on les place tous sur le même plan. Chacun de mes sentiments envers eux est sincère, mais je ne serai la femme que d'un seul. Pour le moment, je n'ai pas eu à choisir.

Tant que Vincent et moi ne nous étions pas revus, il ne risquait pas de m'avouer que lui aussi a une compagne ou une conquête en vue. La simple idée du possible entre nous me fait déjà du bien.

— Aurais-tu une minute à m'accorder, Marie ?

— Entre, assieds-toi.

— Je souhaite te présenter une idée qui me tient à cœur.

S'il me parle de mariage, je m'autorise à tomber dans les pommes pour décompresser un peu.

Il me dévisage avec une expression amusée.

— Quoi ? Qu'est-ce que j'ai ? dis-je. Pourquoi cet œil qui pétille ?

— À cause de toi, Marie. Je te trouve vivante. On vit une période difficile mais elle aura au moins eu un effet positif.

— Dis-moi lequel, j'en ai bien besoin.

— Tu es cet effet positif, Marie. Quand je me souviens de toi telle que tu étais voilà seulement quelques mois, je me dis que tu as fait un sacré bout de chemin. Où est passée la femme discrète, fermée ? Celle qui occupe aujourd'hui son bureau est rayonnante, en charge, pleine d'énergie.

Vil flatteur. Mais par pitié, continue encore un peu…

— Merci Vincent. C'est adorable.

— Ce qui se passe ici t'a permis de révéler ta nature. Tu prends ta place. Les gens t'écoutent, se confient, viennent à toi. Tu rassembles. Tu nous fais tous faire n'importe quoi pour la bonne cause !

— Je vais rougir.

— C'est sincère, vraiment. D'ailleurs, c'est à toi et à personne d'autre que je viens présenter mon idée.

— Raconte-moi. Fais-moi faire n'importe quoi…

Pourquoi ai-je dit ça ? J'imagine déjà le commentaire d'Émilie… Par chance, Vincent ne relève pas, ou alors il fait semblant de ne pas avoir entendu. Il prend son air docte avec ses sourcils bien droits et expose :

— Si j'ai bien compris, Deblais doit fermer la société soit en la liquidant, soit en la revendant.

— Exact.

— Pourtant, l'entreprise marche bien. Il va saborder un superbe navire qui a encore de la voilure en réserve, n'est-ce pas ?

— Complètement.

— Pourquoi ne prendrions-nous pas les commandes du bateau ?

— Une mutinerie ?

— Plutôt un rachat par l'équipage. En nous y mettant tous, toi, moi et tout le personnel.

— Avec quel argent ?

— J'ai un peu d'économies. Je ne suis sans doute pas le seul. Pour le reste, on peut aller voir les banques.

Je reste sans réaction. Il poursuit :

— Puisque personne ne prend soin de notre vaisseau, autant nous en occuper nous-mêmes. M. Memnec accepterait peut-être de devenir consultant et on pourrait donner de nouvelles orientations. Pourquoi se contenter de petites croisières alors que nous sommes taillés pour la haute mer ?

Je me renverse en arrière dans mon siège.

— L'idée est séduisante, mais je ne vois pas pourquoi les actionnaires accepteraient de nous vendre Dormex alors que dans les notes de Deblais figurent déjà des offres pour racheter la marque et les brevets. Il serait difficile de lui imposer de nous choisir, d'autant que nous ne serions certainement pas les plus offrants financièrement…

— Effectivement, cette étape-là générera sans doute des problèmes, mais nous devons d'abord nous poser les questions dans le bon ordre : avant de savoir s'ils accepteront, que penses-tu de l'idée de racheter la boîte ? Nous sommes une bonne équipe. La plupart des gens sont très compétents. Foutre tout ça en l'air est un pur gâchis.

— J'approuve à 100 %.

Il se penche vers moi.

— C'est en pensant à toi que j'ai eu cette idée, Marie. Je suis convaincu que nous avons encore une longue route à faire ensemble.

— J'en ai envie, Vincent, sans doute plus que tu ne le crois.

— Qu'est-ce qui nous en empêche ? Pourquoi ne vivrions-nous pas cette aventure ensemble ? Nous n'avons rien à perdre et il sera trop tard lorsque nous pointerons au chômage. Tentons le coup !

L'idée de reprendre l'entreprise me dépasse, mais celle de me rapprocher de Vincent est tout à fait à ma portée. Il serait peut-être temps que j'applique les conseils que je donne aux autres. Il est urgent que j'ose.

Il croit sans doute que je le dévisage parce que je réfléchis à son idée. Mais pas du tout. Sans vergogne, en me servant de cet alibi, je cherche le courage de lui dire que j'espère que c'est lui qui m'a écrit les lettres. Je plonge dans ses yeux, je parcours ses lèvres, ses sourcils, je nage dans ses cheveux. J'aime ses mains joliment posées. J'aime la ligne de ses épaules. Je voudrais m'y blottir pour de bon. J'ai confiance en lui.

Si je rencontrais une fille qui s'appelait Marie et avait exactement la même histoire que la mienne, je lui dirais de foncer. Je lui conseillerais d'abattre ses cartes. Je lui suggérerais aussi d'arrêter de dévisager l'homme face à elle parce que cela devient indécent.

Et si là, maintenant, je lui parlais ? Qu'est-ce que je risque ? Une déception de plus ? Un paysage qui n'est pas celui que j'espérais ? Une vallée secrète déjà occupée ? Sur l'autre plateau de la balance, qu'est-ce que j'ai à gagner ? Un monde, une vie, enfin.

— Vincent, je trouve ton idée excellente.

— Formidable.

— Mais je suis incompétente en négociations avec les banques, en rachat et en gestion d'entreprise. Mon truc à moi, ce sont les gens.

— Ne t'en fais pas, moi je m'y connais, et Florence est aussi super douée dans sa partie. On doit pouvoir s'en sortir. Mais une entreprise ne fonctionne que si ceux qui la dirigent savent faire tourner tous les rouages ensemble. Sur ce point, je sais que tu es une experte.

— Merci.

Je n'ai pas la moindre idée de ce que représente ce projet ni de ce qu'il va exiger. Pourtant, je n'ai pas peur. Pas du tout. Courage ou inconscience ? L'histoire le dira.

Je n'ai pas menti en disant que le seul secteur qui m'intéresse est celui qui concerne les gens. À cet instant précis, on peut même dire que ce secteur se réduit à Vincent. Le moment est idéal. Nous sommes proches, en terrain neutre. Je n'ai plus la force d'attendre jusqu'au 13. Que ma timidité, mes trouilles et mes doutes aillent tous au diable. Je suis une petite souris qui sort de son trou. Je suis un perce-neige qui accède enfin à la lumière. J'espère que j'ai le poil brillant et que je ne vais pas m'emmêler les feuilles.

62

— Vincent, puis-je te poser deux questions personnelles ?

— Je t'en prie.

— Y a-t-il une femme dans ta vie ?

Il est surpris. Vraiment. Je crois même déceler un mouvement de recul dans son attitude. Je culpabilise instantanément. La souris retourne dans son trou. Je n'aurais pas dû poser cette question. J'ai fait le pas de trop au-dessus du vide. Il va me répondre qu'il est marié et remettra de la distance entre nous. Je suis stupide. Je n'aurais jamais dû me permettre de lui demander ça.

— Pardonne-moi, Vincent, fais-je précipitamment. Oublie ce que je viens de dire.

— Non, Marie, il n'y a pas de femme dans ma vie.

Sa réponse remet ma réaction en cause et ouvre d'autres horizons.

— Quelle était ta deuxième question ?

— J'ai peur, Vincent. Je ne sais pas si je dois…

— Marie, quoi que tu me demandes, je sais que ce ne sera jamais motivé par la méchanceté, alors lance-toi.

— Est-ce toi qui m'as écrit ces lettres bouleversantes ?

Il baisse les yeux. Je sens qu'il est en proie à un conflit intérieur. Soit c'est lui qui les a écrites mais il avait prévu d'attendre jusqu'au 13, date à laquelle il avait tout organisé pour me révéler sa flamme à sa façon. Comme une gourde, je viens de piétiner ses plans. Me le pardonnera-t-il ? Soit il n'en est pas l'auteur, il ne sait même pas de quoi je parle et ignore comment me l'annoncer sans me briser le cœur.

Il relève le visage.

— Marie, il n'y a pas de femme dans ma vie parce qu'il y a un homme.

La scierie vient de redémarrer en trombe. Ils embauchent. Ce n'est pas en bûchettes que je vais finir, c'est en allumettes.

— Personne ne le sait, Marie, parce que ce monde juge trop vite et que je n'ai pas la force d'affronter la Terre entière. Seuls mes proches le savent et, par bonheur, la plupart l'acceptent. Mais ailleurs… Je te demande de garder cela pour toi.

Je m'attendais à tout sauf à ça.

— N'aie aucune crainte.

— Tu sais, Marie, on fait tous notre vie en essayant d'exister au milieu des images que l'on nous impose. Les femmes doivent être d'une certaine façon et les hommes d'une autre. Deux camps, deux stéréotypes. On passe une bonne partie de notre existence à essayer de comprendre qui l'on est au milieu de ces clichés. Il faut du courage pour échapper aux idées toutes faites, et c'est le plus souvent l'amour qui nous permet d'y parvenir. On ne choisit pas ce que l'on est. Cela ne veut pas dire que je me considère comme une victime pour autant. On ne choisit pas non plus ceux que l'on aime. Mais quand on a la chance de les rencontrer, on essaye de s'en approcher et de rester près d'eux. On souffre de ceux qui nous rejettent et on voue une infinie gratitude à ceux qui nous acceptent. C'est vrai de tous ceux qui aiment, hommes ou femmes. Je crois que tu me comprends.

— Du plus profond de ce que je suis.

— Je suis heureux que tu sois au courant de cet aspect personnel. Cela correspond à la confiance que je place en toi.

Je pense à tout ce que j'ai cru, mais surtout à tout ce que Vincent a dû dissimuler pour vivre son histoire. Une nouvelle fois, je me dis qu'aucun bonheur sincère ne devrait avoir à vivre caché.

— Tu reçois donc des lettres bouleversantes de quelqu'un dont tu ignores l'identité ? demande Vincent.

— J'en ai reçu trois jusque-là.

— Des lettres d'amour ?

— Plutôt des invitations, des invitations à l'espoir. Elles me remuent et m'obligent à me poser beaucoup de questions.

— Que tu aies pu m'en croire l'auteur m'honore au plus haut point. Et j'envie celui qui aura la chance de partager ta vie. À condition qu'il ne soit ni médiocre, ni égoïste, il sera avec toi le plus heureux des hommes.

Cette fois, je rougis.

— Puis-je oser une troisième question indiscrète ?

— Nous n'avons plus grand-chose à nous cacher…

— Comment as-tu su que tu avais trouvé le bon compagnon ?

— Il a compris qui j'étais, aussi bien à travers mes qualités que mes défauts. Il m'a permis de devenir moi-même. En force et en paix.

— J'espère qu'un jour, quelqu'un pourra dire cela de moi.

— J'espère que tu le diras très vite de celui que tu attends.

— Cela se voit tant que cela, que j'attends ?

— Pas spécialement, tu donnes admirablement le change, mais l'autre jour, à l'hôpital, pendant ton sommeil, j'ai appris deux secrets sur toi…

— Je préfère ne rien savoir. Je suis incapable de survivre à un niveau de honte supérieur à celui que j'endure déjà maintenant…

— Tu ronfles et tu parles en dormant.

— Misère, je suis foutue. Qu'est-ce que j'ai dit ?

— Tu as d'abord parlé de médicaments.

— De médicaments ?

— Oui, je ne sais plus très bien…

— Paracétamol ?

— C'est ça. Je n'ai pas tout compris mais apparemment, dans ton rêve, ton médicament courait partout avec des ailes de fée…

— Je peux tout expliquer !

— Ce n'est pas le plus important.

— Pour les beignets multicolores qui chantent en chœur, j'ai aussi une justification.

— Il n'a pas été question de cela, mais par moments tu demandais à quelqu'un de te prendre dans ses bras.

— Je ne sais même pas si j'ai de quoi m'acheter une seule action de la société, mais je te la donne à condition que tu promettes de ne jamais parler de ça à personne.

— On va négocier, Marie.

Il m'a encore fait un clin d'œil.

63

Épuisée par trop d'émotions, je n'ai pas eu le courage de préparer le gâteau pour le déjeuner de M. Alfredo. Je tente donc de bonne heure une sortie que j'espère discrète jusqu'à la pâtisserie voisine. La résidence semble encore endormie, mais je tombe quand même sur notre concierge qui est déjà en train d'installer le matériel pour le grand repas.

— Bonjour Marie, vous voilà bien matinale.

— Bonjour monsieur Alfredo. Je n'ai pas trouvé le temps de concocter mon dessert, alors je vais au moins en chercher un.

— Ne vous tracassez donc pas. Il y aura toujours bien assez à manger.

— J'y tiens, un engagement est un engagement. Ensuite, si vous êtes d'accord, je viens vous aider à tout mettre en place.

— C'est bien aimable.

Je quitte la cour. La rue est déserte. Je remonte vers les commerces. Alors que je m'apprête à pénétrer dans la pâtisserie au bout de la rue, j'aperçois la petite dame qui attend le bus à sa place habituelle. Que fait-elle là ? J'y vais.

— Bonjour madame.

— Bonjour jeune fille.

— Comment allez-vous aujourd'hui ?

— Il va faire beau, alors je vais bien.

Je m'assois près d'elle.

— Vous travaillez aussi aujourd'hui ?

— Non, j'attends Henri.

Elle regarde sa montre.

— Il ne devrait plus tarder.

Le verre de sa montre est fêlé et l'heure indiquée est fausse.

— Vous attendez Henri tous les jours ?

— C'est convenu ainsi. J'espère qu'il n'aura pas oublié la demi-baguette.

Quelque chose ne tourne pas rond.

— Vers quelle heure arrive-t-il en général ?

— Après son service, à 18 heures.

Il n'est même pas 9 heures.

— Henri est votre mari ?

— Bien évidemment, jeune fille, me répond-elle amusée. Je ne suis pas du genre à attendre d'autres hommes que le mien !

Du coin de l'avenue, une femme approche sans nous quitter des yeux. Elle marche vite et s'est visiblement habillée en toute hâte. Elle m'adresse un sourire gêné et s'agenouille devant la vieille dame. Elle lui prend délicatement la main.

— Maman, il faut rentrer.

— Ton père va arriver d'une minute à l'autre.

— Tu sais bien qu'il ne viendra pas aujourd'hui. Il est sur un chantier…

Coup d'œil désolé dans ma direction.

— Bon sang, j'avais oublié ! Il rentre quand ?

— Dans quelques jours, maman…

— Tu as fait tes devoirs, au moins ?

La dame se lève docilement pour suivre sa fille. Je les observe s'éloigner. Soudain, je me lance à leur poursuite :

— Vous avez oublié votre sac !

La fille se retourne et fait quelques pas vers moi.

— Merci, me dit-elle en le récupérant.

— Je vois votre maman chaque matin, on échange quelques mots.

— Elle en a bien besoin. Elle ne communique presque plus. Mon père est décédé voilà dix-sept ans et, tous les jours, elle l'attend ici comme à l'époque où ils étaient jeunes mariés. Elle ne vit plus que pour cela. Pour nous, c'est un enfer. Pour elle aussi, j'imagine…

Je ne sais pas quoi lui dire. Si nos regards se croisent encore, nous allons pleurer toutes les deux. Elle parce qu'elle sait, moi parce que je devine.

64

Je ne m'attendais pas à me retrouver exposée à pareille émotion en allant chercher un simple gâteau aux pommes. J'ai du mal à penser à autre chose qu'à cette petite dame qui attend son mari chaque jour parce que son cerveau refuse qu'il ne soit plus là. Quel lien faut-il entre deux êtres pour qu'au-delà de toute raison, l'esprit choisisse de renoncer à la réalité au profit d'un espoir déçu chaque jour ?

Je n'ai pas envie de rester seule. Je dévale les escaliers pour aller aider M. Alfredo. Je croise Hugo et Antoine qui font la navette dans les étages pour récupérer assez de chaises chez tous les habitants. Une petite fille un peu plus jeune qu'eux leur prête main-forte.

— Attendez-moi ! leur crie-t-elle.

Elle serre un siège pliant dans ses petits bras et descend chaque marche avec d'infinies précautions. Les deux autres sont déjà loin. Bienvenue dans ce monde d'hommes, petite sœur. Je l'aide.

À la faveur d'une météo clémente, M. Alfredo a décidé d'organiser le repas dans la cour. Les planches sur les tréteaux forment déjà une longue table de banquet. Tout en déroulant les nappes en papier à ses côtés, je commente :

— Vous avez visé juste, c'est le premier beau dimanche de l'année.

— Pour ces repas, le temps a toujours été de notre côté. Manuela nous porte bonheur.

— Manuela ? Une sainte patronne des festivités ?

— Non, Manuela était ma femme. C'est en son honneur que j'offre ce repas, pour son anniversaire.

— Je ne savais pas, je suis désolée…

— Ne le soyez pas, c'est un beau jour et elle est toujours avec moi.

Depuis ce matin, j'ai coup sur coup découvert la petite dame qui attend son mari tous les jours et Alfredo qui célèbre l'anniversaire de sa femme disparue. La vie doit encore essayer de m'inculquer quelque chose, mais je ne sais pas quoi. Je redoute d'ailleurs un peu son nouveau message. Quel est-il cette fois ? Ne t'attache à personne parce que l'on finit toujours par perdre ceux que l'on aime ? La mort t'arrachera ton conjoint s'il ne s'est pas barré avec quelqu'un d'autre avant ? Je vais tenter de rester positive.

Peu à peu, les habitants se retrouvent dans la cour. Pour une fois, ces vies qui d'habitude ne font que se croiser ont rendez-vous. Ce matin, au-delà de ce que nous sommes, nos agendas coïncident. Je n'imaginais pas qu'il puisse y avoir autant de monde habitant à cette adresse. À force de se rencontrer isolément, on ne s'en doute pas. L'effet de groupe est saisissant. Sont rassemblés des familles, des couples, des personnes âgées, des célibataires… Nous composons un petit monde à nous tout seuls. Exception-nellement, les enfants sont autorisés à jouer dans le bosquet. Ils ont même le droit de grimper aux arbres. Lula, la petite fille à la chaise pliante, est au pied d'un tronc et demande aux garçons déjà perchés de l'aider à monter. Ils lui tendent la main et la hissent. D'autres bambins, plus jeunes encore, courent partout et s'en donnent à cœur joie. Je me souviens, lorsque j'avais leur âge, du bonheur que j'éprouvais à vivre des choses inhabituelles dans des lieux quotidiens. La kermesse de l'école, la fête des commerçants, nos cabanes en matelas avec Caro… Je retrouve aujourd'hui cette émotion que je croyais perdue. Est-ce que je regrette de ne plus avoir l'âge des petits que je vois se glisser sous les tables ? Non. Car aujourd'hui, en plus de vivre, je me souviens et j'apprécie.

Une fois le gros de l'installation achevé, je suis remontée chez moi prendre une douche et me changer.

En me séchant les cheveux, je jette un œil par les fenêtres du salon. Paracétamol contemple lui aussi toute cette agitation entre deux séances de toilette.

— Tu vas rester là, mon grand, et je remonterai te voir de temps en temps.

Je ne suis pas la seule à m'être changée. En redescendant, je découvre M. Alfredo dans un très beau costume. Il ne porte plus sa traditionnelle blouse de quincaillier bleue, mais une éclatante chemise blanche sur un costume gris d'une sobre élégance.

— Vous avez beaucoup d'allure, lui dis-je.

— Merci. C'est une journée importante pour moi.

Je viens de sentir son parfum. Boisé, masculin, rassurant.

Les derniers préparatifs sont terminés. Sur la table du buffet, derrière un petit bouquet rond de roses rouges, trône le portrait d'une très belle femme. Manuela. Émilie n'avait pas exagéré en parlant des photos d'elle dans la loge. C'est vrai qu'elle est d'une beauté remarquable.

On pourrait se croire à un mariage. Tout le monde est bien habillé, les gens plaisantent. Certains se découvrent, d'autres ne se sont à l'évidence pas vus depuis le repas de l'année dernière mais se retrouvent avec plaisir. Les enfants courent partout. Je crois que tout le monde a répondu présent. M. Alfredo s'avance sur le perron et frappe dans ses mains.

— Mesdames, messieurs, mes amis, si vous le voulez bien, nous allons servir l'apéritif. Je vous propose un porto dont vous me direz des nouvelles !

Sans que personne ne soit réellement affecté au service, les verres se remplissent et circulent en toute convivialité. On trinque. Les gens commencent à discuter. J'écoute. Entre eux, les hommes engagent la conversation en parlant travail. Les femmes parlent des enfants. Je reste dans mon coin.

Le soleil donne déjà sur la cour et une jeune femme en talons essaie d'attraper son fils pour lui mettre sa casquette, mais il s'échappe. M. Alfredo interpelle l'enfant :

— Mickael, s'il te plaît. Tu vas me faire le plaisir de mettre cette casquette. Tu auras l'air d'un pilote de course.

Le petit obtempère. M. Alfredo est vraiment étonnant. Si nous étions à un mariage, il en serait sans conteste le patriarche. Tout le monde le respecte. Il parle à chacun avec bienveillance sans jamais se gêner pour dire si quelque chose ne va pas. Il ferait un excellent chef de famille. Pourtant, malgré le soleil et l'ambiance, nous ne sommes pas à un mariage et nous ne sommes pas une famille. Nous sommes les habitants d'un immeuble dont il est le concierge. Moi qui me demandais comment pouvaient réagir les gens à qui il parle avec tant de franchise, je suis surprise du résultat : tout le monde le respecte. Mieux encore, tout le monde l'apprécie.

Le monsieur dont la grosse voiture avait taché les dalles donne le signal, et nous levons tous nos verres en l'honneur de Manuela et de M. Alfredo. Ce toast porté à sa défunte femme ne semble pas le rendre triste, ni même nostalgique. Il se comporte comme si elle était à ses côtés. Plus tôt, j'ai surpris le regard tendre qu'il a adressé à l'image de sa bien-aimée. Je ne pensais ce genre d'élan possible que vis-à-vis des vivants. Je trouve cela joli.

Lorsque vient le moment de passer à table, M. Alfredo s'approche.

— Marie, je suis désolé mais M. Dussart est encore en déplacement. Il rentre le 13. Je vous ai installée à côté de Mme Shenzhen, deuxième gauche.

Alors comme ça, M. Dussart rentre le 13… Cela vous surprendra peut-être, mais bien qu'il ne reste que lui sur ma liste de suspects de premier choix, j'ai de plus en plus de mal à croire qu'il puisse être mon homme mystère. Ou alors il se débrouille super bien pour m'espionner.

M. Alfredo m'entraîne vers l'extrémité de la table et me glisse à l'oreille :

— Je vous ai placée à ma droite.

Il me présente à beaucoup de gens. Par réflexe professionnel, en même temps que leurs noms, il ne peut pas s'empêcher de m'annoncer leur localisation d'appartement. Les Bertrand, quatrième étage face. M. et Mme Benzema, premier étage droite. Cela m'amuse. Au bout de quelques minutes, je me surprends moi-même à tendre la main en m'annonçant comme « Marie Lavigne, troisième face ».

Mme Shenzhen connaît tout le monde. C'est la plus ancienne habitante de l'immeuble. À elle seule, elle constitue un mélange étonnant : son nom asiatique contraste avec son physique méditerranéen et son accent du Sud. Mme Shenzhen défie tous les clichés.

— J'ai bien connu Manuela, me confie-t-elle. Elle s'est éteinte seulement deux mois après mon mari. Nous étions proches. Nos couples étaient de la même génération, sans enfants ni eux ni nous, toujours beaucoup de travail. Ils étaient portugais, mon mari chinois, et moi originaire de la côte. Je me faisais remarquer partout avec mon accent. Tous déracinés. Forcément, cela rapproche. Autant vous dire que quand mon Chinois de mari n'était pas d'accord avec ce Portugais d'Alfredo et que le ton montait un peu, on ne comprenait plus rien ! Mais heureusement, Manuela et moi savions les calmer et tout finissait par s'arranger.

Discrètement, elle me désigne du menton les différents résidents et me raconte les histoires de chacun. Une nouvelle fois, elle me surprend : on ne la voit jamais mais elle sait tout.

— Alors comme ça vous êtes seule ? me fait-elle. C'est étonnant pour une belle plante comme vous…

Elle a découvert ma moitié végétale. Pour ce qui est de ma moitié animale, on attend encore celui qui pourra attester de son existence. Finalement, une belle plante, ce n'est pas si mal : étant donné le temps qu'il fait, je vais peut-être m'adonner à la photosynthèse.

— Je me remets d'une histoire compliquée.

— Ne perdez pas trop de temps. On ne sait jamais ce que l'avenir nous réserve.

Le buffet est ouvert et chacun se lève pour aller se servir. M. Alfredo a préparé de grands plateaux de

384

spécialités portugaises. Il est là pour présenter les plats, servir et nous convaincre de goûter ce que l'on ne connaît pas. Malgré des ingrédients inhabituels, tout est délicieux. Je note quand même que les hommes repartent avec de la charcuterie et de la viande alors que les femmes font le plein de salade et de légumes.

Je m'occupe de servir Mme Shenzhen, qui a du mal à marcher.

— M. Alfredo travaillait avec sa femme ?

— Non, à l'époque, elle s'occupait seule de l'immeuble ; lui travaillait au service espaces verts de la mairie. Cela ne s'appelait d'ailleurs pas encore ainsi. C'est lorsqu'ils ont fait fortune qu'il est venu travailler avec elle.

— « Fait fortune » ?

— Vous ne connaissez pas l'histoire ?

— Non.

— À la mairie, l'équipe de jardiniers d'Alfredo avait pour coutume de jouer au loto une semaine sur deux. Avec le peu qu'ils gagnaient, ils s'offraient un gueuleton ensemble. Et puis, comme partout, les traditions se perdent et les jeunes se sont désintéressés de ce petit rituel. La semaine où, pour la première fois, ils n'ont plus voulu jouer, Alfredo a décidé d'acheter un billet tout seul. Et il a gagné le pactole !

— Il est donc riche ?

— On peut le dire, oui ! Sacrément !

— Et il est quand même resté concierge ?

— Ils n'avaient parlé à personne de leur soudaine manne, sauf à nous parce que nous étions amis. Je m'en souviens comme si c'était hier. Ils nous ont annoncé la nouvelle un samedi, rapidement parce que Manuela tenait à faire les carreaux de sa loge. Il lui a demandé ce qu'elle souhaitait. Il lui a proposé une vie de voyages et de vacances. Elle a répondu qu'elle aimait son métier et qu'elle ne voulait rien changer à sa vie. Elle ne se voyait pas oisive. Il est vrai que ce n'était pas sa nature.

— Ils ont continué à vivre comme s'ils n'avaient rien gagné ?

— Pas tout à fait.

Elle se retourne et me désigne l'immeuble d'un ample mouvement du bras :

— Ils ont acheté ça. Appartement après appartement. Nous sommes tous devenus leurs locataires. Alfredo est venu travailler avec sa femme et ils se sont occupés de tout, de nous tous, du matin au soir. Je n'ai jamais vu un couple plus heureux. Ils avaient trouvé leur place. Il leur arrivait même de chanter en duo dans l'escalier ! Les nouveaux locataires trouvaient cela bizarre, mais nous on aimait bien. Quand Manuela est décédée, Alfredo n'a rien voulu changer. L'enterrement a eu lieu un lundi et comme chaque lundi, le matin, aux aurores, il briquait le hall. Il est resté là où il se sentait le plus proche d'elle. Là où ils avaient vécu leurs plus belles années. J'ai fait la même chose. On s'est beaucoup soutenus, avec Alfredo. Depuis ce temps-là, nous dînons chaque jeudi ensemble, une fois chez lui, une fois chez moi. Je suis la seule ici à l'appeler par son prénom.

Elle me désigne la longue table qui s'étire devant nous.

— Désormais, il n'y a plus personne ici qui ait connu sa femme ou mon mari. La vie avance. C'est ainsi.

Elle s'étonne de mon air stupéfait.

— Vous ignoriez qu'il était propriétaire ?

— Complètement.

— Pourtant, quand vous avez signé les papiers…

— Je n'ai rien signé puisque c'est une amie de ma sœur qui me prête son appartement.

— Voilà qui explique tout. Il doit bien vous aimer cependant, sinon il ne vous aurait pas laissée vivre ici.

— Dès le premier jour, lorsque je suis arrivée, il m'a fait forte impression. Je comprends mieux. Il m'avait lancé : « Vous êtes ici sur mes terres. » J'avais pris cela pour une boutade.

— Ce n'en est pas une du tout.

J'aperçois M. Alfredo qui sert du vin en bout de table. Il ne s'est pas assis une minute. Il possède tout mais passe son temps au service des autres. Il pourrait se contenter de profiter, mais il a choisi de tenir sa place et de faire ce en quoi il croit. Finalement, M. Memnec vivait aussi ainsi. J'admire la noblesse de leur mentalité.

Je relève la tête pour respirer l'air doux qu'offre ce dimanche. Il pourrait pleuvoir que ce serait un beau moment quand même. À ma fenêtre, Paracétamol m'observe. Je lui adresse un petit signe. J'espère que personne ne m'a remarquée.

À la fin du repas, M. Alfredo a mis de la musique. Pour ouvrir ce bal improvisé, il a invité Mme Shenzhen à danser. Je les ai longuement observés, elle faisant l'effort de marcher et lui la soutenant avec bienveillance. Ils me bouleversent. En se tenant ainsi, serrés, ils ne trahissent personne. Ils s'aident mutuellement à se souvenir de ce qu'ils gardent de plus beau en eux. La vie est comme une danse, elle dure peu de temps. Je crois qu'il faut être deux pour en saisir le tempo et en apprécier la mélodie. On ne goûte vraiment que ce que l'on partage. Le reste est sans valeur. En attendant, cet après-midi-là, il n'y a eu que le petit Antoine pour m'inviter à valser, et il m'a massacré les pieds.

65

Ce matin, j'ai pris mon chat de vitesse. C'est moi qui l'ai réveillé. Il faut dire que j'étais debout avant la sonnerie, et même avant le soleil. Les yeux à peine ouverts, pieds nus et en chemise de nuit, j'ai commencé par rayer le dernier jour sur mon calendrier. Nous sommes le 13 mars. Bonne chance, Marie.

En sortant pour aller travailler, j'ai vérifié mon paillasson : pas de lettre. Cette fois, je suis allée écouter à la porte de Romain Dussart. Rien. S'il est rentré de son « déplacement », il doit dormir paisiblement en attendant de me balancer sa nouvelle missive, à moins qu'il ne l'ait postée cette fois encore.

En arrivant au bureau, j'ai supplié Pétula de me prévenir dès que le facteur serait passé. De sa voix faussement grave, elle a répondu laconiquement : « OK, poulette. » Ça fait peur. Elle ressemble de plus en plus à un mec. Depuis qu'elle a brillamment réussi sa première audition en tant que jeune homme, elle entre complètement dans son rôle et se fait appeler Théo. Je m'y perds avec ses prénoms. Je vais finir par l'appeler Théa, ou Pétulo.

Émilie a rencontré les parents de Julien. Elle a raison, ça va vite. Je lui ai parlé du projet fou de Vincent et elle est prête à investir tout son plan d'épargne logement dans l'affaire. J'y vois un beau signe d'encouragement, mais je pense qu'il va en falloir plus pour impressionner Deblais. Vincent et Florence y travaillent. Ils doivent encore déjeuner ensemble ce midi.

Je suis incapable de me concentrer sur quoi que ce soit d'autre que cette lettre. J'y pense sans arrêt. Je l'imagine. Je la vois presque. En tous les cas, je l'attends chaque seconde. J'ai envisagé tellement de scénarios perchés, toujours plus tordus, que j'en suis à me dire que mon amoureux mystère ne se montre pas tout simplement parce qu'il est affreusement laid. Il va de ville en ville, de foire en foire. Les badauds payent pour entrer dans sa petite cahute aux couleurs criardes et en ressortent abasourdis. Il épouvante les enfants et fait s'évanouir les femmes. Les hommes le craignent et les scientifiques le recherchent. Pasteur est sur ses traces parce que faute de cobayes – le dernier prisonnier de la zone 51 s'étant sauvé en dévorant les gardiens et une voiture –, notre bon savant n'a plus rien inventé depuis les pets de chien. Il espère se refaire grâce à celui qui m'aime. Mon monstre d'amour m'aura certainement remarquée dans le journal local où je figurais voilà trois mois, floue, au vingt-huitième rang, sur le cliché d'une soirée théâtre aussi avant-gardiste que foireuse où Émilie m'avait traînée. Pourquoi moi ? Pourquoi m'a-t-il choisie ? Il est assez logique qu'un monstre de foire tombe amoureux de l'otarie du cirque. C'est même assez touchant. Après tout, ça peut coller. « Bonsoir madame, je vous présente mon mari, l'homme aux trois nez – l'un en trompette, l'autre en triangle et le dernier en grosse caisse. Quand il se mouche, ça joue la

Symphonie pastorale. Est-ce que vous avez une piscine et un ballon, s'il vous plaît ? Parce que je suis complètement déshydratée et que j'ai envie de faire mon numéro. »

Plus les heures passent, plus je suis survoltée. En me levant, j'étais une pile de 9 volts. En arrivant au bureau, j'étais une batterie de voiture 12 volts. Vers 10 heures, j'ai été une batterie de projecteur au lithium puis une éolienne dans le vent qui se lève. Je pense que je vais finir chargée comme la centrale hydroélectrique des chutes du Niagara. Le premier qui me touche les fils va se prendre la patate de sa vie.

Par chance, mon dernier suspect sérieux n'étant pas dans l'entreprise, il ne subsiste plus aucune ambiguïté avec mes collègues. Je suis allée saluer les garçons dans l'ancien bâtiment. Depuis que Sandro et Kévin sont « beaux-frères », l'ambiance a encore évolué. Avant, en les regardant bosser, on percevait du plaisir. Maintenant, on sent le bonheur.

L'ambiance n'est pas vraiment la même côté direction. Chaque fois que je passe devant son bureau, Deblais me jette des coups d'œil de plus en plus sombres. Je m'en fous totalement.

Notelho évite de me regarder mais il continue à espionner son chef et à lui faire les poches. Il a obtenu de nouveaux détails sur sa garçonnière. J'ai l'impression que l'ex-lieutenant en fait une affaire personnelle.

Le courrier est passé tard et Pétulo n'a certainement jamais vu personne se jeter avec un tel empressement sur des plis postaux. Pour se ruer ainsi sur du papier, il faut être un termite. Il va falloir que je me calme. Même le stagiaire me regarde de travers.

Cette journée est une odyssée à travers toutes sortes d'émotions. J'ai pleuré toute seule à la photocopieuse parce que je me suis dit qu'aucune lettre n'arriverait. Dix minutes après, j'ai ri comme une hystérique à la machine à café parce que j'ai eu l'intuition que l'enveloppe contiendrait une demande en mariage et deux billets d'avion pour les îles. Pendant le déjeuner, je me suis loupé la bouche en mangeant parce que j'ai imaginé que mon homme était assis à côté de moi et que – sans prévenir ma main – j'ai tourné la tête pour admirer ses yeux. Je m'en suis mis partout. Une journée compliquée, donc.

Avant de partir, Émilie m'a demandé de l'avertir si je recevais la lettre. Elle m'a serrée contre elle et m'a souhaité tout le bonheur du monde.

Je suis rentrée chez moi ventre à terre parce qu'il est évident que si je n'ai rien trouvé ce matin devant ma porte, ni dans la journée au bureau, c'est que la lettre m'attend à la loge de M. Alfredo ou sur mon paillasson.

— Non Marie, pas de courrier pour vous aujourd'hui. Vous attendiez quelque chose ?

— Rien de grave…

J'ai monté l'escalier en ressentant chaque marche comme les derniers accords d'un requiem. Mes pas rythmaient les derniers bips d'un compte à rebours avant l'effondrement.

Dans un travelling ascensionnel parfait, mon palier s'est dévoilé progressivement. C'était un mouvement visuel digne des plus grands films à suspense, qui s'est étiré jusqu'à mon paillasson, sur lequel rien ne m'attendait. Fondu au noir. Générique de fin.

Je viens de comprendre ce qui s'est passé : le petit Antoine – dix ans mais avec des grands pieds – a barboté la lettre parce que depuis que nous avons dansé ensemble, il est secrètement amoureux de moi. Il est prêt à tout pour m'empêcher de trouver un mari en attendant d'être assez grand pour m'épouser lui-même. Plus que quinze ans à attendre.

J'entre chez moi déprimée, épuisée. Je laisse tomber sac et manteau. Heureusement que mon chat est là pour m'apporter un peu de réconfort. Mais je n'arrive pas à me poser. J'attends toujours. J'ai réglé le volume de mon téléphone au maximum au cas où il m'appellerait. Avoir trois nez ne l'empêche pas de parler. J'ai pris une douche en gardant la tête hors de la cabine au cas où il viendrait frapper, à la fenêtre ou à la porte. Résultat, je suis propre de partout sauf de la tête.

J'ai passé la soirée à épier chaque bruit, à me dire qu'à la seconde d'après, ma vie allait changer. J'ai déjà vécu cela. C'était dans un hall de gare. Je ne veux le revivre à aucun prix mais je suis incapable de m'y soustraire. Quelle sera cette fois ma limite d'attente ? Impossible d'en fixer une. Je vais encore souffrir le martyre, écartelée entre un espoir que chaque tour de trotteuse rabote comme une meule et une déception que toute minute écoulée alourdit. Comme souvent en cas de grande malédiction, seuls les douze coups de minuit pourront me délivrer. Nous ne serons alors plus le 13 mars mais le 14, et l'homme dont j'attends le signe aura failli à sa promesse.

Paracétamol est venu me provoquer avec son bouchon, mais je n'ai pas réagi. Alors il m'a attaqué les pieds. Maman a téléphoné mais j'ai eu du mal à me passionner pour le bulletin de santé de sa voisine.

Je n'ai même pas eu le cœur à me nourrir. Tant mieux. Il était préférable que j'aie l'estomac léger vu ce qui m'attendait. Il était exactement 21 h 34 lorsque c'est arrivé.

66

Je suis affalée dans le canapé, occupée à caresser Paracétamol qui ronronne. Pour une fois, je préférerais qu'il ne le fasse pas car cela me gêne pour écouter les bruits venus du palier.

Soudain, j'entends quelque chose. C'est étouffé mais il n'y a aucun doute. Quelqu'un marche sur la pointe des pieds près de ma porte. Si je n'aimais pas mon chat, je l'aurais balancé comme un sac pour me précipiter, mais j'ai trouvé la force et l'amour de le poser délicatement par terre.

À pas de loup, je rejoins mon entrée. Je suis sur le point de coller mon œil au judas lorsqu'un léger frottement venu du sol attire mon attention. Un rectangle blanc apparaît. On est en train de glisser une lettre chez moi !

Active tes neurones, Marie ! Choisis vite ! Attends-tu sagement de lire cette lettre et d'y réfléchir sereinement ? Ou décides-tu de brûler les étapes en ouvrant la porte immédiatement ?

J'en ai assez d'attendre. J'ai passé les trois quarts de ma vie à ça. C'est terminé. J'arrête de subir les tempos que l'on m'impose. J'ouvre.

Romain Dussart sursaute. Je le surprends encore baissé, occupé à glisser son enveloppe. C'était donc lui ! Le dernier suspect se révèle être le coupable, comme dans les vieux romans policiers ! Il faudra qu'il m'explique comment il s'est arrangé pour en apprendre autant sur moi. Je suis prête à lui pardonner d'avoir escaladé la corniche pour me surveiller sous ma douche.

Il se redresse vivement. Il ne s'attendait pas à ce que je le démasque. Il est gêné. C'est bien son tour. Maladroitement, il déclare :

— Bonsoir, cette lettre est pour vous.

— Je m'en doute.

Il bafouille :

— Voilà un moment que l'on ne s'était pas vus. Comment allez-vous, mademoiselle Lavigne ?

— Romain, nous n'en sommes plus là. Appelez-moi Marie.

Je fais un pas vers lui.

— Ne soyez pas timide. Je vous soupçonnais depuis longtemps.

— De quoi parlez-vous ?

Il recule.

— Ne dites rien, les mots sont inutiles.

— Mais enfin…

Je lui tends la main. Il recule encore.

— Romain, j'attends cet instant depuis longtemps.

Il replie ses bras contre sa poitrine comme s'il avait peur qu'un crocodile ne les happe.

— Pardonne-moi d'avoir ouvert la porte, Romain, mais j'étais impatiente de te parler. Contrairement à ce que tu crois, je t'ai remarqué dès notre première fois.

— J'ignore de quoi vous parlez, mais…

— Plus de faux-semblants, s'il te plaît. Ce jeu du chat et de la souris a assez duré. Tu m'as attrapée.

Il fait un peu la même tête que Notelho devant le pull relevé de Valérie. Tout à coup, il se retourne et s'élance en courant vers sa porte, qu'il essaye d'ouvrir en emmêlant fébrilement son trousseau. On dirait ces gens qui n'arrivent pas à démarrer leur voiture alors que l'océan de lave qui déferle fait déjà fondre le pare-chocs arrière.

Je le rattrape et le prends dans mes bras.

— Romain, par pitié, n'aie pas peur d'ouvrir ton cœur !

— Vous êtes cinglée ! Lâchez-moi.

Je m'agrippe, je me cramponne de toutes mes forces. Il se débat.

Une voix s'élève soudain, venue de l'escalier.

— Marie ! Marie ! Laissez M. Dussart tranquille !

M. Alfredo débarque sur le palier, essoufflé.

— Du calme, Marie ! Je lui ai seulement demandé de vous déposer la lettre pour m'éviter de monter.

Je relâche mon emprise. M. Dussart s'engouffre chez lui et me claque la porte au nez. Je l'entends se barricader en fermant tous ses verrous les uns après les autres.

— Névrosée ! lance-t-il à travers sa porte blindée.

Encore un qui m'échappe. Encore un sur qui je me suis fait des illusions. Je reste debout, sous le choc de mon propre comportement. La petite souris voudrait bien aller mourir au fond de son trou. Qu'est-ce que j'ai encore fait ? En une seule soirée, j'aurai réussi à perdre mon dernier espoir et mon appartement.

Un bruit sec. Pour couronner le tout, la porte de mon logement vient de claquer. Je me retrouve dehors, sans les clefs. Là, je crois que j'ai le droit de pleurer.

M. Alfredo comprend et me souffle :

— Ne vous en faites pas, j'ai un double.

Il se laisse tomber sur les marches et me fait signe de venir m'asseoir près de lui. Je suis décomposée de honte.

— Je vous présente mes excuses. Je m'en veux terriblement. Je donnerais dix ans de ma vie pour revenir dix minutes en arrière.

— Ne faites pas ça, malheureuse ! Vous avez déjà donné dix ans de votre vie pour découvrir que votre premier compagnon n'était pas le bon.

Il tapote maladroitement ma main pour me réconforter.

— Vous avez vraiment cru que c'était M. Dussart qui vous adressait ces lettres anonymes ?

— Il était mon dernier suspect sérieux.

— Ce n'est pas du tout son genre. Certaines données vous échappent vraiment au sujet des hommes…

— Je n'ai rien à dire pour ma défense, Votre Honneur.

— Il n'était que le messager. Je ne sais pas qui les dépose, je n'ai jamais vu personne. Est-il grossier de vous demander pourquoi elles vous mettent dans cet état-là ?

— Elles sont écrites par un homme qui prétend m'aimer. Mais il passe son temps à me faire tourner en bourrique. Cette fois, c'est décidé : je ne m'occupe plus ni de lui, ni des autres. C'est terminé.

M. Alfredo ricane :

— Depuis le commencement du monde, vous seriez la toute première femme à y parvenir.

— J'ai toujours tout raté. Toutes mes histoires ont mal fini, même celles qui n'ont pas démarré !

— Marie, écoutez-moi : aucun échec ne vaut que l'on renonce. Il faut tirer les leçons et recommencer jusqu'à mourir, ou vivre enfin. Je n'ai que mon exemple à vous offrir mais, vous savez, Manuela était ma troisième femme. Il m'aura fallu deux erreurs, dont j'étais d'ailleurs en grande partie responsable, pour apprécier mon bonheur.

Ma surprise l'amuse.

— Vous pensiez que notre belle histoire d'amour ne pouvait être que le fruit d'un miracle ? Une première fois, pure et idéale ? Un conte de fées ? Je reconnais bien là cette quête de perfection qui caractérise les femmes. On vous remplit tellement le crâne avec les coups de foudre et l'amour absolu que vous êtes forcément déçues de ce qui se passe en vrai. Vous espérez le prince charmant qui n'existe pas et ensuite, vous ne croyez plus en rien. Il faut déjà beaucoup de chance pour trouver celui avec qui vous pouvez traverser le temps. La vie est un puzzle dont on assemble les pièces chaque jour. Avez-vous déjà vu quelqu'un poser les pièces au bon endroit du premier coup ? Il faut essayer, garder une vue d'ensemble. On nous rebat les oreilles avec la beauté des premières fois. Pour ma part, je préfère les meilleures plutôt que les premières. Ce sont rarement les mêmes. Chaque jour est une première fois. On est fichu quand on pense avoir déjà tout vécu. On reste tant que l'on a encore des choses à découvrir et à comprendre. Quand on a fini le puzzle, c'est vraiment la fin.

— Personne ne m'a jamais expliqué comment m'y prendre avec les hommes. J'ai grandi au milieu des filles, en regardant les garçons de loin. Je n'ai jamais appelé personne « papa »…

— Ma pauvre petite. Je vous plains, mais cela n'aurait pas changé grand-chose. On ne nous apprend pas non plus à comprendre les femmes. Nous nous retrouvons toutes et tous face à face, et chacun fait ce qu'il peut. Votre erreur est de vouloir comprendre tous les hommes. Tâchez déjà de piger comment fonctionne celui que vous préférez. Arrangez-vous avec lui. Nous autres avons renoncé depuis longtemps à comprendre toutes les femmes ! On en choisit une et on se débrouille avec. C'est déjà une expédition en terre inconnue, mais elle en vaut la peine. Au lieu de se demander de quelles planètes viennent les filles et les garçons, on ferait mieux d'apprendre à vivre ensemble sur celle-là.

— Pourquoi est-ce si difficile ?

— C'est plus compliqué pour vous aujourd'hui qu'à mon époque. De mon temps, on écoutait son instinct, maintenant on écoute n'importe quoi. On trouvait un peu de confiance en nous à travers nos expériences, on apprenait. Maintenant, on se compare à des standards établis par on ne sait qui. On nous raconte le pire. On vous complexe, on vous effraie. Du coup, tout le monde a peur de l'autre, plus personne ne sait faire confiance. Il n'y a que les arrogants pour oser. Triste époque. Résultat : les gens n'ont jamais été aussi seuls malgré tous ces moyens de communiquer à leur disposition. J'ai une théorie à ce sujet.

— Quelle est-elle ?

— On transforme la vie en commerce. L'argent est devenu le but ultime au détriment de notre nature. Les sentiments, les affections, le sexe, tout est maintenant un marché. On vous fait peur, on vous fait croire que vous n'êtes capable de rien, tout ça pour vous vendre ce que l'on vous présente comme des solutions. Des chiffons à la mode pour séduire les hommes, de la peinture sur le visage et sur les doigts pour attirer leur attention. Des muscles pour attraper les filles. Des décors de vie en dehors desquels le bonheur serait impossible. On nous enferme dans des modèles d'existence qui ne nous apportent rien mais qui rapportent beaucoup à ceux qui les fourguent. Ceux qui vendent ces choses sont des dealers d'illusions, des tueurs de vie. Rien ne vaudra jamais ce que l'on cueille soi-même : un regard échangé, un geste particulier, de jolis hasards. C'est aussi différent qu'un fruit de grande surface importé d'on ne sait où et gavé de pesticides et un fruit cueilli sur l'arbre, au verger, lorsque la saison est venue. Ne renoncez pas, Marie. Vous n'êtes pas faite pour vivre seule. Personne ne l'est.

Nous restons silencieux. Ses mots trouvent leur chemin en moi, ils ouvrent un boulevard et prennent une place immense. J'ose une question :

— Manuela vous manque ?

— La réponse n'est pas simple. Il faut avoir vécu pour comprendre. Aimez de toutes vos forces, vivez et partagez tout ce que vous pouvez avec l'autre, alors vous accumulerez assez de sentiments pour que, si le destin vous sépare, vous puissiez reconnaître ce qu'il y a de beau dans la vie des autres. Non seulement vous vous souviendrez de vos bonheurs, mais vous aurez toujours envie d'être de ce monde. Manuela ne me manque pas, parce qu'à travers tout ce que je vois, elle est avec moi.

— Votre sagesse résonne en moi comme les leçons de vie dont ma grand-mère m'a fait cadeau.

— Vous les offrirez un jour à votre tour, peut-être à vos enfants, peut-être à ceux des autres. Nous sommes tous les enfants de quelqu'un. N'avez-vous pas envie de faire votre vie avec quelqu'un ?

— Si, mais j'ai peur de souffrir.

— Marie, je vais vous confier un secret. Je le tiens de mon père, qui le tenait du sien. C'est la première fois que je le partage avec une autre femme que Manuela. Le naufrage d'un couple s'explique souvent par un malentendu. Les déceptions de chacun reposent sur une double erreur : les femmes pensent que les hommes changeront et les hommes croient que les femmes ne changeront pas. Or nous resterons toujours les abrutis dont vous avez tant envie, et vous ne resterez pas les jeunes filles qui nous attirent tellement. Il faut voir au-delà, plus loin que les illusions. C'est là que se cache le bonheur.

Cette fois, c'est moi qui lui prends la main.

— Merci beaucoup, monsieur.

— Appelez-moi Alfredo. Et maintenant, venez chercher le double à la loge parce que j'en ai assez de cavaler. Vous n'avez pas envie d'ouvrir votre lettre ?

67

Je l'ai bien sentie passer, cette journée. Si, comme le dit l'adage, ce qui ne me détruit pas me rend plus forte, à l'heure qu'il est, je suis invincible. En prime, je suis la preuve vivante que le ridicule et la honte ne tuent pas.

La conversation avec Alfredo m'a permis de prendre du recul, mais pas au point d'être capable d'aller me coucher pour reprendre des forces en remettant la lecture de la lettre au lendemain. Néanmoins, alors que je m'apprête à décacheter l'enveloppe, mon pouls est presque normal et je me sens assez forte pour affronter ce qu'elle peut contenir. Il vaut mieux que je fasse la fière maintenant, car nul ne sait ce qu'il restera de ma belle attitude après l'avoir lue !

Une seule feuille. Aucun billet d'avion pour les îles.

« Chère Marie,

« Je sais que tu attendais ce message et je te prie de croire que j'étais impatient de te l'envoyer. J'ai compté les jours jusqu'à cette date essentielle pour moi. Cette lettre est la dernière que tu recevras de ma part. J'ai pris ma décision : je vais courir le risque de me présenter à toi, sans masque, sans subterfuge, tel que je suis. C'est un saut dans le vide, mais plus aucune marche arrière n'est possible. Nous allons donc nous rencontrer, en vrai, et cette fois, je te le jure, rien ne m'empêchera d'être au rendez-vous. Je t'invite à dîner, vendredi prochain, à 20 heures, au restaurant de l'hôtel du Lion d'Or. J'espère que tu viendras. Si tu es en retard, ne t'en fais pas, j'attendrai jusqu'à ce que le personnel me jette dehors. Je te le dois. Je compte les heures avant cette étrange rencontre. Plus que trois jours à attendre.

« Je t'embrasse,

« Signé : Celui dont tu feras ce que tu veux. »

Qui se cache derrière ces mots ? Il va falloir que j'attaque les suspects de second choix, mais je n'en ai pas envie. Je suis fatiguée de me poser la question. Le seul qui m'ait témoigné un quelconque intérêt ces derniers temps, c'est le stagiaire. Il est bien jeune et je ne veux pas qu'il dépense autant pour m'inviter. De toute façon, je ne suis plus décidée à m'angoisser pour cet inconnu.

Par contre, l'endroit choisi pour notre rencontre en dit long. Dans la ville, le Lion d'Or est une institution. C'est le haut lieu des déjeuners d'affaires en semaine et des réunions familiales le week-end. Je n'y suis allée qu'une seule fois, lorsque Caro, Olivier et moi y avions invité maman pour ses soixante-dix ans. Ce choix révèle une approche assez formelle, mais qualitative et pleine de bonne volonté. Ai-je envie d'un homme qualitatif et plein de bonne volonté qui m'emmène dans un de ces décors hors desquels toute célébration digne de ce nom serait impossible ?

Je n'ai plus envie de dormir. Il faut que je sorte prendre l'air. Faire un tour me fera le plus grand bien.

Mais où ? Le canal ne m'a pas porté chance et même si l'eau doit être moins froide, je n'ai pas envie de tenter le sort. C'est désormais un lieu associé à des heures sombres, comme la gare. Je vais profiter de la voiture d'Émilie pour rouler au hasard.

Je quitte l'immeuble sans bruit. Les rues sont vides. Elles défilent. Je m'arrête régulièrement aux feux rouges mais aucun véhicule ne passe. Surréaliste. J'aimerais bien pouvoir retourner chez Clara et Kévin. Leur maison est pour moi associée au bonheur. Chez eux, j'ai éprouvé du bien-être, pour la première fois depuis des années. Mais je ne les connais pas assez pour débarquer. Ils ont leur vie. Tout comme Émilie qui est sans doute avec Julien, ou comme Caro et Olivier. Tout le monde a sa vie, sauf moi qui la cherche encore.

Et si j'allais jusqu'au Lion d'Or ? Ce n'est pas loin et cela me donnera un but. Comme mon chat lorsqu'il se lèche les pattes, c'est désormais la seule chose qui compte pour moi.

En descendant l'avenue du Parc, la grande façade illuminée se révèle. Les différents drapeaux européens ornant le fronton flottent au vent. Je me gare sur le parking situé juste devant. Les trois quarts des places sont vides mais la fille bien formatée que je suis se range quand même impeccablement dans les marques d'un emplacement. Respecter les règles, ne pas dépasser, ne jamais mordre la ligne. Pourtant, étant donné le calme et la place, j'aurais pu rouler hors des allées et me garer en biais sans que cela ne gêne personne. Ma vie aurait-elle été meilleure si j'avais su dépasser les limites de temps en temps ? Probablement, au moins si j'avais trouvé le courage de m'affranchir de celles que certains m'ont imposées dans leur seul intérêt.

Je contemple l'hôtel. À travers les fenêtres à petits carreaux des salles du rez-de-chaussée, j'aperçois les derniers clients. Côté bar, on trouve surtout des hommes, et côté restaurant, des couples. Quelle vie faut-il mener pour avoir le temps d'observer chaque détail d'un lieu comme celui-ci à une heure pareille ? Je préfère ne pas connaître la réponse.

Soudain, une idée me vient. Si dans trois jours, mon soupirant épistolaire m'invite dans cet endroit huppé, il a forcément réservé une table… à son nom. Je descends. D'un pas décidé, je traverse le parking et la route en respirant à pleins poumons. J'entre dans l'établissement et me dirige droit vers la réception. Un homme en costume sombre m'accueille :

— Bonsoir madame.

— Bonsoir. Pardonnez-moi, mais mon ami était censé réserver une table pour deux, pour vendredi à 20 heures, et je souhaitais vérifier qu'il l'avait bien fait.

Il attrape le registre du restaurant et tourne les pages.

— Nous cherchons donc, vendredi, 20 heures, pour deux. À quel nom ?

Pauvre enclume. J'aurais dû m'y attendre et préparer ma réponse. À l'extrémité du comptoir, j'aperçois une grosse bouteille de champagne dont la marque va me fournir la solution.

— Ronsard.

— Comme le poète ?

— C'est ça.

— Non, désolé, je n'ai rien. Souhaitez-vous faire une réservation ?

— Vous êtes certain que rien n'est enregistré ?

— Pas au nom de Ronsard.

J'essaie de déchiffrer son registre à l'envers et ce que j'y découvre me surprend. Jamais je n'en aurais eu l'idée si je ne l'avais pas vu. Vérifions :

— Peut-être a-t-il réservé à mon nom ? Lavigne.

L'homme hoche la tête.

— En effet, nous avons bien une réservation enregistrée à ce nom. Marie Lavigne, vendredi, 20 heures.

— Je vous remercie. À vendredi.

Je ressors, secouée de ce que je viens de découvrir et de ce que cela implique. L'homme qui m'a fixé rendez-vous est un sacré rusé. S'est-il douté que je viendrais pour tenter de découvrir son nom ?

Je retourne à la voiture. À peine la portière refermée, les bruits de la nuit s'estompent. J'ai besoin de ce cocon de tranquillité dans lequel je peux m'entendre penser. Je suis face à l'hôtel illuminé et à d'innombrables questions. J'ai tout essayé pour identifier celui qui s'intéresse à moi. Je lui ai obéi, je l'ai guetté, je me suis placée dans des situations délicates. Je l'ai imaginé sous toutes les formes. À cause de lui, je me suis posé des centaines de questions. Grâce à lui, devrais-je dire.

Qui est cet homme ? Avec Benjamin dans le rôle, il aurait été jeune, beau et fougueux. Avec Sandro, il aurait été chaleureux, protecteur et loyal. Avec Vincent, il aurait été émouvant, extrêmement fin et attentionné. M. Dussart aurait été un parti très valorisant socialement.

À eux tous, ils forment un homme parfait, un compagnon idéal. Leurs qualités additionnées répondent à toutes les attentes qu'une femme peut avoir.

Mais est-ce vraiment à cela que j'aspire ? Suis-je en train de courir après un catalogue du bonheur ou après une rencontre ? À force de tout vérifier, de tout carto-graphier, ne suis-je pas en train de me priver de la belle expédition en terre inconnue qu'évoquait Alfredo ? Pourquoi serais-je condamnée à attendre qu'un homme daigne poser les yeux sur moi, n'ayant pour seules options que d'accepter ou de refuser ? Je peux aussi choisir mon voyage.

L'image d'Alexandre s'impose à nouveau. Cela m'arrive souvent ces derniers temps. En y réfléchis-sant, cela arriverait d'ailleurs encore plus fréquemment si je n'étais pas accaparée par l'auteur des lettres. Si j'osais choisir, je pencherais pour lui. Je ne le connais pas bien, mais tout ce que j'ai ressenti de lui m'a toujours plu. J'aime son regard qui n'est jamais dupe, sa capacité à s'investir quand il y croit, son intégrité, son aptitude à choisir une autre voie que celle qui lui est imposée. Et j'aime aussi ses cuisses !

J'ignore avec qui je vais dîner vendredi soir, mais je sais qui je vais tenter d'inviter dès demain.

Je redémarre. Cette fois, je sais où aller. Je veux rentrer chez moi. Je veux faire un câlin à mon chat. En attendant, je roule et j'aime ça. On a moins peur de flâner quand on a trouvé son chemin. J'allume la radio. Je passe de station en station. Je monte le volume. Les chansons me font un drôle d'effet. Les mélodies et les paroles résonnent en moi. J'en reconnais beaucoup que j'avais oubliées. Je les retrouve avec leur cortège d'émotions. Au moment où j'arrive à mon adresse, celle qui passe évoque un amour qui commence, une histoire dans laquelle celui qui aime a peur de choisir. C'était un tube quand je faisais mes études. Je ne l'avais jamais autant ressentie que ce soir. Je me gare. Presque malgré moi, j'en fredonne les paroles que j'aurais cru avoir oubliées. Depuis combien de temps n'étais-je pas restée quelque part pour attendre la fin d'une chanson ? La rage de vivre me porte, et un sentiment nouveau me consume.

68

En pénétrant dans le bâtiment technique, je m'aperçois que la planche de seuil pour les chariots a disparu. Notelho l'aurait-il confisquée pour la brûler et ainsi exorciser ses peurs ? Je n'ai pas le temps d'y réfléchir.

— Bonjour Sandro.

— Bonjour Marie.

— Tu es seul ?

— Alexandre et Kévin sont dehors avec un transporteur, ils vont revenir d'une minute à l'autre. Tu peux les attendre si tu veux.

— Non, c'est toi que je voulais voir. J'ai besoin de ton aide.

— Tout va bien ?

— Tu vas me le dire. Voilà, c'est un peu gênant… Je voudrais inviter Alexandre à dîner.

— Où est le problème ?

— J'ai cru comprendre qu'il était déjà engagé dans une histoire compliquée…

Sandro hésite puis, saisissant les implications de ma remarque, s'exclame :

— Ah, d'accord ! Tu ne veux pas l'inviter comme un collègue. Il t'intéresse perso !

— Tu n'as qu'à hurler plus fort, comme ça, avec l'écho, toute la zone industrielle sera au courant.

— Désolé.

— Tu sais quelque chose à propos de sa relation ?

— Il est discret. Je n'ai pas pour habitude de balancer sur les histoires intimes des potes, mais étant donné ce que tu as fait pour moi, c'est bien le minimum. Je ne sais pas grand-chose mais je l'ai entendu dire à plusieurs reprises que ça n'allait pas durer.

Il me dévisage, goguenard, et ajoute :

— Alors comme ça, tu as des vues sur notre chef ? Tu l'aimes ?

Sa question directe me désarçonne.

— Disons que je pense beaucoup à lui. J'aimerais mieux le connaître.

— Tente ta chance. Vas-y.

— J'ai la trouille.

Il s'approche et me saisit par les épaules.

— Une très bonne amie m'a dit un jour : « N'aie pas peur. Que risques-tu ? » Toi qui as connu le pire, ne crains pas d'envisager le meilleur. Fais-toi confiance.

Un bruit de porte métallique résonne dans le hangar. Sandro me souffle :

— Tiens, le voilà justement qui revient. Je me charge de Kévin pour vous laisser tranquilles.

Je me retrouve seule, plantée au milieu du passage. Je tremble de peur et d'envie. Pour me rassurer, je me dis qu'au pire, je pourrai toujours aller au rendez-vous de vendredi. C'est déjà pas mal, mais ce n'est pas ce que je veux.

— Salut Marie.

Alexandre s'approche. Nous ne sommes pas dans la sphère privée, mais après un soupçon d'hésitation commun, nous nous faisons malgré tout la bise. Je dois être toute rouge. Je ne l'avais jamais franchement envisagé comme autre chose qu'un ami jusque-là, mais puisque j'ai franchi la ligne…

— Marie, je sais que je t'avais dit que je donnerais ma réponse aujourd'hui pour l'argent que je peux placer, mais je n'ai pas eu le temps de faire mes comptes.

— Ne t'en fais pas, ce n'est pas pour cela que je viens.

— Ah bon ? Qu'y a-t-il pour ton service ?

— Pourrais-tu venir…

J'ai du mal à finir ma phrase. Devant mon hésitation, il complète avec ce qui lui semble le plus rationnel :

— … chez toi ? Tu as encore des meubles à déplacer ? Il faut voir quand les garçons sont dispos, on va vérifier ça tout de suite…

— Non, ce n'est pas la peine, je n'ai besoin que de toi.

— Des étagères à poser ?

— Oui, c'est ça. Quand es-tu disponible ?

— C'est urgent ?

— Si possible avant vendredi. J'ai ma mère à dîner et je voudrais que ce soit tout beau…

En deux phrases, j'ai réussi à me dégonfler et à mentir. Brillant ! Par contre, je trouve que « je n'ai besoin que de toi » correspond assez bien à une réalité dont je prends un peu plus conscience. Il réfléchit et propose :

— Je dois pouvoir me libérer pour demain soir. Ça te va ?

— Parfait. Merci. Je te garde à dîner ?

— Pourquoi pas ?

« Je te garde » me plaît bien aussi. Une autre porte claque. Alexandre tend l'oreille. Une voix appelle :

— Mademoiselle Lavigne, mademoiselle Lavigne ! Êtes-vous là ?

— Je suis ici, au fond !

Notelho déboule en courant comme un perdu. Il est essoufflé, en panique. Il salue Alexandre et me dit :

— Je dois vous parler, c'est urgent. Seule…

— Je n'ai rien à cacher à mes collègues.

— Comme vous voudrez. Je viens d'apprendre que la réunion entre M. Deblais et les actionnaires est avancée à ce soir.

69

Le midi, en toute hâte, nous avons organisé une réunion de crise. Ne sont conviés que les collègues en qui nous avons une absolue confiance. Vincent explique :

— Il faut lui parler dès qu'il revient de déjeuner. Nous n'avons pas le choix. Ce soir, il doit aller les voir en exposant d'emblée notre solution. C'est notre seule chance. S'ils s'accordent sur un autre projet de vente, nous n'arriverons plus à les faire changer d'avis.

— Mais notre dossier de financement n'est même pas bouclé ! objecte Florence. Il va nous le jeter à la tête.

— Peu importe, allons-y au bluff.

— Qui va lui parler ? demande Émilie.

Florence secoue la tête : elle ne se sent pas d'y aller. Vincent propose :

— Je pourrais m'en charger avec Marie…

Avant que je puisse réagir, un murmure d'approbation monte du groupe. Tous sont d'accord pour m'envoyer au casse-pipe. Ça fait chaud au cœur ! Valérie, Sandro, Malika et Kévin trouvent le choix excellent. Alexandre me regarde avec un vrai sourire. Ses yeux me disent : « Vas-y, c'est ta place. » Satisfait, Vincent me fait un clin d'œil et annonce :

— Puisque tout le monde est d'accord, nous irons donc tous les deux.

Qui s'est encore fait pigeonner ? Après avoir rampé dans les tuyaux, ils m'envoient chez Dracula le saigneur de salariés. J'espère que ça ne va pas encore me coûter un chemisier…

On se sépare. Tout le monde nous souhaite bonne chance. « On compte sur vous ! », « Notre avenir est entre vos mains ! », « Soyez convaincants, parce que si vous vous plantez, on est foutus ! » Merci pour la pression. Kévin me propose un petit massage des épaules pour me relaxer avant le match. Je décline poliment. Alexandre s'arrange pour sortir le dernier et me glisse :

— Je suis certain que tu seras très bien. Je ne te dis pas cela par politesse, mais parce que tu donnes toujours ce que tu as de mieux lorsque les choses sont au plus mal.

— Merci, c'est gentil. Mais je flippe. Est-ce que je peux te demander un service ?

— Bien sûr.

— Quand je serai dans le bureau de Deblais avec Vincent, s'il te plaît, reste dans les parages, ne me lâche pas des yeux.

— Tu as peur qu'il s'en prenne à toi physiquement ? Rassure-toi. S'il fait seulement mine d'essayer…

— Non, Alexandre. Je vais te demander quelque chose et, je t'en supplie, ne pose pas de questions. Si tu me vois croiser les doigts dans mon dos, voilà exactement ce que tu devras faire…

70

À peine Deblais a-t-il accroché sa veste que Vincent pénètre dans son bureau. Je lui emboîte le pas.

— Monsieur Deblais, nous souhaitons vous parler. C'est important.

— Quelle surprise ! Mon directeur commercial et l'égérie de la révolte, en délégation. Je suis désolé, mais j'ai du travail à faire, et vous aussi d'ailleurs. Prenez rendez-vous.

Vincent ne se laisse pas intimider.

— J'insiste, c'est maintenant que nous devons nous voir.

Je me contente de hocher la tête pour soutenir mon collègue. Deblais nous jauge.

— Qu'y a-t-il de si urgent ?

— Nous avons un projet pour l'entreprise…

— Moi aussi. J'en ai même beaucoup. Et je n'ai pas à en discuter avec vous.

— Vous allez vendre, nous souhaitons racheter.

— Pardon ?

— Le personnel dans son ensemble désire faire une offre pour la reprise de la société.

— Dormex n'est pas à vendre, et certainement pas à vous. Pour qui vous prenez-vous ?

Vincent me consulte du regard et décide d'abattre une carte :

— Nous savons que les actionnaires vont nous liquider. Plutôt que de tout détruire, nous vous demandons d'autoriser notre plan de reprise.

Deblais a beau être le pire des filous, il est tout de même pris de court. Il se laisse tomber dans son fauteuil et fait mine de classer des études pour se donner le temps de la réflexion.

— Bien que je ne les confirme pas, comment avez-vous obtenu ces informations ?

— Aucune importance.

Deblais s'énerve soudain et frappe du poing sur son bureau.

— Ici, c'est moi qui décide de ce qui a de l'importance ou pas. Je suis le patron !

Vincent réplique calmement :

— En affaires, monsieur Deblais, il est préférable de ne pas perdre son sang-froid. Que vous le vouliez ou non, nous sommes en affaires. Soit vous considérez notre offre, soit nous vous compliquerons la vie jusqu'à ce que cette boîte que vous voulez couler ne vaille même plus la torpille pour l'envoyer par le fond.

— Vous osez me menacer ?

Je sens que la discussion va virer au combat de coqs. Deblais ne veut rien entendre, et Vincent n'a que des arguments de bon sens qui n'auront aucun effet. Je dois intervenir. Je n'ai pas le choix, et même si le procédé ne me plaît pas, je sais que c'est notre seule chance. Il faut combattre le mal par le mal. J'inspire et je me lance :

— Monsieur Deblais, le 133 de la rue du Docteur Benoît évoque-t-il quelque chose pour vous ?

Deblais me fixe avec des yeux exorbités. Vincent ne comprend pas.

— Qu'est-ce que tu fais, Marie ?

— Fais-moi confiance. Rappelle-toi : mon truc, c'est les gens.

Je reprends :

— Monsieur Deblais, écoutez-moi bien : nous savons tout. Alors ce soir, lorsque vous rencontrerez les actionnaires, vous leur expliquerez que notre projet de reprise est le plus favorable qui soit. Racontez-leur n'importe quoi, baratinez-les comme vous savez si bien le faire. Faites en sorte qu'ils nous choisissent. Pour vous remercier, nous vous épargnerons le procès pour falsification de documents, licenciement abusif, entente délictueuse, dissimulation de profits et enrichissement personnel sur le dos des salariés sacrifiés… Le deal est équilibré. Vous dégagez et on reprend l'affaire.

Étant donné la tête de Deblais et même celle de Vincent, je suppose que mon discours porte. Je précise :

— S'il vous prenait la fantaisie de nous trahir ce soir ou de nous jouer un des sales coups dont vous avez le secret, nous serons au regret d'annoncer à madame votre épouse que le jeudi soir, ce n'est pas au stand que vous faites du tir.

Deblais accuse le coup. Pour la première fois depuis que je le connais, il ne parvient pas à soutenir mon regard. Mais il ne s'avoue pas vaincu pour autant.

— Vous n'avez aucune preuve, marmonne-t-il.

— Comme vous voudrez. Nous parlerons donc de l'argent que vous doit l'homme qui vous sert d'alibi. On pourra aussi organiser une expo avec les photos prises de l'immeuble d'en face, d'où l'on voit étonnamment bien ces personnes que vous retrouvez au deuxième étage, appartement 234.

Deblais tressaille.

— Comment pouvez-vous ?

— Et vous, dis-je les poings serrés, comment avez-vous pu menacer Virginie et virer Magali ! Comment avez-vous osé vous servir de nous pour autre chose que pour faire notre métier ? On ne va pas vous laisser dépecer notre outil de travail. Si vous ne nous aidez pas, on réduira en bouillie votre petite vie d'arriviste pleine de mensonges !

Il paraît un peu sonné, mais les crapules réfléchissent vite quand elles se savent acculées. Avec un geste de lassitude, il demande :

— À combien se monte votre offre ?

Je ne laisse même pas le temps à Vincent de répondre :

— Peu importe, monsieur Deblais. Nous ne sommes plus en négociations. Vous allez l'accepter, un point c'est tout.

— Vous ne vous en sortirez pas comme ça.

— Ne nous menacez pas. Je n'ai qu'un numéro à composer et vous vous expliquerez avec votre femme, ses amis et sa famille. Votre gentille cocotte a-t-elle été suffisamment claire ?

— Je vous avertis : vous jouez un jeu dangereux.

— C'est vous qui avez lancé la partie et nous avons désormais les cartes en main. N'oubliez pas : ce soir, vous faites passer notre offre et demain, la nouvelle direction offre le champagne.

— Vous ne tiendrez pas longtemps. Personne ne vous suivra. Surtout pas ici.

C'est le bon moment : je croise les doigts dans mon dos. En quelques instants, la quasi-totalité du personnel vient se masser devant les baies vitrées du bureau de Deblais. Ils sont tous là et le fixent. Vu de l'intérieur, on dirait une attaque de zombies dans le pire niveau d'un jeu vidéo. Si Pétula s'arrache la tête, je tombe dans les pommes. Tout à coup, je ne sais pas pourquoi, Valérie relève son pull et exhibe son soutien-gorge. Il ne faudrait pas que ça devienne une habitude.

71

Le plus difficile n'a pas été de préparer le repas, mais de trouver une étagère à fixer. J'ai demandé de l'aide à Alfredo, qui a tout de suite compris. Mais nous n'avions pas le temps de courir les magasins, alors il a vidé une de ses propres étagères remplie de livres et l'a lui-même démontée.

Il a aussi eu la gentillesse de me faire toutes mes courses chez le traiteur. Mon frigo est rempli à ras bord. Je suis parée. Au moins sur ce plan-là.

— Vous invitez celui qui vous a écrit les lettres ?

— Non. C'est un autre. Lui, je l'ai choisi.

— À la bonne heure. Vous avez décidé de reprendre votre destin en main. Je vous souhaite qu'il soit la bonne pièce de votre puzzle. Pensez tout de même à me rendre mon étagère.

— Promis, je la démonte dans quelques jours et je vous la rapporte.

— Elle est compliquée votre histoire, démonter une étagère pour la remonter chez vous et me la restituer ensuite… J'espère que le jeu en vaut la chandelle.

— Je l'espère aussi. Est-ce que ça vous embête si je vous emprunte aussi les livres pour la remplir ?

Paracétamol doit sentir que je ne suis pas dans mon état normal parce que pendant que je nettoie mon appartement, il me suit partout avec curiosité. Quand j'entre dans une pièce, il se poste à l'entrée et étire son petit cou autant qu'il peut pour ne pas me perdre de vue sans trop s'exposer.

Émilie, Caro et maman savent que je reçois un homme ce soir. Chacune m'a prodigué ses conseils mais si je les cumule, cela revient à ne rien dire, à ne rien montrer et à ne rien faire, sauf lui sauter dessus lorsque je l'aurai fait boire – à vrai dire, ce n'est ni ma mère ni ma sœur qui m'ont donné ce dernier conseil. Me voilà bien avancée. Je vais donc y aller à l'instinct, sans filet. Sandro m'a souhaité bonne chance et je parie qu'il en a aussi parlé à Kévin, qui s'est montré particulièrement chaleureux tout à l'heure quand j'ai quitté le bureau. À part ça, on ne balance pas sur les histoires intimes des amis…

Un peu avant l'heure, j'ai éteint la lumière de ma chambre et me suis postée en embuscade près de la fenêtre pour ne pas louper son arrivée. Dans la pénombre, Paracétamol me fixe. Cette fois, c'est certain, mon chat me prend pour une déséquilibrée.

À l'heure convenue, Alexandre franchit la porte cochère. Il traverse la cour. Il porte une imposante caisse à outils mais pas de fleurs. Je suis déçue. Il est vrai qu'il ne vient pas pour un dîner en amoureux mais pour bricoler. Lui doit considérer ce rendez-vous comme un coup de main supplémentaire, alors que moi… La liste est trop longue ! Peut-être va-t-il m'offrir un bouquet de tournevis ?

En ce moment même, Alexandre doit traverser le hall. Je parie qu'Alfredo est derrière le rideau de sa loge à l'épier pour savoir à quoi ressemble « celui que j'ai

choisi ». Quel regard cet homme plein de sagesse porte-
t-il sur celui qui monte l'escalier vers moi ? Je lui deman-
derai son avis.

Alexandre me fait un effet surprenant. Penser à lui
me distrait de tout. Il me permet le luxe d'oublier le
reste. Il desserre l'étau de ma vie. Je ne songe plus ni
aux soucis du travail, ni aux lettres, ni à l'homme qui
doit attendre impatiemment vendredi. Je ne sais même
pas s'il m'est arrivé de songer à quelqu'un avec autant
d'intensité. Personne n'a jamais déclenché cela en moi.
C'est la première fois de ma vie que j'ose choisir.
Hugues s'était imposé à moi, l'auteur des lettres aussi.
Avec Alexandre, c'est différent. J'ai l'impression d'être
revenue au collège et d'avoir rendez-vous avec ce petit
canon de Laurent. J'espère que cette fois ça durera plus
longtemps qu'un trimestre.

Il sonne. J'attends quelques secondes pour ne pas
avoir l'air de me précipiter. Quel est le bon délai ? Dix
secondes ? Vingt secondes ? Deux jours ? J'ai envie de
compter en battements de cœur. J'en suis à deux cents
en moins d'une minute. Il est temps d'y aller.

En m'engageant dans le couloir, je me prends les
pieds dans le chat que j'envoie valser.

— Excuse-moi, mon amour ! Je ne voulais pas !
Pardon.

Impossible de lui courir après pour me faire
pardonner. Je dois aller ouvrir.

— Bonsoir Marie.

— Bonsoir Alexandre. Merci beaucoup de venir.

— Je t'en prie.

Même s'il le fait discrètement, je vois bien qu'il
inspecte l'appartement. Mais il ne semble pas avoir
remarqué que je m'étais changée.

— Tu n'es pas seule ?

— Si, pourquoi ?

— Il m'a semblé t'entendre parler…

— À mon chat, oui. Je l'ai bousculé en venant t'accueillir.

— Il s'en remettra. Alors montre-moi…

— Quoi donc ?

— Ton étagère.

— Bien sûr ! C'est pour cela que tu es venu !

Elle va être rigolote la soirée, lui qui vient pour bricoler et moi qui ne sais pas comment lui dire ce que je ressens.

Je lui présente l'étagère et le pan de mur sur lequel je suis censée vouloir l'accrocher.

— Pas toute neuve, ton étagère…

— C'est sentimental. J'y tiens beaucoup.

Avec précaution, il pose sa caisse et l'ouvre. Quel foutoir ! Je ne sais même pas à quoi peuvent servir tous ces bidules. Ça doit être leur trousse à maquillage à eux. Le voilà qui se met au travail.

Il est concentré. Il mesure, puis me consulte pour vérifier que la hauteur me convient. Sans même y réfléchir, j'approuve avec enthousiasme. De toute façon, quelle importance ? Il ajuste avec son niveau et trace. Je me tiens en retrait sans le lâcher des yeux, mais je me fous éperdument de ce qu'il fabrique. Je profite qu'il soit occupé pour l'étudier en détail de la tête aux pieds. À ma grande surprise, je ne découvre rien de nouveau. Je m'aperçois que je l'ai déjà analysé de près, mais quelque chose en moi m'empêchait de prendre conscience du résultat. Peut-être étais-je trop remontée contre les hommes ? Et sans doute accaparée par ma chasse à l'auteur mystère. Mon cœur meurtri par ma rupture douloureuse n'a pas dû m'aider à ouvrir les yeux. Et voilà que je me retrouve là, ce soir, avec lui. Tout est possible. Je me répète cette phrase qui fait exploser toutes les portes que je pensais fermées dans ma tête. Tout est possible ! Cette seule idée m'enflamme. J'ai envie de sauter de joie, de hurler mon espoir et ma soif de vivre. Près de lui, j'ai l'impression de me libérer d'un carcan qui m'a retenue prisonnière pendant des années. Alexandre, lui, n'est pas du genre à m'enfermer dans un carcan, je l'imagine très bien faire du sur-mesure… Je sais ce qu'Émilie dirait si elle m'entendait.

Il est là, à portée de main. Je n'ai qu'à tendre le bras pour le toucher. Du coup, je suis encore plus enthousiaste. Où ai-je le plus envie de l'effleurer ? Elle est bien loin, la fille qui avait juré qu'on ne l'y reprendrait plus. Heureusement, j'arrive à me contrôler, à part le pied gauche qui fait ce qu'il veut. Avec difficulté, je contiens mon envie de bondir de bonheur. Vous imaginez la nénette qui saute sur place en tapant dans ses mains parce qu'un collègue vient percer trois trous chez elle ? C'est un comportement acceptable de la part d'une otarie mais, ce soir, je voudrais bien être autre chose.

Je m'emballe, je m'emballe, mais je dois aussi penser à Alexandre. S'il doit finir une histoire avec une autre, il faudra sans doute que je lui laisse le temps de se remettre et de passer à autre chose. Mais avant d'en arriver là, je dois d'abord lui avouer ce que j'éprouve, et ce n'est pas gagné.

— Marie, je vais percer. Est-ce que tu peux aller chercher ton aspirateur pour éviter de tout salir ?

— Tout de suite.

Nous sommes proches l'un de l'autre. Presque autant que dans le cagibi de la chaufferie. Cette fois, je ne peux pas accuser la chaudière de me faire monter en température.

— Tu es prête ?

— Quand tu veux.

Le même dialogue a du sens, que ce soit pour une séance de bricolage ou un premier rendez-vous.

Il démarre sa machine. Ça fait un bruit de malade. Le mur tremble. Je suis certaine que Paracétamol, où qu'il se trouve, s'est précipité sous le premier meuble venu en ayant doublé de volume avec son poil tout hérissé. Il réagit déjà de cette manière lorsque j'utilise mon petit mixeur, alors là…

Ma raison tente de me faire prendre du recul, mais je fais tout pour lui échapper : Alexandre est en train de percer une série de trous dans un mur jusque-là impeccable qui n'est même pas à moi, pour fixer une étagère qui n'est pas à moi non plus et dont je n'ai que faire.

En peu de temps, l'élément est en place.

— Ce sont ces livres que tu veux ranger dessus ?

— Exactement…

— Tu lis des romans portugais, toi ?

Je ne vais pas tenir. Je vais forcément gaffer. De toute façon, je ne sais pas convaincre les gens, à moins d'avoir un moyen de les faire chanter. Et si je lui avouais tout ?

« Alexandre, je t'ai fait venir sous le fallacieux prétexte de fixer cette étagère parce que je n'ai pas eu le courage de t'inviter honnêtement pour te dire en face que je suis en train de tomber amoureuse de toi depuis un bon moment mais que je n'osais pas me l'avouer à moi-même. »

Trop long.

« Alexandre, ce bricolage n'est qu'un alibi pour t'inviter parce que je voudrais te dire que tu comptes beaucoup pour moi et que j'espère que… »

Trop embrouillé.

« Alexandre, c'est l'étagère du concierge et j'espère que tu es l'homme de ma vie. Mais ne dis rien devant le chat, il bosse pour les services secrets. »

N'importe quoi.

« Alexandre, c'est l'étagère du concierge, je ne parle pas portugais mais je t'aime. »

— Marie ? Ça te plaît ?

— Génial. Merci beaucoup ! Maman sera contente. Elle aime les étagères. C'est elle qui lit le portugais.

— Je comprends mieux…

Tu ne comprends rien du tout, mon bonhomme. Et si nous faisons notre vie ensemble, c'est toi qui démonteras cette satanée tablette et qui reboucheras les trous. Me pardonner tout cela sera une grande preuve d'amour !

Il a soigneusement rangé ses outils et nettoyé la place. Il se lave les mains dans l'évier pendant que je sors le repas du frigo.

— Je n'ai pas eu le temps de cuisiner. Alors j'ai fait simple…

— Aucune importance, c'est déjà gentil à toi de m'inviter.

— J'en avais envie depuis longtemps.

Génial, j'ai osé lui lâcher ça et il n'a pas poussé de cris. Il ne s'est pas enfui en courant ! Il se retourne et découvre les grandes boîtes du traiteur étalées sur la table.

— Tu attends du monde ?

— Juste nous deux.

J'adore cette phrase, surtout prononcée devant lui. Il soulève les couvercles en carton et plaisante :

— On a de quoi tenir un siège !

C'est ça mon gars, on va rester enfermés ici des mois et, à la longue, tu finiras par te jeter sur moi parce que tu n'auras que ça à te mettre sous la dent. Jamais on ne se rendra ! Quand on n'aura plus de meubles à leur jeter par les fenêtres, on pourra toujours leur balancer nos vêtements enflammés. Les indomptés ne seront plus seuls, mais nus !

On s'installe et on grignote. Chacun pioche ce qu'il veut dans un désordre complet. Le chat rapplique et saute sur ses genoux. C'est merveilleux, Paracétamol l'a adopté ! J'y vois un signe. Peut-être que de mâle à mâle, le chat pourrait lui expliquer à quel point je suis une fille bien. Il pourrait lui dire qu'on formerait un beau couple. En plus, on a presque le même âge. Je le sais parce qu'en fait je connais son dossier par cœur. Mais ça aussi, j'avais refusé d'en prendre conscience.

— Tu crois que Deblais va jouer le jeu jusqu'au bout ?

Le voilà qui place la conversation sur le terrain professionnel.

— Il n'a pas d'autre choix. Au moindre faux pas, j'appelle sa femme.

— Vous avez fait très fort.

— Puisque l'on parle boulot, dis-moi : si nous reprenons la société, toi et les garçons, vous restez ?

— Je pense que oui.

— Excellente nouvelle.

On a échangé sur l'avenir de la société, les collègues, et sur n'importe quoi. J'ai bien essayé d'amener la conversation sur un terrain plus personnel, mais pas suffisamment franchement pour qu'il s'y aventure à la mesure de mes attentes. J'ai dû me contenter de quelques phrases dont je détournais la signification réelle pour y capter le sens qui m'arrangeait. « Viens plus près », « Tout ce que j'ai est à toi » et « Quand la lumière s'éteint, je deviens un animal ». Je ne vous dis pas dans quel état j'étais. Mais je dois être honnête : « Viens plus près », c'était parce que avec les boîtes qui encombraient la table, je n'avais plus qu'un tout petit angle. « Tout ce que j'ai est à toi » faisait référence aux vis et aux clous de sa boîte à outils quand il a su que j'avais besoin de fixer un cadre. Pour « Quand la lumière s'éteint, je deviens un animal », j'ai carrément triché en réunissant deux extraits de conversation séparés de dix minutes qui n'avaient rien à voir. J'ai honte, mais j'ai adoré entendre sa voix me dire ces mots-là.

L'heure tourne et je n'arrive toujours pas à lui parler. Plus le temps passe et moins je m'en sens capable. Le point positif est qu'il n'a pas l'air pressé de partir. Le gros point négatif est que je suis dotée d'un courage de lapin nain. Je suis minable. Dans les brumes de mon esprit torturé, j'entrevois les visages d'Émilie et de Sandro qui me hantent comme des spectres : « Dis-lui ce que tu ressens ! », « Parle-lui, pauvre nouille ! » Je suis certaine que vous avez réussi à attribuer à chacun des deux sa citation. Malheureusement, depuis ma mésaventure dans le train fantôme, les esprits ne m'effraient plus assez pour surmonter ma lâcheté.

Je vois se profiler le moment où il va repartir, comme un collègue, comme un excellent ami, mais pas comme celui que je rêve de le voir devenir. Il faut un miracle, une intervention divine. Là, sur le mur de la cuisine, un Dieu miséricordieux écrirait en lettres de feu : « Alexandre, prends cette femme pour épouse. Chéris-la, protège-la et laisse-la s'acheter des chaussures aussi souvent qu'elle veut ! Telle est ma volonté. » Et un coup de tonnerre pour faire sérieux. Oui, mesdames et messieurs, les dieux mettent des coups de tonnerre à la fin de leurs phrases, comme nous des points.

Il est vrai que les lettres de feu vont faire des dégâts sur le mur, mais on n'est plus à ça près puisqu'on a déjà fait des trous !

Il s'est levé. Il m'a aidée à ranger. J'ai fait le maximum pour traîner. Je lui ai parlé de tout ce qui me passait par la tête. On se connaît assez pour que vous sachiez que dans mon crâne, contrairement aux carrefours la nuit, il y a du passage ! Il a dû me prendre pour une aliénée étant donné les questions que je lui ai posées pour grappiller quelques précieuses secondes. Je suis allée jusqu'à lui parler de sa grosse chignole qui tape fort… J'espère qu'Émilie n'aura jamais accès aux enregistrements de cette conversation, sinon je vais traîner ça comme un boulet jusqu'à la fin de mes jours. Je rigole, mais ce n'est pas en tenant ces propos incohérents que j'ai une chance de lui faire comprendre ce que j'éprouve pour lui. J'ai envie d'avoir des heures à perdre, rien que pour le regarder. J'ai envie de me tromper en sachant qu'il m'aidera. J'ai envie de tout lui donner. J'ai aussi envie de lui arracher ses vêtements. Mais je suis là, à le regarder enfiler son blouson pendant que je lui propose d'emporter ce qui reste de nourriture parce que je n'ai pas envie de tenir un siège toute seule.

— Non merci, Marie, c'est adorable, mais je mange rarement chez moi.

Il m'embrasse. Sa joue pique légèrement. Je sens sa chaleur. Il va partir avec la mienne.

Je me déteste. Je suis responsable de tout ce qui m'arrive. Désormais, je m'interdis de me plaindre. Je n'ai à m'en prendre qu'à moi-même, et c'est ce que je suis en train de faire. Je vais simplement attendre qu'il soit parti pour me balancer un bon coup de poing en pleine figure. Ensuite, je vais m'insulter et me jeter sur moi de colère. Moi et moi, on va se battre. On va rouler par terre. On va casser quelque chose.

Il ouvre la porte. Il est trop tard. Soudain, il se penche et ramasse quelque chose sur mon paillasson.

— Tiens, c'est sûrement pour toi, ton nom est marqué dessus.

Le sort est contre moi. Le monde entier est contre moi. Là-haut, il y en a un qui a fait une petite poupée à mon effigie et qui n'arrête pas de me planter des aiguilles dans les fesses.

Je prends l'enveloppe qu'il me tend en essayant de masquer tous les sentiments qui m'assaillent.

— À demain, Marie. Encore merci pour le dîner, c'était sympa.

— Merci à toi. Pour l'étagère, pour ta présence…

Il descend déjà l'escalier. Je dévore des yeux ce que j'aperçois encore de lui, ses épaules, ses cheveux, comme les miettes d'un bonheur qui s'enfuit. Il me faudra ces minuscules fragments pour survivre.

Je referme la porte, le cœur gros. Je m'y adosse. Je contemple l'enveloppe en soupirant. L'agacement est plus fort que la curiosité. Je ne voulais pas la recevoir, pas ce soir, pas quand Alexandre était là. Quelle est d'ailleurs la raison de cette nouvelle lettre ? Qu'a-t-il encore à me dire ? Il veut changer l'adresse du rendez-vous parce qu'il a vu le prix des menus ? On va finir à La Joyeuse Boulette de mie, le resto qui détient le record d'intoxications alimentaires dans la région ? Pas question d'y mettre les pieds.

J'ouvre, mais franchement, il va en falloir beaucoup pour me surprendre.

72

« Douce Marie,

« Désolé de te déranger alors que tu ne m'attendais pas. Nous n'allons pas dîner ensemble vendredi. Ce n'est plus la peine. Tu m'as enfin remarqué. J'en suis heureux. J'ai espéré que tu me parles ce soir, mais je me doutais que ta timidité allait t'en empêcher, voilà pourquoi j'ai écrit cette lettre avant de venir. Tu ne t'en souviens pas mais nous nous sommes déjà rencontrés. C'était un 13 mars… Tu faisais tes études, en troisième année, et on t'avait collé un première année à parrainer. J'ai tout de suite vu que tu ne voulais pas, que tu avais autre chose à faire, mais de tous les copains, c'est moi qui ai eu le plus de chance parce que tu t'es malgré tout très bien occupée de moi. À l'époque, j'étais plus petit et tout le monde m'appelait Alex. Tu m'as oublié, pas moi. Lorsque, l'année dernière, j'ai postulé pour la place chez Dormex, je t'ai reconnue dès ma première visite. Pas toi. Je n'y ai pas vu un joli hasard, mais un magnifique signe du destin. Tu n'étais plus une jeune fille mais une très belle femme. J'ai pris le poste. J'ai mis ma période d'essai à profit pour en apprendre plus à ton sujet. J'ai découvert que ton couple battait de l'aile, je n'en suis pas fier mais je m'en suis réjoui. Kévin et Sandro ont été des alliés précieux dans mes investigations. Tu les aurais vus hier, lorsque tu venais de m'inviter. Ils étaient comme des fous ! J'ai encore beaucoup de choses à te raconter. J'espère que tu as lu ces mots rapidement parce que même si je marche lentement pour sortir de ta résidence, il va falloir que tu cavales pour me rattraper. Mais prends ton temps. J'attendrai jusqu'à ce que le concierge me jette dehors. Je te dois bien ça.

« Signé : Qui tu sais… (enfin, j'espère !) »

« PS : Cette lettre étant écrite avant, je n'ai pas la moindre idée de ce que tu vas me servir comme plan foireux avec ton histoire d'étagère, mais je redoute le pire.

« Si tu es gentille, je te raconterai comment je fais semblant de ramasser une lettre par terre alors que je la sors de ma poche intérieure. Et maintenant dépêche-toi, je t'attends. »

La dernière fois que j'ai couru aussi vite après un homme, c'était après un clodo. Il m'avait volé mon sac. Celui de ce soir m'a volé mon cœur avant que j'aie eu le courage de le lui donner. Tant mieux.

On a beau vanter les mérites de l'aventure, des surprises et des sauts dans le vide, c'est aussi parfois très bien lorsque les choses ressemblent à ce que vous imaginiez.

Il fait un temps magnifique et les gens sont heureux d'être réunis. Cette fois, ce n'est pas un déjeuner entre voisins mais bien un mariage. Nous avons travaillé comme des fous pour que tout soit aussi féerique que possible, des cartons d'invitation aux petits bouquets de fleurs blanches qui ornent les lieux. Pour accrocher les grands rubans de tulle aux balcons, Kévin s'est servi de sa canne à pêche à mâchoire.

Il s'est passé beaucoup de choses depuis que j'ai rattrapé Alexandre dans la cour. Je n'avais jamais serré un homme aussi fort dans mes bras – à part mon moniteur de parapente lors de mon premier saut. Cette fois, c'était différent. Avec Alexandre, on ne s'est pas parlé avec les yeux, il n'a pas effleuré ma main. Je me suis jetée sur lui devant tout l'immeuble. J'ai blotti ma tête au creux de son cou, comme Paracétamol le fait souvent. Il est possible que j'aie ronronné en fermant les yeux. Alfredo a raison : ce n'était pas la première fois que je me blottissais contre un homme, mais c'était de loin la meilleure. Ce moment-là a surpassé et effacé tous les autres. On est restés là longtemps. Tellement que l'on a empêché le concierge de sortir les poubelles. La cour, la résidence et le monde entier étaient à nous.

Nous avons finalement réussi à racheter la société, et Deblais a quitté ses fonctions. Vincent est le nouveau directeur, Florence prend la tête de l'administratif. M. Memnec revient trois jours par mois en tant que consultant et Alexandre va superviser la fabrication qui sera progressivement relocalisée sur le site, en commençant par les modèles de grand luxe. On embauche. Lorsque nous avons annoncé à Deblais que nous avions le feu vert des banques et qu'il était *de facto* viré, il s'est produit coup sur coup trois événements étonnants : Notelho s'est approché de lui et lui a flanqué un grand coup de planche en le traitant de sale traître. L'ex-sous-chef nous a ensuite annoncé son intention de ne pas rester, mais nous a souhaité bonne chance. Deblais n'a pas eu le temps de reprendre ses esprits que, déjà, Jordana lui collait une grande baffe en le traitant de pervers. Elle démissionne aussi. Nous supposons qu'elle était l'une de ses nombreuses visiteuses du jeudi soir alors qu'elle se figurait être la seule… Mais le cas le plus étrange reste celui du stagiaire. Lui que j'ai toujours vu souriant, prêt à rendre service, s'est approché de l'ancien patron avec une flûte de champagne. Avec un rictus inquiétant, il est venu lui chanter sous le nez : « Ami Deblais, ami Deblais lève ton verre ! Et surtout, fourre-le toi dans le… » Immédiatement après, il a relevé son sweat pour exhiber non pas ses abdos, mais un soutien-gorge. Malédiction, le petit a chopé le virus de Valérie mis au point par Pasteur !

Pétula va sans doute quitter son poste parce qu'elle est engagée sur la tournée d'un grand spectacle. Le metteur en scène sait pertinemment qu'elle n'est pas un garçon, mais ce qu'elle donne dans le rôle est tout simplement bluffant. Avec quelques collègues, nous sommes allés la voir, et le fait est qu'elle danse « comme une fille » et tant mieux, parce que aucun garçon ne lui arrive à la cheville. C'est magique ! Le soir de la première, devant une salle debout, Pétula a dédié son succès aux femmes qui pendant des siècles n'ont pas eu le droit de jouer sur scène et dont les rôles étaient interprétés par des hommes.

Beaucoup des collègues sont là aujourd'hui, pour célébrer le mariage d'Émilie et Julien. Les deux tourtereaux sont allés vite, mais je pense sincèrement qu'ils ont raison. À quoi bon perdre du temps si on sent les choses ? J'ai beau chercher parmi tous les conseils reçus de ma mère, de Mémé Valentine et de M. Alfredo, je ne vois aucune contre-indication à leur bonheur. Leurs visages irradient la lumière.

Alexandre et moi vivons désormais ensemble. Parfois, je reste immobile avec Paracétamol sur les genoux, à écouter mon homme vivre dans la pièce à côté. Même si je ne le vois pas, même si nous ne disons rien, je savoure le plaisir de le savoir présent. Il sifflote, il se rase, il ferme une porte, il se prend les pieds dans mes chaussures en jurant. J'aime tout. Il vit près de moi. Chaque soir, si je rentre avant lui, je guette ses pas dans l'escalier, je l'entends tourner la clef et il me prend dans ses bras. Si la fée revient, je l'embrasse, je m'excuse de lui avoir tiré les ailes et les cheveux. Mes trois vœux s'exaucent tous les jours. Alexandre m'a fait le plus beau cadeau de ma vie : il n'est pas là parce qu'il faut une femme dans la vie d'un homme ; il n'est pas là parce que je sers son image. Au-delà des codes, au-delà des chemins tout tracés, il est venu à moi pour ce que je suis vraiment.

Je vous rassure quand même, il paye tous les jours pour ce qu'il m'a fait endurer. Je ne lui ai pas encore fait le plaisir d'avouer que j'ai été époustouflée de tout ce qu'il a fait pour m'approcher et que je lui en serai éternellement reconnaissante.

M. Alfredo nous a prévenus qu'un appartement allait se libérer dans l'autre aile et que si nous voulions, nous étions les bienvenus. Nous sommes tentés. Mais nous verrons cela plus tard, car aujourd'hui l'heure est à la fête.

Je suis décidée à profiter de tout. J'ai envie de danser avec Alexandre, avec Julien, avec Sandro qui est là avec Mélanie. Mais avant de me déchaîner, j'ai encore eu une épreuve à affronter : cette saleté d'Émilie a quand même réussi à me fourguer une patate chaude puisque, en tant que meilleure amie et témoin, je me suis retrouvée en charge du discours la concernant juste avant le dessert. Je suis passée après le meilleur pote de Julien, qui avait préparé six feuilles de texte en exhumant tous ses épisodes honteux depuis la maternelle…

Moi, j'y suis allée à l'instinct. Au moment de prendre la parole devant l'assistance, l'espace d'un instant, je me suis plu à croire que ce mariage était le mien. J'aimerais que tout soit aussi beau. J'aimerais que ce soit avec Alexandre. Lorsque Julien et Émilie ont échangé les alliances, je sais qu'il m'a regardée. J'ai fait celle qui ne le voyait pas parce que sinon, je me serais mise à pleurer d'émotion.

Dans mon discours, j'ai parlé de ce que j'aime chez Émilie, de son rire, de sa loyauté, de ses convictions, de sa vision de la vie et du danger que Julien court en mangeant ce qu'elle prépare pour les repas. J'ai aussi dit à quel point je la globiche. Si tout le monde a saisi l'intention, seul Sandro a compris le mot. Je n'ai pas été longue, mais j'ai quand même fini en chantant : « Elle est amoureuse ! Elle a pas de culotte ! » L'assistance est restée de marbre, sauf mes proches collègues qui ont explosé de rire. À cause de son fou rire, Florence est encore tombée de sa chaise. J'espère que cette fois, elle ne s'est pas foulé le poignet. J'ai eu peur que Valérie ne relève son tailleur par réflexe. Émilie, hilare, m'a jeté son bouquet sans réfléchir, comme un projectile. Mais je l'ai reçu comme ces célibataires qui y voient le signe qu'elles seront les prochaines à convoler. Nous verrons. Pourtant, pour la première fois, j'y crois de tout mon cœur. Ça peut pas rater.

Dans la soirée, alors que les hommes avaient tombé veste et cravate tandis que les femmes faisaient toujours attention à leur tenue, nous avons dansé. Je m'étais dit que je danserais avec tout le monde, mais pour le moment, je n'ai pas encore réussi à lâcher Alexandre. Bien que ce ne soit pas un slow, nous faisons comme si, et le décalage fait rire nos proches. Par-dessus son épaule, au milieu d'inconnus, j'aperçois Sandro et Mélanie, Kévin et Clara, Valérie et Vincent. Jamais je n'oublierai cette image. C'est une des plus belles pièces de mon puzzle. Quand je pense à tout ce qu'il aura fallu traverser pour en arriver là…

J'aurais pu rester des heures ainsi, à tourner à contre-temps, serrée dans les bras de l'homme dont je suis censée faire ce que je veux. J'ai du coup été contrariée que l'on me tape sur l'épaule pour m'interpeller. En découvrant qu'il s'agissait d'Émilie et Julien qui voulaient me voir, j'ai tout de suite changé d'humeur.

— On peut te parler une minute ?

— Bien sûr, sauf si c'est pour me demander de faire un autre discours.

Ils rigolent et font signe à Alexandre de nous accompagner. Les jeunes mariés nous entraînent à l'écart. Je flaire l'annonce officielle : ils vont nous révéler qu'ils ont gagné au loto et qu'ils sont désormais les uniques actionnaires de la boîte. Ou mieux encore, Émilie va me confier qu'elle est enceinte. Ce serait génial. Julien déclare :

— Marie, on a un cadeau pour toi.

Émilie hoche la tête avec un sourire que je connais bien et qui n'annonce jamais rien de bon. Elle me tend un grand paquet plat. À travers le papier, je devine le bord d'un cadre.

— Je te préviens, si tu as fait agrandir la photo où je suis en lapin avec les beignets à la main, je jure que je me vengerai.

Alexandre et Julien, qui ne sont pas au courant de l'affaire, se regardent. Ils flairent l'info explosive. Je déballe.

Nom d'un rat soi-disant crevé qui se met à gesticuler alors que je le tiens entre deux branches pour le balancer à la poubelle ! Ils ont fait encadrer la lettre que j'avais envoyée à Julien de la part d'Émilie ! Ils savent tout !

— Elle te revient, me dit Émilie en m'embrassant. Merci, espèce de malade. Sans toi, nous ne serions pas là ce soir.

Julien nous enlace toutes les deux. Alexandre récupère le cadre et lit la lettre.

— Tu m'expliqueras ?

Émilie lui dit simplement :

— Sauve-toi tant qu'il en est encore temps, cette femme est un danger public.

J'ajoute à l'intention d'Alexandre :

— En matière de lettres tordues, je n'ai aucune leçon à recevoir de toi.

On a fini serrés tous les quatre. Nous étions tellement proches que je ne suis pas certaine que ce soit la cuisse d'Alexandre que j'ai tripotée. Qu'est-ce que j'ai encore fait ?

FIN

ET POUR FINIR…

Merci de m'avoir suivi jusqu'à ces pages. J'aime vous y retrouver. Pour moi, c'est un peu comme un souper entre proches après le spectacle. Je n'ai pas envie de rester seul dans le silence de la salle uniquement éclairée par les veilleuses de sécurité.

Si vous le permettez, je souhaite dédier ce livre à celles et ceux qui s'endorment seuls, dans leur vie, dans leur lit ou dans leur cœur. Je n'espère qu'une chose pour eux : que ça change et qu'ils trouvent quelqu'un à qui souhaiter bonne nuit. C'est toujours possible.

Je ne crois vraiment pas que nous soyons faits pour vivre isolés. Rien ne m'a jamais fait peur – n'y voyez aucune bravoure, seulement de l'inconscience ! – sauf l'idée de n'avoir personne à aimer. En principe, on a tous une famille mais quelles que soient nos vies, je pense en fait que nous en avons plusieurs.

Lorsque j'étais gamin, j'habitais rue du Clos-Lacroix, dans une petite ville de banlieue. C'était une rue parfaitement rectiligne, bordée de maisons hétéroclites. Au fond se dressait une belle meulière qui fermait le décor. Que je revienne de l'école, des courses, de la gare ou du bout du monde, j'arrivais le plus souvent par le côté est, et il fallait que je remonte les deux tiers de la rue avant d'arriver chez nous.

En passant devant chaque maison, chaque jour, chaque fois, je pensais à ceux qui y vivaient. Nous nous connaissions tous. Il y avait des jeunes, des copains, des moins jeunes, des ingénieurs, des artisans, des femmes au foyer, une institutrice, une kinésithérapeute, un maçon, une employée de mairie, une assistante sociale, une ancienne couturière, un militaire retraité… Un petit monde. Tous étaient bienveillants avec nous, sauf la vieille bique du fond de la rue qui crevait nos ballons avant de nous les rendre et dont le chien difforme et bouffi était aussi agressif qu'elle. On lui a pulvérisé sa boîte aux lettres au moins trois fois !

En remontant ma rue, je passais devant chez Michèle, Isabelle, mes amies ; devant chez Janine et Georges, chez Yanick, chez Jacqueline et André, chez Gaby et Roger. L'immense maison d'Yvette et Bernard dominait la nôtre et me fascinait. En face, vivaient Nénène et son fils Jean-Louis. Du haut de notre cerisier, bien au-delà de la limite à laquelle mes parents m'autorisaient à grimper, j'apercevais la plupart de leurs maisons. J'ai vécu beaucoup de choses avec eux, avec chacun d'entre eux.

Sur le chemin de la maison, à mesure que j'approchais de notre grille, je sentais ces affections s'élever comme d'invisibles murailles protectrices autour de mon royaume d'enfant. Chaque pas vers le numéro 20 renforçait la sensation d'entrer sur mes terres, au cœur d'une forteresse de liens, tous différents, tous nécessaires. J'étais chez moi parce que ceux que j'aimais étaient là. Grâce à ces gens, j'ai appris que je me moque de savoir où je vis, mais pas avec qui.

C'est la première famille « non officielle » dont j'ai pris conscience. À défaut d'avoir la prétention d'avoir fait partie de celle de tous les habitants de la rue, eux faisaient partie de la mienne.

Comme vous, j'ai depuis croisé beaucoup d'autres familles. Au studio, sur les plateaux de cinéma, lorsque ado je me suis construit au milieu des douze nationalités qui donnaient tout pour que les gens rêvent plus fort. Un jour, il faudra que je vous raconte ça. J'ai aussi découvert d'autres familles à l'armée et dans tous les métiers que j'ai pratiqués. De ces groupes auxquels j'ai eu la chance d'appartenir, je garde la richesse des relations, la puissance des enseignements – agréables ou douloureux –, le plaisir de découvrir, mais plus que tout, j'ai goûté au bonheur d'accomplir ensemble. La vie m'a appris que l'on peut être amené à quitter une de ces familles, mais qu'on ne l'oublie jamais.

Cela continue aujourd'hui sur la placette, dans la rue, dans nos métiers du cinéma et de l'édition, aux côtés de ceux avec qui Pascale et moi avons la chance de travailler au quotidien.

Pour une fois, je ne vais pas énumérer les nombreux proches qui sont ou ont été dans ma vie. Ils savent ce qu'ils valent pour moi et ce que je leur dois. Mais je vous demande par contre de vous arrêter un instant pour songer à ceux qui sont autour de vous et en compagnie de qui vous traversez votre existence. Je vous souhaite à tous de vivre pleinement ces familles qui font nos vies. Observez ceux avec qui vous passez vos heures, vos jours, au travail, dans votre quotidien, dans votre immeuble, dans votre rue. Profitez de tout ce que vous partagez de bien. Ces affections qui se nourrissent du quotidien n'ont pas de prix.

Depuis quelques années maintenant, grâce à vous, j'ai la chance d'être lu. On a coutume de dire qu'un auteur commence à réussir lorsqu'il est « repéré par le public ». C'est vrai que c'est une chance – un miracle même ! – mais un aspect qui n'a rien d'industriel s'avère encore plus émouvant pour moi. Lorsque j'ai commencé à vous rencontrer en vrai, j'ai découvert quelque chose qui a complètement changé ma vie.

À travers vos messages, vos visites dans les librairies, sur les salons, se révèle une vision de la vie dont j'ignorais tout. Vous avez fait évoluer ma perception du monde. Contrairement à ce que certains pensent, je ne suis pas un Bisounours, ou alors j'en suis une version lourdement armée… La vie n'est pas simple. Je paye chaque jour pour l'apprendre, comme tout le monde. J'en parle d'ailleurs souvent avec vous. Mon quotidien n'a rien d'un paradis idéal, mais je mesure pleinement la valeur de ce qui me fait adorer cette vie. C'est un privilège rare que je vous dois.

J'ai expérimenté les rapports humains avec sincérité et intensité à travers toutes les familles que j'évoquais plus haut. Rien ne m'intéresse plus que les individus. J'écris sur eux, j'écris pour eux. Je veux vivre avec eux. Avec vous. J'ai toujours fait attention à ceux qui m'entourent. Je n'y peux rien, c'est ma nature. J'écoute, je regarde, je ressens. Mais avec vous, si nombreux, si chaleureux, j'ai passé un cap que je ne soupçonnais pas. Vous venez me voir. Vous me dites que mes histoires vous font réagir et vous me parlez. Nous échangeons comme si nous nous étions toujours connus, comme si nous nous retrouvions. C'est à chaque fois particulier, personnel, unique. Je suis fasciné par la vérité au cœur de laquelle vous m'invitez. Vous me confiez, vous partagez. Votre humanité me bouleverse. Votre fidélité aussi. Alors, à défaut de pouvoir tous vous citer pour vous remercier, je veux vous dire ce que vous m'avez appris.

Vous m'avez appris à manger plus vite – et parfois n'importe quoi – ou à ne pas manger du tout. Vous m'avez appris à dormir dans les trains, dans les taxis et les avions. Vous m'avez appris à me lever encore plus tôt. Vous m'avez appris à ouvrir les yeux, à ne jamais avoir d'*a priori* sur ceux qui approchent. Vous m'avez surpris, vous m'avez dérouté. Avec vous, j'ai découvert que les femmes ne sont pas si différentes de nous sur le fond, même si on ne s'exprime pas de la même façon. Vous m'avez appris que le métier de la littérature ne consiste pas à impressionner mais à émouvoir. Vous m'avez confirmé que ceux qui traversent les pires épreuves connaissent le prix du bonheur et évitent de le gâcher. Vous m'avez appris que même en ne parlant pas la même langue, on peut se comprendre parfaitement – les yeux disent tellement. Vous m'impressionnez par ce que vous arrivez à faire lorsque vous y croyez, pour des causes, pour des idées, pour vos semblables. Vous m'avez bouleversé en roulant des heures, en traversant la France et même l'Europe pour venir rencontrer le petit gars que je suis. Vous m'avez ému en me confiant qu'une arrière-grand-mère peut très bien lire les livres de son arrière-petite-fille et rire et pleurer avec elle de ce qui les rapproche. L'inverse est vrai aussi. Je suis touché lorsque je vous vois arriver, femmes de différentes générations d'une même famille, collègues, fortes de ces liens qui font la noblesse de notre espèce. Vous m'avez appris que l'on peut devenir amis même si vous n'êtes d'abord venus qu'en service commandé pour votre compagne, votre mère, votre sœur, et que vous faisiez la tête à force de faire la queue ! Vous m'avez rassuré sur le fait que beaucoup de mes congénères sont capables de bien plus d'émotion que les clichés qu'on nous colle. Vous m'avez prouvé que l'on peut louper son avion en Inde, en Afrique, aux États-Unis, sa station de métro ou son RER à Paris ou bien encore son train en Allemagne à cause d'un livre. Vous m'avez révélé que l'on peut se faire chasser de son propre lit par son conjoint parce que l'on rigole trop. Vous m'avez expliqué que l'on peut passer pour des dingues en lisant un peu partout. Vous m'avez démontré que l'on peut oublier de faire à manger pour ses enfants, délaisser quelques heures son devoir, ses chats et ses proches pour finir une histoire. Vous m'avez confié que l'on peut s'enfermer dans le local à poubelles d'une entreprise parce que l'on veut à tout prix lire les dernières pages. Vous m'avez enseigné que l'on peut retrouver le goût de lire grâce à un livre qui ne se prend pas au sérieux. Vous m'avez honoré en vous servant de mes phrases pour dire à ceux que vous aimez ce que vous n'osiez pas exprimer. Vous m'avez aussi appris que l'on peut se retrouver seul sur une plage, alors qu'il pleut et que vous ne vous en êtes pas rendu compte jusqu'au coup de tonnerre de l'orage qui vous douche, parce que vous étiez accroché à vos sentiments de lecture. Vous m'avez encore appris que des remerciements peuvent intéresser même ceux qui s'en moquent d'habitude. Je pourrais écrire un livre rien qu'avec ce que vous m'avez révélé. Je préfère tout garder pour en faire de la vie et vous la rendre avec une infinie reconnaissance. Que puis-je dire d'autre que merci ?

Parce que mes livres ne sont pas le fruit de mon seul travail, je souhaite aussi remercier mes éditeurs, les

équipes de Fleuve Éditions et de Pocket, particulièrement Marie-Christine, François, Thierry, Valérie,
Sabrina, Véronique, Bénédicte, Marine, Estelle, France
et Deborah. Bonne chance à toi, Céline, tu vas me
manquer mais je suis certain que l'on se retrouvera vite.

À toi Éric, parce qu'à force de rire, ça devait finir par
arriver. Tu as gagné ! Voilà donc la photo de toi que je
menaçais de publier et qui donne de la joie. Songez,
mesdames et messieurs, que si j'ai un frère sur cette
terre, c'est cet homme. Le sort s'acharne sur moi !
Comme ils disent à la NSA : « Certains individus ont
l'air moins intelligents qu'une gerbille, regardez cette
photo… » Ça t'apprendra, mon pote ! Merci d'être là.

Qui sera ma prochaine victime ? À qui le tour ?
Brigitte, Sylvie, Thomas… Le proverbe dit : « Qui aime
bien châtie bien » et je vous adore. J'ai des casseroles
sur tout le monde, même sur moi. Je le jure, Éric ne
tombera pas tout seul ! Non mais regardez cette tête…

À toi Pascale, pour toujours (note que j'ai aussi des
photos de toi…). J'aime douter avec toi parce que l'on

découvre ensemble. Je t'avais promis que nous arriverions à calmer le rythme. J'ai encore menti. Mais admets que l'on ne s'ennuie pas et qu'on rigole souvent. Si tu fais seulement mine de m'en vouloir, je dis à tout le monde à quelle famille de chinchillas tu appartiens…

À toi ma Chloé, de tout mon cœur. J'aime ton esprit. De plus en plus. N'oublie pas que les filles obéissantes vont au paradis. Les autres vont où elles veulent. Trace ta route. Je suis juste derrière toi, au cas où, prêt à cracher le feu.

À toi Guillaume. Je suis fier de l'homme que tu deviens. J'aime ta façon de tout relativiser. Merci d'avoir partagé avec nous cette sagesse recueillie au lycée, cette vision des choses qui remet tous les malheurs de la vie en perspective. Il est temps de la transmettre à qui en aura besoin les jours de désarroi : « C'est l'histoire d'un pingouin qui respire par les fesses. Un jour, il s'assoit et il meurt. »

Plus sérieusement, et plus que tout, merci à vous qui lisez ces mots. Je vous globiche. Ce livre, comme ma vie, est entre vos mains. J'y suis bien. Avec mes petites pattes, je vais me cramponner de toutes mes forces à vos doigts. La gerbille, c'est moi.

À la prochaine si vous en avez envie. J'y travaille déjà…

Prenez soin de vous,

Chaleureusement,

www.gilles-legardinier.com

Composé par Facompo
à Lisieux (Calvados)

Achevé d'imprimer en janvier 2016
par GGP Media GmbH
à Pössneck

POCKET – 12, avenue d'Italie – 75627 Paris cedex 13

Dépôt légal : mars 2016
S26596/01